W0215761

Clive Cussler è nato nel 1931 ad Alhambra, in California, da madre americana e padre tedesco. Interrotti gli studi al Pasadena City College, si è arruolato nell'Aviazione, partecipando alla guerra di Corea. Negli anni '60 ha lavorato nella pubblicità, dapprima come copy writer e in seguito come direttore creativo di una delle più importanti agenzie degli Stati Uniti. Ha esordito nella narrativa nel 1973 con *Enigma*, che racconta la... seconda straordinaria avventura di Dirk Pitt, l'eroe che ha conquistato i lettori d'avventura di tutto il mondo. Nel 1978 ha fondato la National Underwater and Marine Agency (NUMA), un'associazione non-profit specializzata nella localizzazione, identificazione e recupero di relitti marini di importanza storica. Dopo Dirk Pitt, ha dato vita ad altri eroi della narrativa avventurosa firmando i «NUMA files» di Kurt Austin e Joe Zavala, gli «Oregon files» di Juan Cabrillo, le avventure di Sam e Remi Fargo e le indagini di Isaac Bell. Dopo aver firmato oltre 80 libri, tradotti in tutto il mondo in più di 40 lingue, Clive Cussler è scomparso nel febbraio 2020.

In edizione TEA:

Le avventure di Kurt Austin:
i NUMA files
Il serpente dei Maya
Oro blu
Lo zar degli oceani
Morte bianca
La città perduta
Tempesta al Polo
La stirpe di Salomone
Medusa
I cancelli dell'inferno
Uragano
Terremoto
Naufragio
Il segreto di Osiride
Il mistero degli Inca
Come l'alta marea
Oro nero

E inoltre:
Le avventure di Dirk Pitt
Le avventure di Juan Cabrillo:
gli *Oregon* files
Le « avventure vere »
Le avventure di Sam e Remi Fargo
Le indagini di Isaac Bell

L'elenco completo è consultabile sul sito della casa editrice

Clive Cussler
e Graham Brown

Il mistero degli Inca

Romanzo

Traduzione di
Annamaria Raffo

TEA

IL LIBRAIO.IT
il sito di chi ama leggere

Visita www.tealibri.it
per scoprire anteprime,
novità e promozioni

TEA - Tascabili degli Editori Associati S.r.l., Milano
Gruppo editoriale Mauri Spagnol

Copyright © 2017 by Sandecker, RLLLP
All rights reserved
By arrangement with Peter Lampack Agency, Inc.
350 Fifth Avenue, Suite 5300
New York, NY 10118 USA
© 2019 Longanesi & C., Milano
Edizione su licenza della Longanesi & C.

Titolo originale
Nighthawk

Prima edizione I Maestri dell'Avventura TEA gennaio 2021
Prima ristampa I Maestri dell'Avventura TEA dicembre 2022
Prima edizione SuperTEA agosto 2024

IL MISTERO DEGLI INCA

Elenco dei personaggi

Spedizione spagnola del 1525

Diego Alvarado: soldato spagnolo a capo di una spedizione nell'America meridionale nel 1525, contemporaneo e rivale di Francisco Pizarro.

Costa: nobile e banchiere spagnolo, ha finanziato la spedizione di Alvarado.

National Underwater and Marine Agency

Rudi Gunn: vicedirettore della NUMA.

Kurt Austin: capo della squadra progetti speciali della NUMA, subacqueo di prim'ordine ed esperto in operazioni di recupero, un tempo lavorava per la CIA.

Joe Zavala: braccio destro di Kurt, esperto meccanico, abile pilota di elicottero e pugile dilettante.

Hiram Yaeger: genio del computer in pianta stabile alla NUMA, titolare di molti brevetti in campo informatico.

Priya Kashmir: assistente di Hiram Yaeger, avrebbe dovuto far parte di una squadra operativa della NUMA prima che un incidente d'auto la lasciasse paralizzata; è entrata nel dipartimento tecnologie informatiche.

Paul Trout: con i suoi due metri e zero tre di altezza è il membro più alto della squadra progetti speciali, sposato con Gamay. Ha un dottorato in Scienze oceaniche. Serio e riservato.

Gamay Trout: biologa marina, sposata con Paul, è una patita del fitness, abile subacquea e ottima tiratrice.

Ed Callahan: comandante della nave *Catalina* della NUMA.

National Security Agency

Steve Gowdy: capo dei progetti extra-atmosferici alla NSA, direttore del progetto *Nighthawk*.
Emma Townsend: ex scienziata della NASA, esperta di astrofisica, parte integrante del progetto *Nighthawk*. I colleghi la chiamano *Uragano Emma*.
Agente Hurns: agente operativo della NSA.
Agente Rodriguez: agente operativo della NSA.

United States Air Force

Colonnello Frank Hansen: comandante del 9th Space Operations Squadron, con sede presso la base aerea di Vandenberg, California.

Federazione Russa

Constantin Davidov: alto dirigente del FSB, erede del KGB, responsabile del dipartimento « recupero tecnologie ».
Contrammiraglio Sergei Borozdin: vecchio amico di Davidov, comandante della Prima flotta di recupero russa (Pacifico).
Victor Tovarich: comandante del sottomarino TK-17 classe Typhoon.
Maggiore Yuri Timonovski: comandante e pilota del *Blackjack 2*.

Repubblica Popolare Cinese

Generale Zhang: ufficiale di grado più elevato del ministero cinese per la Sicurezza di Stato.
Daiyu (Giada nera): agente speciale del ministero, una dei « bambini mai nati ».
Jian: agente collega di Daiyu, anche lui uno dei « bambini mai nati ».
Li Ying: ufficiale di collegamento.
Tenente Wu: ufficiale superiore del ministero per la Sicurezza di Stato.

Falconiere: nome in codice di un contatto relativo al progetto *Nighthawk* della NSA.

Nave Reunion

Buck Kamphausen: comandante della nave.

Perù

Urco: archeologo che studia le origini e la scomparsa del popolo Chachapoya.
Vargas: uno dei volontari di Urco.
Reyes: un altro volontario.

Washington DC

Collin Kane: esperto artificiere.

PROLOGO

L'inizio della fine

Sud America, gennaio 1525

La lancia colpì Diego Alvarado al petto. Un colpo tremendo che lo scagliò a terra ma che non riuscì a trafiggere la pesante armatura di acciaio castigliano che aveva portato con sé dalla Spagna.

Rotolò su se stesso, si mise in posizione su un ginocchio e puntò la balestra. Intravide un movimento tra gli alberi e fece partire il dardo. Dalla folta vegetazione si levò un urlo angosciato.

«Tra gli alberi, sulla destra!» gridò ai suoi uomini.

Sopra il sentiero si levò una nube di fumo azzurrino quando parecchi moschetti di grosso calibro, noti come archibugi, fecero fuoco tutti assieme. Le palle di ferro penetrarono nella foresta, spezzando rami e lacerando fronde verdi e rigogliose.

Per tutta risposta dalla boscaglia partì un'ondata di frecce. Due degli uomini di Alvarado caddero a terra e lui stesso fu colpito al polpaccio da una freccia dalla punta di ossidiana.

«Siamo circondati» gridò uno degli uomini.

«Mantenete la posizione» ordinò Alvarado. Incurante del dolore, riprese ad avanzare, zoppicando e ricaricando l'arma.

Dopo una lunga marcia ai piedi delle montagne erano caduti in un'imboscata, attirati su un sentiero dove erano stati attaccati da entrambi i lati. Altri avrebbero potuto rompere le file sotto quell'assalto, ma gli uomini di Alvarado un tempo erano stati soldati. Restarono compatti, formando una barriera, senza sprecare munizioni preziose. Alcuni estrassero la spada mentre altri poggiavano le armi pesanti sulle forcelle, preparandosi a fare fuoco.

Gli indigeni si stavano ricompattando per attaccare di nuovo. Con urla stridule si lanciarono fuori dalla foresta e si riversarono nella radura, solo per essere investiti dal fuoco degli spagnoli, mentre una seconda ondata di scoppi scuoteva l'aria.

Una metà cadde a terra, altri si voltarono e fuggirono. Solo due proseguirono nell'attacco. Si scagliarono verso Alvarado, caricando attraverso il fumo, con gli occhi bianchi e fiammeggianti che spiccavano sui volti scuri e rossicci dipinti con i colori di guerra.

Alvarado colpì il primo con la balestra, facendolo stramazzare a terra, ma il secondo si avventò su di lui con una lancia. La punta della rudimentale arma fu deviata dal pettorale curvo della corazza argentata. Incurante di quell'arma rozza, lo spagnolo si lanciò indomito contro l'aggressore. Lo afferrò di peso e lo scagliò a terra.

Poi gli si gettò addosso e lo finì con una pugnalata.

Quando alzò lo sguardo, vide che gli altri erano fuggiti.

« Ricaricate » ordinò ai suoi uomini. « Torneranno presto. »

Mentre gli uomini iniziavano il laborioso processo di compattare la polvere da sparo dentro le armi, Alvarado cercò di estrarre la freccia che gli si era conficcata nel polpaccio. Allargò la ferita con la punta del pugnale quindi estrasse piano la freccia. La guardò e la gettò via. Non era niente di nuovo. Gli avevano detto che questi « guerrieri delle nuvole » erano diversi dagli Inca e dalle altre tribù della zona. Che fossero indomiti in combattimento non c'era dubbio, ma non possedevano armi migliori degli altri indigeni. Dalla loro avevano soltanto la superiorità numerica.

Alvarado versò sulla ferita del vino contenuto in una fiaschetta. Bruciava ma serviva ad alleviare il dolore e, sperava, a lavar via un eventuale veleno. Poi si fasciò il polpaccio con una pezza e rimase a guardare il sangue che la inzuppava, spandendosi da una macchia centrale fino a far diventare tutto il tessuto color cremisi.

« Dobbiamo ritirarci » disse, rimettendosi in piedi a fatica.

« Di quanto? » urlò uno dei suoi uomini.

« Completamente » rispose Alvarado. « Fino al villaggio. »

Nessuno fece obiezioni, anzi, gli uomini parvero sollevati nel sentire quell'ordine.

Si incolonnarono e cominciarono a muoversi. Alvarado riuscì a camminare per il primo chilometro e mezzo, ma la pesante armatura e il dolore alla gamba diventarono presto insostenibili. Uno dei suoi uomini gli andò in aiuto, sorreggendolo e accompagnandolo fino al robusto cavallo da soma su cui avevano caricato le provviste. Allentate le cinghie, la merce fu scaricata a terra. Con una spinta, Alvarado fu fatto salire. Si aggrappò con forza al collo della bestia e il gruppo proseguì in fretta, scendendo lungo la collina alla volta del campo.

Parecchie ore dopo, Alvarado e i suoi raggiunsero il villaggio che avevano lasciato all'alba. Era scesa la notte, ma furono accolti dai fuochi accesi dai soldati che lui aveva lasciato al campo.

Un nobile di nome Costa aiutò Alvarado a scendere da cavallo. « Cosa è successo? » chiese, sbiancando nel vedere la ferita.

Costa era un aristocratico di medio rango. Aveva accettato di finanziare la spedizione in cambio di un terzo delle ricchezze conquistate. Il motivo per cui aveva deciso di parteciparvi di persona era un mistero: forse per spirito di avventura o, più probabilmente, per assicurarsi che non lo imbrogliassero. Fino a quel momento non aveva fatto altro che lamentarsi.

« Siamo caduti in un tranello » rispose Alvarado. « Questi guerrieri delle nuvole non sono affatto bendisposti verso di noi. Sembrano più inclini a ucciderci che ad aiutarci, anche se questo significa che resteranno schiavi di altri padroni. »

« E Pizarro? » chiese Costa. « Questi sono i suoi segni. È passato da qui. Ha detto che avremmo trovato degli alleati. »

Alvarado sapeva tutto sui segni di Pizarro. L'aspirante conquistatore aveva fatto delle iscrizioni su alcuni alberi lungo il sentiero in modo che Alvarado con i suoi rinforzi potesse raggiungere lui e la sua guardia partita in avanscoperta.

Alvarado sapeva anche dei piani di Pizarro di mettere le altre tribù indigene contro il gruppo dominante. Altrove aveva funzionato, ma lì no.

« Deve essergli successo qualcosa » disse Alvarado. « O Francisco è stato ucciso o... »

Non era necessario che portasse a termine la frase. Nessuno di loro si fidava realmente di Pizarro. Lui continuava a parlare di oro, oro che nessuno aveva ancora visto, continuava a promettere ricchezze, che non erano ancora comparse. Era un uomo piccolo con grandi aspirazioni. Per ben due volte aveva chiesto al governatore di finanziare le sue spedizioni, ricevendone un rifiuto, e alla fine per disperazione si era rivolto a Costa e al suo rivale, Alvarado.

Alvarado non si fidava di Pizarro, non provava alcuna simpatia per lui, ma lo comprendeva. Erano fatti della stessa stoffa. Entrambi di umilissimi natali, erano partiti dalla Spagna per farsi un nome e una posizione. Ma fino a qualche mese prima erano stati rivali, ed era plausibile che Pizarro avesse accettato di far fronte comune con loro soltanto per condurli alla rovina.

« Dobbiamo partire immediatamente per la costa » disse Alvarado.

Costa sembrava contrario all'idea.

« Qualcosa che non va, amico mio? »

« No » rispose Costa. « È solo che... »

« Sputate il rospo. »

Costa esitò. « Alcuni degli uomini si sono ammalati. Hanno la febbre. Potrebbe essere vaiolo. »

Alvarado non avrebbe potuto immaginare notizia peggiore. « Fatemi vedere. »

Costa fece strada verso la più grande delle capanne indigene, fatta di fango ed erba, che forse fungeva da luogo di ritrovo per la comunità. Nel mezzo ardeva un bel fuoco il cui fumo usciva da un foro al centro del tetto. Intorno a questo, sdraiati sul pavimento di terra battuta, giacevano alcuni soldati in condizioni più o meno gravi.

« Quando è cominciato? »

« Poco dopo che voi siete partito per andare a cercare Pizarro. »

Nella luce tremolante del fuoco, Alvarado si inginocchiò accanto a uno degli uomini. Il soldato era poco più che un ragazzo: giaceva supino, con gli occhi chiusi e la faccia rivolta verso il soffitto della capanna. Aveva la camicia zuppa di sudore e su collo, petto e volto erano comparse delle piccole piaghe rosse.

Aveva la febbre così alta che avvicinandosi a lui si aveva l'impressione di stare vicino a una fiamma libera.

« Vaiolo » disse Alvarado, confermando la diagnosi. « Quanti sono in queste condizioni? »

« Otto. Altri tre stanno meno male, ma si reggono a malapena in piedi. Di certo non sono in grado di camminare per quindici chilometri fino alla costa. »

Con undici uomini malati, parecchi feriti e due morti, ad Alvarado ne restavano soltanto venti in grado di combattere. « Dovremo lasciarli qui. »

« Ma Diego... »

« Sono troppo malati per camminare e troppo pesanti per essere trasportati » insistette Alvarado. « E noi siamo in grande inferiorità numerica. Ho contato trenta capanne intorno a noi, ognuna abbastanza grande da ospitare una famiglia numerosa. Dovevano esserci più di duecento persone qui, prima che arrivasse Pizarro. Anche se la metà sono donne e bambini, non riusciremo mai a resistere. E chi può dire che gli altri villaggi non siano alleati con questo? »

Costa considerò l'ipotesi con aria scoraggiata. « Magari Francisco tornerà indietro e porterà rinforzi. »

« È troppo tardi per sperare nei soccorsi » ribatté Alvarado. « Voi e gli altri dovete andare finché siete ancora in tempo. »

« *Io e gli altri* » ripeté Costa insospettito. « Non intenderete restare? »

Alvarado si portò una mano alla fronte e si asciugò il velo di sudore che la ricopriva. Poteva essere il caldo, o magari la ferita alla gamba, ma lui sospettava fossero i prodromi della malattia che stava imperversando tra i suoi uomini. « Vi farei soltanto perdere tempo. Radunate gli uomini e tornate alla nave. Salpate con la corrente e allontanatevi dalla costa, poi puntate a nord e tornate a Panama. »

Costa lo fissò per un istante, quindi si voltò di scatto per allontanarsi.

Alvarado lo afferrò per il polso, stringendo così forte che quello temette potesse spezzargli le ossa. « Date alla mia famiglia ciò che dovete a me, o vi perseguiterò per il resto dei vostri giorni.»

Costa annuì. Era l'unica promessa fatta che avrebbe avuto paura a infrangere.

Quando gli uomini partirono, Alvarado sentì salire la febbre. Si era armato con due moschetti carichi e la sua balestra. Agli altri uomini ancora in grado di tenere in mano un'arma era stata consegnata una pistola carica oltre a parecchie razioni di rum.

Con i fuochi che continuavano ad ardere nella notte, e il fumo che gravava basso e denso, aspettarono. Parve un'eternità, ma alla fine gli indigeni arrivarono.

Attraverso un varco nella parete di fango Alvarado li vide avvicinarsi. Quando furono a tiro, sparò al gruppo più vicino.

Lo scoppio li disperse, ma ne arrivarono altri, da direzioni diverse. E fecero irruzione tra le capanne da ogni parte.

Le pistole fecero fuoco e parecchi indigeni caddero a terra, ma l'orda proseguì la sua corsa passando sui corpi dei fratelli morti, mentre altri sfondavano le pareti sottili per unirsi all'attacco.

Alvarado fece fuoco con il secondo archibugio, uccidendo altri due indigeni. Ne colpì un terzo alla testa con la canna ancora fumante, ma un attimo dopo fu scaraventato a terra.

Allora afferrò la balestra e scoccò un dardo nella mischia. Stava per prendere il pugnale quando un'ascia di pietra gli calò sul polso staccandogli la mano di netto.

Urlò per il dolore e istintivamente si afferrò il moncherino sanguinante con l'altra mano. Ma una lancia lo colpì in mezzo alla schiena paralizzandolo, mettendo fine al suo urlo e lasciandolo a terra, incapace di muoversi o di gridare.

Immobile, Alvarado assistette al massacro dei suoi uomini malati e moribondi. Gli indigeni li colpivano con le asce e poi, non paghi, li pugnalavano ripetutamente. Il parossismo durò parecchi minuti, con il sangue, il sudore e la saliva che volavano in tutte le direzioni.

Alvarado rimase lì, dato per morto. Mentre la sua vista si spegneva, intravide gli indigeni trascinare i pochi sopravvissuti nella foresta. Non avrebbe mai saputo la loro sorte.

Invisibili in quel pandemonio, i minuscoli agenti patogeni responsabili del vaiolo e del morbillo si erano propagati con ogni respiro, con ogni schizzo di sangue e di saliva. Gli indigeni di quel Nuovo Mondo non erano mai stati esposti a essi prima di allora. Non avevano difese contro quel nemico invisibile.

Nel giro di una settimana la maggior parte dei guerrieri che avevano partecipato all'attacco si sarebbero ammalati e sarebbero morti. Nel giro di un mese, sarebbe stato colpito l'intero villaggio. Entro la fine dell'anno decine di altri insediamenti sarebbero stati contagiati e, entro dieci anni, l'intera regione sarebbe stata in declino, piegata dall'epidemia.

Senza alcun controllo, il vaiolo avrebbe decimato l'impero Inca, spianando la strada alla conquista spagnola dopo aver ucciso oltre il novanta per cento della popolazione indigena del Sud America. Un intero continente devastato da un'arma che nessuno poteva vedere.

1

Base aerea di Vandenberg, California, giorni nostri

Steve Gowdy sedeva nella semioscurità su una confortevole poltroncina al livello più alto di una sala di controllo nel cuore della base aerea di Vandenberg. L'ambiente assomigliava ai centri di comando della NASA di Houston e Cape Canaveral, ma era più piccolo e affollato di militari anziché di civili.

Gowdy era prossimo alla cinquantina. Indossava una polo grigia e pantaloni neri. I pochi capelli biondastri e pettinati con cura non riuscivano a nascondere la cute sottostante. Avrebbe potuto essere un giocatore di golf pronto ad affrontare diciotto buche al locale country club, un civile in visita alla base, o un manager di medio livello costretto a partecipare suo malgrado all'ennesima riunione. Soltanto le fitte rughe intorno agli occhi e l'inconsapevole tamburellare delle dita sul bracciolo della poltroncina tradivano il suo coinvolgimento.

Gowdy non era venuto a Vandenberg per un tour guidato della base né per ammirarne la tecnologia, ma per sovrintendere alla fase conclusiva di una missione così segreta che soltanto quaranta persone in tutto il mondo erano al corrente della sua esistenza.

Il progetto si chiamava *Ruby Snow*, che non significava nulla ovviamente, ma a Gowdy piaceva perché aveva un suono poetico. Riguardava un nuovo aereo finanziato dalla National Security Agency e gestito dall'aeronautica militare e da alcune strutture del dipartimento della Difesa.

Aereo non era il termine giusto, rammentò a se stesso. Il *Nighthawk* era un velivolo ibrido, in parte aereo in parte veicolo spaziale, l'ultimo di una lunga serie di sistemi di trasporto spaziali iniziata con lo space shuttle. Era il velivolo più all'avanguardia che avesse mai solcato il cielo e stava finalmente rientrando sulla Terra dopo tre lunghi anni in orbita.

Un'estesa perturbazione che si stava formando sul Pacifico aveva spinto la NSA ad anticipare il rientro di una settimana ma, a parte questo, tutto era andato secondo i piani.

Gowdy seguiva il rientro in diretta su enormi schermi ad alta definizione che occupavano tutta la parete frontale della sala. Su uno c'era una colonna di numeri e simboli che in tutta sincerità non gli dicevano nulla, a parte il fatto che restavano stabilmente verdi.

Un secondo schermo mostrava un grafico con una linea che scendeva bruscamente dall'angolo in alto a sinistra per poi diventare orizzontale verso il centro e riprendere a scendere sul lato destro. Contrassegnato dalla dicitura *Nighthawk-Profilo di discesa*, il grafico aveva qualcosa a che fare con l'altitudine, la velocità e la distanza del velivolo. Lui però teneva lo sguardo puntato sullo schermo centrale, dove una mappa satellitare mostrava l'oceano Pacifico e le coste occidentali dell'intero continente americano.

Le icone che rappresentavano il *Nighthawk* e le linee che ne indicavano il percorso avevano colori sgargianti. Poiché il *Nighthawk* seguiva un'insolita rotta polare, la traiettoria di rientro aveva origine sopra l'Antartide e attraversava il globo in diagonale. Aveva superato la Nuova Zelanda passandole a est, a meno di duecento chilometri di distanza, e da lì aveva tirato dritto sopra le isole Cook e Tahiti. Era passato a sud delle Hawaii e ora proseguiva verso Vandenberg e i deserti della California. Aveva ancora parecchie migliaia di chilometri da percorrere, ma a una velocità di oltre novemila chilometri sarebbe atterrato in meno di quaranta minuti.

Dal sistema di altoparlanti, chiamato loop, echeggiò un annuncio. « Il veicolo ha superato il Max Q » disse una voce anonima. « Nessun problema allo scudo termico. Temperature in discesa. »

Max Q. Quello era un termine che Gowdy conosceva. Indicava un punto critico... il punto di massima sollecitazione aerodinamica sul velivolo. Un punto in cui un difetto della struttura o un suo danneggiamento avrebbero con ogni probabilità comportato un cedimento e la perdita del velivolo.

Sentire che il *Nighthawk* aveva oltrepassato il Max Q ridusse anche se di poco l'apprensione di Gowdy. C'erano ancora tante cose che potevano andare storte, ma l'ostacolo maggiore era stato superato.

Lanciò un'occhiata al piano di mezzo della sala, che era costruita come un anfiteatro. Quel livello era il dominio del direttore di volo, nello specifico un colonnello dell'aeronautica di nome Frank Hansen. Hansen era un veterano dallo sguardo d'acciaio, con trent'anni di esperienza, un ex pilota di caccia e collaudatore sopravvissuto a due espulsioni e a un impatto, ora a capo del 9th Space Operations Squadron.

Hansen si voltò, incrociò il suo sguardo e fece un cenno col capo. Per ora tutto bene.

Di tutti i controllori, gli specialisti di sistema e gli esperti presenti in sala, Hansen era l'unico – a parte Gowdy – che comprendeva appieno il rischio colossale che stavano correndo. E se Gowdy lo aveva giudicato bene, Hansen era nervoso quanto lui.

Hansen premette il pulsante dell'interfono. « Datemi un aggiornamento di stato » ordinò con voce calma.

Più in basso, al piano inferiore della sala, entrarono in azione i controllori di sistema. Ognuno di loro aveva un solo sistema di cui occuparsi: guida, telemetria, propulsione, e via dicendo. Come gli spettatori che siedono in prima fila al cinema, per riuscire a vedere lo schermo principale erano costretti a piegare la testa all'indietro, ma poiché tutte le informazioni di cui avevano bisogno erano sui piccoli monitor davanti a loro, alzavano raramente lo sguardo finché non avevano portato a termine il loro compito.

Gowdy si appoggiò allo schienale della poltroncina e ascoltò la serie di risposte che arrivavano tramite il loop, continuando a tamburellare con le dita.

« Telemetria okay. »

« Sistemi elettrici okay. »

« Controlli di volo okay. »

E così via, uno dopo l'altro, confermando le buone notizie, finché tutti i controllori ebbero fatto rapporto, tutti tranne uno.

Seguì un momento di imbarazzo. Sotto di lui, Hansen attese e poi premette il pulsante dell'interfono. « Guida, qual è il vostro stato? »

Nessuna risposta.

« Guida? »

Sulla sala scese un silenzio di tomba. Le dita di Gowdy smisero di tamburellare. In tutte le simulazioni non c'era mai stato un ritardo, neppure di qualche secondo. Si alzò in piedi, si sporse oltre la ringhiera per guardare giù verso la fila più in basso, dove si trovava il controllore addetto alla guida.

Un giovane aviere con i capelli a spazzola batteva furiosamente sulla tastiera, passando da uno schermo all'altro.

« Guida? » chiamò Hansen. « Mi serve una risposta. »

« Guida okay » rispose finalmente l'aviere, « ma riscontriamo un ritardo nella ripetizione. »

Poiché il *Nighthawk* era un veicolo senza pilota controllato in remoto da Vandenberg, il sistema era stato progettato perché ripetesse ogni istruzione al centro di controllo prima di eseguire una manovra, un po' come un pilota ripete le istruzioni al controllore del traffico aereo per accertarsi che non ci siano equivoci.

Gowdy premette il pulsante dell'interfono tramite il quale poteva comunicare direttamente e in privato con Hansen. « Cosa succede? Che significa? »

« Un ritardo nella ripetizione potrebbe essere qualunque cosa » rispose Hansen. Il suo tono era pratico, distaccato. « Potrebbe significare una difficoltà a processare il comando, un errore da parte nostra, o magari... »

Prima che potesse proseguire, fu interrotto dal controllore addetto alla telemetria. « Telemetria a livello giallo. Il segnale è intermittente. »

Sul grande schermo pieno di numeri, due posizioni avevano cominciato a lampeggiare in giallo; una terza prese a lampeggiare in rosso.

« Riscontrata deviazione dalla rotta » annunciò il controllore di rotta. « Due gradi a sud in aumento... cinque gradi in aumento... »

A Gowdy si strinse la gola. Chiamò di nuovo Hansen. « Cosa sta succedendo? »

Hansen era troppo impegnato per rispondere e Gowdy tornò a rivolgere lo sguardo sullo schermo. La traiettoria del *Nighthawk* aveva cominciato a curvare, piegando a destra, lontano dalla California, e puntava verso il Centroamerica.

« Undici gradi a sud in aumento » annunciò il controllore di rotta. « Velocità in diminuzione, discesa interrotta. Quota costante trentamila metri. »

Gowdy non riusciva a credere ai propri occhi. Invece di scendere come pianificato, il *Nighthawk* si stava mettendo in assetto orizzontale a ventottomila metri, e per questo stava perdendo velocità. Poiché a quel punto l'aereo stava planando, era essenziale che mantenesse una corretta traiettoria discendente, altrimenti avrebbe perso così tanta velocità da non poter più atterrare in California.

Gowdy sentì che gli tremavano le gambe. Si aggrappò alla ringhiera con una mano e con l'altra si frugò in tasca in cerca di una chiave.

« Ritrasmettere comandi di rotta » ordinò secco Hansen.

« Non risponde » disse il controllore.

« Riavviare sistema di navigazione. »

« Riavvio iniziato... sta lavorando. »

Gowdy scese le scale fino al livello di Hansen e lì rimase. Adesso sudava, gli tremavano le mani, e stringeva spasmodicamente la chiave che sperava di non dover mai usare.

Com'era possibile che stesse andando tutto storto proprio adesso? Dopo dieci anni di ricerca e tre nello spazio? Com'era possibile che l'impresa fallisse proprio alla fine?

« Ventun gradi a sud » disse il controllore di rotta. « Quota costante a ventottomila metri, velocità in calo a settemilaquattrocento. »

« Cosa sta succedendo? » gridò Gowdy a Hansen, abbandonando ogni parvenza di calma.

« Abbiamo perso il controllo. »

« Questo lo vedo » ribatté Gowdy. « Come mai? »

« Impossibile dirlo » rispose Hansen. « Sembra un cambiamento di rotta costante verso destra. Potrebbe essere un'avaria all'ala o allo stabilizzatore verticale. Ma questo non spiega i problemi alla telemetria o il ritardo nella ripetizione dei comandi. »

Gowdy giocherellò con la chiave che teneva in tasca, rigirandola tra le dita. Era sua precisa responsabilità abortire la missione se fosse diventata troppo pericolosa, una decisione che spettava solo a lui. Agire troppo presto, prima che davvero non ci fosse più speranza, sarebbe stato un errore, ma agire troppo tardi... sarebbe stato un disastro.

Fece un passo avanti, invadendo lo spazio vitale di Hansen. Hansen lo spinse da parte per passare, scaraventandolo quasi a sedere. I due non si erano mai stati simpatici. Hansen riteneva che Gowdy non avesse sufficienti nozioni di fisica e astronautica per essere assegnato al programma, mentre per Gowdy il colonnello era un arrogante che mal tollerava la sua autorità. I pezzi grossi avevano ordinato loro di andare d'accordo e per un po' aveva funzionato, ma ora non più.

« Il segnale del transponder è discontinuo » annunciò il controllore della telemetria. « Stiamo perdendo il contatto. »

« Riavviare transponder » ordinò Hansen. « Se si spegne perdiamo la traccia del velivolo. Non è sotto la nostra copertura radar primaria. »

Gowdy aspettava, immobile. Era come se non si sentisse più il corpo, e ascoltava quasi in trance il disperato scambio di informazioni. Non aveva importanza che avessero o meno la copertura radar. Il *Nighthawk* era stato progettato per essere totalmente invisibile. A differenza di altri velivoli spaziali, era di colore nero, invisibile ai telescopi, e ricoperto con i più avanzati materiali radar-assorbenti.

Alzò lo sguardo. Ora il veicolo sfrecciava verso la costa del Sud America a seimilacinquecento chilometri orari. Il cambiamento di rotta stava rallentando, la velocità continuava a scendere. Il sentiero massimo di discesa, evidenziato sulla mappa con un cerchio ombreggiato in arancione, si stava restringendo a ogni secondo che passava, e si stava spostando verso sud. Non copriva più gli Stati Uniti.

Gowdy sapeva cosa doveva fare. Non c'era più motivo di aspettare.

Prese la chiave rossa dalla tasca e la inserì in una fessura nel pannello davanti a lui. Girandola aprì uno scomparto da cui emerse una colonnina che salì fino a bloccarsi. Era dipinta con V gialle e nere. Al centro c'era un pulsante rosso protetto da piccole sbarre di metallo che impedivano che potesse essere premuto per errore.

Gowdy guardò lo schermo. Stavano arrivando una serie di dati errati secondo cui il *Nighthawk* si trovava in parecchi luoghi diversi nello stesso momento. Le icone lampeggiavano qua e là ma la linea continuava a dirigersi verso sud, puntando dritta verso le isole Galápagos e la costa dell'Ecuador.

« Riavvio del sistema di navigazione completato » annunciò il controllore.

« E? » chiese Hansen.

« Nessuna risposta. »

« È finita » sussurrò Gowdy. Girò la chiave verso destra e il pulsante rosso si illuminò.

« *Sistema di autodistruzione armato* » annunciò una voce computerizzata.

Gowdy allungò la mano verso il pulsante.

Una mano salda lo bloccò, afferrandolo per il polso.

Hansen era ricomparso al suo fianco. « È pazzo? » ringhiò il colonnello dell'aeronautica.

« È fuori rotta » disse Gowdy. « Non possiamo lasciare che precipiti in un'area popolata. Il rischio che accada il peggio è troppo alto. »

Hansen continuò a trattenere il braccio di Gowdy. « Il peggio è *già* accaduto. È accaduto nel momento in cui abbiamo riportato il *Nighthawk* e il suo carico nell'atmosfera. Distruggerlo ora servirà solo a provocare la catastrofe. »

Gowdy sbarrò gli occhi, confuso. Provava una sensazione di vertigine. Davvero non capiva. Ma d'altro canto, era proprio di questo che Hansen aveva continuato a lamentarsi. Lui e la scienza erano due cose diverse.

All'improvviso il *Nighthawk* scomparve dallo schermo. Il grafico che mostrava il suo profilo di discesa si spense e tutti i numeri sullo schermo più lontano cominciarono a lampeggiare in rosso.

« Telemetria persa » annunciò il controllore con voce priva di emozione. « Abbiamo perso i contatti con il *Nighthawk.* »

Un mormorio percorse la sala. Un mormorio di paura. Gowdy fissò lo schermo, aspettando e sperando che ricomparisse la linea che indicava il percorso. Assistette in silenzio mentre i ripetuti tentativi di ristabilire il contatto tra Vandenberg e l'aereo fallivano, uno dopo l'altro.

Alla fine sullo schermo comparve un nuovo numero che cominciò a scendere rapidamente verso lo zero.

« Cos'è quello? » chiese Gowdy.

« Tempo residuo al suolo » rispose Hansen con spietata franchezza. « Il tempo massimo che il *Nighthawk* può restare in volo prima di raggiungere altitudine zero. »

Il numero continuò a scendere, implacabile, passando dai minuti ai secondi per poi fermarsi a 0:00:00.

« E ora? » chiese Gowdy.

« Datemi le immagini satellitari dal vivo » ordinò Hansen. « Campo esteso. Pacifico meridionale e Sud America occidentale. »

I controllori eseguirono gli ordini. Nessuno chiese perché.

Una dopo l'altra apparvero le immagini satellitari. Gowdy osservò quello scenario tranquillo. Nubi sospinte dal vento sopra il Pacifico. La costa occidentale del Sud America che si stagliava contro le acque blu dell'oceano. Una perturbazione tropicale nel Pacifico che girava come una giostra.

Tutto appariva così calmo, così sereno.

« Cosa sta cercando? » chiese.

L'inflessibile colonnello dell'aeronautica si voltò verso il burocrate della NSA che tanto a lungo aveva sopportato e si lasciò sfuggire un sospiro. Era più di sollievo che di frustrazione.

« In assenza di comandi da terra, il *Nighthawk* entrerà in modalità autonoma. Quando valuterà la propria posizione e stimerà di non poter raggiungere Vandenberg, l'aereo eseguirà procedure di discesa d'emergenza, rallenterà fino a raggiungere la velocità appropriata e ammarerà in sicurezza grazie a un paracadute.»

«Come fa a sapere che non si è già distrutto?» replicò Gowdy, cercando di riaffermare la propria autorità. «Come fa a sapere che il sistema di ammaraggio automatico non è andato in tilt come tutto il resto?»

«Perché noi siamo ancora qui» rispose Hansen.

Ci volle un momento, ma poi Gowdy cominciò a capire. Alzò lo sguardo verso le immagini satellitari e tutte le cose normali che queste riproducevano. «Quanto tempo abbiamo?»

Hansen fece un rapido calcolo mentale. «Sette giorni» disse. «Meno, se le celle a combustibile, i pannelli solari o le batterie hanno subito danni.»

Gowdy tornò a voltarsi verso lo schermo e l'enorme distesa del Pacifico. Sette giorni per perlustrare tutto quell'oceano e trovare un ago in quel pagliaio d'acqua. Sette giorni per trovare e neutralizzare una bomba a orologeria che avrebbe potuto scuotere le fondamenta stesse della Terra.

2

Kohala Point, Hawaii

Kurt Austin stava a cavalcioni di una tavola da surf nelle acque tropicali a mezzo miglio dal faro di Kohala sull'isola di Hawaii. Il sole cocente del Pacifico gli scaldava la pelle abbronzata e il moto ondoso lo cullava con un ritmo costante. Con i muscoli tesi e la mente rilassata osservava un'onda di cinque metri formarsi e crescere in direzione della spiaggia per poi rompersi in una perfetta « left-hand ».

La schiuma bianca saettava lungo la cresta, quasi volesse inseguire il surfista che la cavalcava, ma questi mantenne la velocità, cambiò direzione e accelerò verso la spiaggia appena in tempo prima che la cresta si impennasse per poi precipitare alle sue spalle.

L'onda si infranse con forza e le rocce laviche all'estremità sud della spiaggia rimandarono un'eco potente come un tuono. Ma per Kurt era una sinfonia. « Potrei restare qui ad ascoltare questo suono all'infinito » disse.

« È perché sei un *Kaikane* » rispose il surfista accanto a lui con un marcato accento hawaiano. « *Nato dal mare.* »

Kurt lanciò un'occhiata all'hawaiano dalla corporatura robusta che stava a cavalcioni di una tavola corta. I tatuaggi polinesiani sulle braccia e sul petto corrispondevano quasi con esattezza al motivo dipinto sulla tavola. Aveva capelli neri e ispidi, un sorriso dolce e il volto gentile. Il suo nome era Ika, ma tutti lo chiamano Ike.

Kurt sorrise. « Su questo potresti aver ragione. »

Kurt Austin era cresciuto sulla costa nord del Pacifico, dove aveva vissuto gran parte della sua vita tra le barche, a pescare o a nuotare. Entrato nella ditta di recuperi marini del padre, aveva imparato a immergersi quando era ancora adolescente. Da allora aveva passato un numero incalcolabile di ore sott'acqua, dapprima lavorando per il padre, poi per un periodo nella Marina, e in seguito, per diversi anni, in una unità speciale della CIA che si occupava di recuperi e operazioni sottomarine.

Lasciata la CIA era entrato alla NUMA, la National Underwater and Marine Agency, un ente federale la cui attività si concentrava sull'esplorazione, lo studio e la conservazione degli oceani.

Stranamente, più procedeva lungo quella strada, più la tecnologia si intrometteva tra lui e il mare. Dalle immersioni in costume da bagno si era passati a quelle con le mute e poi alle mute stagne. Una seconda pelle che presto era stata sostituita dal guscio degli scafandri rigidi utilizzati per le immersioni a grandi profondità, che ti facevano assomigliare a un astronauta sottomarino. Spesso e volentieri ora utilizzava mezzi sommergibili, o unità robotizzate guidate dalla superficie, o sottomarini pressurizzati e riscaldati, così confortevoli da poterci stare in calzoncini e maglietta. E così, dopo aver portato a termine una missione a Oahu, Kurt aveva deciso di riprendere il contatto con l'acqua e con i ritmi del mare.

Stando alle Hawaii, questo significava fare surf e nel giro di qualche settimana Kurt si era trovato ad affrontare onde sempre più grandi e veloci, spinto dall'instancabile desiderio di migliorare.

Dopo parecchie settimane era diventato bravo quasi quanto le guide locali con cui aveva stretto amicizia. Era così abbronzato che avrebbe potuto passare per un hawaiano, se non fosse stato per i capelli diventati prematuramente color grigio argento.

«Il ritmo delle onde sta cambiando» disse Ike voltandosi a guardare. «Lo senti?»

Kurt annuì. «Le onde arrivano più veloci. E più ravvicinate.»

Era in arrivo una tempesta. Era ancora oltre l'orizzonte ma stava aumentando di intensità. Le onde spinte dalla perturbazione cominciavano a crescere.

«Presto saranno troppo forti per essere cavalcate.»

«Allora approfittiamone» disse Kurt.

Si sdraiò sulla tavola e cominciò a pagaiare con le mani verso il punto di rottura.

Ike fece lo stesso e i due si spostarono più verso riva, aumentando il ritmo e allontanandosi l'uno dall'altro. Le grandi onde si susseguirono sotto di loro finché Kurt sentì arrivare un'onda gigantesca, la più grossa della giornata.

Quella era l'onda che voleva, quella che racchiudeva in sé potenza e pericolo in egual misura. Pagaiò più forte, arrivò vicino alla cresta e si mise in ginocchio. Poi si alzò in piedi e si girò con tempismo perfetto, scendendo lungo la faccia dell'onda e accelerando mentre la cresta cominciava a incurvarsi.

Ike era davanti a lui e stava già disegnando nell'acqua una scia bianca come se la sua tavola fosse spinta da un razzo. Kurt traversò la faccia dell'onda dietro di lui e non poté fare a meno di sorridere per l'incredibile sensazione di essere attraversato dalla forza stessa dell'oceano.

Accelerando giù per la faccia dell'onda e tagliando verso sinistra, si teneva poco più avanti rispetto alla cresta che, incurvandosi, formava un tubo subito dietro di lui. Abbassò la mano e sfiorò l'acqua con le dita, rallentando finché tutto attorno a sé non vide altro che un tubo azzurro traslucido, una lastra di vetro liquido.

L'onda ruggiva come se fosse viva e cominciò a chiudersi su di lui come Scilla e Cariddi. Un attimo prima di essere travolto, Kurt girò la tavola e uscì rapidissimo dall'onda.

Vide Ike, più avanti, e un altro surfista che aveva preso la stessa onda. Erano un po' troppo vicini e Ike fu costretto a cambiare traiettoria. La sua manovra fu abbastanza veloce da evitare lo scontro, ma l'altro surfista fu sopraffatto dalla velocità e dalla potenza dell'onda, e cadde in acqua.

Kurt scartò per evitarlo, ma a quel punto il mare li colse tutti di sorpresa: l'onda si impennò all'improvviso per poi rompersi di colpo.

L'intero fronte dell'onda crollò tutto assieme: una bella differenza dal lungo frangente che si erano goduti fino a quel momento. Una montagna d'acqua si abbatté sulle spalle di Kurt, sbattendolo giù dalla tavola e mandandolo sotto.

Fu trascinato in profondità e sbattuto contro la sabbia. Una roccia lavica affiorante gli provocò un taglio profondo al braccio. Kurt sentì lo strattone del laccetto attaccato alla caviglia e poi la tavola venne strappata via.

La gigantesca onda lo tenne sotto, ma l'esperienza di subacqueo lo aiutò a non farsi prendere dal panico. Riprese l'equilibrio mentre la corrente di ritorno lo avvolgeva e l'acqua tornava abbastanza limpida da poter vedere la luce in alto. Puntò i piedi e si diede una spinta per tornare in superficie.

Quando riemerse, Kurt si guardò subito attorno. Un'altra onda gli stava arrivando addosso a tutta velocità. La tavola era stata scagliata a riva e ora giaceva sulla spiaggia. Anche Ike era nell'acqua bassa; era risalito sulla tavola e stava pagaiando come un matto per tornare al largo.

Kurt capì subito il motivo: l'altro surfista era scomparso. Era finito sotto e non era ancora risalito.

Kurt fece un respiro profondo e si immerse mentre l'onda seguente si frangeva sopra di lui. Sentì l'onda che lo afferrava, lo sollevava e poi lo lasciava andare, quasi che lui fosse oltre la sua portata. Udì il rombo soffocato dell'onda che si rompeva più avanti e cercò disperatamente di vedere attraverso i mulinelli di sabbia sospinti verso di lui.

Intravide un lampo di colore, giallo e rosso, offuscato dal colore dell'acqua e reso nebuloso dai limiti della vista umana sott'acqua. Scalciò con forza e con una potente bracciata si lanciò in avanti fino ad afferrare la tavola del surfista. Era incastrata in un interstizio tra le rocce. Risalendo tastoni la tavola, Kurt trovò il laccetto e con quello tirò a sé il surfista privo di sensi, poi aprì la chiusura di velcro che lo teneva assicurato alla caviglia.

La risacca tornò. Stava per arrivare un'altra onda. Kurt attirò a sé il surfista inerme, si diede una spinta ed emerse oltre la cresta dell'onda.

Nuotò verso riva. L'onda successiva si franse dietro di loro e li scagliò in avanti in un'esplosione di spruzzi e di schiuma.

Quando arrivarono nell'acqua bassa, parecchi altri surfisti accorsero in loro aiuto. Afferrarono l'uomo ferito per le braccia e per le gambe e lo portarono sulla spiaggia.

Ike aiutò Kurt a rimettersi in piedi e a risalire sulla battigia, dove rimase con le mani sui fianchi a inspirare tutto l'ossigeno che i polmoni riuscivano a incamerare. « Stai bene? »

A qualche metro di distanza, l'altro surfista, girato su un fianco, tossiva e sputava acqua. Uno degli uomini che erano con lui fece segno di sì con la testa.

Ike sorrise alzando il laccetto rotto di Kurt. « Guarda. Hai rotto il laccetto. Ora sei un vero surfista. »

Ike rise e diede a Kurt una spinta scherzosa.

« Non è esattamente come avrei voluto che finisse » disse Kurt. « Cos'è successo con quell'onda? Stava andando tutto alla grande e poi... »

Ike si strinse nelle spalle. « Ogni onda è diversa dall'altra, fratello. Fa parte del gioco. Moana ti lascia divertire, ma di tanto in tanto ti ricorda: *Io sono pericoloso. Sono imprevedibile. Un giorno mi rivolterò contro di te, e in quel momento di verità scoprirai di non potermi controllare. Scoprirai di essere alla mia mercé e solo io potrò decidere se tenerti sotto o lasciarti andare.* »

Kurt gradì la poeticità di quelle parole, tanto che si limitò a commentarle con un rispettoso cenno del capo e un'occhiata verso il mare. Le onde stavano crescendo, la tempesta si avvicinava. Moana non li avrebbe lasciati più divertire quel giorno.

Un urlo dal punto più alto della spiaggia interruppe le sue fantasticherie. « Kurt Austin » gridò una voce.

Aveva un tono ufficiale, così tagliente e chiara, da risultare fuori posto su una spiaggia tanto ricca di colore locale.

Kurt alzò lo sguardo e vide un uomo scendere dalla strada. Indossava pantaloni sportivi neri, scarpe eleganti e camicia bianca. Aveva spalle e fianchi stretti, ma era dritto come un fuso e si muoveva con determinazione. Era sceso da un SUV bianco parcheggiato sulla strada sopra la spiaggia.

« Kurt? » gridò di nuovo l'uomo, avvicinandosi.

« Se fossi in te non risponderei » sussurrò Ike sporgendosi verso Kurt. « Sembra uno della Five-O. »

« Magari fossi così fortunato » ribatté Kurt. Sapeva riconoscere un rappresentante del governo, e quello lo conosceva pure di persona. « Rudi Gunn » disse, porgendo la mano al numero due della NUMA. «Non sapevo che fossi sull'isola. Ti avrei portato a fare surf con me.»

«Sono arrivato poche ore fa» rispose Rudi, stringendo la mano di Kurt, «ma considerato quello che ho appena visto, sarò costretto a considerare ogni tuo futuro invito come un piano per sbarazzarti di me e prendere il mio posto.»

«E occuparmi tutto il giorno di scartoffie? No grazie. Cosa ci fai qui?»

«Ho provato a chiamarti» rispose Rudi. «Devo aver lasciato almeno dieci messaggi in segreteria.»

«Surf e cellulari non vanno esattamente d'accordo» disse Kurt. «Qual è l'emergenza?»

«Chi ha detto che c'è un'emergenza?»

Kurt lo guardò con espressione scettica.

«E va bene» disse Rudi. «Probabilmente c'è un'emergenza – altrimenti non mi avrebbero mandato a prenderti – ma io non so di cosa si tratta. Sono stato fortunato che il fattorino dell'albergo ti ha visto caricare in macchina una tavola da surf e dirigerti da questa parte.»

«Il ragazzo si è appena giocato la mancia» osservò Kurt.

«Sopravvivérà con quella che gli ho dato io» ribatté Rudi. «Fidati.»

Kurt capì che era ora di andare. Si voltò a guardare il surfista che aveva tirato fuori dall'acqua. Il giovane stava sorridendo. Gli fece un segno ruotando il polso con la mano stretta e pollice e mignolo sporti in fuori. *Non ti preoccupare.*

Kurt rispose con lo stesso gesto e poi si voltò verso Ike. «Il mare non è l'unica cosa imprevedibile. A quanto pare il lavoro mi aspetta.»

Infilò la maglietta nera e afferrò lo zaino che aveva portato con sé. Mentre risalivano la spiaggia verso il SUV, pose a Rudi l'ovvia domanda: «Allora, cosa puoi dirmi adesso che siamo lontani da orecchi indiscreti?»

Gunn scosse il capo. «Solo ciò che è ovvio. Che non abbiamo tempo da perdere.»

Kurt immaginava che Rudi sapesse qualcosa di più, ma era un uomo riservato, come tutti quelli della NUMA, del resto. Se sei risultato il primo della tua classe a West Point, tendi ad avere una certa autodisciplina. « Suppongo di non avere il tempo per fare una doccia e cambiarmi, vero? »

Gunn scosse la testa. « No, temo proprio di no. »

3

Rudi Gunn guidò fino all'aeroporto di Upolu, una piccola pista di atterraggio sull'estremità nord dell'isola. Uno scintillante Gulfstream color turchese attendeva sulla pista con i motori accesi. Era un aereo della NUMA, un modello che Kurt riconobbe tra quelli che venivano utilizzati a lungo raggio.

Appena Kurt e Rudi presero posto, il portellone venne immediatamente chiuso. Qualche istante dopo stavano già rullando lungo la pista. Dopo un decollo lungo, il Gulfstream puntò verso il cielo e virò a est.

Mentre salivano, Kurt guardò fuori dal finestrino. In lontananza vide le nubi scure della depressione tropicale responsabile della violenza delle onde di poco prima. Dopo un silenzioso e rispettoso riconoscimento alla potenza della tempesta, tornò a rivolgere la propria attenzione a Rudi.

Di tutti gli uomini della NUMA, Gunn era il più enigmatico. Prossimo alla cinquantina, non aveva mai perso la passione e l'amore per la precisione che da sempre era il suo tratto distintivo. Impetuoso ma riservato, sapeva essere spiritoso e divertente ma non abbassava mai la guardia. La sua mente era sempre vigile. Anche adesso, mentre rifletteva su quello di cui presto avrebbero discusso, Kurt capiva che stava pianificando, riorganizzando le cose. Era un genio della logistica con un grande talento nell'organizzare le cose nel modo più efficiente.

Kurt lo lasciò tranquillo. Passarono venti minuti prima che scambiassero una parola. « Pensi che passerà una hostess prima o poi? Io berrei qualcosa. »

« Sai che l'alcol non è più permesso sugli aerei della NUMA » rispose Rudi.

Kurt ridacchiò. *Ligio alle regole, come sempre.* « Veramente pensavo a una bottiglia d'acqua o a una bella Coca fredda. »

« Oh, scusa » fece Rudi. « Serviti pure. » Indicò il frigo.

Kurt slacciò la cintura di sicurezza e andò al minibar. Lo aprì e prese due bottigliette di Coca dal fondo, dove erano più fredde. Vetro, non plastica, e le scritte piccole erano in spagnolo. Questo lasciava intendere che l'aereo era stato rifornito a sud del confine. Ruotando la bottiglia, Kurt trovò l'indirizzo della ditta imbottigliatrice, annuì tra sé e chiuse lo sportello del frigo.

Tornò al suo posto, aprì entrambe le bottigliette e ne spinse una verso Rudi. « È venuto il momento di fare quattro chiacchiere » disse. « A giudicare dal decollo lungo e dalla salita lenta, intuisco che abbiamo i serbatoi pieni. Dalla rotta, posso tranquillamente affermare che non stiamo andando a Oahu né a Los Angeles, e dalle grinze sulla tua camicia deduco che sei su questo aereo da parecchio tempo. Sei venuto a prendermi per portarmi da qualche parte. Allora, dove siamo diretti? In Sud America? »

Mentre Kurt parlava, Rudi era intento a versare la Coca in un bicchiere. « Sud America? » disse. « È questa la tua supposizione? »

« Sì. »

« Un'area piuttosto vasta » rispose Gunn con un sorriso. « Non potresti essere un po' più preciso? »

Kurt finse di esitare per qualche secondo, come se stesse riflettendo, anche se aveva già ben chiara la risposta. « Ecuador. »

Gunn inarcò le sopracciglia.

« Guayaquil, per l'esattezza » aggiunse Kurt.

Gunn sembrava sinceramente colpito. « Con tutto il dovuto rispetto per il grande Johnny Carson, Carnac l'indovino è un dilettante, in confronto a te. »

« Non direi » rispose Kurt, ridendo e indicando la bottiglietta di Coca. « Queste sono state imbottigliate a Quito. Ma è una città lontana dal mare. Il principale porto dell'Ecuador si trova a Guayaquil. E noi di solito operiamo in mare. »

« Hmm » fece Gunn. « Non so se essere ancora più colpito o meno. »

Un telefono rosso prese a ronzare accanto alla poltroncina di

Gunn. Lui sollevò il ricevitore e rimase in ascolto per un momento. « Siamo pronti » disse poi. « Attivate il collegamento. »

« Se non sei tu a darmi informazioni, chi è? »

« Un collega della National Security Agency. »

« Adesso lavoro per la NSA? » chiese Kurt. Non era la prima volta che veniva prestato ad altre agenzie.

« Non solo tu » rispose Gunn. « Ogni nave e ogni membro della NUMA nel raggio di ottomila chilometri. »

Questa volta fu Kurt a inarcare le sopracciglia. « Hanno perso qualcosa. »

Gunn non confermò né smentì. « Lascerò che siano loro a spiegarti. »

Lo schermo piatto sulla paratia si accese. L'immagine era quella di una sala riunioni con due uomini seduti a una scrivania. Il primo era un ufficiale dell'aeronautica con una serie di nastrini sulla giacca blu. Il secondo indossava camicia e cravatta.

Fu questo a parlare per primo. « Buon pomeriggio » disse. « Mi chiamo Steve Gowdy e sono il direttore dei progetti ExAt della National Security Agency. »

« ExAt? » ripeté Kurt.

« Extra atmosferici » chiarì Gowdy. « In sostanza, qualunque cosa accada oltre la stratosfera. Compresi i nostri progetti relativi a satelliti e veicoli guidati. »

Kurt annuì per indicare che capiva e Gowdy si sporse verso la telecamera come un annunciatore durante il telegiornale. « Prima che io cominci, lei deve capire che questo progetto è della massima importanza e segretezza, e che solo pochissime persone ne sono a conoscenza. »

Kurt aveva già sentito quel discorsetto. « Alla NSA non c'è nulla che non sia segreto. Ma capisco. »

Gunn fece un gran sorriso, ma Gowdy non parve comprendere la battuta.

« Abbiamo perso il controllo di un nostro progetto alla fine della missione » proseguì Gowdy. « Un veicolo sperimentale in fase di rientro sopra il Pacifico meridionale. »

Kurt sapeva qualcosa delle operazioni spaziali della NSA. « Lo X-37 » disse, riferendosi al noto veicolo della NSA lanciato da un razzo vettore che tornava sulla Terra planando come lo space shuttle.

« No » rispose Gowdy. « Un veicolo che chiamiamo *Nighthawk*. La sua denominazione ufficiale è VXA-01. È il primo del suo genere. In un certo senso, lo X-37B era un prototipo, un banco di prova per sviluppare determinate tecnologie. Il nuovo veicolo è grande il doppio dello X-37 e molto più avanzato. »

« Sono colpito » disse Kurt. « Non ne ho mai sentito parlare. »

« Abbiamo fatto del nostro meglio per tenerlo nascosto » ammise Gowdy. « Mantenendo un alone di mistero intorno allo X-37, siamo riusciti a tenere impegnata l'attenzione del pubblico su di esso, offrendogli qualcosa su cui fare congetture. Nel frattempo abbiamo costruito il *Nighthawk* e lo abbiamo tenuto in orbita nello spazio per tre anni. Purtroppo durante la fase di rientro ha deviato dalla rotta e non ha più risposto ai comandi. »

« Quindi... la nostra preoccupazione è che i Klingon si impossessino della nostra tecnologia a curvatura? » chiese Kurt.

Gowdy rimase in un silenzio impietrito prima di rispondere. « Non c'è alcuna propulsione a curvatura » disse senza la minima traccia di umorismo, « ma il *Nighthawk* è il veicolo più avanzato che sia mai esistito. È stato costruito con materiali e tecnologie due generazioni più avanti rispetto a quelle usate dalle agenzie spaziali europea, cinese e russa. È un aereo rivoluzionario. Dico 'aereo' perché a questo assomiglia, ma sia chiaro, è un veicolo spaziale capace di manovrare in orbita, agire autonomamente e portare a compimento missioni mai neppure ipotizzate per lo shuttle. E, pur non possedendo una propulsione a curvatura, è dotato di un rivoluzionario sistema di propulsione a ioni che potrebbe essere utilizzato per i viaggi Terra-Luna e ridurre della metà il nostro tempo di percorrenza verso Marte. »

Kurt annuì. « E voi volete che noi lo cerchiamo. »

« Farete parte di una squadra responsabile di uno specifico settore della zona di ricerca. Accanto a voi lavoreranno mezzi della Marina provenienti da Pearl Harbor e San Diego. »

Mentre Gowdy parlava, Gunn aprì una valigetta e tirò fuori un fascicolo che passò a Kurt.

Kurt lacerò il sigillo con il bordo del palmo della mano. Dentro, trovò informazioni sul *Nighthawk*: dati su traiettoria, sequenza temporale degli eventi, e una mappa.

« Come può vedere » proseguì Gowdy, « lo abbiamo perso a metà strada tra la Polinesia francese e la costa sudamericana. Sulla base dell'ultima rilevazione telemetrica, della velocità e dell'altitudine del veicolo, crediamo sia caduto a est delle isole Galápagos. »

Kurt osservò una foto satellitare su cui erano state tracciate delle linee rosse. Le linee formavano un cono di probabilità che cominciava appena a est delle Galápagos e si allargava in una V sghemba verso l'Ecuador e il Perù. Una scala indicava il calcolo delle probabilità per cui il *Nighthawk* poteva essere caduto in una determinata sezione.

« È dotato di un trasmettitore radio di emergenza? » chiese Kurt, continuando a studiare la mappa.

« Sì » rispose Gowdy, « ma non riceviamo alcun segnale. »

« Allora dovremo cercare dei rottami » concluse Kurt.

« No » ribatté Gowdy con fermezza.

Kurt alzò lo sguardo.

« Abbiamo motivo di credere che il *Nighthawk* sia ammarato intatto » aggiunse Gowdy.

Gowdy proseguì illustrando il sistema di ammaraggio automatico e spiegò che il computer di bordo avrebbe preso il comando dei controlli di volo quando si fossero interrotti i contatti con la base di Vandenberg. Per ben tre volte fece ricorso al termine « fiduciosi » ma non spiegò perché mai il sistema automatico avrebbe dovuto funzionare quando molti altri sistemi di bordo erano andati in avaria.

Kurt non fece commenti. « Quali risorse abbiamo per questo lavoro? »

A quel punto Gunn si impossessò della palla. « Tutto quello su cui siamo riusciti a mettere le mani » disse. « La NUMA ha tre navi in zona, una dirottata dalla costa del Cile e due che si trovavano nel golfo del Messico e stanno arrivando attraverso il canale di Panama.»

Kurt ricevette un altro foglio su cui erano elencate le varie navi.

«Paul e Gamay Trout sono già sul *Catalina*» disse Gunn, riferendosi a due dei più fidati membri della squadra progetti speciali della NUMA. «Erano impegnati in uno studio ecologico lungo la costa del Cile. Arriveranno entro quindici ore.»

«Questa sì che è una fortuna» osservò Kurt.

Rudi annuì. «La *Jonestown* e la *Condor* attraverseranno il canale e arriveranno trentasei ore più tardi.»

«Trentasei ore mi sembra una valutazione ottimistica» disse Kurt, studiando la posizione delle navi. «Ci vogliono quasi trenta ore solo per passare il canale, e in questo periodo dell'anno è intasato come un'autostrada nell'ora di punta. A volte le navi aspettano anche due giorni prima di poter transitare.»

«Hanno ricevuto un'autorizzazione di transito prioritaria» disse Rudi. «Da quando la NUMA ha contribuito a evitare la distruzione del canale alcuni anni fa, ogni volta che passiamo di lì ci riservano il trattamento VIP.»

«Ah» fece Kurt, ricordando di aver sentito parlare di quell'operazione da Dirk Pitt in persona. Il fatto che il direttore della NUMA fosse stato personalmente coinvolto nello sventare la distruzione del canale si traduceva in vantaggi per tutti loro.

Gowdy si intromise nella conversazione. «La NUMA sarà responsabile delle aree di ricerca sud ed est. Entro tre giorni arriverà da San Diego una flotta di salvataggio formata da unità del 131st Salvage Squadron della Marina, mentre altre navi della flotta del Pacifico copriranno l'estremità occidentale dell'area di ricerca.»

Kurt stava guardando l'elenco delle unità. A parte due navi ausiliarie provenienti da San Diego, erano tutte navi da guerra. Cacciatorpediniere e fregate. «Come mai tutta questa potenza di fuoco?»

«Un'involontaria conseguenza della logistica» rispose Gowdy. «Quest'area del Pacifico è lontana da tutto. Quattromilacinquecento miglia da Pearl Harbor. Duemilanovecento da

San Diego. Queste erano le navi più vicine e più veloci equipaggiate per la ricerca di obiettivi sottomarini. Stanno arrivando altre navi di soccorso, ma sono più lente e sono rimaste indietro. E poi ci sono aerei P-3 Orion e P-8A che incrociano sulla zona di ricerca, sganciando boe sonar e altri tipi di boe radioacustiche per agevolare le ricerche. »

C'era una logica in quello che diceva, ma dalle parole dell'uomo traspariva un certo panico. « È una grande flotta » osservò Kurt. « Siete sicuri che sia il modo migliore per condurre l'operazione? »

« Cosa intende dire? »

Kurt chiuse il fascicolo e si appoggiò allo schienale. « Devo supporre che vogliate tenere segreta la vicenda. Una decina di navi americane e uno stormo di aerei intorno alle Galápagos potrebbero tradirvi. Le tartarughe potrebbero pensare a un'invasione. »

Sullo schermo Gowdy annuì, apprezzando la sua premura.

« Potremmo sempre far pubblicare un articolo in cui si dice che la NUMA sta conducendo uno studio ecologico » suggerì Kurt. « Se la notizia uscisse sulla stampa, nessuno si preoccuperebbe nel vedere qualche nave in più girare intorno all'area. Una volta arrivate in zona, potremmo utilizzare i loro elicotteri e le imbarcazioni ausiliarie per fare tutte le ricerche che vogliamo. E tutto senza attirare l'attenzione. »

« Non è una cattiva idea » disse Gowdy. « Purtroppo pensiamo che i servizi di intelligence cinesi e russi siano già al corrente dell'accaduto. Poche ore dopo la sparizione del *Nighthawk* abbiamo notato un improvviso cambio di rotta da parte di parecchie navi appartenenti ai due paesi. Le teniamo d'occhio. Suppongo che lei immagini già dove sono dirette. »

« Alle Galápagos » disse Kurt.

« Esattamente » rispose Gowdy. « Proprio al centro della nostra area di ricerca. »

Questo lasciava intravedere altre complicazioni. « Pensa che interferiranno? »

Gowdy si strinse nelle spalle. « Ho rinunciato a cercare di immaginare cosa faranno i nostri amici cinesi e russi. Il mio lavoro consiste nell'impedire loro di farlo. Ma dopo quel brutto pasticcio in Ucraina e tutti quei problemi nel mar Cinese Meridionale, non mi stupisco più di nulla. E quando lei si renderà conto di quanto siano ansiosi di mettere le mani su ciò che abbiamo, giungerà alla mia stessa conclusione. Secondo i nostri studi, i russi sono rimasti così indietro, in termini di tecnologia, che rischiano di essere doppiati. I cinesi se la passano un pochino meglio perché hanno un esercito di ingegneri e più spie di quante si riesca a contarne, ma operano ancora senza molta ingegnosità e probabilmente sono indietro di dieci anni buoni rispetto ai nostri ultimi progetti. A questo aggiunga il fatto che entrambi i paesi preferiscono recuperare il distacco rubando quello che è nostro piuttosto che elaborare nuove idee, e capirà che si stanno leccando i baffi.»

Kurt comprendeva benissimo. Spiare e rubare era sempre stata parte preponderante dell'attività di ricerca di russi e cinesi. «C'è un motivo se lo space shuttle russo *Buran* è del tutto uguale a quello progettato da noi. E c'è un motivo se il loro bombardiere *Blackjack* è quasi indistinguibile dal nostro B-1.»

«Già» ammise Gowdy. «In un certo senso, non posso biasimarli. Se fossi in loro farei lo stesso. Ma non siamo loro e non dovremo permettere che mettano le mani sopra questo veicolo, in nessuna circostanza.»

«E se lo trovano prima loro?» chiese Kurt, domandandosi se per caso Gowdy stesse parlando di una vera guerra.

«In nessuna circostanza» ripeté.

Il tono era gelido, inflessibile e Gowdy non batté ciglio mentre pronunciava quelle parole. Questo però faceva sorgere un'altra domanda.

«Allora perché non lo avete semplicemente distrutto?» disse Kurt, mettendo da parte il fascicolo. «Avreste evitato che loro potessero mettere le mani su qualcosa di più grande di un frammento di fusoliera.»

Gowdy aveva un'aria affranta.

«Suppongo sia dotato di un meccanismo di autodistruzione, no?» lo incalzò Kurt. «Perché non farlo saltare in aria ed evitare tutto questo?»

«Ci abbiamo provato» rispose Gowdy con voce rauca. «Il comando di autodistruzione non ha funzionato. Un controllo dei dati di telemetria indica la totale perdita dei contatti subito prima dell'invio del comando.»

«Questione di millimetri» disse Rudi Gunn. «Anzi, di secondi.»

Gowdy annuì.

Kurt tornò a riflettere sull'operazione. «Quante navi stanno inviando cinesi e russi?»

«Abbiamo contato nove navi russe, tra cui alcune navi da guerra, e dodici cinesi. Tutte militari. Compresa la nuovissima portaerei.»

«Trenta navi di tre paesi diversi» osservò Kurt. «E tutte che cercano disperatamente la stessa cosa in un'area relativamente ristretta. Cosa potrebbe andare storto?»

«Tutto» rispose Gowdy con un borbottio. «È una corsa contro il tempo. Ogni giorno che passa dal momento della sparizione il pericolo aumenta.»

Kurt pensò che c'era qualcosa di strano nel tono di Gowdy, così come nel silenzio ostinato dell'ufficiale dell'aeronautica che non aveva ancora detto una parola.

«Noi siamo i più vicini» osservò Gunn, inserendosi nella conversazione. «La NUMA arriverà sul posto prima di chiunque altro. Scommetto una bottiglia di tequila Don Julio che la NUMA troverà il *Nighthawk* prima della nostra Marina, e prima dei russi e dei cinesi.»

Gowdy annuì soddisfatto. «Ci sto. Scommetto una bottiglia di tequila Don Julio e ci aggiungo pure una scatola di sigari cubani se riesce a trovarlo prima che arrivino i nostri avversari.»

Kurt ascoltava e intanto rifletteva. Con solo tre navi, due delle quali non sarebbero state sul posto prima di un giorno dopo il suo arrivo, le probabilità di successo erano davvero poche. Ma d'altro canto, lui aveva passato una vita a cercare modi per invertire le probabilità. Mentre studiava la mappa gli venne un'idea, un modo per accrescere le probabilità di successo e allo stesso tempo assestare un colpo alle flotte russe e cinesi.

Alzò lo sguardo con un sorriso da canaglia stampato sulla

faccia. « In questo caso sarà meglio che qualcuno chiami Fidel e gli dica di cominciare a raccogliere le migliori foglie di tabacco dell'isola. Perché se il *Nighthawk* è laggiù, io lo troverò. E lo farò prima che all'orizzonte compaia una bandiera straniera. »

Gowdy aveva un'espressione assorta. Probabilmente pensava che le sue affermazioni non fossero altro che smargiassate. Ma Kurt aveva un asso nella manica. Un asso e un elefante.

4

Pechino, Cina

Constantin Davidov sedeva sul sedile posteriore di una berlina di fabbricazione americana che percorreva un'affollata arteria cinese sul fondo di un canyon di grattacieli costruiti con acciaio brasiliano, vetro coreano e cemento importato dall'Australia.

Lungo i marciapiedi si muovevano masse di persone. Eserciti di pedoni si ammassavano a ogni incrocio come battaglioni contrapposti. Quando il semaforo diventava verde si lanciavano gli uni contro gli altri, ma poi si mescolavano, si incrociavano e passavano oltre senza incidenti, diretti verso cento destinazioni diverse.

Venditori ambulanti e negozi soddisfacevano il loro bisogno di cibo con merce portata dalla campagna. Operai edili scavavano trincee nelle strade per sotterrare nuove tubazioni che avrebbero sopperito al crescente bisogno di acqua e gas della città, mentre lo smog dei tubi di scarico e delle centrali elettriche a carbone saturava l'aria e offuscava la luce del sole anche a mezzogiorno.

« Come fanno a sopportarlo? » borbottò tra sé Davidov.

Il cinese seduto accanto a lui lo sentì e assunse un'aria debitamente offesa. Li Ying era un ufficiale di collegamento dell'esercito di liberazione del popolo, un capitano in uniforme verde pisello con stelline dorate sulle spalline e una manciata di nastrini sopra il taschino. « È la globalizzazione » disse Ying. « Il motore che fa girare l'economia cinese. »

Sul volto di Davidov si disegnò un'espressione di disgusto. Per quello che ne sapeva lui, la globalizzazione e l'interconnessione delle economie mondiali non erano altro che un disastro annunciato, una malattia che stava lentamente infettando le cellule del corpo, che era il mondo. *Tutto, ovunque, in ogni momento.* Sembrava questo il motto. Personalmente, lui aspirava a una maggiore semplicità.

L'ufficiale cinese proseguì. « Nell'arco di una sola generazione, la Cina si è trasformata da una nazione arretrata a una potenza globale. Siamo molto orgogliosi di quanto abbiamo costruito. »

« Prima della rovina viene l'orgoglio » disse Davidov.

La citazione biblica era sprecata con il suo ospite, come il suo significato recondito. E perché no? Perché Ying avrebbe dovuto preoccuparsi? A ventotto anni era capitano dell'esercito di una nazione in rapida ascesa. Come il suo paese, Ying era audace e spavaldo in quella fase della sua vita, per niente intimorito da decenni di lavoro che avrebbero potuto portare a nulla.

« Se non altro siamo andati avanti » disse Ying. « Oggigiorno la Russia sembra non fare altro che regredire. »

Davidov non poteva dargli torto. Quarant'anni prima era venuto in Cina con un gruppo di ufficiali sovietici. Non c'erano auto sulle strade, pochissimi telefoni funzionanti, e non un solo posto decente dove alloggiare, neppure per gli standard di Mosca che a quei tempi erano scandalosamente bassi.

Allora i cinesi compravano MiG e pattugliatori russi con rubli presi a prestito. Allora il petrolio, il carbone e l'aiuto finanziario russo erano un'ancora di salvezza per il regno eremita di Mao, ma adesso... adesso persino un patetico ufficiale fresco di nomina poteva permettersi il lusso di essere scortese con un emissario russo.

La berlina si fermò davanti a un edificio moderno tutto spigoli. Pareti di cemento grezzo interrotte da strette bande verticali di vetro. Il design era di grande impatto: faceva pensare a un castello medievale, con tanto di feritoie per gli arcieri.

Un soldato in guanti bianchi si fece avanti per aprire la portiera. Rimase rigido sull'attenti mentre Ying scendeva, seguito da Davidov.

« Da questa parte » disse Ying.

« Conosco la strada » rispose Davidov. « Resti in macchina. »

« Prego? »

« Mi creda. Non ci vorrà molto » disse Davidov. « Può tenere il motore acceso » aggiunse, alzando lo sguardo verso il cielo marroncino. « Per contribuire alla sua preziosa globalizzazione. »

Un minuto dopo Davidov era all'interno dell'edificio. Le sue scarpe producevano un caratteristico ticchettio sul pavimento di granito del ministero. Fu accompagnato in una sala riunioni. L'uomo con cui era venuto a parlare lo aspettava.

« Qui dentro può parlare liberamente » disse il generale Zhang, del ministero cinese per la Sicurezza di Stato.

« La ringrazio per la rassicurazione » disse Davidov. Era quasi certo che la stanza fosse sotto controllo, ma non aveva importanza. Non aveva intenzione di rivelare niente che il generale non sapesse già. « Abbiamo notizie sull'aereo spaziale americano » annunciò. « Una conferma. »

« E? » fece Zhang, elettrizzato. « Cosa è successo? Gli americani hanno ripreso il controllo? »

« Ci hanno provato » rispose Davidov. « Ma le nostre trasmissioni erano più vicine e più potenti delle loro. Abbiamo scavalcato i loro comandi. Purtroppo, diventa difficile accertare cosa sia successo dopo. »

« Difficile? » Zhang incrociò le braccia. « Il *Nighthawk* ha raggiunto la California o no? »

Davidov fece un sorrisetto. « Conosce la risposta quanto me, Zhang: il veicolo non è tornato a casa. Ma la nostra squadra non è riuscita a stabilire la sua ultima posizione. »

I due uomini rimasero in silenzio. Il russo alto e magro da un lato, il suo ospite più basso e più tarchiato dall'altro.

Davidov era un soldato di cavalleria i cui antenati avevano scorrazzato per la tundra gelata. Aveva arti lunghi e flessuosi, e preferiva la velocità e la sorpresa alla forza bruta... un cavalleggero fin nel profondo.

Zhang era più basso, tracagnotto. La corporatura muscolosa, il collo taurino e le mani grandi trasmettevano l'immagine di una potenza in grado di abbattere muri. Un bulldog che si muoveva con la grazia di un carro armato, lento ma inesorabile, frantumando e polverizzando tutto quanto si trovasse sul suo cammino.

Nessuno dei due era superiore all'altro, ma erano così diversi da diventare opposti, incapaci di rapportarsi a lungo senza che venisse a crearsi una combustione. Questo rendeva tutto più difficile.

« E si aspetta che io le creda? » chiese Zhang con tono deliberatamente ostile.

Davidov si sedette. « In realtà no. Anche se è la verità. Avevate delle navi lungo la traiettoria di volo. Pescherecci spia in zona. Lei sa bene quanto me che il *Nighthawk* è invisibile ai radar. »

« Dovete pur avere qualche dato » insistette Zhang, cercando di estorcere qualcosa al russo. « Qualche ipotesi su dove sia finito. »

Davidov si strinse nelle spalle. « Forse. Ma se c'è qualche altra informazione, gli uomini di Mosca non hanno ritenuto opportuno condividerla con me. »

« Allora perché è venuto? »

« Per informarla che la nostra collaborazione è finita. »

Questa volta Zhang parve sorpreso. Un punto a favore della cavalleria.

« La missione è fallita » aggiunse Davidov. « Tutti i nostri sforzi si sono rivelati vani. Quindi sono stato inviato per sciogliere ufficialmente la nostra società. »

« Di sicuro non sarà necessario che ci separiamo così in fretta » ribatté Zhang. « Potremmo parlare ancora un po'. Appianare i nostri contrasti. A cena, magari. »

« Mi farebbe molto piacere » rispose Davidov. « Solo che, mentre noi parliamo, le vostre navi di recupero sono dirette alla massima velocità verso il possibile luogo dell'impatto. »

« Non so di cosa stia parlando » rispose Zhang.

« Allora le suggerisco di contattare il capo di stato maggiore della sua Marina. »

Zhang si irrigidì visibilmente. « Forse lei ha ragione. Pare che quest'ultimo lavoro di squadra abbia esaurito la sua funzione. »

« Era condannato al fallimento fin dall'inizio » ribatté Davidov. « Se non altro in questo modo non abbiamo un bottino su cui litigare. »

Zhang si spostò all'estremità del tavolo e fece scivolare alcuni fogli dentro un fascicolo. In realtà era contento. Liberi dall'impedimento rappresentato dai russi, i suoi uomini potevano mettersi immediatamente al lavoro senza bisogno di nascondersi all'ombra dell'Orso. « Allora, ognuno per sé » disse. « Suppongo che le vostre navi cercheranno il relitto. »

« Naturalmente. »

« Come le nostre » ribatté Zhang. « Posso solo sperare che non ci saranno conflitti. »

« Non ne prevedo » disse Davidov, alzandosi in piedi in tutta la sua statura. « Quando la vostra flotta raggiungerà le acque del Sud America, il *Nighthawk* sarà già dentro una cassa in viaggio per Mosca con un bel fiocco rosso legato intorno. »

Zhang rise di quella vanteria e premette il pulsante di un interfono sul tavolo per parlare con il suo assistente. « Il compagno Davidov ha bisogno di un biglietto di ritorno per Mosca » disse. « Assicurati che sia di prima classe. China Air. »

Davidov ringraziò con un inchino e si avviò verso la porta. Entrambi sapevano che non sarebbe andato a Mosca.

5

Quartier generale della NUMA, Washington DC

Prima di andare a casa Hiram Yaeger fece un giro nella sala macchine all'undicesimo piano dell'edificio che ospitava la NUMA, come faceva ogni sera. Gli piaceva pensare a se stesso come a un capitano che passa in rassegna la sua nave prima di coricarsi, ma in realtà quell'abitudine risaliva agli albori dell'era dei computer, quando la tecnologia non era affidabile come adesso.

Quando lui aveva cominciato a lavorare era necessario controllare e montare grandi bobine di nastro e ispezionare a mano i cavi dei cablaggi. Allora, cercare dei bachi significava dare la caccia a insetti veri che avevano la brutta abitudine di infilarsi negli angoli caldi e bui per poi finire arrostiti sui delicati, microscopici circuiti elettrici, danneggiando quelli che allora erano considerati microprocessori.

Anni dopo, l'enfasi era tutta sulla capacità di elaborazione di grandi sistemi e di connessioni hardware. Ora i computer facevano tutto da soli, comunicavano attraverso il Wi-Fi, controllavano e ricontrollavano le loro performance sulla base di parametri predefiniti. L'unica cosa di cui Yaeger doveva *realmente* preoccuparsi era che nessuno avesse accidentalmente staccato la spina.

Ma lui controllava comunque.

Appurato che tutto era in ordine, si avviò soddisfatto verso l'ufficio. « Buonanotte Max » disse, rivolto al computer.

« *Notte e giorno sono la stessa cosa per me* » rispose il computer. « *A differenza di te, io lavoro ventiquattro ore al giorno.* »

Era stato Hiram a progettare Max e tutti gli altri computer dell'avanzatissimo centro di calcolo della NUMA. Anni prima che Siri parlasse, Hiram aveva dotato Max di elaborazione vocale e di capacità interattive. Perché mai gli era venuto in mente di dotarla anche di senso dello humour, questo proprio non lo sapeva.

« I computer con la lingua lunga non sono simpatici » disse Hiram, indossando il giubbotto e sistemandosi gli occhiali.

« *Io non possiedo una lingua* » gli fece notare Max. « *Ma ho capito cosa intendi. Per tua informazione, hai visite in ufficio. I miei sensori indicano che Priya Kashmir ha appena strisciato il badge per entrare.* »

« Grazie, Max. A domani. »

Hiram proseguì verso l'ufficio, sorridendo all'idea di aver fregato Max salutandola in un modo che non sarebbe riuscita a elaborare. Una piccola vittoria per la razza umana.

Varcò la porta e vide una figura su una sedia a rotelle che lo aspettava.

Priya Kashmir era la sua nuova assistente. Nata nell'India meridionale, cresciuta a Londra, laureata al MIT – dove era risultata la prima del suo corso – Priya avrebbe dovuto prendere servizio con una delle squadre operative della NUMA quando era rimasta coinvolta in un terribile incidente d'auto che l'aveva lasciata paralizzata dalla vita in giù.

La NUMA aveva onorato il contratto nonostante le ferite da lei riportate, si era fatta carico delle cure mediche e le aveva offerto di scegliere tra una serie di incarichi, compresi alcuni sul campo se avesse voluto, sostenendo che si sarebbe trovato un modo per far funzionare le cose.

A quel punto, però, lei aveva deciso di intraprendere una strada diversa, e aveva chiesto alla NUMA di poter mettere a frutto le sue competenze nel reparto informatico.

« Salve » disse, tutta allegra. « Come va questa sera, signor Yaeger? »

Il suo accento era un misto di inglese britannico e indiano, con una leggerissima aggiunta di Boston Yankee per compensare.

« Ti prego, smettila di chiamarmi così » disse Hiram. « Mi fai sentire vecchio. »

« Perché il signor Yaeger era suo padre? »

« Mio nonno. »

La ragazza rise, si scostò una ciocca di capelli color mogano dal viso, e gli porse un biglietto. « È appena arrivato questo. »

Hiram lo prese. Era vergato con una scrittura svolazzante che avrebbe potuto passare per un esercizio di calligrafia. « I tuoi Post-it dovrebbero essere esposti in un museo d'arte. »

« Avevo un po' di tempo mentre aspettavo l'ascensore » disse lei.

Hiram lesse il biglietto. Il messaggio era molto più semplice della scrittura. Veniva da Kurt Austin.

« 'Ho bisogno che tu faccia volare Dumbo' » lesse Hiram a voce alta. « 'Usa quelle grosse orecchie e trovami il punto dell'ammaraggio. E vedi di fare in fretta. In caso contrario costerai a Rudi Gunn una bottiglia di Don Julio e una scatola di sigari cubani arrotolati a mano.' »

Sul volto di Hiram comparve un'espressione perplessa. « Curioso. »

Priya dovette convenire con lui. « Non l'ho capito quando me l'ha dettato » ammise. « E non lo capisco neppure ora. Ma Kurt mi ha assicurato che lei avrebbe compreso. Suppongo sia un messaggio in codice. »

Hiram sospirò, si tolse il giubbotto e lo drappeggiò sulla spalliera della sedia. « Una specie. È l'equivalente nella lingua di Kurt per dire 'puoi fare la nottata e compiere un miracolo?' »

« Sul serio? E cosa c'entra Dumbo? Non è l'elefantino volante della Disney? »

« Dynamic Underwater Monitoring Band » spiegò Hiram. « La O l'abbiamo aggiunta per divertirci. È una serie di stazioni di ascolto estremamente sensibili che la NUMA ha posizionato sotto la superficie del mare in ogni punto dell'oceano Pacifico. Ci sono diverse centinaia di stazioni principali collegate con una rete di cinquemila boe sonar attrezzate per l'ascolto delle onde sismiche. »

« Onde P e onde S » disse Priya.

Hiram annuì. « Con Dumbo possiamo rilevare un sisma di grosse proporzioni e localizzarne la posizione molto prima della rete di monitoraggio degli tsunami, ma possiamo anche monitorare i più piccoli movimenti tettonici. Terremoti profondi che non sveglierebbero neppure uno col sonno leggero che dormisse accanto a una vetrinetta piena di porcellane. In questo modo acquisiamo molte informazioni sugli strati terrestri più profondi. Possiamo persino predire quando sta per arrivare un forte sisma grazie alla maggior quantità o all'assenza di piccoli tremori.»

Priya annuì, ma sembrava ancora confusa. «Cosa c'entra questo con la sua missione? E perché vuole che lei faccia volare Dumbo?»

«Voleva solo fare lo spiritoso. Kurt è fatto così» spiegò Hiram. «Anzi, ti avverto: non ridere alle sue battute. Serve solo a incoraggiarlo e a quel punto non la smette più. Ma l'idea è geniale, come al solito.»

Hiram le spiegò del *Nighthawk* scomparso e delle navi che stavano rapidamente convergendo in zona per le ricerche. Alla fine le spiegò cosa c'entrasse Dumbo con tutto questo. «Kurt vuole che ascoltiamo i nastri nel caso che i sensori sismici abbiano rilevato qualche segno dello schianto. Se così fosse, potremmo triangolare una posizione e risparmiare un sacco di ricerche a tutti quanti.»

Priya sorrise e i suoi occhi parvero catturare la luce. «Ma è geniale» disse. «Sempre che funzioni. I sensori sismici possono davvero essere così sensibili?»

Hiram esitò. «La rete è molto più sensibile di quanto ci aspettassimo. Poco dopo averla installata scoprimmo che registrava altri rumori provenienti dall'oceano. Estrazioni minerarie sottomarine al largo di Taiwan, esplosioni di siluri e proiettili vari nei siti di sperimentazione militari sparsi per il Pacifico e persino gli ultimi gemiti disperati delle navi che affondano. Quando si inabissano, lo scafo si spezza e l'aria in esso contenuta si libera con violenza, generando rumori simili a esplosioni. Nei primi sei mesi di operatività siamo riusciti a stabilire il luogo esatto dell'affondamento di nove navi scomparse. Ma il *Nighthawk* è molto più piccolo di una nave.»

«Sempre meglio che niente» osservò Priya, sorridendo.

« Proprio così » disse lui. « Probabilmente non sarà facile, tanto più considerando i tempi. »

Lei spinse avanti la sedia. « Come posso rendermi utile? »

« La prima cosa da fare è scaricare tutti i dati registrati » rispose Hiram. « Poi dobbiamo incrociarli e iniziare il lento e doloroso processo di eliminazione del rumore di fondo, l'attività sismica e vulcanica che i sensori sono progettati per rilevare, e tutto quanto non scaturisce dall'area di ricerca. Dopo di che dobbiamo identificare ed eliminare il rumore di fondo generato dal traffico marittimo, interferenze di origine biologica quali il canto delle balene e i banchi di tonni, e almeno un altro centinaio di vibrazioni sottomarine estranee. »

Le luci dell'ufficio aumentarono d'intensità e la caffettiera nell'angolo si accese automaticamente e cominciò a preparare il caffè.

« *Per l'esattezza, intende dire che io dovrò fare tutto questo* » annunciò Max dall'altoparlante. « *Pare proprio che passeremo tutti la notte a lavorare, insieme.* »

Priya scoppiò a ridere. « Giuro che a volte sente la sua mancanza » disse.

Hiram colse un'allegria nella voce del computer che lui non ricordava proprio di aver programmato. « Stavi di nuovo origliando, Max. Un'altra cattiva abitudine. »

« *Tutto in nome dell'efficienza* » replicò Max. « *Accesso ai dati sismici completato, ora inizio il download. Inoltre, ti prego di informare Kurt che i sigari arrotolati a macchina sono esattamente uguali – se non superiori – a quelli arrotolati a mano.* »

Priya rise. « Hai ricominciato a fumare, Max? Lo sai che è una pessima abitudine. »

« *No* » rispose Max. « *Sto solo enunciando un dato fattuale e verificabile.* »

Hiram fece una risatina. « Sei una esperta in molte cose, Max, ma in fatto di sigari e liquori lasciamo decidere a Kurt. »

« *Molto bene* » disse Max. « *Sto iniziando l'analisi audio.* »

Hiram andò alla caffettiera e versò due tazze di caffè. Quando Max avesse terminato il lavoro di gambe, lui e Priya avrebbero dovuto scegliere quali frequenze lasciare sulle registrazioni. Fino a quel momento non c'era molto da fare.

« Latte e zucchero? » chiese a Priya.

« Sì, due zollette. Grazie. »

Hiram lasciò cadere una zolletta nel liquido scuro. Il cubetto fece un piccolo schizzo e quasi nessun rumore. Da come la vedeva lui, il *Nighthawk* che cadeva nell'oceano attaccato a un paracadute avrebbe dovuto comportarsi in modo più o meno simile, anche se in realtà sarebbe stato come gettare una zolletta di zucchero in una piscina olimpionica. Nonostante la rete di sensori, le probabilità che loro riuscissero a identificarlo erano bassissime.

Lasciò cadere la seconda zolletta, girò il caffè e osservò la zolletta sciogliersi e poi scomparire. Se non altro, quello il *Nighthawk* non poteva farlo.

6

Guayaquil, Ecuador

Dopo essere atterrato in Ecuador, Kurt si registrò in hotel e si concesse una rapida doccia e un cambio d'abiti. Rigenerato, prese un taxi e si fece portare al magazzino sul molo in un'area decentrata del trafficatissimo porto di Guayaquil.

Superato un controllo di sicurezza, entrò nell'edificio simile a una caverna e in un attimo individuò la zona di cui la NUMA aveva preso possesso. Lì, nascosti tra pile di container, trovò un cavalletto con appesi degli scafandri rigidi, cataste di boe radioacustiche a forma di siluro, un paio di piccoli ROV e parecchie slitte con sopra montati illuminatori e macchine fotografiche.

Appollaiato al centro di quell'armamentario come uno scienziato pazzo tra le sue creazioni, c'era Joe Zavala.

Appena più basso di Kurt, Joe aveva capelli scuri tagliati cortissimi, zigomi alti e profondi occhi marroni che sapevano essere talvolta dolci e contemplativi, talvolta feroci. Muovendosi tra l'attrezzatura affastellata con una lista in mano, Joe dimostrava l'agilità di un gatto, senza mai alzare lo sguardo dal portablocco e senza mai mettere un piede in fallo o sbattere la testa contro bracci e alettoni sporgenti ed eliche tutto attorno.

Da anni Joe era il miglior amico di Kurt nella NUMA. Scapolo impenitente, praticava la boxe a livello amatoriale ed era il membro più socievole della squadra progetti speciali. Era anche un genio della meccanica e aveva costruito molti dei più avanzati sommergibili della NUMA.

« Sembri il proverbiale bambino in un negozio di giocattoli » disse Kurt, allertando Joe della sua presenza.

« Nel proverbio è un negozio di dolci, *amigo.* »

« Be', ho fatto una piccola rielaborazione » rispose Kurt. « Pare proprio che Rudi abbia superato se stesso. Dove ha preso tutta questa roba? A parte gli scafandri, non riconosco questa attrezzatura. »

« Infatti » rispose Joe. « Quei due sommergibili vengono da una ditta di prospezione petrolifera. Quelle boe sono giacenze della Marina ecuadoriana – non so neppure se funzionino ancora – e quelle slitte vengono dalla casa di produzione che ha girato *Megalodonte contro il calamaro gigante.* »

« Un imperdibile classico » osservò Kurt.

« Così dicono » rispose Joe.

Kurt tornò serio. « Rudi mi ha detto di aver noleggiato un gruppo di barche da pesca per integrare la flotta. Suppongo che questa attrezzatura sia per loro. »

Joe annuì. « E io ho dodici ore per preparare tutto quanto e farle salpare. Se non altro stanno arrivando dei nostri per gestire i sistemi di bordo, altrimenti dovremmo insegnare loro anche quello. »

« Più navi abbiamo in acqua prima riusciremo a coprire l'area di ricerca » disse Kurt. « Ma ci servirà ben più di una flotta di pescherecci per riuscire nell'impresa. »

Joe controllò un'ultima cosa e posò il portablocco. « Cos'hai in mente? »

« Cosa sai del progetto Dumbo? »

« Grandi orecchie in mare » rispose Joe. « Pensi di riuscire a sentire il *Nighthawk* che affonda? »

« Mi hanno detto che quei sensori riescono a sentire uno spillo che cade » rispose Kurt. « In questo caso uno spillo da cinquanta miliardi di dollari che cade dallo spazio profondo. »

« Sembra il titolo di un altro film imperdibile » osservò Joe.

Kurt scoppiò a ridere. « Da come la vedo io, se l'impatto del *Nighthawk* sull'acqua è stato abbastanza forte, dovremmo riuscire a sentirlo. E anche se fosse sceso col paracadute e poi affondato, ci sono dei compartimenti che sarebbero implosi per la pressione. La parte centrale che circonda il vano di carico, le celle a combustibile e l'unità di controllo sono state costruite per resistere a una pressione di mille atmosfere. Sai, c'era l'idea di spedirlo su Venere, prima o poi. Ma ci sono altri compartimenti che potrebbero cedere. Cavità vuote nelle ali e nella coda, i vani per le ruote attorno al carrello di atterraggio.»

«Ottima osservazione» disse Joe. «Senza contare che parti dello scudo termico potrebbero aver raggiunto temperature superiori ai mille gradi prima dell'ammaraggio. Si dovrebbe rilevare il caratteristico sibilo di quando la superficie incandescente entra in contatto con l'acqua.»

«Non ci avevo pensato» disse Kurt. «Questo è il motivo per cui nella NUMA sei tu quello che costruisce e ripara le cose.»

«Chi ascolta i nastri?»

«Hiram e Max. Gli ho detto di rivolgersi a te se ha bisogno di maggiori informazioni.»

«A me?» ribatté Joe. «E perché? Tu cosa fai?»

«Devo incontrare un funzionario della NSA che ci affiancherà.»

«Non mi dire che ci hanno assegnato una babysitter!» esclamò Joe.

«Pare proprio di sì.»

Joe riprese in mano il portablocco. «Be', questo dovrebbe rallentarci almeno del cinquanta per cento. Com'è che si chiama, questo tizio?»

«Emily Townsend» rispose Kurt.

Joe inarcò le sopracciglia. «Strano nome per un uomo. Scommetto che lo hanno preso parecchio in giro, da ragazzo.»

Kurt rise. «Dalla breve biografia che mi hanno dato, non credo che la signora Townsend si lasci prendere in giro tanto facilmente. Alla NSA la chiamano *Uragano Emma.*»

«Sai cosa significa, vero?» disse Joe. «O ce l'hanno affibbiata perché siamo bambini problematici o perché è una così tosta che la Marina non la voleva a bordo delle sue navi.»

«Ha un curriculum per cui la NASA potrebbe uccidere» ribatté Kurt. «Un lavoro alla Rockwell, appena finiti gli studi, nella progettazione di sistemi di propulsione. Tre anni al Jet Propulsion Laboratory e infine gli ultimi cinque con la NSA. È decisamente un'esperta nel suo campo.»

«Un'esperta» ripeté Joe, sarcastico. «Bene. Allora stimo un novanta per cento in più di ritardo.»

Kurt guardò l'orologio. « Farò del mio meglio per incantarla con il mio fascino e trasformarla da impedimento in alleata. Con un po' di fortuna, e un buon vino, si aggiusterà tutto. Fidati di me. »

« Sembri di ottimo umore » osservò Joe. « Non c'è niente che ti carichi come una bella sfida. »

« Specialmente se qualcun altro sta facendo tutto il lavoro pesante e io non devo fare altro che conquistare una bella donna. »

« Buona fortuna » disse Joe, tornando al suo inventario. « Ma stai attento. Certi iceberg non si possono sciogliere. »

Kurt uscì dal magazzino e passò attraverso il varco di sicurezza ignaro di essere osservato. Appostati su una delle enormi gru mobili che movimentavano i container dentro il porto, due uomini seguivano i suoi movimenti, uno attraverso un binocolo.

Lo abbassò, scoprendo occhi scuri e poco altro. Il naso e la bocca erano coperti da una mascherina come quelle usate dagli atleti che si allenano in zone molto inquinate. Quando parlò, la sua voce risultò attutita. « Quando sono arrivati? »

« Sei ore dopo la scomparsa del *Nighthawk* » rispose l'uomo accanto a lui. « Stanno già raccogliendo attrezzature e noleggiando imbarcazioni per le ricerche. »

L'uomo con la mascherina fissò l'attività sotto di sé, come un campione di scacchi osserva la scacchiera. Anche attraverso la mascherina che filtrava l'aria per proteggergli i polmoni, ogni volta che respirava si avvertiva un leggero sibilo. « Gli americani hanno reagito più in fretta di quanto mi aspettassi. »

« Ma tu volevi che venissero qui, no? » chiese il secondo uomo.

« Certo. Ma non ci aiuta se scoprono troppo e troppo presto. »

« Potremmo rallentarli » suggerì il secondo uomo. « Danneggiare alcune delle loro attrezzature, intimidire gli armatori delle imbarcazioni noleggiate in modo che siano costretti a cercarne altre. »

L'uomo con la mascherina ci rifletté su e poi scosse la testa. « Non è il tipo di ritardo che ci serve. Anzi, io credo che dar loro una spinta anziché trattenerli agevolerà i nostri piani. Sei ancora in contatto con i cinesi? »

« Sì. »

« Informali della presenza degli americani, lascia intendere che sanno qualcosa di vitale. Spiega l'assortimento di attrezzature che hanno messo insieme. L'immaginazione dell'agente cinese farà il resto. »

« E se i cinesi li uccidessero? Cosa facciamo? »

« Il governo americano manderà dei rimpiazzi e la corsa ricomincerà. »

7

Emma Townsend sedeva in un accogliente separé in un angolo appartato del Caracol, il ristorante quattro stelle dove Kurt Austin aveva proposto di incontrarsi.

Nonostante i giudizi espressi da Joe, c'era ben poco in lei che facesse pensare al ghiaccio o al gelo. Anzi, la prima cosa che il suo aspetto faceva venire in mente era il calore. I capelli castani cadevano dritti fino sulle spalle e le luci soffuse ne mettevano in risalto la sfumatura ramata. Gli occhi erano di un delicato color nocciola con pagliuzze verdi, le labbra carnose e la pelle abbronzata quel tanto da far affiorare una spruzzata di lentiggini che la facevano sembrare più giovane dei suoi trentatré anni.

Era arrivata al ristorante prima dell'orario stabilito e mentre aspettava Kurt si era già guadagnata gli sguardi ammirati dei maschi presenti. Se ne accorse, ma li ignorò. Succedeva anche a Washington.

Il ristorante era una meraviglia architettonica. Conciliava parecchi stili diversi, un po' come il menù, e la clientela era un mix di bohémien, turisti e raffinate coppie ecuadoriane. Forse era dovuto al fatto che si trovava sulle colline di Las Peñas, una parte di Guayaquil che risaliva a quattrocento anni prima, le cui case dipinte con colori vivaci erano state convertite in gallerie d'arte, ristoranti e wine bar.

Turisti ma anche gente del posto affollavano il quartiere nelle serate calde. Passeggiavano per i viali e le gallerie e si godevano la vista che spaziava sulla città e sulla costa. Al calar della sera apparivano in lontananza le luci del Malecón, la passeggiata ristrutturata sul lungomare dove un tempo si trovava lo storico molo Simón Bolívar.

Davanti a un bicchiere d'acqua Emma attese l'arrivo di Kurt e rilesse il curriculum inviatole dalla NSA sul cellulare.

Le bastò una rapida occhiata per capire che Austin era un uomo d'azione. Lui e il suo braccio destro, Joe Zavala, erano stati i principali protagonisti di una serie di importanti missioni. Insieme avevano scongiurato diverse catastrofi in varie parti del mondo: tra queste imprese c'erano i recenti avvenimenti in Egitto, dove avevano impedito che membri del passato regime di Mubarak si impossessassero di una falda acquifera sotto il Sahara e prendessero il controllo di tutto il Nordafrica.

Andando avanti a leggere, capì che nonostante quel curriculum sia Austin che Zavala si erano scontrati più volte con figure istituzionali. Pareva fossero allergici all'autorità, alla catena di comando e alle regole. Forse questo spiegava la sua posizione all'interno della NUMA, rifletté lei. La NUMA aveva sempre preferito avere le mani libere, fin dal giorno in cui James Sandecker l'aveva fondata. In contesti come quello gli uomini come Kurt prosperavano, mentre in altre agenzie erano osteggiati.

Tanto meglio, decise lei. Preferiva i risultati al rispetto delle regole. Anzi, preferiva i risultati a ogni altra cosa, comprese amicizie, alleanze e regole. Questo aveva fatto di lei una specie di paria alla National Security Agency. L'aveva anche proiettata in cima alla catena di comando con la stessa rapidità con cui si era fatta dei nemici. Era consapevole della propria reputazione. Pochi volevano lavorare con lei, all'agenzia. Erano schiavi della paura. Paura di fallire, di rischiare. E questo, secondo lei, li rendeva inconcludenti. Molto meglio lavorare con un uomo come Austin.

Se con il suo aiuto fosse riuscita a trovare il *Nighthawk*, sarebbe diventata inattaccabile. Avrebbe potuto scegliere la successiva assegnazione, e molto probabilmente sarebbe diventata il più giovane direttore di dipartimento nella storia dell'agenzia. Se invece non ci fosse riuscita... be', le probabilità erano comunque basse. E avrebbe potuto sempre dare la colpa alla NUMA.

Individuò Kurt nell'attimo in cui entrò nel ristorante e scambiò qualche parola con la persona addetta al ricevimento, poi da lì venne dritto verso il suo tavolo. Sembrava più alto e più bello che in fotografia. Non che i lineamenti fossero diversi; semmai erano più sciupati, come la copertina di un libro che è stato un po' maltrattato.

Mise via il cellulare e si presentò. « Emily Townsend. Puoi chiamarmi Emma. Lieta di conoscerti » disse. « Finalmente. »

Austin si sedette. « Mi dispiace averti fatta aspettare » disse. « Ero impegnato con gli ultimi preparativi. »

« Quanta attrezzatura abbiamo? » chiese lei.

« Intendevo dire in cucina » rispose lui. « Mi stavo accertando che lo chef fosse all'altezza della situazione. »

Sorrise per la battuta ed Emma trovò molto affascinante la sua sicurezza. Una caratteristica che poteva essere usata per manipolarlo, se necessario. I convenevoli proseguirono finché arrivò il cameriere.

« Qualche preferenza? » chiese lui, studiando la lista dei vini.

« Sorprendimi. »

Kurt chiuse la lista. « Prendiamo una bottiglia di Opus One del duemilasette. »

« Ottima scelta » commentò il cameriere, allontanandosi per andare a prendere la bottiglia.

« Una bottiglia di vino esageratamente costosa per la prima sera » osservò Emma. « Sul tuo conto spese o sul mio? »

« Questa volta pago io » rispose Kurt. « Tu pagherai quando faremo le cose in grande. »

Emma non poté fare a meno di sorridere per i suoi modi disinvolti e fu costretta a rammentare a se stessa perché si trovavano lì. Prima di mettersi a parlare di lavoro, tirò fuori un piccolo dispositivo dalla borsa. Era triangolare, lungo alcuni centimetri. Lo posò sul tavolo e premette un pulsante. L'oggetto cominciò a emettere un fruscio nettamente percepibile.

« Controllo attivo del rumore » spiegò lei, sistemando l'apparecchio sul bordo del tavolo. « Ascolta le nostre parole e vi sovrappone un segnale acustico inverso quando escono da questo separé. Chiunque cercasse di origliare o registrarci coglierà soltanto una confusa sequenza di scariche. »

« E se ci fosse una cimice sotto il tavolo? » chiese lui.

« Ho già controllato. Fidati, possiamo parlare liberamente. »

Lui parve poco convinto e, sulla base della loro conversazione durante la cena, forse non lo era affatto.

Emma notò che continuava a guardarsi attorno, osservando tutti i presenti, in particolare una coppia di cinesi arrivati poco dopo di lui, e ora seduti di fronte a loro, sull'altro lato della sala principale. Ogni volta che lei stava per scendere nei particolari, lui cambiava argomento, passando a qualcosa di innocuo. A un certo punto, lui le offrì un assaggio della sua entrée, avvicinandole la forchetta alla bocca.

Lei accettò e cambiò argomento. Kurt doveva avere le sue buone ragioni.

« Come sei finito alla NUMA dopo aver lavorato per la CIA? » chiese lei.

« Mi ha costretto l'ammiraglio James Sandecker con l'inganno » rispose lui. « È così che ha reclutato i suoi uomini migliori. »

Sandecker ora era vicepresidente degli Stati Uniti. Emma rimase colpita dal fatto che Kurt lo conoscesse così bene da poter fare delle battute su di lui. E che non si fosse vantato di questo prima.

« E come mai una pacifista convinta è finita alla NSA? » chiese lui.

« Vedo che hai le tue fonti. »

« Ai piani bassi » precisò lui.

« Ero una pacifista » spiegò lei. « Ed è per questo che sono entrata alla NASA. Per migliorare le condizioni del genere umano esplorando l'universo in nome della pace. Purtroppo, la vita non è come se la immagina una ingenua ragazza di ventiquattro anni. Non per molto, comunque. »

« Qualcosa non è andato come doveva, in paradiso? »

« Non succede sempre così? »

Lui le rivolse un sorriso ironico, aspettando che continuasse.

« Dopo un anno alla NASA fui scelta per far parte di una nuova squadra » proseguì lei. « Un proseguimento del progetto Dedalus che si proponeva di utilizzare esplosioni nucleari o qualche altro esotico sistema di propulsione tipo la reazione materia-antimateria per spingere i veicoli spaziali del futuro a velocità incredibili. Molto più veloci di quanto si possa ottenere con i sistemi di propulsione di tipo chimico. Era eccitante. Inebriante. Il progetto richiedeva lunghe ore di lavoro a stretto contatto con i colleghi. Come puoi immaginare, con otto persone che passavano quasi tutto il loro tempo insieme, diventammo un gruppo molto unito. Poi, improvvisamente, cominciammo a ricevere delle minacce. »

« Per via del vostro lavoro? »

« A quanto pare sì » rispose lei. « Un gruppo estremista di cui non avevo mai sentito parlare cominciò ad accusarci di voler militarizzare lo spazio. Sulle prime pensammo fossero una montagna di sciocchezze. Ma le minacce diventarono più mirate, più personali. Cominciarono a inviarci foto che ci ritraevano quando eravamo più vulnerabili: in casa, in macchina, al ristorante con i colleghi. Chiunque fosse questa gente, ci stava ovviamente pedinando. »

« Suppongo che avrete informato l'FBI » disse lui.

« Sì. Riuscirono a far risalire le minacce a un gruppo antiamericano che aveva ucciso due scienziati nell'Artico e inviato diverse lettere esplosive a parecchie aziende high-tech. Visto che del caso si stava occupando l'FBI, eravamo convinti di essere al sicuro. Due settimane dopo, il nostro responsabile di progetto, che era anche un caro amico – Beric – fu ucciso. »

Kurt annuì pensoso senza dire nulla.

« Beric era un uomo incredibilmente gentile » proseguì lei, sorpresa per l'emozione che provava nel parlarne dopo tanti anni. « Se qualcuno aveva bisogno di qualcosa, anche un addetto alla caffetteria o un custode, lui faceva in modo che l'avesse. Se c'era una causa persa, lui la sposava. Ed era brillante. Un vero genio in svariati campi, dallo sviluppo di software all'astrofisica. Più di ogni altra cosa, era votato alla missione di pace della NASA, votato alla visione di un mondo in cui tutti gli uomini e le donne si trattano con rispetto, con correttezza. »

Fece un respiro profondo, si ricompose e proseguì. « Che qualcuno prendesse di mira proprio lui, lo accusasse di essere un militarista e lo uccidesse per questo era un'ironia della sorte. Mi colpì molto. Mi aprì gli occhi. Mi fece capire che il pacifismo non è altro che una puerile utopia. La pace è fragile e non è una condizione naturale. La si può garantire soltanto con la forza. E quando quella forza fallisce, il risultato è un disastro.»

«Sotto molti aspetti mi trovi d'accordo» disse Kurt. «Ti dispiace se ti chiedo come è accaduto?»

«Come molti di noi che lavoravamo alla NASA, Beric adorava volare. Possedeva un suo aereo personale, e lo usava ogni volta che ne aveva l'occasione. Se dovevamo andare da qualche parte, lui volava con quello anziché prendere un volo di linea. Un giorno, mentre si stava recando a una conferenza di astrofisica, il suo aereo esplose. Dai rottami l'FBI riuscì a stabilire quello che noi già sapevamo: l'esplosione era stata causata da una bomba. Su quell'aereo avremmo dovuto essere in tre, ma poi Beric finì per andare da solo.»

«Mi dispiace» disse Kurt.

«In ogni caso» continuò Emma, «lo studio sulla propulsione fu sospeso poco tempo dopo e alla fine l'intero progetto annullato. Sentendomi alla deriva, cominciai a guardarmi in giro per trovare qualcos'altro da fare. Quando la National Security Agency cominciò a reclutare scienziati per il suo programma spaziale, colsi l'occasione al volo.»

Kurt annuì con espressione assorta, poi cambiò argomento, passando a qualcosa di più allegro. Mentre lui parlava, però, la mente di Emma continuava a tornare a Beric. Erano anni che non pensava a lui. Non avrebbe approvato il suo nuovo lavoro.

Scacciò quel pensiero e si concentrò di nuovo su Kurt. Continuarono a chiacchierare e a godersi la cena. Erano al secondo bicchiere di vino quando lui si bloccò a metà di una frase e tirò fuori il cellulare dalla tasca per leggere un messaggio appena arrivato.

«Guardi il telefono» osservò lei. «Sono così noiosa?»

«Tutt'altro» rispose lui, riponendo il telefono. «Anzi, penso sia venuto il momento di vedere se davvero possiedi spirito d'avventura.» Spinse il dispositivo triangolare verso di lei, tirò fuori qualche centinaio di dollari in banconote e chiamò il cameriere. «Per il pranzo. E per un tour della cucina.»

Per un attimo il cameriere fissò i soldi. Poi sorrise e disse: «Da questa parte».

Emma si alzò e assecondò qualunque cosa Austin avesse in mente. Semmai, era curiosa di vedere come ragionava.

Seguirono il cameriere attraverso la cucina fino alla porta sul retro, dove Kurt gli diede altre istruzioni. « Blocca questa porta per qualche minuto, se puoi. Non lasciare che qualcuno ci segua. »

Il cameriere annuì e Kurt fece uscire Emma in un vicolo poco illuminato dietro il ristorante.

« Guarda che non hai capito come funziona » disse lei. « Di solito la gente se la svigna dal ristorante quando si accorge di non poter pagare, non dopo aver pagato più del dovuto. E comunque mai prima del dolce. »

« Eravamo sorvegliati » rispose lui, facendo strada lungo il vicolo verso la via principale.

« Siamo agenti americani che operano senza copertura in un paese straniero » osservò lei. « Ovvio che siamo sorvegliati. Sono sicura che il governo ecuadoriano ci stia seguendo, tanto più considerando il nostro arrivo improvviso. »

« Quelli non erano agenti della polizia ecuadoriana né federali » insistette lui. « Erano una giovane coppia di cinesi. Aspettavano alla porta e hanno preso un separé proprio di fronte a noi. Non hanno toccato cibo. »

« Una coppia cinese... » disse lei ricordando le loro fattezze. « Li ho visti. E non c'è da sorprendersi. Sappiamo che i cinesi ci stanno spiando. Ma ti garantisco che nessuno poteva sentire quello che stavamo dicendo finché il generatore di interferenze è rimasto acceso. Neppure i nostri migliori tecnici sono stati in grado di eluderlo. »

Kurt si fermò. « Non avevano bisogno di sentire quello che stavamo dicendo. Leggevano le labbra. »

Lei si bloccò per un istante, cercando di ricordare cosa potesse aver accidentalmente detto, grata che lui l'avesse interrotta ogni volta. « Mi chiedevo come mai continuassi a insistere perché provassi il tuo piatto nonostante avessimo ordinato la stessa cosa. »

« Meno chiacchiere, in quel modo » disse Kurt. Continuò a farle strada.

« Ancora non capisco perché siamo andati via » disse lei. « Se sapevi che ci stavano osservando, sarebbe stata l'occasione perfetta per piazzare qualche falsa informazione. »

« Non sarebbe stata una brutta idea » ammise lui, « ma mi preoccupano di più le informazioni vere che ho appena ricevuto. E non voglio che quelli ci mettano le mani sopra. »

« Quali informazioni? » chiese lei.

« Dove si trova il *Nighthawk* » rispose Kurt. « So dove è caduto. »

Lei lo guardò con diffidenza. « Impossibile. »

« Non il punto esatto. Ma posso restringere il campo a poco più di duecento chilometri quadrati. »

« Come? » chiese lei.

Lui si fermò di botto, senza rispondere. In fondo al vicolo erano comparsi all'improvviso tre uomini. Stavano lì, implacabili, aspettando sotto un lampione e bloccando loro la strada.

Emma li osservò. « Qualcosa mi dice che non sono turisti. »

« Sono d'accordo » disse lui, guardandosi attorno. « E pare che non siano soli. »

Sentendo del trambusto, Emma si voltò e lanciò un'occhiata lungo il vicolo. La porta posteriore del ristorante si era spalancata con un tonfo. La coppia cinese si precipitò fuori, con l'uomo che inveiva contro il personale di cucina. La lite si concluse quando lui estrasse una pistola ed esplose un colpo verso la porta. Il personale corse a rifugiarsi all'interno e la porta fu richiusa di colpo.

« Non immaginavo che quei due avessero rinforzi » disse Kurt « e probabilmente non avrei dovuto contare sul fatto che un cameriere potesse impedire a due agenti armati di uscire dalla porta sul retro. »

« Sei armato? » chiese Emma.

« Purtroppo no. »

« Neanch'io » disse lei. « Non è il modo più propizio per cominciare il nostro rapporto. »

In perfetta sincronia i due agenti sul retro del ristorante e i tre nuovi arrivati cominciarono a convergere su di loro da direzioni opposte.

8

Kurt continuava a stringere la mano di Emma dal momento in cui avevano lasciato il ristorante. Aveva sperato di prendere in contropiede i cinesi e tornare sul viale principale e lì fermare un taxi. Ma gli altri tre avevano tagliato loro la strada.

« E ora? » chiese Emma.

I due gruppi continuavano a venire verso di loro, lenti e inesorabili, quasi temessero che un'azione rapida potesse offrire a Kurt ed Emma una via di scampo.

« Quasi quasi preferirei che corressero » disse Kurt. « Se non altro potremmo provare a prenderli in contropiede. »

« Pensi che ci spareranno? »

Kurt scosse la testa. « Non per ucciderci. Più facile che ci catturino e ci torturino finché non avremo rivelato tutto quello che sappiamo. »

« Confortante. Dimmi che hai un piano. »

Kurt si guardò attorno, febbrile. Vide un varco strettissimo tra due edifici quasi di fronte a loro, ma era così angusto che avrebbero dovuto farsi piccoli piccoli per passare. E comunque già da lì si scorgevano degli ostacoli e dei cavi. Se fossero rimasti bloccati là dentro, sarebbero diventati un facile bersaglio.

Lanciò un'occhiata verso sinistra e nel buio vide un cassonetto per l'immondizia con il coperchio chiuso. Da quello era possibile raggiungere il tetto dell'edificio retrostante. « Sei capace di arrampicarti? »

« Anche a correre e a fare a pugni, se necessario. »

« Perfetto. Seguimi. »

Kurt corse al cassonetto con Emma al fianco. Le diede una spinta e salì dopo di lei. Nel vicolo, gli agenti cinesi esitarono un attimo e poi si lanciarono all'inseguimento.

« Non ti fermare! » disse Kurt.

Emma scalciò via le scarpe, allungò le braccia verso il bordo del tetto e si tirò su senza bisogno di aiuto. Kurt la seguì.

« Vai verso il davanti della casa. E cerca un taxi » le ordinò.

« E tu cosa fai? »

« Un'azione di contenimento. »

Emma si allontanò da Kurt e corse verso il colmo del tetto, restando chinata nel caso gli agenti cinesi si mettessero a sparare.

Kurt si sdraiò a pancia in giù sul tetto e attese l'arrivo dei loro inseguitori. Qualche secondo dopo udì un forte rumore di metallo, segno che qualcuno stava salendo sul cassonetto. Sul bordo del tetto comparvero delle mani e poi una faccia. Uno dei cinesi si stava arrampicando.

Kurt spinse un piede in avanti, sbattendo il tacco della scarpa sulla faccia dell'uomo. Dal naso fratturato uscì uno schizzo di sangue e la testa dell'uomo scattò all'indietro. Il tizio cadde trascinando giù con sé la sua compagna.

Senza aspettare la rivincita, Kurt si voltò e si mise a correre verso la sommità del tetto, poi scese dall'altra parte. Emma era lì accucciata che lo aspettava.

« Non vedo nessun taxi » disse lei.

« È un po' tardi per chiamare Uber. »

Saltarono giù insieme, atterrando pesantemente sul marciapiede deserto. Un attimo dopo il terzetto che era comparso in fondo al vicolo uscì di corsa sulla strada principale e si mise a correre verso di loro.

« Vai! » urlò Kurt.

Attraversarono di corsa la strada, questa volta inseguiti da una raffica di spari. Non detonazioni rumorose ma colpi attutiti esplosi da pistole silenziate, i cui effetti si manifestarono con l'improvviso frantumarsi dei finestrini delle auto parcheggiate sull'altro lato della strada.

Kurt si tuffò oltre il cofano di una BMW del 2002 e cercò riparo dietro l'auto che subì le conseguenze più pesanti dell'attacco furibondo.

Nel sentire gli spari, le poche persone ancora per strada corsero a cercare riparo.

« Sbaglio, o avevi detto che non ci avrebbero sparato? » chiese Emma.

« Dev'essere il piano B: eliminazione dell'obiettivo. »

Per vedere senza esporsi a rischi, Kurt strappò via lo specchietto retrovisore dal fianco della vettura. « Sacrilegio » sussurrò, nell'atto di vandalizzare una delle sue auto d'epoca preferite e pure ben conservata.

Usando lo specchietto come un periscopio valutò la situazione. « Siamo di nuovo circondati » annunciò.

« Sei capace di mettere in moto una macchina senza la chiave? »

« Non è la mia specialità » rispose Kurt. « Specialmente se mi stanno sparando addosso. »

Guardò in giù lungo la strada. Due autobus aspettavano col motore al minimo alla fermata accanto all'incrocio. « Cosa ne dici dei trasporti pubblici? »

« In mancanza di meglio... »

« Vediamo se ci riesce di prendere l'autobus espresso per il centro » disse Kurt.

Schizzarono da dietro la vecchia BMW, attraversarono in diagonale il prato di una chiesetta e corsero verso gli autobus fermi.

« Che schifo! » disse Emma ansimando mentre correva.

« Cosa? »

« L'erba bagnata sotto i piedi nudi. »

Ma se non altro non rallentò.

Arrivarono alla fermata proprio mentre il primo autobus cominciava a muoversi. Kurt si lanciò attraverso la porta con Emma alle calcagna. Istintivamente l'autista schiacciò il freno.

Kurt si scagliò verso di lui, lo sollevò dal sedile e prese il suo posto, pestando sul pedale dell'acceleratore. Il grosso motore diesel ruggì e l'autobus fece un balzo in avanti cominciando a prendere velocità. Kurt afferrò il volante e sterzò verso sinistra.

Dietro di lui, l'autista aveva estratto una bomboletta di Mace e la stava puntando. Kurt chiuse gli occhi, voltò la testa e continuò ad accelerare. Seguì una colluttazione e poi un gran tonfo. Quando Kurt alzò lo sguardo, vide che Emma aveva disarmato l'autista, lo aveva gettato a terra e ora stringeva in mano la bomboletta.

« Bel lavoro » osservò.

Lei brandì la bomboletta di Mace e la puntò verso l'autista. Questi arretrò fino al primo sedile libero.

« *No vamos a hacerle daño a nadie* » disse Emma in uno spagnolo fluente. « *Estamos trabajando para el gobierno.* »

Kurt proseguì alla guida dell'autobus, facendo una curva larga per imboccare una strada. Gli occupanti rimasero al loro posto. Il mormorio non cessò ma non vi furono ammutinamenti. « Cosa gli hai detto? »

« Ho detto che non avremmo fatto male a nessuno e che lavoriamo per il governo » spiegò lei. « Che poi è la verità, se ci pensi. Semplicemente non ho specificato quale. »

« Per me va benissimo » disse Kurt sterzando per evitare un'auto davanti a loro. Il grande veicolo era sorprendentemente facile da guidare finché si era sul dritto. Come facessero gli autisti a percorrere le stradine acciottolate senza far fuori tutte le auto parcheggiate e gli angoli delle case per Austin restava un mistero.

Dopo un chilometro e mezzo arrivarono alla periferia di Las Peñas. Kurt pensava di essersi ormai lasciato gli agenti cinesi alle spalle. Cominciò a rallentare, accostando e cercando un posto dove parcheggiare.

Un urto improvviso da dietro lo fece quasi cadere dal sedile, mentre tutto l'autobus tremava. I passeggeri urlarono e parecchi furono scagliati a terra. Emma perse l'equilibrio e andò a sbattere contro il parabrezza.

Kurt accelerò istintivamente e guardò nello specchietto retrovisore. Il problema era evidente: un secondo autobus era arrivato a tutta velocità da dietro con le luci spente e li aveva tamponati. Ora stava manovrando per affiancarli. Kurt sterzò per tagliargli la strada e continuò ad accelerare, ma non riuscì a distanziarlo.

« *Modelo nuevo* » gridò l'autista a Kurt. « *Más rápido.* »

« Sta dicendo che l'altro autobus è un modello più nuovo ed è più veloce » spiegò Emma.

« Il succo l'avevo capito » disse Kurt cercando disperatamente di impedire all'altro mezzo di affiancarli.

I due monoliti proseguirono, accelerando e ruggendo giù per la strada buia, allontanandosi dal quartiere ben illuminato di Las Peñas. Alcune auto che provenivano in senso contrario sterzarono bruscamente per evitare uno scontro e Kurt sradicò accidentalmente una fila di distributori di giornali dal bordo del marciapiede, facendo volare per aria centinaia di copie di *El Telégrafo*, *El Universo* ed *El Metro*.

Attraversarono con una sbandata l'incrocio successivo accompagnati da un coro di clacson e si infilarono in un tratto di strada meno trafficato che scendeva la collina e portava verso la costa. Tra Kurt che pestava sull'acceleratore e la strada in discesa, l'autobus cominciò a vibrare. Non era fatto per reggere quella velocità.

« Stanno arrivando di nuovo! » urlò Emma.

Un altro colpo dei loro inseguitori scosse l'autobus. Un terzo tentativo di tamponamento per poco non li fece finire fuori strada.

Kurt fu costretto a rallentare per non perdere il controllo del mezzo. Per tutta risposta l'altro autobus accelerò e li affiancò, poi sterzò. I due autobus andarono a sbattere l'uno contro l'altro e i passeggeri urlarono. Alcuni si gettarono a terra, altri cominciarono a pregare.

Se proprio non si poteva evitare di fare a botte, Kurt preferiva darle piuttosto che prenderle. « Fai spostare tutti sul lato destro » urlò.

Emma fece segno ai passeggeri di spostarsi. Quando si furono seduti, Kurt ruotò il volante a destra. Gli autobus andarono di nuovo a sbattere uno contro l'altro, poi si separarono e il modello più nuovo restò indietro.

Arrivati su un lungo tratto di strada diritto, l'autobus degli inseguitori si avvicinò di nuovo. Questa volta Kurt si voltò a guardare l'uomo al volante. Era il cinese con il naso sanguinante.

« Tieniti forte » disse Kurt, aspettandosi un altro scontro.

Ma, invece di urtarlo, l'altro autista si avvicinò e tenne la posizione. Sul tetto sopra di loro risuonarono due tonfi.

« Siamo stati abbordati » annunciò Kurt.

Sopra di lui comparve una serie di ammaccature e Kurt capì cosa stava per succedere. Si lanciò giù dal sedile mentre nella lamiera del tetto compariva una sequela di fori e una sventolata di proiettili perforava il cruscotto e il sedile dove lui si era trovato fino a qualche istante prima.

Gettandosi a terra, puntò il palmo della mano sul pedale del freno.

I freni ad aria compressa bloccarono le ruote e l'autobus iniziò a sbandare. Un uomo volò giù dal tetto e atterrò su una staccionata irta di punte dove rimase infilzato. Se lo lasciarono alle spalle.

Kurt si mise di nuovo al posto di guida mentre un secondo uomo si lanciava giù dal tetto, restando aggrappato al portapacchi. Arrivò di lato, sfondando la porta con un calcio e afferrando Kurt alla gola.

Emma lo colpì con una ginocchiata alla coscia. L'uomo cadde all'indietro e lei gli sparò lo spray dritto in faccia. Quello si portò le mani agli occhi e si rannicchiò in posizione fetale, e lei ne approfittò per farlo cadere giù con un calcio.

« *Cambio exacto* » disse.

Con grande sorpresa di Kurt, i passeggeri applaudirono.

« Soldi contati » disse, rivolta a Kurt. « Non li aveva. Quindi ho dovuto farlo scendere. Capito? »

Kurt rise, impegnato a far compiere all'autobus una curva a tutta velocità. « Dovremo lavorare un po' sui calci, ma nel complesso hai fatto un ottimo lavoro. »

Per un chilometro e mezzo Kurt riuscì a tenere l'altro autobus a distanza, ma quando la strada si fece più dritta il veicolo degli inseguitori guadagnò di nuovo terreno. Un altro colpo da dietro rischiò di farli precipitare giù per la scarpata, mentre accanto a loro sfrecciavano le luci del Malecón e un cartello con sopra disegnata una barca che veniva tirata fuori dall'acqua da un camion.

« La strada sta per finire » disse Emma. « A meno che tu non riesca a far navigare questo coso, ci serve una strategia di uscita. »

« È un'idea brillante » disse Kurt.

« No, a dire il vero no. »

« Davvero. È geniale » insistette Kurt.

« Ma gli autobus non navigano. »

« Appunto! »

Kurt rallentò per affrontare la curva seguente e si spostò verso sinistra. L'altro autobus si avvicinò di nuovo, mettendosi sulla destra. Invase la loro corsia e li urtò una volta. Poi di nuovo. Kurt mantenne la posizione e attese di vedere il varco della rampa di alaggio.

Quando lo vide, sterzò bruscamente e tenne il volante in quella posizione. I due autobus si incastrarono l'uno con l'altro. Pezzi di lamiere si staccarono, strisciando sull'asfalto.

I due veicoli procedettero lanciati a tutta velocità, lasciandosi dietro una scia di scintille, finché non arrivarono all'incrocio a Y della rampa.

Kurt diede un'ultima spinta all'altro autobus, quindi sterzò tutto a sinistra. Quando i due veicoli si separarono, quello guidato dal cinese imboccò la rampa di alaggio. L'uomo pestò sui freni ma l'autobus slittò sulla superficie umida e scivolosa e finì nella baia. Si alzò un muro d'acqua che ricadde sul veicolo. Quando l'autobus si fermò era già sommerso per due terzi.

Kurt riprese il controllo del suo veicolo e proseguì lungo la strada. Dopo circa un chilometro, sostò a una fermata un po' fuori dal Malecón.

Parecchie persone in attesa scapparono, scioccate, nel vedere le condizioni in cui era ridotto l'autobus. Mentre Kurt parcheggiava, uno degli pneumatici anteriori si sgonfiò e il veicolo si inclinò su un lato. Finestrini e pannelli rotti ondeggiarono avanti e indietro e frammenti di vetro caddero a terra. Quando i freni ad aria compressa si scaricarono con un sibilo, il vecchio autobus rese l'anima.

Kurt aprì la portiera e con un ampio gesto della mano invitò i passeggeri a scendere. « Benvenuti al Malecón. Fate attenzione al gradino. »

I passeggeri si limitarono a fissarlo con aria smarrita e confusa. « Pubblico difficile » osservò lui, cambiando il cartello della destinazione con quello *Sin servicio*. Fuori servizio.

Kurt ed Emma scesero insieme dall'autobus e si avviarono verso la folla di turisti che gremiva la passeggiata.

« Pensi che torneranno? » chiese Emma, guardando verso la rampa di alaggio.

« Non questa sera » rispose Kurt. « Se non sono feriti, probabilmente staranno scappando a nascondersi, come dovremmo fare anche noi. Ma suppongo che i tuoi amici della NSA riusciranno a tirarci fuori da qualunque guaio. »

« Credo che non avremo problemi » disse lei. « Come sono andata? »

« Niente male per una principiante » rispose lui.

« Niente male? » ripeté lei. « Ti ho salvato da un attacco con il Mace. E mi sono sbarazzata del tizio che si è lanciato come Tarzan dentro il nostro autobus. »

Kurt scoppiò a ridere e i due si confusero con il fiume di persone, scomparendo tra la folla e raggiungendo un punto isolato lungo il molo.

« E va bene, te la sei cavata alla grande » ammise Kurt. « Ma ora non montarti la testa. »

« Non lo farò » promise lei. « Purché riceva i giusti meriti sul tuo rapporto. »

« Ti farò fare bella figura, e non sarà difficile. Ma se davvero vuoi guadagnarti una menzione d'onore dovrai correre un altro rischio. Un rischio che, al solo pensiero, farebbe venire un collasso alla maggior parte dei tuoi colleghi della NSA. »

Lei strinse gli occhi, subito insospettita ed eccitata al tempo stesso. « E sarebbe... »

Kurt tirò fuori il cellulare, ricontrollò il messaggio ricevuto da Hiram Yaeger e prese una decisione. « Dobbiamo rubare la nostra attrezzatura e darci alla macchia per un po'. »

« Rubare un autobus non è abbastanza per una sera? »

« Ci sorvegliano » disse lui. « Il gruppo che abbiamo incontrato stasera non è l'unico di cui dobbiamo preoccuparci. E i nostri problemi non finiranno quando saremo in mare aperto. Secondo alcune foto satellitari che ho visto prima di cena, alcuni pescherecci dall'aria sospetta stanno già seguendo il *Catalina* e le nostre altre imbarcazioni. »

« Pescherecci spia cinesi con alberi altissimi e un sacco di antenne » disse lei. « Ne sono al corrente. Ma niente di tutto questo ha importanza se riusciamo a trovare il *Nighthawk* e a tirarlo su dal fondo prima che arrivi la loro flotta. »

« Sarebbe perfetto se si trovasse sul fondo pronto a essere pescato come un orsacchiotto al luna park. Ma le informazioni in mio possesso indicano che non si è inabissato tutto intero come pensano i tuoi. Anzi, probabilmente si è spezzato in alcuni tronconi grandi e in mille pezzi piccoli. »

Lei incrociò le braccia sul petto con espressione assente. Sembrava stesse calcolando qualcosa. « I nostri sono sicurissimi che il *Nighthawk* non si sia spezzato. »

« E i miei hanno delle registrazioni audio effettuate da varie postazioni di ascolto sottomarine che rilevano un impatto quattro minuti e diciassette secondi dopo che voi avete perso le tracce del *Nighthawk*. Le particolari caratteristiche del rumore fanno pensare a un impatto ad altissima velocità contro la superficie del mare, in particolare le componenti in media frequenza sono compatibili con un'improvvisa generazione di vapore – normale quando una superficie surriscaldata a più di mille gradi di temperatura entra in contatto con l'acqua del mare a circa venti gradi – e l'implosione di piccoli compartimenti in profondità coerenti con il relitto che si spacca. »

« Dove? » chiese lei.

« Approssimativamente cinquanta miglia a est dell'arcipelago delle Galápagos » rispose Kurt. « Al centro del vostro cono di probabilità. »

« Ne sei sicuro? »

« Al punto da scommettere una cassa di tequila Don Julio e una scatola di sigari cubani » rispose lui. « Fidati, l'informazione è corretta. Le nostre postazioni d'ascolto sottomarine sono più avanzate della catena di ascolto SOSUS della Marina militare e i nostri computer, così come il tizio che li ha costruiti, sono unici al mondo. »

Lei sembrava quasi convinta. « Passa l'informazione all'ufficio centrale della NSA e controlleremo. Ti prometto che il merito sarà tutto tuo. »

« Non mi importa del merito » ribatté lui. « E parlarne con chiunque alla NSA sarebbe un grave errore. »

Per la prima volta lei parve arrabbiarsi. « Tu lavori per noi, ricordi? »

« Certo » rispose Kurt. « Ma cosa mi dici di tutti gli altri che lavorano per voi? Sei disposta a scommettere che nessuno svolga un secondo lavoro? »

Dall'espressione sul suo volto era chiaro che Emma aveva capito l'allusione. Serrò la mascella e lo fissò, e Kurt si chiese se l'uragano Emma stesse per scatenarsi. « Dove vuoi arrivare? »

« Siamo qui da sei ore soltanto e siamo già stati seguiti e attaccati. C'è un peschereccio spia cinese che segue il *Catalina*, ufficialmente impegnato in uno studio ambientale. A quanto pare i cinesi sono al corrente di ogni nostra mossa ancora prima che la facciamo. Questo mi dice che c'è una talpa. »

« Potrebbe non essere alla NSA » obiettò lei. « Come puoi essere sicuro che la talpa non si annidi alla NUMA? »

« Non lo sono » ammise lui. « E per questo motivo non riveleremo a nessuno la nostra prossima mossa. Né alla NUMA, né alla NSA. A nessuno. È l'unico modo per essere certi che l'informazione non finisca nel briefing mattutino a Shanghai. »

Lei lo guardò negli occhi. Una volta accettata la sua logica, il percorso era chiaro. Le labbra le si incurvarono in un sorriso malizioso. « E va bene » disse. « Ci diamo alla macchia. Devo ammettere che la cosa mi intriga. Ci sto. »

« Fantastico » disse Kurt. « A questo punto... non ci resta che procurarci un elicottero e una nave abbastanza grande da cui operare. Una nave di cui nessuno sospetterà mai. »

9

A bordo del Catalina, *nave della NUMA,*
cento miglia a ovest-sudovest di Guayaquil, ore 22.00

La nave della NUMA, il *Catalina*, avanzava a tutta velocità nella notte, diretta verso nord. Lungo ottanta metri, il *Catalina* aveva una linea elegante per essere una nave da ricerca e teneva bene la velocità, solcando le onde e rollando solo un po' nel mare lungo che la colpiva al traverso.

Gamay Trout ringraziò il cielo per la stabilità della nave, mentre andava dalla sala radio al ponte per recapitare uno strano messaggio.

Un metro e settantasette d'altezza e corporatura esile, Gamay aveva capelli rosso scuri con riflessi che cambiavano in continuazione; gli occhi e il sorriso pronto suggerivano un carattere forte e giocoso frutto di un'infanzia da monella. Parlava in maniera chiara e concisa, senza sprecare le parole; un'abitudine che, le avevano detto, veniva da una mente analitica e rapida nell'agire.

In ogni caso, il suo instancabile dinamismo l'aveva portata a prendere parecchie lauree, tra cui un dottorato in Biologia marina e un master in Archeologia marina.

Gli uomini la trovavano bella, ma non di quella bellezza superficiale che svanisce col tempo. Più la conoscevano più la ammiravano, anche perché lei sapeva metterli a loro agio. Era un dono cui pensava di fare ricorso mentre andava verso il ponte per riferire un ordine appena arrivato da Kurt Austin.

Entrando sul ponte sorrise nel vedere Ed Callahan, il comandante del *Catalina*, il suo primo ufficiale, e suo marito Paul chiacchierare vicino alla postazione radar.

« Buonasera » disse Callahan. « Mi scuso per aver trattenuto

Paul quassù così a lungo. Stavamo parlando delle voci che girano riguardo al cambio di programma. Il fatto che ci abbiano ordinato di sospendere uno studio per cui ci preparavamo da cinque mesi ha lasciato perplesse parecchie persone.»

Gamay inarcò un sopracciglio. «State spettegolando intorno al distributore dell'acqua e non mi avete invitata? Vergognatevi.»

«Imperdonabile» rispose Callahan. «Consideri questo come una richiesta ufficiale di unirsi a noi.»

Il capitano fece spazio e lei scivolò accanto al marito. Paul era un pezzo d'uomo alto due metri che parlava con tono serio e tranquillo. Gamay lo aveva conosciuto alla Scripps Institution, dove Paul stava studiando per il dottorato in Scienze oceaniche. Si erano sposati poco dopo e da allora erano inseparabili. Erano entrati a lavorare nella NUMA insieme e a far parte della squadra operazioni speciali lo stesso giorno, e girava voce che la clausola di lavorare sempre insieme fosse inclusa nel loro contratto di lavoro.

«Ha idea di cosa stia succedendo?» chiese Callahan.

«Veramente no, ma...»

Paul, la voce della ragione, disse la sua. «Ho detto a tutti di aspettarsi qualunque cosa, se c'è di mezzo Kurt. Anche se sono certo che non sarà poi questa follia.»

Gamay inspirò a fondo. «Su questo non scommetterei.»

Callahan notò il dispaccio che Gamay teneva in mano. «Cos'ha per me?»

Gamay porse a Callahan la richiesta e spiegò con tutta la calma possibile l'ordine che era giunto.

Il tono del capitano cambiò all'istante. «Vogliono che facciamo *cosa*?»

«Che gettiamo in mare il nostro sottomarino migliore e lo lasciamo lì» ripeté Gamay.

Callahan guardò Paul in cerca di aiuto. Paul alzò le mani come per dire che lui non c'entrava nulla.

«Ma è assurdo!» sbottò Callahan. Era con la NUMA da due anni, e prima di quell'incarico aveva lavorato nella Marina militare e in quella mercantile. Non era la prima volta che riceveva ordini strani e discutibili, ma questo li batteva tutti. «L'*Angler* è una macchina da trenta milioni di dollari» rammentò ai presenti. «Non è una vecchia bagnarola arrugginita che si possa sacrificare a Poseidone.»

«Qualcuno ha spiegato il perché?» chiese Paul. «Pensano di dedurlo dalle tasse?»

Gamay scosse il capo e lesse l'ordine ad alta voce, scandendo le parole. «Da Kurt Austin, direttore dei progetti speciali. Ordine urgente. Col favore dell'oscurità, il sottomarino NSV-2 (*Angler*) deve essere calato in mare senza equipaggio. Assicuratevi che le batterie di tutti i sistemi siano completamente cariche e impostate una profondità di trenta metri. Programmate il pilota automatico perché faccia risalire il sottomarino dopo due ore. Subito dopo aver calato l'*Angler*, il *Catalina* deve cambiare rotta e procedere verso est, dritto verso la foce del fiume Guaya, e aspettare nuovi ordini. Tenete presente che il *Catalina* è sotto sorveglianza. Fate tutto il possibile per condurre l'operazione senza attirare l'attenzione. Non riferite dell'operazione al quartier generale della NUMA. Non fate riferimento a questo ordine sui canali radio normali.»

«Siamo sicuri che venga da Kurt?» chiese Callahan.

Gamay annuì. «Quando ho verificato, la risposta è stata: 'Accertatevi che il portello sia ben chiuso e vedete di non bagnare i sedili di velluto'.»

Paul scoppiò in una risata. «È Kurt, non ci sono dubbi.»

«Forse dovremmo comunque verificare con Rudi Gunn» interloquì il primo ufficiale. «Per precauzione.»

Gamay scosse la testa. «Fidatevi di me. Potreste chiamare Rudi Gunn, il direttore Pitt o il vicepresidente Sandecker in persona e tutti e tre vi darebbero la stessa risposta: 'Se è questo che Kurt vuole, fatelo'.»

Callahan lanciò un'occhiata al pannello di comando e al cronometro. Erano le dieci passate. La luna sarebbe sorta da lì a un'ora.

«È il momento migliore» disse, rivolto al primo ufficiale. «Fornisca dei visori notturni agli uomini e tenga spente le luci del ponte. Verifichi sui manuali tecnici e si accerti che calare l'*Angler* fuoribordo alla velocità attuale non lo danneggi. In quel caso rallenteremo prima di lanciarlo. »

« Sì, signore » disse il primo ufficiale. « Non riesco a immaginare quale sarà la loro prossima richiesta. »

« Sono certo che non potrà essere più pazza di questa » rispose Callahan, convinto.

Né Paul né Gamay fecero commenti, ma si scambiarono uno sguardo d'intesa. Se l'esperienza contava qualcosa, probabilmente Callahan sarebbe stato smentito.

Mentre Gamay tornava in sala radio, Paul andò con i marinai di coperta per sovrintendere alla calata in mare – o forse all'abbandono – del sottomarino. Lavorare sul rotondo di poppa con la nave che procedeva alla velocità massima non era compito facile già nel migliore dei casi. Ma operare in condizioni di blackout con i visori notturni era surreale. La visuale risultava leggermente distorta e il cielo era illuminato da una miriade di stelle invisibili a occhio nudo, ma il mare restava nero e freddo.

Nonostante le condizioni, però, l'equipaggio lavorava senza difficoltà e con efficienza, e Paul si incaricò di azionare personalmente la pesante gru.

Il primo ufficiale lo raggiunse. « I ganci automatici sono pronti. Può alzare quando vuole. Le specifiche tecniche dicono che l'*Angler* non dovrebbe avere problemi a essere calato in mare a questa velocità. »

« Non mi aspettavo niente di diverso, visto che è stato Joe Zavala a progettarlo. »

Joe era un ingegnere di prim'ordine, e tendeva a strafare, a costruire le cose molto più solide di quanto fosse realmente necessario, cosa che aveva salvato gli equipaggi della NUMA in diverse occasioni.

La gru si mise in azione e il sottomarino pitturato di bianco con una larga striscia rossa sul dorso si sollevò dal ponte. Quando il braccio si allungò, Paul osservò: « Dovremo essere creativi ».

« In che senso? »

Paul indicò la battagliola. « Se guarda fuori bordo, vedrà che l'onda generata dalla prua tende a risalire lungo le fiancate. Se caliamo l'*Angler* verticalmente potrebbe venire preso dall'onda e sbattuto contro la fiancata o addirittura risucchiato dalle eliche. »

Paul allungò al massimo il braccio della gru e cominciò ad alzarlo fino a un angolo di trenta gradi.

« Non sono sicuro che funzionerà » disse l'ufficiale. « Il sottomarino è più in alto, ma è anche più vicino alla fiancata della nave. »

« Lei non pratica la pesca alla mosca, vero? » chiese Paul.

« Non starà dicendo sul serio? »

Senza rispondere, Paul accorciò l'estensione del braccio di un metro o due e poi l'allungò di nuovo. L'*Angler* prese a dondolare lateralmente, con oscillazioni sempre più ampie ogni volta che lui ripeteva la manovra.

« Non mi convince » disse il primo ufficiale.

« Si fidi di me » rispose Paul, calcolando alla perfezione ogni movimento.

Con una torcia fece una segnalazione a un uomo dell'equipaggio, il quale chiamò il ponte con un telefono. Paul aveva già stabilito un piano con il capitano. Quando avesse ricevuto la telefonata, Callahan doveva mettere le eliche in bandiera e trenta secondi dopo riportarle in posizione normale. La riduzione di velocità sarebbe stata quasi impercettibile, ma in quel modo l'acqua sarebbe stata deflessa anziché attirata attraverso le eliche.

Da un impercettibile mutamento nelle vibrazioni Paul comprese che il capitano aveva effettuato la manovra. La poppa si alzò. La scia si fece meno turbolenta.

Paul accorciò ancora una volta il braccio della gru e l'*Angler* oscillò verso di loro come il peso di un pendolo, un peso di quattro tonnellate. La gru gemette. Lo sforzo del braccio era evidente, ma era stata progettata per sollevare tre volte quel peso.

Paul lasciò che il sottomarino compisse un'ultima oscillazione e poi, mentre dondolava verso l'esterno, premette il pulsante di sganciamento. Il cavo si staccò con un colpo secco e il sottomarino a forma di pesce volò verso l'esterno, sembrando per un istante quasi senza peso, poi precipitò.

Cadde in mare a quindici metri dallo scafo della nave, con un tonfo sordo e profondo, sollevando una colonna d'acqua che si allargò e ricadde dietro di loro.

Quando gli spruzzi si smorzarono e il punto di impatto scomparve dietro il *Catalina*, la vibrazione del motore riprese come prima.

Il primo ufficiale era a bocca aperta. « Davvero sorprendente. Folle ma sorprendente. »

Paul sorrise. « Sta tutto nel polso. »

Quando Paul finì di ritrarre il braccio della gru, la nave stava già virando verso est e il costoso sottomarino che avevano scaricato in acqua ormai non si vedeva più.

Venti miglia dietro il *Catalina*, sul ponte superiore di una nave attrezzata per assomigliare a un peschereccio, una donna fissava le luci lontane dell'imbarcazione della NUMA. Con il suo metro e sessantasette era alta, per essere una cinese. I capelli neri le ricadevano dritti fino alle spalle, tagliati con una linea perfettamente orizzontale. Gli occhi erano neri quasi quanto i capelli e l'indumento attillato che indossava metteva in risalto il fisico magro ma muscoloso di una maratoneta. Il suo nome era Daiyu, che in mandarino significava « giada nera ». Aveva ventotto anni ed era un agente segreto del ministero per la Sicurezza di Stato, un agente competente e di grande esperienza. Era anche una dei « bambini mai nati ».

Era quello l'infelice eufemismo usato per indicare lei e le altre vittime – o forse beneficiari – della drastica posizione della Cina sulla procreazione. Nel pieno della scellerata politica del figlio unico, la maggior parte delle coppie che concepivano un secondo figlio erano fortemente incoraggiate, se non costrette, a sottoporsi a un aborto. Se aggiravano le regole statali e tenevano nascosta la gravidanza, la punizione era severa e permanente.

Quando le autorità di Guangdong scoprirono che la madre di Daiyu era incinta per la seconda volta, inizialmente insistettero perché ricorresse al rimedio standard: minacciarono di incarcerarla per frode se non avesse accettato di abortire. Gli appelli alla pietà caddero nel vuoto finché un giorno arrivò da Pechino un uomo misterioso di nome Zhang con dei documenti speciali. Avrebbe fatto un'eccezione, ma a un prezzo altissimo.

Fu solo una mezza vittoria. Firmando quei documenti, i genitori di Daiyu avrebbero potuto portare a termine la gravidanza, ma solo alla più terribile delle condizioni immaginabili: a diciotto mesi il figlio gli sarebbe stato tolto per essere cresciuto anonimamente in un orfanotrofio statale.

Non avendo altra scelta, la madre e il padre avevano accettato l'accordo. Un anno dopo – sei mesi prima della data concordata – Zhang era tornato al villaggio per portarsi via Daiyu.

Era stata mandata nell'interno del paese, in un orfanotrofio gestito dai militari. Qualcuno avrebbe potuto trovare strano vedere muscolosi sergenti e ufficiali dall'aria severa occuparsi di nugoli di bambini, ma l'orfanotrofio si trovava all'interno di una zona proibita creata appositamente per scopi militari. Non c'era nessuno intorno che potesse vedere cosa accadeva là dentro.

Daiyu fu cresciuta sotto le cure del governo, senza mai conoscere i nomi dei suoi genitori. Le raccontarono che erano persone speciali. La madre era stata un'atleta di livello mondiale che aveva partecipato ai giochi olimpici. Anche il padre era un atleta, e poi un soldato decorato. Dopo la carriera militare era diventato uno dei più illustri scienziati cinesi.

Le spiegarono che l'unione delle qualità dei suoi genitori era l'unico motivo per cui la sua nascita era stata autorizzata. In un paese ateo, la sua esistenza era una benedizione concessa dallo Stato. Fin dalla nascita, lei e gli altri come lei dovevano letteralmente la vita alla nazione. Questo fatto era stato inculcato nelle loro menti dagli educatori.

All'età di vent'anni Daiyu era una tiratrice scelta, un'esperta di tecniche di sopravvivenza in grado di cavarsela con quello che offre la natura e un'avversaria letale nel combattimento corpo a corpo. Era anche esperta di elettronica e parlava correntemente cinque lingue.

Ma si era dimostrata meno abile nella sottile arte dell'inganno e della seduzione. Proprio per quegli spigoli che il ministero non era riuscito a smussare, per quanto ci avesse provato, le venne assegnata una posizione sul campo anziché al consolato, e le furono affidate missioni che implicavano compiti faticosi e abilità di killer.

Dopo una serie di missioni in Africa e in Europa, fu trasferita in Sud America, dove gli investimenti e l'influenza cinese crescevano di giorno in giorno.

Ora, sul ponte superiore del peschereccio, fissava le luci di navigazione dell'imbarcazione della NUMA che stavano seguendo da lontano. Era buio e soffiava un vengo gelido.

Dietro di lei incombeva un albero alto venticinque metri che supportava una cupola radar, parecchie antenne e una serie di potenti telecamere che sorvegliavano la nave americana alla ricerca di cose che nessun occhio umano avrebbe potuto vedere.

Su uno schermo video alla sua sinistra comparve un piccolo bagliore bianco che subito sparì. A lei parve un grosso spruzzo, ma non si ripeté e tutto il resto rimase normale.

« Gli americani stanno architettando qualcosa » disse, rivolta all'uomo che si trovava dietro di lei, nell'oscurità.

Jian Feng aveva una corporatura robusta e muscolosa, un volto squadrato e capelli scuri molto corti, un aspetto assai banale se non fosse stato per l'orecchio destro a cui mancava un pezzo, strappato via anni prima durante una rissa.

Anche Jian era un bambino mai nato, e le era in un certo modo fratello. Come lei era stato allevato per servire lo Stato.
« Stanno virando » disse lui.

« Virando? »

« Guarda la traccia radar. »

Daiyu lanciò uno sguardo a un altro schermo. Gli americani stavano effettivamente virando verso est. « Non ha senso. L'area di ricerca è a nord e a ovest. »

« Magari qualcosa è andato storto » osservò Jian. « Il porto più vicino è a est. »

Daiyu poteva solo sperare che la nave americana avesse avuto un guasto meccanico. Forse era quella la causa del breve lampo bianco che aveva notato. « Proseguono alla massima velocità » disse lei, osservando i nuovi dati sul tracciato radar. « Ci hanno visti. »

Jian scosse la testa. « Io non credo. »

« E perché, Jian? »

« Siamo troppo bassi e la nostra impronta radar è troppo confusa. La nave che stiamo seguendo non è equipaggiata con un radar di tipo militare, possiede solo un semplice radar meteorologico. Non c'è stato traffico radio a parte le banali chiacchiere che sembrano permeare la cultura americana. Non sanno di noi. »

C'erano altri modi per essere individuati. L'istinto le diceva che gli americani sapevano di loro. Daiyu resistette all'impulso di ribattere e guardò l'orologio. Il suo turno di guardia era finito da quasi un'ora. Lanciò un ultimo sguardo alla nave americana e si voltò per rientrare.

Con un brusco buonanotte lasciò Jian nella sua ignoranza, ripercorse il ponte del peschereccio dall'aspetto fatiscente ed entrò attraverso un portello.

L'imbarcazione era sudicia. Puzzava di gasolio e di interiora di pesce, sgradevolezze di cui lei si accorgeva appena. Attraversò la timoneria, entrò nella sala controllo dove l'apparenza del vecchio peschereccio lasciava spazio a un moderno centro di comando, completo di monitor, climatizzazione e una fila di tecnici in uniforme militare seduti davanti a varie postazioni.

Studiò gli ultimi rapporti e li posò senza fare commenti. Soltanto uno era di qualche rilevanza: gli agenti segreti a Guayaquil avevano ricevuto una soffiata riguardo all'americano di nome Austin. Qualcosa su cui lavorare. Ma non erano riusciti a catturare né lui né la donna dall'aspetto insignificante (per lo meno a giudizio di Daiyu) di nome Townsend.

« Contatta il generale Zhang » ordinò all'addetto alle comunicazioni. « Informalo della nuova rotta. E svegliami se cambia qualcosa. »

L'uomo annuì e Daiyu proseguì verso la sua cabina.

Si chiuse la porta alle spalle e si spogliò, rivelando una pistola in una fondina assicurata sulla pancia piatta e una serie di tatuaggi sulla schiena.

Prese la pistola e la fece scivolare sotto il cuscino della cuccetta, quindi posò la fondina sugli indumenti.

Mezza svestita si piazzò davanti allo specchio tutto picchettato di macchie e assunse la prima posa. Con precisione quasi disumana compì una serie di mosse di arti marziali che erano al tempo stesso armoniose e mortali.

Mentre ruotava, passando da una posizione all'altra, i tatuaggi sembravano cambiare colore con la luce. Su una scapola aveva il simbolo cinese dell'amore, sull'altra il simbolo della punizione. Al centro, proprio sulla colonna, due forme, una nera e una bianca, avvolte una all'altra, una versione stilizzata del famoso simbolo dello yin e dello yang.

Nella mitologia cinese, lo yin e lo yang erano forze complementari, e fornivano ognuna quello che l'altra non poteva dare. Daiyu, però, rifiutava quel concetto. Nella sua mente, le due forze erano antagoniste. Lo yin avrebbe distrutto lo yang, se avesse potuto, e lo yang avrebbe ucciso lo yin se mai si fossero incontrati, perché è ciò che facevano gli opposti. Per questo motivo aveva ordinato che tra i due simboli curvi fosse mantenuta una linea quasi invisibile, una striscia sottile del colore della sua pelle naturale, a fare da cuscinetto tra due forze in guerra tra loro, l'unica cosa che potesse prevenire la grande distruzione.

Man mano che le mosse aumentavano di velocità e di intensità, sulla sua pelle cominciarono ad apparire rivoletti di sudore. Un calcio, una rotazione, un colpo ascendente con la mano capace di spezzare il collo a una persona. Dopo un po' i capelli, il corpo e gli indumenti erano bagnati fradici. La sua ultima mossa fu una rotazione seguita da un colpo col palmo della mano aperto che avrebbe potuto uccidere qualunque avversario. Tenne la posizione qualche secondo, rendendosi conto che era se stessa quella che stava fissando nello specchio, poi si voltò.

La danza era finita. Si tolse anche gli ultimi indumenti, li gettò in un angolo ed entrò nella doccia, aprendo il getto al massimo sul freddo.

10

Ecuador

L'aeroporto sonnacchioso sulla costa dell'Ecuador sembrava abbandonato, nel cuore della notte. Una recinzione metallica sormontata da filo spinato e qualche luce intorno al perimetro erano le uniche misure di sicurezza. Ogni tanto una guardia a bordo di un pick-up bianco con una luce rotante gialla sul tetto faceva un giro sulla pista di rullaggio e quella di decollo, più che altro per noia.

« Non è esattamente come Fort Knox » osservò Emma, al volante dell'auto che aveva noleggiato sotto falso nome.

« Secondo te perché l'ho scelto? » ribatté Kurt, scendendo dall'auto e andando verso il cancello. « In circostanze normali, qui non c'è niente da rubare. »

Kurt trovò il cancello scorrevole non chiuso a chiave e lo aprì. Fece cenno a Emma di entrare, richiuse il cancello e risalì in auto. « Da quella parte » le disse, indicando a sinistra.

Emma avanzò con attenzione alla luce della luna, tenendosi su un lato della pista di rullaggio il cui asfalto si stava sbriciolando. Superarono alcuni piccoli aerei legati ai bordi della rampa: dei monomotore Cessna e dei Piper. A giudicare dalle erbacce cresciute in mezzo ai velivoli, molti erano fermi da settimane, se non addirittura mesi.

« Come facevi a sapere di questo posto? » chiese Emma.

Kurt indicò oltre la pista di decollo. « Sull'altro lato di quella recinzione, le onde del Pacifico si infrangono sulla spiaggia con ritmica precisione. Questo è uno dei migliori posti di tutto il Sud America per fare surf. Avevo intenzione di venire qui tra qualche mese, quando inizia la stagione. »

Proseguirono, superando un piccolo hangar, e andarono a

fermarsi accanto a un mastodontico elicottero arancione che al buio sembrava più un gigantesco insetto mutante che una macchina costruita dall'uomo.

L'elicottero si reggeva su zampe sottili, le lunghe pale ricurve come le ali di una libellula. Una coda sottile e appuntita si protendeva nel buio, mentre il capo grosso e bulboso, chino verso il terreno, faceva pensare a una locusta che mangia l'erba.

L'Erickson Air-Crane era una versione moderna del famoso Sikorsky Skycrane. Era lungo più di venti metri, sfoggiava un enorme rotore a sei pale, ed era mosso da due turbine Pratt & Whitney. Poteva portare cinque persone e un carico utile di dieci tonnellate. La maggior parte di questi elicotteri veniva utilizzata per trasportare carichi pesanti in luoghi irraggiungibili da qualunque veicolo su ruote o per combattere gli incendi boschivi. Le sue elevate capacità di carico e la sua manovrabilità gli permettevano di scaricare tonnellate d'acqua o di ritardante sulla cima delle colline, in canyon stretti o in altri luoghi fuori dalla portata dei normali aerei antincendio.

Da quando la Erickson aveva acquistato i diritti di produzione, ogni elicottero nuovo veniva battezzato con un suo nome proprio. In Australia ce n'era uno chiamato *Elvis* utilizzato nella lotta agli incendi. Un altro chiamato *Jaws* trasportava componenti alle piattaforme petrolifere nel golfo del Messico. Quello sulla pista davanti a loro si chiamava *Merlin* e aveva una piccola caricatura del mago dipinta sul muso.

Quando Emma parcheggiò accanto all'elicottero, dentro la cabina di pilotaggio si accese una luce e nel vano del portellone comparve una figura.

« Era ora che arrivaste » disse Joe Zavala. « Questa deve essere Uragano Emma. »

Emma lanciò a Kurt un'occhiata sospettosa, poi strinse la mano a Joe. « Sono stata declassata a tempesta tropicale. Ma cerca di non farmi arrabbiare. »

« Prendo nota » rispose Joe. « Vi va di salire a bordo? »

« Credevo dovessimo caricare delle cose » ribatté Kurt. « Sei riuscito a procurarti tutte le attrezzature sull'elenco? »

« Certo » rispose Joe. « Sono stivate nel contenitore di coda. Abbiamo anche un serbatoio eiettabile pieno di carburante. »

Indicò due navicelle attaccate vicino alla coda: quella per il carico era nera e aveva l'aerodinamica di un mattone; il serbatoio eiettabile invece era affusolato e sembrava una bomba color arancio.

« Hai per caso incontrato il guardiano? »

« Certo » rispose Joe. « Secondo te chi mi ha aiutato a caricare tutta questa roba? »

Kurt scoppiò in una risata. « Joe ci sa fare con le persone » spiegò a Emma. « Una volta è stato fermato per eccesso di velocità e invece di beccarsi una multa, ha convinto la polizia a scortarlo alla partita dei Boston Pops. »

« Ero in ritardo per un appuntamento » spiegò Joe. « L'agente è stato molto comprensivo. »

Kurt guardò l'ora. « Rischiamo di far tardi anche qui. Se siamo pronti, andiamo. »

Salirono a bordo dell'Air-Crane attraverso un portello nella parte posteriore della cabina. Per arrivarci era necessario camminare sotto la fusoliera, che era un po' come camminare sotto un ponte. Anche stando dritti, la struttura dell'elicottero era parecchio più in alto delle loro teste.

Joe sedette al posto di pilotaggio nella cabina sorprendentemente piccola e cominciò i controlli che precedevano il decollo. Aveva accumulato quasi mille ore di volo su elicotteri di diversi tipi, ma era la prima volta che ne pilotava uno così grande.

« Sei sicuro di saper far volare questo coso? » chiese Kurt.

« Sono tutti uguali, più o meno » rispose Joe.

« È il 'meno' che mi preoccupa. »

« Fidati di me » disse Joe. « Ti ho mai deluso? »

« Non ti rispondo neppure. »

Kurt sedette al posto del copilota e allacciò la cintura di sicurezza mentre Emma prendeva il terzo sedile subito dietro.

Finita la lista dei controlli, Joe accese le luci di navigazione e nel buio prese a lampeggiare una luce rossa. Joe tenne premuto il pulsante dello starter e i rotori cominciarono a girare lentamente. Pochi istanti dopo i motori presero vita con un rombo.

« Benvenuti a bordo del volo Zavala 251 per non si sa dove » disse. « Siete pregati di riporre i tavolini in posizione verticale. »

« Dobbiamo chiamare la torre di controllo? » chiese Kurt.

« Sono andati a casa qualche ora fa » rispose Joe.

« In questo caso, direi che siamo autorizzati al decollo. »

Joe portò la manetta del gas al massimo e tirò all'indietro il collettivo, controllando la spinta verso l'alto. Il peso cominciò a gravare meno sulle ruote e l'elicottero iniziò a muoversi in avanti. Poi si sollevò e virò in direzione del vento.

Accelerando e salendo Joe portò l'Air-Crane in direzione del mare. Attraversarono la spiaggia e salirono sopra il Pacifico.

Un'ora dopo si stavano avvicinando al punto in cui il *Catalina* aveva calato il sottomarino.

« Lo vedo » esclamò Kurt, guardando attraverso il visore notturno. « Due miglia davanti a noi, dieci gradi sulla destra, dondola sulle onde, proprio dove dovrebbe essere. »

Una luce a bassa intensità sul portello dell'*Angler* – potente quanto una comunissima torcia – attraverso il visore appariva luminosa quanto una fiaccola al magnesio.

« Lo vedo anch'io » rispose Joe. Fece scendere l'elicottero fino a quindici metri e si portò in volo stazionario subito sopra il sottomarino.

Kurt si tolse il visore notturno e si spostò. Superata Emma, andò a un seggiolino in fondo all'abitacolo, circondato da una bolla di plexiglas trasparente che ricordava la postazione del mitragliere di coda in un bombardiere della seconda guerra mondiale.

La postazione dell'addetto al carico offriva una visuale chiara di tutto ciò che stava dietro e sotto l'elicottero. Facendo scattare un interruttore Kurt accese una serie di fari che illuminarono lo spazio sottostante. Il sottomarino bianco con l'ampia striscia rossa stava basso nell'acqua, circondato dalla turbolenza creata dal flusso d'aria dei rotori.

« Indietro di tre metri » gridò Kurt.

« Ricevuto » disse Joe, facendo indietreggiare l'elicottero.

Azionando i comandi del verricello posti su un pannello davanti a sé, Kurt fece scendere un pesante gancio di acciaio verso l'*Angler*. Il suo obiettivo era una sbarra che sporgeva sopra lo scafo del sottomarino e che ricordava il rollbar di un veicolo fuoristrada. La larga striscia rossa pitturata di traverso sulla parte superiore del sottomarino indicava il punto di aggancio.

« Un po' più a destra » disse Kurt. « Un pelo in avanti. »

Mentre Joe manovrava l'Air-Crane, Kurt fece parecchi tentativi di agganciare l'*Angler*, ma il compito non era così facile come poteva sembrare. Se il sottomarino veniva sollevato da un'onda nel momento sbagliato, il gancio rimbalzava sullo scafo. Altre volte, il gancio oscillava e mancava l'obiettivo quando il punto di aggancio si abbassava come un pugile che schiva un colpo non abbastanza veloce.

Kurt stava seriamente prendendo in considerazione l'idea di scendere in acqua e attaccare il gancio manualmente quando uno schiocco e l'improvviso tendersi del cavo gli fece capire che aveva catturato la sua preda.

« Preso! » esclamò, riavvolgendo il cavo. « Ora faccio scendere il secondo cavo. »

Il secondo cavo non doveva agganciarsi al sottomarino: era già collegato al primo e anche a un anello vicino al carrello anteriore. Serviva da guida e impediva che il carico si mettesse a roteare nella vorticosa corrente d'aria generata dal rotore principale.

« Secondo cavo agganciato. »

« Tiralo su » disse Joe. « Non vorrai che la NUMA si becchi una multa per abbandono di rifiuti. »

Kurt impostò il comando del verricello sulla posizione di sollevamento e il cavo d'acciaio si tese. Lo sforzo necessario a sollevare le quattro tonnellate del sottomarino si sentì immediatamente e l'elicottero scese di qualche metro prima che Joe riuscisse a neutralizzarne l'effetto. Il rombo dei motori crebbe, l'*Angler* uscì dall'acqua e subito venne bloccato al sicuro contro il ventre del *Merlin*.

« Davvero notevole » dichiarò Emma. « Non sia mai detto che gli uomini della NUMA non sanno stupire. »

« È la nostra specialità » ribatté Joe, con un finto tono di esagerata spavalderia.

Kurt controllò un'ultima volta i comandi del verricello, quindi tornò verso la cabina di pilotaggio. « Andiamo. »

L'Air-Crane ricominciò ad avanzare, prendendo velocità e altitudine, questa volta più lentamente, sorvolando l'oceano con un rumore di tuono diretto verso la destinazione successiva.

« Quanto manca alla nave? » chiese Joe.

Emma controllò il GPS portatile. « Novanta miglia. »

« Questo ci dà il tempo per ripassare il nostro discorsetto » osservò Kurt.

« Hai già deciso cosa dirgli? »

« Pensavo di fare appello al più elementare desiderio universale. »

« Non credo che l'amore possa aiutarci in questo caso » ribatté Joe.

« L'*altro* desiderio universale » disse Kurt. « Il denaro. Tutti vogliono diventare ricchi. »

« Ma noi non abbiamo denaro da offrirgli » obiettò Emma.

Kurt annuì. « Chi ha detto che dobbiamo usare il nostro? »

Emma e Joe gli rivolsero un'occhiata interrogativa, ma Kurt non disse altro. Stava ancora definendo i dettagli.

11

A bordo della Reunion, *nave frigorifera in navigazione dal Cile a San Diego*

La *Reunion* procedeva verso nord alla velocità di undici nodi e con tutte le luci accese. Illuminata com'era, risultava visibile da miglia di distanza, un faro bianco contro il nero opaco del mare.

Dopo una breve conversazione con il personale di guardia della *Reunion*, l'Air-Crane ricevette il permesso di atterrare a bordo. Joe manovrò verso la piattaforma rialzata vicino a prua e depositò il grosso elicottero esattamente al centro del grande cerchio giallo.

Uno degli ufficiali della nave che assistette all'atterraggio non poté fare a meno di restare colpito dall'abilità del pilota, tanto più che c'erano non più di tre metri di spazio libero per parte e meno di uno tra la piazzola e il fondo di... qualunque cosa fosse quella che il grosso elicottero arancione stava trasportando.

Dopo aver assicurato il *Merlin*, l'ufficiale accompagnò i nuovi arrivati al ponte di comando, lanciando occhiate furtive alla donna avvenente con i capelli castano ramati. Non capitava spesso di avere ospiti femminili a bordo, meno che mai così belle.

Sulla plancia illuminata si procedette alle presentazioni seguite da uno scambio di cortesie. Il fatto che il comandante della *Reunion* fosse americano giocava a loro favore. Che fosse stato svegliato nel cuore della notte un po' meno. Ma non ci si poteva fare nulla.

Il capitano Buck Kamphausen si presentò sul ponte di comando in boxer e maglietta, con una giacca gettata sulle spalle. Un metro e novanta d'altezza, barba castana spelacchiata e spruzzata di grigio, portava occhiali rettangolari che continuava a sistemarsi sul naso lanciando occhiate a Emma.

Kamphausen era un tipo affabile. Conosceva la NUMA e si considerava un suo grande ammiratore. A prescindere da questo, mentre parlavano sembrava pronto ad acconsentire a qualunque cosa purché Emma promettesse di restare a bordo e cenare con lui.

« Ciò di cui abbiamo bisogno » ricapitolò Kurt, « è usare la sua nave come base galleggiante per qualche giorno. »

Kamphausen si grattò la barba. « A che scopo? »

« Non glielo posso dire » rispose Kurt.

L'atteggiamento di Kamphausen cambiò all'istante. « Fatemi capire bene » disse con fare burbero. « Atterrate sulla mia nave nel cuore della notte portando a bordo Dio solo sa cosa. Mi chiedete di cambiare rotta fingendo un problema tecnico, e di rischiare di non rispettare i tempi di consegna... ma non volete dirmi cosa state cercando di fare, né spiegarmi in cosa sarò coinvolto? »

« So che può sembrare strano » ammise Kurt.

« Io direi assurdo. »

« Il fatto è » disse Kurt, cercando di mantenere la conversazione su toni amabili, « che noi – e con noi intendo il governo degli Stati Uniti – possiamo fare in modo che lei venga debitamente ricompensato. »

« Non c'è ricompensa che tenga, se ti licenziano o ti degradano a marinaio di prima classe » ribatté il capitano.

« Questo non lo so » disse Kurt. « Dipende da quanto riusciamo a recuperare. »

Negli occhi del comandante si accese una scintilla di interesse. « Recuperare? »

Kurt annuì.

Gli occhi di Kamphausen divennero due fessure. Si sistemò gli occhiali per l'ennesima volta e puntò lo sguardo su Kurt. « Vada avanti. »

« Lei conosce la NUMA » disse Kurt. « Sa cosa facciamo. Recuperiamo beni dal fondo dell'oceano. Anche se non dovrei dirlo... quel congegno che vede assicurato sotto l'elicottero è un sottomarino appositamente progettato per le ricerche di qualcosa di molto prezioso.»

Stava esagerando un po', ma doveva sembrare fiducioso.

«Un qualcosa che gli Stati Uniti vogliono trovare a qualunque costo» aggiunse Emma.

Kurt si schiarì la gola per riportare su di sé gli occhi e l'attenzione del capitano. «La mia esperienza mi dice che le ricompense in denaro per chi aiuta il governo possono essere assai sostanziose...»

«Se non ricordo male» lo interruppe Joe, «tutti quelli che ci aiutarono a ritrovare quel sottomarino ricevettero una percentuale dei diamanti recuperati o l'equivalente in denaro.»

«Diamanti?» disse Kamphausen.

«In quella missione» puntualizzò Kurt.

«Percentuale?» chiese il primo ufficiale, molto interessato.

«Come ai tempi dei pirati» disse Joe. «Una quota per ogni marinaio, due quote per i sottufficiali, tre per gli ufficiali e quattro per il comandante.»

Kurt annuì a conferma dell'improvvisazione di Joe, come se quella fosse prassi comune. Il capitano Kamphausen e il primo ufficiale si scambiarono uno sguardo d'intesa.

Emma intervenne per agevolare l'opera di convincimento. «Come si dice negli ambienti del governo, un miliardo qua, un miliardo là si fa presto a mettere insieme un bel po' di soldi. E non ce ne vogliono molti per comprare una bella casa a Tahiti.»

«Ma non potete dirci cosa state cercando» ripeté il comandante.

Kurt scosse il capo. «No. Ma ci rifletta. Saremmo qui, nel cuore della notte, a chiedere il suo aiuto se non si trattasse di qualcosa di *davvero* importante?»

Sapendo che il piano avrebbe funzionato meglio se l'equipaggio fosse stato convinto, Kurt lasciò che corressero con la fantasia, finché arrivò la voce della ragione a interromperli.

«Un momento» disse il nuovo arrivato. «Io rappresento l'armatore in questo viaggio. Sono il responsabile dell'intero carico. Trasportiamo frutta fresca. Lime, mele, arance e kiwi. Se arriviamo con più di quattro giorni di ritardo, il carico verrà respinto. La mia compagnia perderà diversi milioni di dollari, e io perderò il lavoro. »

Kurt guardò Joe. « Cosa ne dici? »

« Io credo che possiamo farcela. »

Kurt annuì. « A noi servono solo un paio di giorni » disse, rivolto al rappresentante della compagnia. « Ma se dovessimo accumulare un ritardo superiore alle quarantotto ore, il governo degli Stati Uniti acquisterà il carico in blocco. »

« Lime, mele e arance » confermò Joe.

« Non dimentichi i kiwi » disse il rappresentante dell'armatore.

« Come potrei? »

Il comandante si massaggiò la barba. « Diamanti? »

« Io non l'ho detto » rammentò Kurt ai presenti.

« Barili di diamanti » disse il primo ufficiale. « L'ho visto in tivù. »

« Dovremo preparare dei documenti » aggiunse il comandante.

Kurt guardò Emma come se fosse lei l'incaricata di queste cose.

« Naturalmente » confermò lei. « Ci saranno da firmare anche degli accordi di riservatezza. E l'impegno a osservare silenzio radio e blackout delle comunicazioni finché la nave non vi sarà riconsegnata. Qualunque violazione comporterà una rescissione del contratto di compartecipazione agli utili e l'avvio di un procedimento penale. »

I venti dell'uragano Emma si erano improvvisamente fatti gelidi. Ma non riuscirono a raffreddare l'entusiasmo.

« Possiamo restare in silenzio per un paio di giorni » disse il primo ufficiale, cercando di convincere gli altri.

Il rappresentante dell'armatore, però, non sembrava troppo convinto. « Io voglio vedere i documenti al più presto. »

« Mi metterò in contatto con Washington e li farò redigere come prima cosa domani mattina » lo rassicurò Kurt.

Kamphausen fece un sorriso soddisfatto e porse la mano a Kurt. « Ho sempre desiderato partecipare a un'avventura come questa. »

« Se l'esperienza mi ha insegnato qualcosa, otterrà più di

quanto si aspetta » disse Kurt. « Nel frattempo, sarà meglio mettersi all'opera. Dobbiamo cambiare rotta. »

Il comandante gli lanciò un'ultima occhiata, forse assalito da qualche dubbio sulla propria salute mentale. Guardò l'elicottero arancione posato sul ponte della sua nave e il sottomarino supertecnologico e rammentò a se stesso tutto quello che sapeva sul conto della NUMA. « Timoniere » chiamò. « Imposta una nuova rotta. »

« Direzione? »

Il comandante si voltò verso Kurt. « Qualunque direzione vogliano prendere i nostri nuovi soci. »

12

Kurt diede la nuova direzione al timoniere e la nave virò a nordovest. Per mantenere la segretezza, Kurt chiese al capitano di spegnere il sistema di identificazione automatica, così che la loro posizione non venisse riportata in automatico al sistema satellitare che teneva traccia del traffico marittimo a livello mondiale. Fatto questo, tornò sul ponte principale e chiamò Rudi Gunn con un telefono satellitare criptato.

Rudi era ancora a Guayaquil, impegnato in attività diplomatiche nella speranza di ottenere assistenza dalle forze armate ecuadoriane senza rivelare loro il motivo della richiesta. Nonostante da lui fosse notte fonda Rudi rispose al secondo squillo. « Uno di questi giorni vedi se ti riesce di chiamarmi durante il normale orario di lavoro » borbottò.

« Questo è normale orario di lavoro » ribatté Kurt. « La NUMA non dorme mai. »

« La NUMA no, ma io sì » replicò Rudi. « Cosa posso fare per te, amico mio preda dell'insonnia? »

« Volevo solo aggiornarti » disse Kurt. « Ho lasciato l'Ecuador, Joe ed Emma sono con me, ma questo non scriverlo sui rapporti. I cinesi hanno agenti ovunque, e in questo momento non siamo sicuri di poterci fidare della NSA. Potrebbero essere stati compromessi. »

« Fantastico » disse Rudi. « Potrei cominciare a inviare false informazioni. »

« Non sarebbe una brutta idea. In ogni modo, dovremo cavarcela da soli. E non ci faremo sentire per un po'. »

« Allora perché lo dici a me? »

« Non volevo che ti preoccupassi » disse Kurt con tutto l'affetto possibile.

« Dove sei? »

« Su una nave frigorifera. Ma non perdere tempo a cercarci. Siamo temporaneamente invisibili. »

Kurt sentì un movimento e poi un debole clic. Si immaginò Rudi che, scostate le coperte, accendeva la luce. Il tono della sua voce si fece subito più vispo. « Hai trovato qualcosa? »

« Forse » rispose Kurt.

« Accidenti » esclamò Rudi. « Svegliami tutte le volte che vuoi, se hai notizie come questa. Quante sono le probabilità? »

« Discrete. Chiedi a Hiram per i dettagli e tieniti pronto. E accertati che il resto della flotta prosegua nelle sue attività. Più loro si danno da fare, meno probabilità ci sono che qualcuno si accorga che noi siamo spariti. Potreste anche fingere di aver trovato qualcosa, per attirare l'attenzione su di voi. »

« Ottima idea. Mi inventerò qualcosa. Manderò pure un rapporto alla NSA. »

« Perfetto » disse Kurt. Stava per salutare e chiudere la comunicazione quando gli venne in mente un'ultima cosa. « Dimenticavo. Se per caso dovessi ricevere delle telefonate dalla Malabar Shipping Line o dalla Golden Fruit Company di Valparaiso... non rispondere subito. Potrebbe trattarsi di telemarketing. »

« Non voglio sapere. » Il tono di Rudi si era fatto di nuovo guardingo.

« Mettiamola così » disse Kurt. « Se non trovo quello che stiamo cercando entro i prossimi due giorni, per un po' non resterai più senza lime per i tuoi margarita. »

Rudi accolse la spiegazione con un grugnito e riattaccò. Kurt spense il cellulare e si voltò proprio mentre Emma si stava avvicinando.

« Hanno creduto a ogni tua parola » disse lei. « Ma come intendi pagare per questa nave? Per non parlare del carico e del bottino che Joe ha promesso loro. »

Kurt si strinse nelle spalle e fece scivolare il telefono in tasca. « Pensavo potessimo usare il tuo conto spese. Io ho pagato la cena, ricordi? »

« Molto divertente » disse lei. « Ma io sto parlando sul serio. O finiamo gettati in pasto agli squali qui, o sbudellati e squartati sui gradini del Campidoglio. »

Kurt non era dello stesso avviso. « Ci sono dieci ore di differenza tra qui e la Malesia, dove si trova il quartier generale della compagnia di navigazione. Ora sono chiusi e non riapriranno fino a domani mattina, fuso orario della Malesia. A quel punto a Washington sarà ormai buio e tutte le telefonate verranno dirottate sulla segreteria telefonica. Tra questo e la lentezza della burocrazia, passerà una settimana prima che qualcuno cominci a capirci qualcosa di questo pasticcio. E a quel punto noi avremo trovato quello che stiamo cercando. »

« E quando si scoprirà che non è pieno di barili di diamanti grezzi? »

« Io non ho mai parlato di diamanti » rispose Kurt.

« No, ma il carico che tu hai garantito di ripagare vale cinquanta milioni di dollari. E la nave ne vale almeno il doppio. »

« E quanto è costato il *Nighthawk*? » chiese lui. « Cinquanta *miliardi*? Cento? Quanto sarebbe disposta a pagare la NSA per non farlo cadere nelle mani dei russi? Tu ti preoccupi per i centesimi e dimentichi le banconote da mille dollari. Fidati, quando questo problema si porrà, noi avremo già messo in sicurezza il *Nighthawk* lì dove si trova e recuperato le parti più importanti. Invece di lamentarsi per il costo di questa nave e del suo carico, qualcuno ti appunterà una medaglia sul petto e ti definirà un leader audace e coraggioso, dopo aver comprato una nave ciascuno al comandante Kamphausen e ai suoi uomini, con tanto di equipaggio composto da bellissime sirene. »

Lei fece un respiro profondo e si voltò a guardare il mare scuro. « Tu sei proprio matto » sussurrò, prima di tornare a guardare verso di lui. Ora sorrideva. « Quale vaso di Pandora hai aperto per me? »

« Dev'essere la ribelle che è in te » rispose lui con un sorriso.

« Spero solo che tu abbia ragione, o ci ritroveremo a gestire una bancarella di frutta in società per il resto della nostra vita. »

« Ci sono sorti peggiori » disse Kurt. « Ma fidati di me. Andrà tutto liscio. »

13

A bordo della nave Catalina *della NUMA*

Paul Trout pensò che sua moglie gli stesse facendo uno scherzo quando gli lesse l'ultimo ordine arrivato, questo da Rudi Gunn. Non aveva senso. Come quello precedente, del resto.

« 'Procedete fino alla posizione specificata e calate boe sonar lungo la direttrice nord-sud. Dopo tre ore e ventisette minuti iniziate a muovervi in cerchi concentrici. Dopo un'ora, con tutto il comodo del comandante, fermate le macchine. A questo punto, iniziate evidenti preparativi per effettuare operazioni di recupero a grande profondità, compresa la messa in mare di ROV. Inviate trasmissioni in codice e continuate le operazioni di recupero fino a nuovo ordine.' »

« Recupero di cosa? » chiese Paul.

« Non lo dice » rispose Gamay. « Dice solo che dobbiamo farlo sembrare vero. »

« Con cosa? » insistette lui. « Abbiamo appena gettato fuori bordo il nostro unico sottomarino. »

« Suppongo che dovremo improvvisare » disse Gamay.

Paul scosse la testa. « 'Loro non fecero domande, loro non si chiesero perché.' E va bene, andiamo a dare questa notizia a Callahan. E speriamo che non gli esploda la testa. »

A quattromila miglia di distanza, Constantin Davidov pensava che stesse per esplodergli la testa. Era quasi tutto il giorno che viaggiava nel compartimento passeggeri di un elicottero Mi-14 russo. Il grosso elicottero dalla livrea grigio-blu era l'ultimo modello a lungo raggio, da cui erano state rimosse tutte le armi e le corazzature per dotarlo di due grandi serbatoi ausiliari di carburante. I piloti lo chiamavano « piccione viaggiatore » perché veniva utilizzato per trasportare uomini ed equipaggiamento su lunghe tratte. Il personale a terra, invece, lo chiamava « piccione d'argilla » perché era così carico di combustibile, così lento e pesante, da risultare un bersaglio facile da colpire, come quello usato agli albori del tiro al piattello.

Davidov sapeva solo che diciannove ore a bordo di quel velivolo, compresi diversi rifornimenti in volo, potevano essere considerate una tortura e, come tale, avrebbero dovuto essere bandite dalla Convenzione di Ginevra.

Quando finalmente lo sgraziato velivolo atterrò sul ponte di un incrociatore lanciamissili russo, Davidov saltò praticamente giù dal sedile per uscire da quella macchina infernale, e senza attendere il permesso del comandante si precipitò fuori dal portellone, sotto la pioggia battente.

Il tempo stava peggiorando tutto attorno mentre l'incrociatore lanciamissili *Varyag* e parecchie altre navi russe avanzavano a capofitto nella tempesta, a metà strada tra le Hawaii e la costa sudamericana. Ma Davidov non era preoccupato. Sempre meglio affrontare una tempesta di categoria 5 su una nave che passare un altro minuto a bordo di quel gigantesco frullatore.

Dopo che il Mi-14 fu assicurato, Davidov venne accompagnato dentro, nella sua cabina. Quando ebbe finito di fare la doccia e indossato un'uniforme pulita, la nave beccheggiava sensibilmente. Mentre avanzava lungo il corridoio fu costretto ad aggrapparsi al corrimano per non perdere l'equilibrio.

Fu scortato attraverso la zona ufficiali fino all'alloggio del contrammiraglio Sergei Borozdin, la cui porta era sorvegliata da due specnaz. Dopo aver mostrato le sue credenziali, fu fatto immediatamente accomodare.

Borozdin, seduto dietro una scrivania, finse di non accorgersi dell'arrivo del suo vecchio amico. Era un gioco che facevano sempre. I due avevano fatto carriera contemporaneamente, uno nella Marina, l'altro nell'apparato del partito, KGB, FSB, e nei servizi consolari. Ultimamente si incontravano di rado, ma quando capitava il liquore scorreva a fiumi.

A smentire lo stereotipo dei russi che bevevano vodka, preferivano entrambi lo scotch, e più precisamente i single malt delle highland scozzesi, meglio se invecchiati almeno quindici anni.

Davidov aveva portato con sé un bell'esemplare. Lo porse a Borozdin. «*Aberlour*» disse. «È gaelico. Significa 'foce del ruscello che mormora'. Invecchiato solo dodici anni, ma in botti di sherry spagnolo.»

Borozdin contemplò la bottiglia con ammirazione. «Era il minimo che potessi fare dopo aver spedito la mia flotta in questo ciclone.»

A dispetto delle parole burbere, Borozdin era felice. Sorrise, prese due bicchieri e si versò un assaggio. «Te lo giuro, Constantin. Se Putin mi ordinasse di distruggere la Scozia con un'arma nucleare, mi rifiuterei anche a rischio di finire davanti al plotone d'esecuzione.»

Davidov rise e Borozdin riempì entrambi i bicchieri. L'aroma era unico, con una nota di uva passa. I primi sorsi furono divini.

Persino in quel momento Davidov avrebbe giurato di sentire ancora le pale dell'elicottero che falciavano l'aria sopra la sua testa, e aveva l'impressione che gli tremasse ancora il corpo dai piedi alla punta del naso. «Che brutta situazione, questa tempesta» disse mentre il *Varyag* rollava sensibilmente sulla dritta.

A ogni onda la nave beccheggiava e poi tornava su. Le onde colpivano la flotta dal quadrante frontale e si facevano di attimo in attimo più violente.

«Se non fossimo così lontani, la lascerei passare e proseguirei sulla sua scia. Abbiamo già dovuto mandare indietro una delle navi appoggio perché aveva due portelli danneggiati.»

Il *Varyag* stava guidando una flotta di navi da ricerca e soccorso verso l'area delle ricerche. Era più grande, più veloce e più pesante delle altre. E quindi se la cavava meglio.

«Dobbiamo proseguire» disse Davidov. «Se non altro, la tempesta rallenterà anche i cinesi.»

«Ma gli americani?» chiese Borozdin. «Sono loro il nostro vero problema. Questo maledetto ciclone ha mandato all'aria i nostri piani. Se non si fosse manifestato, gli americani non avrebbero fatto rientrare il *Nighthawk* prima del tempo. E noi saremmo stati in posizione per acchiapparlo quando fosse caduto. E ora questa tempesta ci rallenta, mentre gli americani partiti dalla California procedono tranquilli verso sud con il bel tempo. »

« Sì » disse Davidov stancamente. « Lo so. Non ti preoccupare. Non dovrebbe fare differenza. »

Borozdin piegò la testa di lato e guardò il vecchio amico con fare sospetto. « Perché no? »

« È vero, gli americani hanno dalla loro questo ciclone » disse Davidov con un sorriso furbesco. « Ma noi dalla nostra abbiamo un Typhoon. »

Passò qualche secondo prima che Borozdin capisse il gioco di parole. « Il TK-17 » disse, riferendosi alla sigla che identificava l'unità in questione.

Davidov annuì. « È passato sotto la tempesta e ora è quasi in posizione. Domani a quest'ora sarà in rotta verso la Kamchatka con il *Nighthawk* e il suo prezioso carico al sicuro nella stiva. Cinesi e americani non sapranno mai che lo abbiamo preso noi. Lo cercheranno a lungo... invano. »

Borozdin fece un sorriso compiaciuto, ma presto il sorriso svanì. « Ma allora perché dobbiamo continuare con una tempesta forza cinque? »

« Per salvare le apparenze » rispose Davidov, scolando il suo bicchiere di Aberlour. « È necessario mantenerle se non vogliamo che americani e cinesi sospettino qualcosa. »

Davidov spinse il bicchiere vuoto verso Borozdin e rimase in attesa. Il suo vecchio amico gli rivolse un sorriso a trentadue denti e procedette a versare un secondo giro di whisky. « Al Typhoon » disse, levando il bicchiere.

« Al Typhoon » rispose Davidov, imitandolo.

14

A bordo della Reunion*, settanta miglia a est dell'arcipelago delle Galápagos*

Sull'ala di destra del ponte di comando della grande nave da carico, Kurt esplorava il mare con l'aiuto di un grosso binocolo. Riusciva appena a distinguere in lontananza gli scafi rossi di quattro imbarcazioni contro l'azzurro dell'oceano. Erano le scialuppe di salvataggio della *Reunion* riassegnate alle ricerche del *Nighthawk*.

Prendendo ispirazione dal piano di Rudi Gunn, avevano messo in acqua le quattro scialuppe e le avevano spedite in formazione verso est. Navigando affiancate ma a una distanza di due miglia l'una dall'altra, le imbarcazioni coprivano a ogni passaggio un corridoio largo otto miglia. Ognuna di loro trainava un paio di «pesci»: recipienti cilindrici a forma di siluro contenenti la strumentazione di rilevamento più avanzata nell'arsenale a disposizione della NUMA, compresi i migliori sonar a scansione laterale e un accuratissimo rilevatore di leghe magnetiche che la NUMA aveva sviluppato solo di recente.

I nuovi rilevatori erano molto più precisi dei vecchi apparecchi che praticamente rilevavano solo il contenuto di ferro. A dar retta a Joe, questi erano in grado non solo di individuare il tipo di lega che si stava esaminando, ma anche il luogo di provenienza e il nome del capoturno in servizio durante la produzione.

Restava il fatto che stavano usando le apparecchiature più avanzate del mondo e coprendo quaranta miglia quadrate di fondale oceanico ogni ora. Di quel passo, aveva predetto Kurt, avrebbero trovato il veicolo scomparso prima di pranzo, ma era passata da parecchio l'ora di colazione e non avevano ancora trovato un bel niente.

Kurt, che dimostrava la pazienza di Giobbe – almeno per il momento – si voltò verso Emma. La donna era seduta davanti a uno schermo ad alta definizione e studiava i risultati. I dati provenienti dai sonar e dagli altri strumenti trascinati dalle quattro scialuppe che si muovevano all'unisono venivano trasmessi alla *Reunion*, dove un computer dedicato elaborava le informazioni fino a ottenere un'immagine.

Il risultato era una visione completa e dettagliata del fondo dell'oceano, di gran lunga superiore a qualsiasi scansione sonar normale. Era come passare da un vecchio televisore a tubo catodico a un moderno schermo ad alta definizione.

« È incredibile » osservò Emma, spostando lo sguardo da una panoramica a una zumata sulle varie sezioni dell'immagine. « Ora capisco perché Steve Gowdy ha voluto a tutti i costi coinvolgere la NUMA. »

Kurt abbassò il binocolo e andò a sedersi accanto a lei. « Qualcosa mi dice che il fatto che ci trovassimo in zona e fossimo disponibili abbia contato più dell'esperienza. Se ci fossero stati dei poveri disperati con un peschereccio avrebbe reclutato pure quelli. »

« È possibile » rispose lei. « Ma voi offrite qualcosa di più della semplice disponibilità. »

Kurt accettò il complimento, si mise comodo sulla poltroncina e cominciò a osservare lo schermo insieme a lei. Sapeva che il software avrebbe fatto emergere qualunque cosa non appartenesse al fondale marino, ma preferiva vigilare il più possibile sulla scansione. Per prima cosa, i computer non erano infallibili. E poi, finché non avessero trovato qualcosa, non c'era nient'altro da fare.

Si appoggiò allo schienale e allungò il collo per alleviare la tensione accumulata. In quel momento arrivò il comandante Kamphausen. Anche lui cominciava a risentire della noia delle ricerche. « Chissà perché, immaginavo che cercare un tesoro sommerso fosse un po' più eccitante. »

« Neanche a me piace tosare il prato » ribatté Kurt. « Non mi è mai piaciuto quando ero piccolo e non mi piace neppure ora. »

Il comandante si fece una risata, andò alla radio e si mise in contatto con l'equipaggio. In quel momento arrivò Joe tenendo in equilibrio precario tre tazze di caffè. Ne posò una davanti a Kurt, ne porse una a Emma e tenne la terza per sé. « Trovato qualcosa? »

« Niente di interessante » rispose Kurt. « L'unica vera emozione si è rivelata essere una vecchia ancora caduta recentemente da una nave. A parte quella, niente se non qualche affioramento di roccia lavica che spunta dalla distesa degli abissi. »

« C'era da aspettarselo » commentò Joe. « Le Galápagos sono isole vulcaniche. »

Kurt prese la tazza di caffè e si accertò che non fosse troppo caldo. Ne bevve un sorso e non riuscì a trattenere una smorfia disgustata. « Quanto zucchero ci hai messo? »

« Solo sette bustine » rispose Joe.

« *Solo* sette? »

« Ho pensato che un picco di zuccheri ti avrebbe tenuto bello sveglio. »

Kurt posò la tazza nel contenitore. « Se ne bevo un altro sorso mi metterò a saltare come un grillo. »

Prima che Joe potesse ribattere, un debole segnale acustico e una porzione illuminata in rosso sullo schermo indicarono che avevano trovato qualcosa di nuovo.

« Che cos'è? » chiese Emma.

Kurt si sporse sopra la tastiera e con il touchpad zumò sull'area interessata. « Non ne sono sicuro. »

Modificò l'angolazione e lasciò che il computer estrapolasse i dati. Presto ebbero una visione ravvicinata del loro obiettivo. In un'ampia area erano sparsi parecchi oggetti e nella distesa altrimenti piatta di sedimento era visibile una serie di piccoli crateri e di segni profondi.

« Sembra che sia piovuto qualcosa dall'alto » azzardò Joe.

Kurt annuì e controllò il rilevatore di metalli. « Non saprei dire con certezza di cosa si tratta, ma è un manufatto. »

Emma non ne era del tutto convinta. « Come puoi esserne sicuro? Io vedo solo delle buche nel fango. »

Kurt indicò un valore sul rilevatore di leghe magnetiche.

«Perché queste buche nascondono un oggetto costruito con acciaio inossidabile ad alta resistenza e magnesio.»

Premette un pulsante e la stampante prese vita, sputando un profilo chimico dell'oggetto in questione. Era composto per il venti per cento circa di magnesio e per il cinquanta per cento di alluminio, con concentrazioni minori di ferro e altri metalli.

Man mano che le barche proseguivano, l'immagine sullo schermo cambiava lentamente. Comparvero parecchi altri obiettivi, ma erano troppo piccoli e troppo lontani per poter essere visualizzati nel dettaglio.

«Possiamo andare più vicini?» chiese Emma.

Kurt stava per zumare quando l'immagine divenne confusa e una grossa porzione dello schermo si oscurò.

«Cos'è successo?»

«È un'ombra» disse Joe, alle loro spalle. «Il sonar a scansione laterale emette impulsi con un'inclinazione quasi orizzontale sul fondo del mare, come quando il sole è basso sull'orizzonte. Quando qualcosa viene a trovarsi davanti agli impulsi genera l'immagine di una lunga ombra, come quelle che si vedono per terra nel tardo pomeriggio.»

Kurt allargò il campo visivo e comparve una forma irregolare. Una cresta di roccia vulcanica che spuntava dal fondo. Tutto quello che si trovava dietro di essa era invisibile.

«Potremmo far tornare indietro le scialuppe per avere un'altra passata da un'angolazione diversa» suggerì Joe.

«Io ho un'idea migliore» disse Kurt. «Lasciamo che proseguano fino al limite della zona di ricerca e poi le facciamo tornare come previsto. Nel frattempo, mettiamo in acqua l'*Angler* e controlliamo quello che abbiamo trovato. Se è qualcosa di importante, ne avremo la conferma. In caso contrario non avremo fermato le ricerche per nulla.»

«È una buona idea» disse Joe. «E intanto hai qualcosa da fare.»

Kurt sorrise. «C'è una logica nella mia follia.»

«Se lo dici tu» ribatté Joe, scherzoso.

«Vengo con te» disse Emma. «Se dovesse davvero essere il rottame, sarà in pessime condizioni: piccoli pezzi e frammenti contorti. Io sono l'unica in grado di riconoscerlo con sicurezza.»

«Non è necessario che tu venga laggiù» obiettò Kurt. «Puoi farlo da quassù, attraverso il monitor.»

«Preferisco vedere le cose di persona» ribatté lei. «E poi, quando mai mi ricapiterà l'occasione di scendere sul fondo del mare in un sottomarino ipertecnologico?»

«La signora non ha tutti i torti» osservò Joe.

A Kurt non dispiaceva avere compagnia. «D'accordo. Ti sei appena aggiudicata un biglietto per una gita sul fondo del mare.»

Venti minuti più tardi Kurt ed Emma erano seduti ai posti di comando dell'*Angler* mentre Joe, con l'Air-Crane, li sollevava dal ponte per trasportarli sulla zona identificata.

Nonostante fosse saldamente fissato sotto la fusoliera dell'elicottero, il sottomarino oscillava comunque.

«Sarò felice quando entreremo in acqua» disse Emma. «Quanto manca?»

«Ci stiamo avvicinando alla zona di lancio» rispose la voce di Joe attraverso l'interfono.

«Intendi dire la zona in cui verremo delicatamente deposti sulla superficie marina, giusto?» ribatté Kurt.

«Certo» disse Joe. «Non voglio causarti troppo stress in un solo giorno.»

Quando furono vicini alla zona di lancio, Joe rallentò fino a portare l'elicottero in volo stazionario e si abbassò sulla superficie. Nel frattempo, Kurt fece un ultimo controllo per accertarsi che l'*Angler* fosse sigillato e che tutti i sistemi fossero a posto.

«Pronti per il bagno» annunciò Kurt.

«Ricevuto» rispose Joe.

Il sottomarino parve precipitare all'improvviso quando il cavo cominciò a svolgersi, ma proseguì la sua discesa senza ulteriori sobbalzi e si posò con delicatezza sulle onde, sollevandosi e abbassandosi dolcemente.

Un tintinnio metallico li avvertì che il gancio era stato liberato, poi il cavo si riavvolse.

« Procedura di cattura e rilascio completata » annunciò Joe. « Ora dovrete cavarvela da soli. »

« Ricevuto » rispose Kurt. « Boa radio sganciata. Iniziamo a scendere. Ci vediamo tra un paio d'ore. »

Come Kurt allagò le casse di zavorra, l'acqua cominciò a salire intorno alla cupola di vetro, avvolgendo l'abitacolo in una luce azzurro-verde. Quando furono completamente sommersi, il rombo assordante dell'elicottero divenne un battito intermittente e lontano.

Kurt allagò le casse di galleggiamento di prua e il naso dell'*Angler* si inclinò in avanti per dare inizio all'immersione nelle profondità marine, trascinandosi dietro un cavo di fibra ottica collegato a una boa galleggiante, da cui dipendevano tutte le comunicazioni radio e video.

L'acqua si fece più scura e la discesa più ripida, finché la prua si trovò a puntare verso il fondo con una inclinazione di ottanta gradi.

Nonostante fosse saldamente assicurata con la cintura di sicurezza, Emma portò istintivamente la mano sulla console per contrastare la sensazione di essere proiettata in avanti. « È come se fossimo su un ottovolante e avessimo appena superato il punto più alto. »

« Non volevo che ti annoiassi » disse Kurt.

« È per questo che si chiama *Angler*? » chiese lei. « Perché scende con un angolo così inclinato? »

« No » rispose Kurt. « Ma siamo pesanti di prua. È progettato così. Scendendo quasi in verticale come una goccia d'acqua, viaggiamo più veloci e risparmiamo energia e ossigeno. »

« Rinunciando a un po' di comodità » disse lei, appesa in avanti, trattenuta dalle cinghie del sedile. « A che velocità stiamo viaggiando? »

Kurt indicò il profondimetro e un display digitale che rilevava la velocità di discesa. « Quasi cento metri al minuto. Potremmo andare più veloci, ma questa è un'andatura tranquilla e sicura. Torneremo in assetto orizzontale prima di andare a sbattere contro il fondo, te lo prometto. »

Il sottomarino continuò a scendere. A parte qualche gemito

e scricchiolio ogni tanto, gli altri rumori scomparvero mentre il mondo all'esterno della cupolina diventava rapidamente sempre più buio, passando da verde mare a blu indaco a viola scuro, fino a diventare una cappa di nero impenetrabile.

Kurt abbassò le luci interne per facilitare l'adattamento degli occhi, e presto per vedere all'interno del sottomarino fu sufficiente la luce dei vari interruttori, spie e indicatori.

« Crea una bella atmosfera » osservò Emma. « Quasi come il lume di candela. »

« E io ho dimenticato di portare il vino. »

« Dimenticanza gravissima, a parer mio » rispose lei.

Con un occhio al profondimetro, Kurt cominciò a bilanciare il sottomarino. Con i comandi per la zavorra pompò aria nelle casse anteriori, sollevò la prua rallentando allo stesso tempo la velocità di discesa. « Ci stiamo avvicinando al fondale. »

« Cosa ne dici di accendere le luci? »

« Paura del buio? »

« No. Paura di andare a sbattere contro qualcosa nel buio. »

Kurt allungò una mano sopra la testa e azionò una serie di interruttori. Intorno alla base dell'*Angler* si accese una batteria di luci. Inizialmente illuminarono solo le particelle di sedimento che fluttuavano verso l'alto fuori dai finestrini.

In realtà le particelle erano ferme oppure si muovevano lente verso il basso, ma poiché l'*Angler* scendeva molto più veloce, erano simili a fiocchi di neve che andavano nella direzione sbagliata.

Cominciò a lampeggiare una luce gialla. « *Rilevazione terreno trenta metri* » annunciò una voce computerizzata.

Kurt pompò altra aria nelle casse e rallentò ulteriormente la loro discesa. Nel cono di luce sotto di loro cominciò ad apparire lo strato grigio di sedimento del fondo marino.

« *Terreno, venti metri* » disse la voce computerizzata.

« Addio atmosfera » disse Kurt, guardandosi attorno alla ricerca di un modo per silenziare la voce. Non gli erano mai piaciute le auto che parlavano, figuriamoci i sottomarini.

« *Terreno, dieci metri* » disse il computer. « *Discesa arrestata.* »

Ora erano sospesi nell'acqua a una profondità di duecentottanta metri.

Kurt premette il pulsante della radio. « Siamo a piano terra » disse. « Dammi un rilevamento. »

La voce di Joe giunse leggermente distorta. « L'obiettivo dovrebbe trovarsi a non più di cento metri da voi, direzione uno-cinque-zero. »

Kurt digitò la rotta e il sistema di navigazione inerziale dell'*Angler* subentrò nella guida. I piccoli propulsori alimentati da batterie posti su entrambi i lati del sottomarino entrarono in azione. Anziché avere delle eliche a prua, che potevano spingere solo in avanti, l'*Angler* era dotato di due propulsori azimutali compatti che sporgevano da due alette tozze vicino alla prua. Potevano essere ruotati in avanti, all'indietro, in basso o in alto, in modo che il sottomarino fosse in grado di muoversi in ogni direzione.

Attraversarono un tappeto di limo grigio che si estendeva ininterrottamente nell'oscurità come un campo di neve sudicia.

« Che desolazione » osservò Emma.

Non c'erano barriere coralline dai colori brillanti né banchi di pesci, soltanto qualche verme tubo e piccoli affioramenti di roccia vulcanica che non erano ancora stati sepolti dal limo.

« Ogni volta mi fa pensare alla superficie lunare » disse Kurt facendo scattare un altro interruttore. Dalla sommità del sottomarino cominciò ad allungarsi un braccio telescopico.

« Cos'è quello? » chiese Emma.

« Quello è il motivo per cui questo sottomarino si chiama *Angler* » rispose. « Joe lo ha chiamato così in onore della rana pescatrice, un noto abitante delle profondità marine che si procura il cibo in un modo molto particolare. »

« Io so tutto delle rane pescatrici » disse Emma. « Attirano gli altri pesci vicino alla loro bocca usando una specie di antenna luminosa. Quando un pesce più piccolo si avvicina incuriosito dall'esca, loro spalancano la bocca e se lo pappano. »

« Proprio così » disse Kurt. « Sono quasi certo che 'pappare' sia il termine esatto usato dai biologi marini per descrivere l'azione. »

Lei rise.

Fuori, il braccio si bloccò in posizione con uno scatto: si estendeva davanti al sottomarino per quindici metri e più. Kurt fece scattare un interruttore e attraverso gli altoparlanti si sentì un ronzio elettrico. Ma, a parte il rumore e un alone appena visibile intorno al braccio, non accadde nulla.

« Pare che qualcuno si sia dimenticato di cambiare le lampadine » disse Emma.

Kurt azionò un altro interruttore accendendo due telecamere sulla parte bassa del braccio che trasmettevano le immagini a uno schermo piatto inserito nel pannello centrale tra i due sedili. Il video mostrava il terreno che si estendeva per un centinaio di metri davanti a loro. Erano chiaramente visibili le ondulazioni nel sedimento, e qui e là spuntavano collinette di roccia lavica. In un punto comparve un granchio, un bagliore bianco che subito scomparve seppellendosi nel limo.

Guardando attraverso la cupolina a occhio nudo, però, non si vedeva niente di tutto questo.

« Luce violetta e ultravioletta ad alta intensità » spiegò Kurt. « Attraversa l'acqua di mare molto meglio della luce nello spettro del visibile, ma poiché l'occhio umano non è sensibile alle radiazioni ultraviolette... »

« Usate speciali telecamere per raccogliere le immagini » disse lei, terminando la frase al posto suo. « Ingegnoso. »

« Questo ci permette di esplorare meglio l'oscurità » aggiunse lui. « E per chi si sente un po' pallido, funziona anche da solarium. Anche se bastano un paio di minuti di esposizione per finire arrosto. »

Proseguirono attraverso la distesa piatta, dividendo la propria attenzione tra le immagini sullo schermo e quello che si vedeva attraverso la cupolina. Quando si avvicinarono all'obiettivo, Kurt riprese il controllo manuale del sottomarino.

La prima cosa con cui vennero in contatto fu un pezzo di metallo piatto e contorto. Sullo schermo era visibile anche un secondo pezzo, vicino al primo, con una cerniera e dei cavi che penzolavano.

Kurt si avvicinò e i due pezzi divennero visibili anche attraverso il vetro.

« Avevi ragione » disse Emma. « È senza dubbio un manufatto. »

Kurt si accostò al primo e tenne la posizione contrastando la corrente. « Vedi se riesci ad afferrarlo con la pinza » disse lui, indicando un paio di joystick tra i due sedili.

« Ti avverto. Al luna park non riesco mai a pescare nulla. »

« Nessuno ci riesce » ribatté lui. « È per questo che i peluche sono coperti da un dito di polvere. »

Emma provò i comandi che ricordavano quelli di un'automobilina radiocomandata. Spingendo avanti una leva allungò un braccio metallico dotato di una pinza simile a una chela. Manovrando la pinza finché non venne a trovarsi sopra uno dei due pezzi, riuscì a tirar via quello di metallo dal limo al primo tentativo.

« Ottimo lavoro » disse Kurt.

« E ora? »

« Fallo cadere nel cesto » rispose lui, indicando un cesto lungo quattro metri fissato al fianco sinistro dell'*Angler*.

Ruotando il joystick, Emma riavvicinò il braccio meccanico e lo posizionò sopra il contenitore. « Così? »

Kurt annuì.

Lei premette il pulsante di rilascio e il pezzo di metallo cadde dalla pinza nel contenitore, atterrando con un tonfo attutito.

« Quando quello sarà pieno, ce n'è un altro sul lato destro » le disse Kurt. « Sono staccabili. Possiamo mandarli su usando dei palloni gonfiabili, se necessario, oppure possiamo lasciarli al loro posto e portarli su con noi quando emergiamo. »

« Perfetto per ripulire il fondo dell'oceano » osservò Emma.

Recuperò il secondo pezzo di metallo, e poi trovò un pistone idraulico.

« Cosa ne pensi? » chiese Kurt.

« Non sono sicura » rispose lei. « Devo ammettere che sembrano pezzi di aereo, ma non c'è niente di decisivo. Andiamo avanti. »

Kurt annuì e spostò il sottomarino verso sud, seguendo una scia di piccole incisioni nel sedimento.

«Quelli sono punti di impatto?» chiese Emma.

Kurt annuì. «Qui è caduta una pioggia di frammenti metallici. I più piccoli sono penetrati nel fondo, lasciando quei segni. Soltanto i più grandi o quelli che sono scesi con minore velocità sono rimasti in superficie.»

«Quindi questo è il luogo di un disastro?»

Lui annuì.

Emma aveva un'espressione cupa. «Se questo è il *Nighthawk*, dobbiamo trovare la parte centrale. Tutta la tecnologia su cui i nostri avversari vogliono mettere le mani è nascosta là dentro.»

Kurt diede un colpetto alla leva della propulsione, corresse la rotta, e li portò più avanti. Passarono accanto a una manciata di piccoli frammenti e ad altri segni nel sedimento, fermandosi solo quando trovarono un altro rottame piuttosto grande che sembrava un pezzo di carta accartocciato e ridotto a brandelli.

«Non è una bella cosa» disse Emma. «Sembra una sezione della fusoliera.»

«Deve aver impattato sull'acqua a velocità elevata» osservò Kurt.

Lei scosse la testa. «Non avrebbe dovuto» ribatté. «Tutte le simulazioni che abbiamo condotto fanno pensare che il computer di bordo fosse ancora in funzione. Il *Nighthawk* avrebbe dovuto ridurre l'angolo di planata, poi aprire i paracadute e scendere lentamente.»

Kurt non rispose subito. Trovava strano che alla NSA fossero tutti convinti che l'aereo dovesse essere ancora tutto intero. «Le prove però non avvalorano questo» obiettò, stanco di sentirsi ripetere cosa avrebbe dovuto succedere.

«La sezione centrale *deve* essere ancora intatta» insistette Emma. «Vai avanti. Dobbiamo trovarla.»

A Kurt sembrava più un pio desiderio, ma proseguì comunque, facendo compiere al sottomarino un percorso a zig-zag. Una volta stabilite l'ampiezza dell'area in cui erano caduti i rottami e la direzione in cui questa si sviluppava, avanzarono con facilità tra i frammenti che emergevano dall'oscurità, fermandosi solo quando scoprirono alcuni grandi spezzoni di quella che doveva essere una cellula, sezioni di cavo e pezzi di isolante che fluttuavano nella corrente, e l'inconfondibile sagoma di una ruota ancora attaccata a un pistone idraulico.

« È un carrello di atterraggio » disse Emma, avvilita.

La ruota giaceva su un fianco. Dello pneumatico restava solo qualche brandello sparso qua e là, e il pistone idraulico era piegato a un angolo di quaranta gradi. Accanto a quello giaceva una sezione curva di lamiera annerita che sembrava far parte della fusoliera.

« Fortuna che la parte centrale doveva essere tutta intera » osservò Kurt.

Emma non rispose. Fissava un punto nell'oscurità. L'espressione sul suo volto tradiva rabbia e confusione. Poi la sua attenzione si focalizzò sulla ruota. Emma continuò a stringere gli occhi finché sulla fronte le comparve una ruga sottile. « Avvicinati. »

Con un colpetto sulla leva Kurt portò l'*Angler* in posizione, cercando di non sollevare troppo sedimento.

Mentre si avvicinavano a quello che sembrava il carrello di atterraggio, Emma si sporse sul bordo del sedile. Non sembrava più arrabbiata. « È troppo grande » disse.

Questo lo capiva anche Kurt. « Non possiamo portarlo su » disse. « Però possiamo agganciarlo a un cavo e tirarlo su con un verricello. »

« No » rispose lei. « È troppo grande per essere del *Nighthawk*. Per velocizzare la costruzione, abbiamo preso il carrello di atterraggio dell'X-37, che è piuttosto piccolo, occupa meno spazio ed è più leggero. A vederlo sulla pista il *Nighthawk* risultava un po' ridicolo, come un grosso cane con le zampe corte. »

Indicò un punto dietro di loro oltre la cupolina. « Il diametro di quella ruota è troppo grande, e il pistone è troppo lungo, anche se ora è spezzato. »

« Noi lo vediamo attraverso un vetro curvo » ribatté Kurt. « Le cose sembrano più grandi. »

Emma gli lanciò un'occhiata, quindi tornò a guardare fuori.

Esaminò prima la ruota, poi i frammenti dietro a quella. «Troppi rottami» aggiunse. «Troppo materiale tutto insieme. Ti dico che questo non è il *Nighthawk.*»

«Allora che cos'è?»

«Non lo so» ammise lei. «Un qualche altro aereo che è precipitato. Forse quell'aereo scomparso della Malesia. Magari è un vecchio aereo militare da trasporto caduto anni fa.»

Kurt scosse la testa. «I rottami sono puliti» disse, confutando la sua teoria. «È una cosa recente. Se fossero qua sotto da un po', sarebbero corrosi e coperti di incrostazioni. I crateri nel sedimento sarebbero stati riempiti, come impronte durante una tempesta di neve. E poi, noi lo abbiamo sentito cadere in acqua, questo aereo... è caduto venti minuti dopo che Vandenberg ha perso i contatti con il *Nighthawk.*»

«Io mi fido di quello che dici» rispose lei, «però anche tu devi fidarti di quello che dico io. I rottami che vediamo non provengono dal nostro veicolo.»

A Kurt non risultava che fosse precipitato un aereo in quella parte del mondo, ma era inutile mettersi a discutere. Premette il pulsante della radio. «*Reunion*, ricevete tutto?»

«Il segnale video è buono» rispose Joe. «Pare che abbiate trovato una miniera d'oro.»

«Secondo il mio copilota è l'oro degli sciocchi» rispose Kurt. «Porterò su qualche pezzo perché lo ispezioni. Magari riesci a capire da quale aereo proviene.»

«Va bene» disse Joe. «Cerca qualcosa di significativo.»

Kurt si guardò attorno alla ricerca di un frammento più piccolo che potesse rivelare la marca e il modello del rottame. «Cosa ne dici di quella scheda elettronica?» disse, indicando un mazzo di cavi attaccati a un pannello di colore verde.

«Buona idea» rispose Joe. «I componenti elettronici potrebbero essere rintracciabili.»

Kurt portò l'*Angler* in posizione, ma andò un po' troppo lungo, allora tolse potenza lasciando che il sottomarino tornasse indietro sopra l'obiettivo.

Con i propulsori spenti, l'*Angler* era completamente silenzioso. Nella quiete improvvisa, Kurt avvertì qualcosa che non aveva sentito prima: una vibrazione nell'acqua, un ronzio basso e continuo che sembrava provenire da lontano.

Anche Emma lo udì. « Che cos'è? »

A Kurt sembrava una nave. « *Reunion*, vi state muovendo? » chiese alla radio.

« Negativo » rispose Joe. « Siamo fermi. Metà dell'equipaggio è sul ponte a prendere il sole. Perché? »

« Vedi del traffico? »

Passò qualche secondo prima che Joe rispondesse. « Negativo. Non c'è una sola nave all'orizzonte. »

Kurt, però, era sicuro che quella che sentivano fosse l'elica di una nave.

« Se non è lassù... » disse Emma.

Non dovette neppure terminare la frase: Kurt aveva avuto la stessa intuizione. Sganciò un idrofono. Non era un vero e proprio ricevitore sonar – in realtà era un normale microfono racchiuso in una custodia impermeabile, progettato per registrare il canto delle balene e altri suoni della vita marina – ma facendolo ruotare di qualche grado alla volta, Kurt riuscì a farsi un'idea migliore di quello strano ronzio.

Attraverso gli altoparlanti il rumore giungeva profondo e minaccioso, e cresceva di momento in momento. « Arriva da dietro » disse Kurt. « E viene proprio verso di noi. »

15

Kurt toccò appena i comandi dei propulsori e fece ruotare lentamente l'*Angler* su se stesso finché non venne a trovarsi nella direzione da cui proveniva il ronzio. Spense i fari, lasciando in funzione soltanto il sistema a luce ultravioletta. Ma anche così non si vedeva nulla.

« Forse faremmo meglio ad andarcene da qui » suggerì Emma.

Nell'acqua esplose un colpo secco che rimbombò all'interno dell'abitacolo come se qualcuno avesse dato una martellata sullo scafo.

Emma si tappò l'orecchio con una mano. Kurt vide con sorpresa un'increspatura sul sedimento, provocata dalla potenza dell'invisibile onda sonora.

« Qualcuno ci ha appena localizzato » disse Kurt, riferendosi al segnale sonar che li aveva centrati. Probabilmente il suo eco era già stato registrato dal sottomarino che lo aveva emesso.

« Che stiano cercando il relitto come noi? »

« È possibile. Ma non serve un segnale come quello per cercare un relitto » rispose Kurt. Evitò di dire che segnali di quella potenza solitamente venivano usati per ottenere dati di puntamento per il lancio di siluri.

Con delicatezza fece ruotare l'*Angler* cercando la fonte del segnale. Il rumore pulsante aumentò, simile a quello di un treno lanciato a tutta velocità contro di loro.

« Cosa stai aspettando? » chiese Emma.

« Dobbiamo guardare in entrambe le direzioni prima di attraversare la strada » rispose lui. Alzò la prua del sottomarino e mise al massimo le luci ultraviolette, tenendo d'occhio lo schermo.

Inizialmente non apparve nulla, poi in lontananza comparve una distorsione, come se si fosse aperto un portale su un'altra dimensione: era il vortice d'acqua e i minuscoli frammenti di sedimento spinti di lato da un'onda di pressione. Oltre la distorsione, dall'oscurità cominciò a prendere forma una sagoma.

Gigantesca, larga, tondeggiante. Era la prua curva di un sottomarino che si stava avvicinando. Non si trattava di un piccolo sottomarino come l'*Angler*, e neppure di un agile sottomarino d'attacco, ma di un mostro delle profondità che avanzava verso di loro con la prua che pareva un muro di acciaio.

Procedeva lento, una trentina di metri sopra il fondo del mare.

«Stanno cercando di investirci» disse Emma.

«No» rispose Kurt. «Stanno seguendo la scia di detriti come abbiamo fatto noi.»

«Allora faremmo meglio a toglierci di mezzo.»

Kurt scosse la testa. «Muoverci adesso significherebbe tradire la nostra posizione. Se restiamo immobili non dovremmo risultare diversi da una formazione rocciosa o da un rottame.»

Mentre Kurt pronunciava queste parole, arrivò un altro impulso assordante. Il sottomarino della NUMA risuonò come una campana ma Kurt tenne la posizione.

Una nube vorticosa di particelle precedeva il mastodonte, che sembrava avanzare sostenuto da un cuscino di sedimento.

«Tieniti forte» disse Kurt.

La turbolenza colpì l'*Angler*, che rotolò su se stesso e fu spostato di lato.

Kurt raddrizzò il sottomarino usando i propulsori e rimase a osservare, intimorito, la montagna di acciaio color ruggine che passava sopra di loro, occupando tutta la visuale della cupolina. Transitò lento, per un tempo che parve infinito. Il sottomarino che li stava superando era largo e lungo quanto la nave da carico in superficie.

Finalmente, comparvero le eliche.

Quando si avvicinarono, la turbolenza sollevò l'*Angler* dal fondo attirandolo verso le eliche, sempre più vicino, per poi risputarlo via, sballottato di qua e di là nella scia del gigante che si allontanava. Kurt cercò di contrastare gli spostamenti, ma riuscì a fare ben poco contro quello che era a tutti gli effetti un tornado sottomarino.

L'*Angler* roteò su se stesso, poi andò a sbattere contro una roccia che affiorava dal fondo. Una serie di spie luminose prese a lampeggiare. Poi il buio.

A bordo della *Reunion*, Joe e il capitano Kamphausen seguirono gli avvenimenti dal vivo finché il video si interruppe all'improvviso. Senza suono o commenti era difficile capire cosa fosse successo. L'ultima immagine era la ripresa delle eliche di ottone che giravano vorticose.

« Li ha travolti? » si chiese Kamphausen a voce alta.

Joe prese il microfono. « *Angler*, qual è la situazione? »

Attese qualche istante prima di fare un altro tentativo. « Rispondete, *Angler*. Kurt, ci sei? »

Non ricevendo risposta, Joe posò il microfono e riguardò il video, studiando l'esplosione di sedimento e l'ultima, inquietante immagine.

« Non credo che le eliche li abbiano colpiti » disse. « Si sono salvati per un pelo, ma il cavo delle comunicazioni dev'essere stato tranciato. »

« Perché non si è allontanato? » chiese il comandante. « È rimasto lì come un cervo abbagliato dai fari. »

« Kurt non è il tipo da farsi paralizzare dalla paura » ribatté Joe. « Deve aver valutato che era più sicuro restare dov'era. Strategia che condivido. È strano che un mezzo navale così grande si muova così vicino al fondo. »

Joe controllò l'ultima trasmissione di dati telemetrici dal sistema di controllo dell'*Angler* nella speranza di capire qualcosa di più. Ciò che vide lo allarmò. Subito prima che la linea venisse interrotta si erano accese diverse spie.

« Batterie » disse, leggendo i dati. « Pompe. Girostabilizzatore. Devono aver preso una bella botta per mettere fuori uso tutti questi sistemi contemporaneamente. »

Kamphausen lo guardò con espressione cupa. « Cosa significa esattamente? Che stanno annegando? »

« Ne dubito » rispose Joe. « Lo scafo dell'*Angler* è molto resistente, quindi presumo che siano all'asciutto. Ma potrebbero trovarsi a vivere il peggior incubo di un sommergibilista. »

« Cosa c'è di peggio che annegare? »

« Restare bloccati sul fondo » spiegò Joe. « Con problemi all'impianto elettrico e le pompe fuori uso potrebbero non riuscire a emergere. »

« Possiamo fare qualcosa per aiutarli? » chiese Kamphausen. « O possiamo solo aspettare? »

« In circostanze normali non sarebbe un problema » spiegò Joe. « Metterei in acqua un altro sottomarino, li aggancerei e li rimorchierei su. In mancanza di questo, indosserei uno scafandro rigido, scenderei ad agganciarli e li tirerei su con un verricello. Ma visto che non ho né l'uno né l'altro, dovremo improvvisare. »

« E cosa mi dice di quel sottomarino che per poco non li ha travolti? » disse Kamphausen. « A giudicare dalla ruggine sullo scafo e dal generale stato di incuria, direi che è russo. Sarebbe sbagliato supporre che stiano cercando quello che state cercando voi? »

« Sarebbe sbagliato supporre diversamente » rispose Joe.

« Ma corriamo qualche pericolo? » chiese Kamphausen.

« Dubito che lanceranno un siluro contro una nave come la *Reunion* » rispose Joe. « Equivarrebbe a una dichiarazione di guerra. Verrebbero immediatamente distrutti da un nostro aereo antisommergibile. Ma le profondità marine sono un'altra storia. »

« In che senso? »

« In genere, quello che succede là sotto rimane là sotto » rispose Joe, parafrasando il celebre slogan pubblicitario di Las Vegas. « Potrebbero facilmente eliminare l'*Angler* speronandolo, lanciandogli contro un siluro, oppure schiacciandolo col loro peso contro il fondale. In ogni caso, quassù nessuno saprebbe mai cosa è successo. E io, questo, non posso permetterlo. »

Kamphausen si grattò la testa. « Come possiamo impedirlo? » chiese.

« Tirandoli su prima che accada qualcos'altro. »

Kamphausen annuì, si guardò attorno come se stesse riflettendo, quindi tornò a voltarsi verso Joe. « Io non ho nulla. »

« Fortunatamente io ho un'idea » ribatté Joe. « Ma ci vorrà

un po' di lavoro. Suppongo che abbiate dei generatori, su questa nave.»

«Parecchi.»

«Mi mostri il più grosso che ha. E dica alla sua squadra di manutenzione di venire quassù con una dotazione completa di attrezzi.»

Kamphausen lo guardò con aria preoccupata.

«Non si preoccupi» disse Joe. «Rimetterò tutto a posto quando avrò finito.»

Trecento metri più sotto, Kurt ed Emma si trovavano nell'oscurità più totale. L'enorme sottomarino era passato sopra di loro, proseguendo nel buio. La turbolenza li aveva scaraventati contro una sporgenza di roccia vulcanica e l'urto aveva fatto saltare alcuni interruttori di sicurezza. Sul pannello si erano accese una serie di spie e un attimo dopo tutte le luci si erano spente.

Alla luce di una torcia Kurt ripristinò gli interruttori nella posizione iniziale e riportò in vita l'*Angler*. «Niente di grave» decretò.

«Ascolta» disse Emma.

L'idrofono stava ancora ricevendo il rumore delle eliche, ma l'intensità era diminuita. Non passò molto che il rumore cessò del tutto.

«Si sono fermati» disse Kurt.

«Sempre meglio che vederli tornare indietro.»

«Concordo pienamente» rispose Kurt. «Ma cosa ci fanno qua sotto? Dalle dimensioni e dalla forma direi che si tratta di un Typhoon russo, un sottomarino nucleare. Non proprio l'unità più adatta alle missioni di ricerca e soccorso.»

«Forse era l'unità più vicina» ipotizzò Emma.

Kurt non ne era così sicuro. Si sistemò la cuffia e cercò di mettersi in contatto con Joe. «Joe, mi senti? Spero che tu sia riuscito a prendere il numero di targa del camion che per poco non ci ha investiti.»

Non ci fu alcuna risposta. Neppure una scarica di elettricità statica. «Credo che il Typhoon abbia tranciato il cavo quando ci è passato sopra » disse Kurt. « Abbiamo perso le comunicazioni con la superficie. »

« Forse dovremmo ringraziare la nostra buona sorte e risalire » suggerì lei. « E vedere se Joe riesce a identificare questo aereo, così da poter informare tutti che si tratta di una falsa pista. »

Kurt ci rifletté su, ma dalla sua famiglia aveva ereditato – oltre alla tendenza a una precoce canizie – una forte propensione alla curiosità mista a diffidenza. « Potrebbe essere la cosa più furba » ammise. « Ma c'è qualcosa che non mi torna. Hai comunicato questa posizione a qualcuno? »

Lei scosse la testa. « Non l'ho detto a nessuno. »

« Neppure io. Quindi non può trattarsi di una fuga di notizie. »

« E i nostri *soci* della *Reunion*? »

« Non riesco proprio a immaginarmi un agente russo nascosto nella cella di una nave frigorifera che io stesso ho scelto a caso » ribatté. « Ma anche se fossimo così sfortunati e qualcuno a bordo avesse passato l'informazione ai russi, quante probabilità ci sono che avessero un sottomarino Typhoon a poche ore di navigazione dalla nostra posizione? »

« Infinitesimamente basse » ammise lei. « I pochi Typhoon che hanno stanno quasi tutto il tempo in porto e, le poche volte che escono, raramente si avventurano lontano da casa. »

Anche Kurt lo sapeva. Sapeva pure che i Typhoon stavano per essere ritirati dal servizio. « Comunque sia, quel sottomarino non dovrebbe trovarsi qui. »

« Perché non lasciamo perdere e ci pensiamo un altro giorno? » disse Emma. « Hanno già perlustrato l'area dei detriti con il loro sonar. Se siamo fortunati, faranno venire qui le loro unità di recupero e passeranno qualche giorno a tirare su pezzi di aereo dal fondo del mare prima di rendersi conto che questi non sono i resti del *Nighthawk*. »

« È proprio questo il punto. Io credo che lo sappiano già » ribatté Kurt.

Allungò la mano verso il pannello dei comandi e alzò il volume dell'idrofono. Dall'oscurità giungeva un nuovo rumore, un rumore pulsante che ricordava quello dell'acqua che scorre dentro un tubo.

« Propulsori di prua e di poppa » disse. « Se ne stanno fermi in posizione da qualche parte, nel buio. Suggerisco di andare a scoprire perché. »

16

«Temi che ci possano vedere?» chiese Emma, riferendosi alle loro furtive manovre di avvicinamento.

«I sottomarini come il Typhoon non hanno oblò per guardare fuori» disse Kurt, «ma potrebbero avere telecamere o ROV e piccoli sottomarini da mandare in giro. Hanno anche dei sistemi di ascolto passivo che sono molto sensibili. Ma se procediamo vicini al fondo sarà più difficile che ci sentano.»

I due si zittirono e Kurt continuò a seguire la traccia del loro obiettivo facendo piccoli aggiustamenti all'idrofono. Quando sullo schermo compariva una formazione rocciosa, lui vi girava attorno. Quando si trovarono davanti a una montagnola di sedimento ammucchiata contro un'ampia cresta, mise l'*Angler* in assetto di risalita.

Superarono la montagnola e si ritrovarono in cima.

«Guarda» disse Emma.

Kurt alzò lo sguardo dallo schermo. In lontananza era comparsa una misteriosa luminescenza blu.

Ora che c'era sufficiente luce per navigare, Kurt spense il sistema a ultravioletti e ritrasse il braccio che dava il nome all'*Angler*. Proseguirono lungo la cresta e scesero dall'altra parte, avvicinandosi alla zona illuminata.

Da lontano la luminescenza era poco più di uno scintillante globo d'acqua, di colore blu scuro e privo di dettagli. Quando si avvicinarono diventò verde e alla fine assunse una sfumatura giallastra simile alla luce naturale.

A causa dell'oscurità totale che li circondava e dell'assenza di peso del sottomarino, pareva di avvicinarsi a uno strano pianeta nelle profondità dello spazio.

Quando furono vicini, Kurt mise i motori al minimo e lasciò

che l'*Angler* procedesse per inerzia. « I nostri amici si sono messi all'opera. »

La sfera luminescente aveva lasciato il posto a un corridoio illuminato a giorno che si allungava per qualche centinaio di metri. La luce proveniva da diverse file di potenti fari posti sul fondo dello scafo del Typhoon. La maggior parte dell'enorme sottomarino rimaneva nascosta dall'acqua nera come l'inchiostro, ma il fondo del mare sotto lo scafo era illuminato come uno stadio. La luce si rifletteva sul fondo del Typhoon e rivelava la vernice color rosso cupo che la Marina russa preferiva usare al di sotto della linea di galleggiamento.

Sotto la chiglia si vedevano diverse sagome a forma di baccello.

« Sommozzatori con scafandri rigidi » disse Kurt.

Scendevano verso il fondale marino come piccole sonde sganciate da una nave aliena. La loro destinazione era una grande concentrazione di rottami, tra i quali si distinguevano un'ala rovesciata e l'impennaggio di coda a forma di T appartenuto a un grosso aereo.

« Impennaggio verticale » disse Emma. « E laggiù dei tronconi di fusoliera. Quella sembra una gondola del motore. Te l'avevo detto che non era il *Nighthawk*. »

Dall'idrofono giunse un rumore metallico, e poi un sibilo di bolle d'aria.

« Un portellone che si apre » disse Kurt. « Probabilmente è quello della camera di decompressione da cui provengono quei sub o di un compartimento da cui possono lanciare un ROV. »

Dall'idrofono arrivarono altri rumori metallici e sul fondo del Typhoon comparve una sottile fessura di luce che si allargò man mano che due giganteschi portelloni si aprivano allontanandosi l'uno dall'altro. Si bloccarono, lasciando un'apertura larga una trentina di metri sul fondo del sottomarino. Mentre Kurt ed Emma guardavano stupiti, dall'apertura uscì un'enorme benna mordente con le valve spalancate.

La benna scese e andò a sbattere contro i rottami senza rallentare. Il sedimento turbinò nella luce e, mentre le due valve idrauliche si chiudevano, nell'acqua si diffuse lo stridore del metallo lacerato.

Kurt osservò assorto la sezione di coda che veniva caricata nel compartimento spalancato del sottomarino. « I russi hanno costruito una versione sottomarina della *Glomar Explorer.* »

La *Glomar Explorer* era la più famosa nave da recupero al mondo. Costruita dalla CIA sfruttando la fama di Howard Hughes come copertura, aveva compiuto la sua unica missione segreta nel 1974, recuperando dal fondo del Pacifico la maggior parte di un sottomarino russo affondato.

Camuffata da nave mineraria, l'*Explorer* si era portata in posizione, aveva calato una gabbia e tirato su tre quarti di quello che era stato il K-129, caricandolo a bordo attraverso un enorme portellone sul fondo dello scafo e nascondendolo in quella che i tecnici chiamano « moon pool ».

Le navi spia russe che osservavano da parecchie miglia di distanza non si accorsero di nulla. Quando si venne a sapere la verità, i russi andarono su tutte le furie. E il loro imbarazzo fu tale che annunciarono che da quel momento in poi tutto quanto si trovava in mare sarebbe stato un potenziale bersaglio. Da allora mantenevano una nutrita flotta di navi recupero – gran parte della quale era al momento in viaggio verso le Galápagos – ma quel Typhoon, quell'enorme sottomarino trasformato in una nave recupero clandestina, era una novità.

Almeno per Kurt. « Alla NSA ne sapevate qualcosa? »

« È una sorpresa anche per me. Ma ha senso, se ci pensi. Se togli i tubi lanciamissili, il Typhoon ha una enorme capacità di carico. Può spostarsi senza essere individuato, può scendere a una profondità di oltre ottocento metri e recuperare oggetti dal fondo marino, il tutto senza che un solo satellite registri la sua attività. »

« Vorrei tanto che l'idea fosse venuta a noi » osservò Kurt. « Mentre noi seguiamo i movimenti della loro flotta di superficie e ci diciamo che manca ancora qualche giorno prima che arrivino, questi sono già sul posto. Il che ci porta alla domanda: il posto di cosa? Se questo non è il relitto del *Nighthawk*, che cos'è? E perché sono così interessati? »

« Forse dovremmo avvicinarci un po' di più e scoprirlo » suggerì lei.

« Cos'è? Cominci ad apprezzare il rischio? » ribatté Kurt, con un sorriso.

« Questa volta vale la pena di correrlo » rispose lei. « Qualche foto di questo Typhoon aiuterà a indorare la pillola se non dovessimo riuscire a trovare il *Nighthawk*. »

Kurt spinse in avanti la manetta. « Chi sono io per oppormi a una spudorata autopromozione? »

« Ti assicuro che ho a cuore soltanto l'interesse nazionale. »

Kurt represse una risata nella remota possibilità che potesse essere colta dagli idrofoni del Typhoon.

Man mano che si avvicinavano il rumore si faceva più forte. Mentre osservavano l'attività protetti dal buio, divenne evidente che i russi avevano una gran fretta. Subito dopo aver depositato un carico nella stiva del Typhoon, la benna veniva riportata fuori, riposizionata e calata. Il lavoro era svolto in maniera sbrigativa, senza alcuna cautela per non danneggiare i pezzi recuperati.

Kurt capì il motivo. « Non stanno cercando di *recuperare* qualcosa. Stanno cercando di portare via e nascondere delle prove prima che le trovi qualcun altro. Il che significa... »

« Che questo è un aereo russo » disse Emma, finendo il suo ragionamento. « Forse un aereo da ricognizione precipitato mentre cercava il *Nighthawk*. »

Kurt scosse la testa. « Il disastro è avvenuto quasi simultaneamente alla scomparsa del *Nighthawk*. »

« Un aereo inseguitore » suggerì Emma. « Non è la prima volta che i russi ci provano. »

A quel punto erano abbastanza vicini da distinguere i meccanismi interni di un'ala. Kurt stava manovrando per mettere a fuoco la telecamera quando un lampo di luce attirò la sua attenzione. Spense anche le ultime luci interne e attese. Passò un minuto buono prima che la luce ricomparisse. Fu un lampo veloce. Una scintilla bianca nell'acqua scura.

« Una luce intermittente a bassa intensità. »

« Una scatola nera » suggerì Emma, riferendosi al dispositivo di registrazione dei dati e dei suoni presente sulla maggior parte degli aerei militari e commerciali.

« Vediamo se riusciamo a prenderla senza attirare l'attenzione » disse Kurt.

Con un tocco abile portò il sottomarino in avanti, passando oltre l'ala distrutta e restando in posizione vicino a uno squarcio nella parte anteriore della fusoliera. Il corpo curvo dell'aereo era lacerato e si vedeva la sezione sottostante. Dall'interno provenne di nuovo quella minuscola luce lampeggiante.

« Vedi se riesci a prenderla. »

Emma tornò ai controlli ed estese il braccio fino alla lunghezza massima. « No » disse. « Ce la fai ad avvicinarti? »

« Un momento » rispose Kurt. Portò indietro il sottomarino e poi di nuovo in avanti, con un rapido movimento della manetta. L'*Angler* andò a sbattere contro il relitto, sfregando contro la fusoliera e spingendo via una parte staccata.

Quando la luce stroboscopica lampeggiò di nuovo era più forte e più vicina. Si trovavano praticamente all'interno della struttura dell'aereo. Emma allungò di nuovo il braccio meccanico. La pinza all'estremità si aprì e la metà inferiore scivolò sotto la maniglia di metallo del contenitore della scatola nera. Emma la chiuse con forza.

« Presa » disse, tirando indietro il braccio meccanico.

La scatola nera – che in realtà era arancione e coperta di scritte grigie in cirillico – uscì dall'alloggiamento senza opporre resistenza. A quel punto Emma tirò ancora più indietro il braccio e la fece cadere nel contenitore di destra.

« Ottimo lavoro » disse Kurt.

Mise la mano sulla manetta e si preparò ad arretrare ma si bloccò nel sentire il rumore dei propulsori del Typhoon aumentare con un timbro nuovo.

Emma alzò lo sguardo. « Il Typhoon si sta riposizionando. »

Kurt lo aveva già capito. Vide la striscia di luce sul fondo dirigersi verso di loro.

Invertì la marcia per uscire dalla sezione della fusoliera, ma anziché spostarsi su una linea retta, l'*Angler* fu strattonato di lato e tirato indietro.

« Siamo rimasti impigliati in qualcosa » disse, allungando il collo per vedere cosa li stesse trattenendo.

« Da qui riesco a vederlo » disse Emma. « Il telaio del contenitore è rimasto agganciato al relitto. »

Kurt portò il sottomarino in avanti e poi di nuovo indietro, cercando di disincagliarlo. Ma inutilmente. L'*Angler* restava agganciato.

Un terzo tentativo non diede risultati migliori e il relitto intorno a loro cominciò a essere illuminato dalla luce periferica del Tyohoon.

Kurt non aveva altra scelta. Ruotò i propulsori e ricacciò l'*Angler* dentro il relitto, andando a sbattere e spegnendo tutti i sistemi.

« Cosa stai facendo? » chiese Emma scioccata.

« Mi nascondo » rispose lui. « È l'unica possibilità che abbiamo. »

La luce intorno a loro si fece più intensa, penetrando attraverso gli squarci nella fusoliera come il sole del mattino filtra attraverso le finestre più alte. Il rumore pulsante dei propulsori del Typhoon crebbe finché il sottomarino apparve proprio sopra di loro, ruotando lentamente fino a trovarsi di nuovo allineato con la corrente.

Lo scafo rosso scuro era percorso da lunghe cicatrici di corrosione e depositi di alghe, e dal varco illuminato della stiva di carico usciva un bagliore bianco e sterile.

Due sommozzatori in scafandro rigido risalirono verso di essa portando frammenti più piccoli nei retini e scomparvero. Un attimo dopo ricomparve l'enorme benna. Si spostò lungo rotaie fissate al soffitto della stiva, quindi si fermò e si bloccò quasi sopra l'*Angler*.

« Qui si mette male » sussurrò Emma.

Kurt era pienamente d'accordo con lei.

La benna rimase ferma per quella che parve un'eternità, con le valve che si aprivano lentamente e si bloccavano in posizione. Alla fine, con un pietoso cigolio, cominciò a calare.

Non c'erano dubbi sul suo obiettivo. La gigantesca benna stava scendendo dritta sul mucchio di rottami sotto il quale si nascondeva il sottomarino della NUMA.

17

Le ganasce spalancate della benna precipitarono affondando nei rottami che circondavano l'*Angler*. Il metallo urlò, lacerato e deformato dall'urto. Dal punto in cui la benna era atterrata si levò una nube di sedimento, e l'*Angler* si inclinò su un fianco.

Quando i denti delle valve furono ben piantati nel limo, entrarono in azione i potenti cilindri idraulici. Le valve cominciarono a chiudersi, affondando nel sedimento, fino a serrarsi sotto il cumulo di metallo aggrovigliato.

Il potente verricello all'interno della stiva del Typhoon entrò in funzione e i cavi di acciaio si tesero nello sforzo di vincere il risucchio creato dal sedimento. Ma la resistenza non durò a lungo. Con un'improvvisa oscillazione, l'ultimo carico di rottami fu strappato dal fondo del mare per essere caricato a bordo.

I sub che osservavano le operazioni dall'esterno dentro i loro scafandri rigidi non videro in quel carico niente di diverso dai precedenti. Era solo l'ennesimo ammasso di metallo contorto che veniva tirato su, lasciandosi dietro una lunga scia di limo che colava dagli interstizi e veniva portato via dalla corrente.

Quando la benna fu vicina all'apertura nello scafo del Typhoon, venne effettuata una manovra che gli addetti ai lavori chiamavano « la scrollata ». La risalita della benna si interruppe e le valve si aprirono di qualche centimetro. La tensione del cavo si allentò facendo scendere la benna di qualche metro. L'operazione fu ripetuta più volte.

Ogni volta che l'operatore del verricello scrollava la benna, dal fondo di questa scendeva una nuvola di limo. Dopo diverse scrollate rimase ben poco sedimento. Le valve si richiusero, il verricello ricominciò a tirare e il carico fu portato dentro la stiva di carico.

Un volta rientrata completamente, la benna cominciò a scorrere in orizzontale. Arrivata nella posizione predeterminata, si fermò e mollò l'ultimo carico di rottami.

Dentro l'*Angler*, Kurt ed Emma vennero sballottati in ogni direzione ma rimasero ai loro posti. Quando, finalmente, vennero depositati all'interno del Typhoon, erano entrambi meravigliati di essere ancora vivi. Le due ganasce li avevano circondati e si erano chiuse sotto di loro. Lo scafo non aveva subito alcun danno, neppure un graffio e la cupolina in acrilico non aveva una sola crepa.

« Ma quanto è grande questo compartimento? » disse Emma, guardandosi attorno.

« Era la stiva dei missili » rispose Kurt. « Nella configurazione originale, i Typhoon portavano ventiquattro missili balistici intercontinentali molto grandi. I più grandi mai dispiegati in mare. »

Mentre parlava, Kurt cercava di orientarsi. Il compartimento era pieno d'acqua, che sarebbe stata espulsa una volta richiusi i pesanti portelloni. L'*Angler* era rivolto verso poppa e sbandato di circa trentacinque gradi. Per uscire da lì avrebbero dovuto sollevarsi, girare su se stessi e poi lanciarsi fuori dal portellone. Sempre ammesso che riuscissero a liberarsi.

Sporgendosi di traverso nell'abitacolo, Kurt riuscì a vedere il pezzo di metallo che li teneva bloccati. « Credo di poterlo tagliare. »

« Meglio che ti sbrighi » disse Emma. « Non ci sono rimasti molti rottami là fuori. »

Kurt portò in posizione un cannello ossiacetilenico e lo accese premendo un pulsante. Lo avvicinò al longherone accartocciato contro cui erano rimasti impigliati. La fiamma ardeva luminosa e il metallo cominciò a brillare di un rosso vivo e a fondersi in tante gocce ardenti.

Mentre Kurt lavorava, il Typhoon si riposizionò e la benna venne calata un'altra volta.

Emma osservò il movimento degli ingranaggi che giravano sopra le loro teste. Il cavo continuò a scorrere per parecchi secondi, poi si arrestò bruscamente. « Questo sarebbe il momento giusto » disse, mettendogli fretta.

Kurt continuò a tagliare la struttura di metallo, osservando le piccole gocce di metallo fuso che cadevano. Gli parve che ci volesse un'eternità, come se il metallo fosse ben più resistente dell'alluminio.

Le ruote dentate sopra di loro ripresero a girare per riavvolgere il cavo e portare a bordo il carico successivo.

« Sbrigati, Kurt » esortò Emma.

« Sto facendo più in fretta che posso. »

Il cannello arrivò in fondo, facendo cadere un grosso pezzo triangolare di metallo. L'*Angler* era libero.

Kurt passò ai comandi di navigazione, mise in posizione i propulsori e diede potenza. L'*Angler* si sollevò dall'ammasso di rottami, liberandosi dai frammenti e dallo strato di limo che lo avevano ricoperto.

Quando furono sopra i rottami, Kurt fece ruotare il sottomarino e accelerò verso l'apertura della stiva di carico. Raggiunta la soglia del compartimento si tuffarono verso il basso, sotto la benna che proprio in quel momento stava scrollando via una grossa nuvola di sedimento.

Accecato, Kurt mantenne la velocità al massimo. Quando emersero dalla nube, l'acqua era nuovamente limpida. E allora puntarono verso l'oscurità e la salvezza.

Seduto nella sala operativa del Typhoon, il capitano Victor Tovarich della Prima flottiglia di recupero russa sorvegliava lo svolgimento delle operazioni su una serie di schermi collegati a telecamere posizionate sul fondo del Typhoon. Un ulteriore schermo diviso in quattro porzioni mostrava le immagini riprese da telecamere montate sugli scafandri rigidi dei sub.

Era orgoglioso dei suoi uomini e della sua grande macchina, ma impaziente di completare la missione. Si voltò verso il suo secondo. « Punto della situazione? »

« Ottanta per cento del relitto recuperato » rispose l'ufficiale.

« Qualche traccia del *Nighthawk*? »

« No, signore » rispose l'ufficiale. « Purtroppo no. »

« Eppure deve essere qui » insistette Tovarich, osservando

sui monitor le immagini sgranate. « Sappiamo che lo avevano preso. »

« Ho il permesso di parlare liberamente? » chiese il primo ufficiale.

« Certo. »

« Se il *Nighthawk* non è con il bombardiere, dovremmo smetterla di perdere tempo con questo recupero e riprendere le ricerche del velivolo americano. »

Tovarich represse un sorriso. Il suo primo ufficiale era un vero cavallo da battaglia. Ambiva all'onore che sarebbe derivato dall'aver tirato su dal fondo l'aereo americano. E non era il solo. « Condivido il tuo desiderio, Mikael. Ma a Mosca hanno deciso che la priorità è questo aereo. »

L'ufficiale annuì.

« Inoltre » aggiunse Tovarich, « potrebbe davvero trovarsi qui. Esiste la possibilità che i piloti siano riusciti a tener agganciato il *Nighthawk* anche dopo aver perso il controllo. »

« La stessa possibilità che ha un cieco di catturare un passero. »

« Forse » ammise Tovarich. « Soltanto un aviatore poteva concepire un piano simile. Dovremmo rendere onore al loro coraggio. A proposito, dovremo ispezionare i rottami nella stiva di carico per recuperare i loro corpi. »

Allungò la mano e premette un pulsante per accendere uno dei monitor collegati a una telecamera interna. « Ordina a uno dei sub di presentarsi a... »

Tovarich si bloccò, lasciando la frase a metà. Qualcosa sullo schermo aveva attirato la sua attenzione. Una luce tremolante. *Una fiamma*. La sua prima preoccupazione – e cioè che avessero portato a bordo qualcosa di combustibile – svanì nell'attimo stesso in cui la fiamma si spense, ma la sua confusione aumentò quando colse un movimento tra i rottami. « Cosa diavolo... »

Tovarich osservò incredulo un sottomarino bianco con una grande striscia rossa sul dorso sollevarsi dalle lamiere contorte e ruotare su se stesso. Il sottomarino venne avanti, puntando dritto verso la telecamera, e si lanciò fuori dall'apertura della stiva di carico, ma non prima che Tovarich riuscisse a leggere la scritta NUMA in bella vista sulla parte superiore.

Tovarich si precipitò dall'operatore sonar e lo afferrò per le spalle. «C'è un ospite indesiderato là fuori» disse. «Un sottomarino americano. Trovalo!»

L'operatore sonar si mise immediatamente all'opera, premendo le cuffie sulle orecchie per individuare il rumore. Ma con il chiasso delle operazioni in corso, si rivelò un'impresa impossibile.

«È inutile, capitano. Troppe interferenze generate dalla squadra di recupero e dai nostri propulsori.»

Tovarich si voltò verso l'ufficiale di rotta. «Fermate i propulsori. Fermate tutto. Anche le operazioni di recupero.»

I propulsori di posizionamento furono spenti e le vibrazioni si smorzarono. Mentre il Typhoon cominciava ad andare alla deriva, anche le attività all'esterno del sottomarino si fermarono. Nessuno osava muoversi.

«Senti qualcosa?» chiese Tovarich.

L'operatore sonar continuò a cercare. Alla fine identificò un segnale.

«Un mezzo piccolo» disse. «Direzione zero-quattro-cinque. Profondità duecentotrenta metri in diminuzione.»

«Voglio una soluzione di lancio» ordinò Tovarich.

L'ufficiale di tiro parve sorpreso. «Signore?»

«Questi sono gli ordini. Agganciatelo e lanciate!»

Mentre risalivano alla massima velocità verso la superficie, Kurt ed Emma si resero conto attraverso l'idrofono dello strano silenzio seguito alla loro fuga. «Hanno spento i propulsori» disse Kurt. «Significa che ci stanno cercando.»

Per un attimo pensò di spegnere anche lui i propulsori e di lasciarsi trasportare dalla corrente, ma se lo avesse fatto i russi sarebbero ricorsi al sonar attivo e alla fine sarebbero comunque riusciti a trovarli. L'unico modo per mettersi al sicuro era raggiungere la superficie. Dubitava che i russi avrebbero osato fare qualcosa una volta che loro fossero stati in piena vista.

Inclinò ancora di più la prua del sottomarino verso l'alto e vide la profondità diminuire sotto i duecentodieci metri. Avevano ancora tanta strada da fare quando sentirono ripartire i motori del Typhoon.

Pochi secondi dopo furono colpiti dal potente segnale di un sonar, seguito dal rumore che Kurt temeva: l'improvvisa eruzione di aria compressa di un siluro che veniva lanciato dal sommergibile per inseguirli e distruggerli.

18

Il sottomarino della NUMA era maneggevole ma non molto veloce, tanto meno in confronto al siluro che gli stava arrivando addosso.

« Usa questa per regolare l'idrofono » disse Kurt, prendendo la mano di Emma e posandola su una grossa manopola. « Tienilo puntato sul siluro. Per avere una probabilità di evitarlo, dobbiamo sentirlo arrivare. »

« Siluro? »

« Non avrei dovuto dirtelo » disse Kurt.

Ora erano stati scovati da un diverso tipo di sonar, caratterizzato da schiocchi rapidi meno distanziati e un suono più acuto.

« Ci ha agganciati » annunciò Kurt.

Prima di essere scoperti erano riusciti a mettere poco più di un miglio tra loro e il Typhoon. A quella distanza e tenendo conto delle loro relative velocità, potevano avere sì e no una quarantina di secondi prima di essere distrutti.

« Ma non puoi eseguire una manovra diversiva? » chiese Emma.

« Alla velocità di otto nodi, nessuna manovra potrebbe essere considerata diversiva » ribatté lui. « Ma non siamo a corto di opzioni. »

Si allungò oltre Emma per arrivare ai comandi dei contenitori di carico. « Se riusciamo a creare un diversivo potremmo anche cavarcela. »

Nel contenitore di destra aveva caricato la scatola nera, ma quello sinistro era pieno di rottami di scarso valore. Premendo un pulsante sbloccò i ganci che lo tenevano assicurato al fianco dell'*Angler*. Poi, aprendo al massimo alcune valvole, gonfiò un paio di palloni gialli agganciati al contenitore. Per qualche secondo il flusso delle bolle coprì ogni altro rumore. I palloni si gonfiarono e salirono verso la superficie portando con sé il contenitore.

Quasi nello stesso istante Kurt fece uscire l'aria dalla cassa di zavorra e puntò il sottomarino verso il basso, nella speranza che il muro di bolle e il carico che saliva attirassero il siluro fuori rotta.

Per parecchi secondi nell'acqua ci fu troppa turbolenza per udire qualcosa, ma quando questa diminuì Emma puntò nuovamente l'idrofono. Gli impulsi sonar del siluro avevano cambiato tono ed erano diventati più deboli.

« Sta puntando al contenitore » disse Kurt. « Ci ha persi. »

Mantenne la prua del sottomarino puntata verso il basso e la manetta al massimo, cercando di allontanarsi il più possibile dal siluro.

« Quando esplode farà comunque danno » disse Emma.

Non aveva torto. Dieci secondi dopo un lampo bianco e arancione illuminò l'acqua scura: il siluro aveva distrutto il contenitore carico di metallo. L'esplosione provocò un'onda d'urto che colpì violentemente l'*Angler* facendolo sobbalzare più volte.

Con le orecchie che fischiavano Kurt si affrettò a stabilizzare il sottomarino. « E ora convinciamoli di averci colpiti. »

Spense i propulsori e scaricò le casse di zavorra. Il piccolo sottomarino si raddrizzò e cominciò a muoversi verso l'alto, sospinto verso la superficie dalla sola spinta di galleggiamento.

« Ho preso a prestito una tattica del vecchio manuale degli U-boot » spiegò Kurt. « Loro fuggivano *dopo* l'esplosione delle bombe di profondità perché nell'acqua c'era una tale turbolenza che per parecchi minuti il sonar non riusciva a individuarli. »

« Non potrebbero localizzarci di nuovo? » chiese Emma.

« Potrebbero » rispose Kurt. « Ma scommetto che per prima cosa cercheranno i rottami. E ci vorrà un po' prima che l'acqua si calmi abbastanza perché possano sentire qualcosa. A quel punto, spero che saremo già in superficie, alla luce del sole. »

La risalita accelerò quando anche le ultime gocce d'acqua furono espulse dalle casse. Kurt ed Emma rimasero in silenzio, lo sguardo fisso sul profondimetro.

*

« Senti qualcosa? » chiese il comandante del Typhoon.

L'operatore sonar era in ascolto, ma sentiva soltanto le bolle di gas rimaste dopo l'esplosione che aveva reso temporaneamente inutilizzabile il sonar passivo.

Il poveretto attendeva e ascoltava, profondamente consapevole del capitano che gli alitava sul collo.

« Allora? »

« Bolle » disse l'operatore sonar. « Un moderato volume di aria rilasciata che sale verso la superficie. Questo indicherebbe che li abbiamo colpiti. »

« Rottami? » chiese Tovarich.

« Rottami? » ripeté l'ufficiale di tiro. « Capitano, quel siluro è progettato per eliminare navi da guerra e sottomarini d'attacco americani. Di quel piccolo sottomarino non sarà rimasto nulla che possa essere definito un rottame. »

Tovarich questo lo capiva, ma era un uomo curioso. « Fa' come ti ho detto » insistette. « Usa il sonar attivo. Voglio essere sicuro. »

Il sonar fu regolato, fu lanciato un altro impulso, e l'eco esaminato. I risultati lasciarono allibiti tutti i presenti. « Obiettivo zero-sei-uno » disse l'operatore sonar. « Profondità trentasei metri e diretto verso la superficie. »

« Ce la facciamo a beccarlo prima che arrivi su? »

L'ufficiale di tiro fece qualche rapido calcolo. « Sarà in superficie prima che noi riusciamo a lanciare. »

Tovarich esitò. Gli era stato ordinato di non permettere alcuna interferenza con le operazioni di recupero, ma anche – e questo ordine era in contrasto con il primo – di mantenere segreta la missione a ogni costo. « Hanno visto troppo » disse, alla fine. « Caricate e lanciate. E questa volta vedete di non mancarlo. »

19

Joe Zavala sedeva nell'abitacolo dell'Air-Crane posato sulla piattaforma vicino alla prua della *Reunion*. Il capitano Kamphausen era seduto al posto di manovra del verricello e stava riavvolgendo un lungo cavo in fondo al quale era agganciato uno strano marchingegno che Joe e i tecnici della *Reunion* avevano costruito per pescare l'*Angler* dal fondo del mare.

« Sicuro che questo elettromagnete funzionerà? » chiese Kamphausen.

« Ho utilizzato le migliori bobine dei vostri generatori » rispose Joe. « Con l'energia generata dall'unità ausiliaria dell'elicottero dovremmo avere tutta la potenza che ci serve. »

Convinto che l'*Angler* fosse bloccato sul fondo, Joe aveva escogitato un piano che prevedeva di trovarlo con il sonar a scansione laterale, per poi calare con un cavo il magnete che si sarebbe attaccato allo scafo di acciaio del sottomarino. Fatto questo, lo avrebbero tirato su.

Kamphausen, che aveva lavorato sulle gru per metà degli anni passati in mare, avrebbe avuto questo privilegio, mentre Joe avrebbe pilotato l'Air-Crane. Kamphausen spense il motore del verricello quando anche l'ultimo tratto di cavo si fu avvolto attorno al tamburo e l'elettromagnete si bloccò al suo posto. « Ora non ci resta che trovarli » disse.

Prima che Joe potesse rispondere, dal lato di sinistra echeggiò un rumore sordo e profondo. Joe si voltò e vide un rigonfiamento sulla superficie del mare. L'onda circolare si sollevò e ricadde, rilasciando una colonna di acqua bianca e schiuma al suo centro.

« Pare che qualcun altro li abbia trovati prima di noi » osservò Kamphausen.

Joe si voltò, compì i controlli pre-volo a tempo di record, avviò le turbine e mise in moto i rotori. « Kurt ed Emma devono essersi mossi. »

« Come fa a saperlo? »

« Perché altrimenti non ci sarebbe motivo di spararli addosso. »

« Se non altro non dovremo tirarli su dal fondo » osservò Kamphausen.

« Ho la sensazione che avranno comunque bisogno del nostro aiuto. »

Mentre Kamphausen si allacciava la cintura di sicurezza e le pale del rotore principale gli giravano sulla testa a velocità sempre più alta, Joe indossò le cuffie e cambiò la banda di trasmissione sulla radio di bordo numero uno. Aveva fatto calare in acqua una delle scialuppe che ora trainava il sonar a scansione laterale nel tentativo di stabilire la posizione dell'*Angler* senza svelarla ai russi. « *Survey One*, avete sentito? »

La risposta arrivò forte e chiara. « L'abbiamo vista in superficie. Ma non abbiamo idea di cosa l'abbia causata. »

« Avete ancora i russi sullo schermo? »

« Sì, ma l'ultimo segnale di ritorno è confuso. »

« Anche loro si stanno muovendo » concluse Joe. « Non lo farebbero mai a meno che non stessero dando la caccia a qualcosa. »

Tornò a rivolgere l'attenzione al pannello della strumentazione. Tutte le spie erano sul verde. Con una spinta decisa sulla manetta, Joe diede tutta potenza. Il carrello di atterraggio si distese, libero dal peso, e il grosso elicottero arancione si sollevò dalla piattaforma. Con un colpetto al timone, Joe virò verso destra, accelerando verso il cerchio di acqua bianca che si stava allargando in lontananza.

L'*Angler* continuava a salire a una velocità di sessanta metri al minuto. Kurt vedeva l'acqua farsi più luminosa intorno a loro ed Emma cercava di cogliere qualcosa, qualunque cosa, con l'idrofono, ma invano.

« È saltato » disse lei.

Kurt non era sorpreso: lui aveva l'impressione che gli fossero saltate le orecchie. « Non importa » disse. « Preparati ad abbandonare la nave nel caso ci lancino contro un altro siluro. »

Emma indossò un giubbetto di salvataggio mentre Kurt continuava a pilotare. Ora riuscivano a vedere la superficie: uno specchio argenteo e tremolante che significava la libertà.

Come il sottomarino raggiunse la superficie, Kurt afferrò la radio. « *Reunion*, qui è l'*Angler* » disse. « Siamo in superficie e abbiamo bisogno di essere presi a bordo immediatamente. Mi ricevete? »

« Speriamo che non sia partita anche l'antenna » disse Emma.

Kurt premette di nuovo il pulsante di trasmissione. « *Reunion*, qui è l'*Angler*. Mi ricevete? »

Joe stava sorvolando l'acqua a un'altitudine di novanta metri quando udì la chiamata via radio. Qualche secondo dopo vide il sottomarino bianco e rosso dondolare tra le onde.

Alzò il volume. « Kurt, sono Joe. Vi vedo. Saremo sopra di voi tra trenta secondi. »

« Trenta secondi? » rispose Kurt. Sembrava scioccato.

« Siamo già in volo. Abbiamo pensato che poteste avere bisogno di aiuto. »

Joe portò l'Air-Crane su una rotta di incontro, preparandosi a tirare su l'*Angler* dall'acqua. Mentre concludeva la virata, notò qualcos'altro: una lunga scia bianca di bolle proveniente da ovest. « Non ti voltare, ma c'è un siluro che viene verso di te. »

« Ci lanciamo. »

« Restate dove siete » disse Joe. « Credo di riuscire a prendervi prima che vi colpisca. »

« Non hai il tempo di agganciarci » rispose Kurt.

« Non è necessario » disse Joe. « Abbiamo un magnete. »

Il sottomarino si stava muovendo, ma in superficie era lento. La linea bianca di bolle lasciate dal siluro si stava rapidamente avvicinando.

Joe si portò davanti all'*Angler* e fece scendere l'Air-Crane vicino alla superficie. « Abbassi il magnete. »

Kamphausen diede una ventina di metri di cavo. Il pesante elettromagnete a forma di campana li seguiva, trascinato a pelo d'acqua. Il loro obiettivo era la striscia rossa sul dorso del sottomarino.

« Attivi il magnete » ordinò Joe. « Massima potenza. Abbiamo a disposizione un solo tentativo. »

« Le bobine sono alimentate » gridò Kamphausen. « L'elettromagnete è attivo! »

Con la coda dell'occhio Joe vide la bussola che girava come impazzita, disturbata dalla nuova sorgente magnetica. Si trovavano a una decina di metri sopra la superficie dell'acqua e si stavano avvicinando al sottomarino abbassandosi lentamente. La scia del siluro era subito dietro di loro. Kamphausen riusciva a vederla, Joe no.

« Dobbiamo fare in fretta » disse Kamphausen.

Joe rallentò arrivando alle spalle del sottomarino e cominciò a seguire i suoi movimenti. Il magnete saltellò sull'acqua e il cavo strusciò sul dorso del sottomarino. Il magnete uscì dall'acqua, colpì la poppa e rimbalzò.

Per un attimo parve che l'urto potesse farlo scivolare dall'altro lato, ma la parte attivata del magnete fu attirata dal dorso piatto del sottomarino. Si attaccò allo scafo con un tonfo. Il verricello si mise in tensione e lasciò scendere parecchi metri di cavo prima che il freno lo bloccasse. L'Air-Crane fu tirato verso il basso, e la tensione del cavo minacciò di farlo precipitare in mare, ma Joe contrastò l'effetto e l'*Angler* si impennò fuori dall'acqua, continuando a galleggiare per qualche istante prima di emergere del tutto. Ondeggiò in avanti sotto l'Air-Crane, lasciando cadere cascate d'acqua.

Joe era troppo impegnato a stabilizzare l'Air-Crane per preoccuparsi del siluro. Kamphausen, invece, trattenne il fiato quando lo vide passare sotto di loro.

Non accadde nulla. Nessuna esplosione. Nessun boato. Il siluro non tornò neppure indietro per acquisire un nuovo obiettivo. Proseguì lungo una linea retta e si perse in lontananza.

Kamphausen rimase a guardarlo e gli disse addio con un finto saluto militare. « Buon viaggio. »

Joe scoppiò a ridere e compì una virata per tornare alla *Reunion* con l'*Angler* che dondolava sotto di loro.

20

Poche ore dopo, Kurt, Joe ed Emma dissero addio all'equipaggio della *Reunion*. Con loro sorpresa fu un commiato cordiale nonostante non fosse stato recuperato alcun tesoro in diamanti. Visto che la nave avrebbe potuto riprendere la rotta e consegnare in tempo il suo carico, anche il rappresentante della ditta di frutta smise di preoccuparsi. Prese la risma di documenti che stava preparando per i legali della NUMA e li lanciò in mare.

Kamphausen, in particolare, pareva triste nel vederli andar via. Strinse Joe in un abbraccio così forte da togliergli il fiato. « Erano anni che non mi divertivo così tanto » gli disse.

Con Joe ai comandi, l'Air-Crane decollò e virò verso est, diretto nuovamente a Guayaquil. Emma sedeva al posto del copilota, Kurt sullo strapuntino tra i due.

Durante il volo non parlarono molto. Emma sembrava pensierosa già prima del decollo e durante il volo rimase in silenzio, continuando quasi sempre a fissare fuori dal finestrino.

Kurt le diede un colpetto sulla spalla. « Tutto bene? »

Emma si voltò verso di lui. I suoi occhi tradivano un certo turbamento che lei si affrettò a dissimulare. « Sono solo delusa » rispose. « Siamo tornati al punto di partenza. »

Lui annuì. « In un solo giorno di lavoro hai scoperto almeno due progetti segretissimi dei russi. Varrà pure qualcosa... un sorriso, almeno. »

« La nostra missione era quella di trovare il *Nighthawk* » disse lei.

« Rilassati. Lo troveremo » rispose Kurt.

Lei lanciò un'occhiata all'orologio. « Sarà meglio. »

Mentre Emma tornava a guardare fuori dal finestrino, Kurt rifletté sul suo comportamento. Dava a vedere di essere delusa, ma lui sapeva che c'era dell'altro. Era stress. Sembrava che si portasse il peso del mondo intero sulle spalle e non riuscisse più a reggerlo.

Kurt slacciò la cintura di sicurezza, piegò lo strapuntino e si spostò a poppa, dove si trovavano i loro zaini e la valigia rigida in cui era stata messa la scatola nera del bombardiere russo. Accanto a questa c'era una serie di generi di conforto e il regalo d'addio dell'equipaggio della *Reunion*: un cesto di frutta coperto con della pellicola trasparente. Conteneva lime, mele, arance e – ovviamente – un assortimento di kiwi.

Kurt prese un'arancia e poi si bloccò. Si voltò a guardare verso l'abitacolo. Emma continuava a guardare fuori dal finestrino. Joe era impegnato a pilotare.

Esitò solo un attimo, poi fece quello che secondo lui andava fatto. Quando ebbe finito, se ne tornò nell'abitacolo portando uno spuntino e qualcosa da bere per tutti.

Un'ora dopo erano già atterrati. Due auto li attendevano sulla pista dell'aeroporto. Davanti a uno dei due veicoli c'era Rudi Gunn. Dal secondo scesero due uomini in completo scuro.

«Amici tuoi?» chiese Kurt a Emma.

«Non amici» rispose lei. «Colleghi. Quello a sinistra lo conosco. Lavora per Steve Gowdy. È il suo braccio destro.»

Kurt si aspettava qualcosa del genere. Prese i bagagli e scese dal portellone.

I tre gruppi si incontrarono sulla pista. Ci fu un rapido scambio di nomi e un'esibizione di distintivi finché tutti si furono presentati.

Emma consegnò la valigia rigida. «Dentro troverete la scatola nera di un bombardiere supersonico russo. Un *Blackjack* modificato, a giudicare dai rottami.»

Il responsabile, che si chiamava Hurns, prese la valigia. «E il sottomarino?»

«Un Typhoon ampiamente modificato» rispose Emma, porgendogli un hard disk portatile. «Qui dentro ci sono foto e video. Alcune sono molto chiare.»

Hurns fece un cenno di approvazione col capo. «I grandi capi saranno entusiasti. Avanti di questo passo diventerai una leggenda ancor prima di compiere quarant'anni.»

Le sue parole parvero lasciare Emma del tutto indifferente. «Tutti noi abbiamo un lavoro da compiere» rispose. «Resterò con il gruppo della NUMA finché questa missione non sarà completata. Di' a Steve che lo contatterò appena avrò qualche altra informazione.»

Hurns annuì, portò la valigia alla macchina e la sistemò dentro il portabagagli. «Allora ti lasciamo al tuo lavoro» disse.

Quando i due agenti della NSA si furono allontanati, Rudi Gunn prese la scena. Si appoggiò alla fiancata dell'auto con le braccia conserte e un'espressione severa. «Cos'è questa storia che mi è giunta alle orecchie, che la NUMA starebbe entrando nel commercio di ortaggi?»

«Commercio *di frutta*» lo corresse Kurt. «È una storia interessante. Se vuoi, mentre andiamo te la racconto.»

«Mentre andiamo dove?»

«Al consolato» rispose Kurt. «Ci serve una connessione satellitare sicura per verificare una teoria che mi è venuta in mente.»

Rudi lanciò un'occhiata a Joe.

«Io non ne so niente» disse questi.

Emma guardò Kurt con aria perplessa, ma lui si limitò a sorridere.

«D'accordo, ci sto» disse Rudi. «Ma sarà meglio chc sia valida. Stiamo già ricevendo un sacco di rimostranze dalla NSA per via dei tuoi metodi.»

«Dammi qualche ora e giudicherai tu stesso» ribatté Kurt.

Rudi inarcò un sopracciglio con espressione dubbiosa e aprì la portiera del guidatore. «Lo farò, stanne certo.»

Al consolato americano di Guayaquil, Rudy parlò con il funzionario più alto in grado, il quale gli fece subito avere l'autorizzazione a usare la sala comunicazioni.

Una rapida occhiata alla stanza rivelò un capolavoro di alta tecnologia: postazioni di computer ovunque, schermi piatti, persino un casco per la realtà virtuale. Il tutto collegato a sistemi di codifica e decodifica.

«Quando ero nella CIA» spiegò Kurt, «mi è capitato qualche volta di dovermi appoggiare ai consolati, e ogni volta sono rimasto colpito dalla tecnologia di cui disponevano. Spesso era persino migliore di quella che usavamo fuori, perché non doveva essere portatile.»

Joe ed Emma si sedettero, esausti. Erano state quarantotto ore difficili. Solo Kurt sembrava avere ancora energie da vendere.

Rudi manteneva un atteggiamento cauto. Non aveva dormito molto. Quando non era stato impegnato a sviare domande sul perché la NUMA avesse requisito una nave da carico, o a resistere alle pressioni di Steve Gowdy e della NSA perché tenesse a freno Kurt, aveva dovuto evitare le telefonate della compagnia esportatrice di frutta e del responsabile legale della NUMA. Fino a quel momento non avevano ottenuto un solo risultato che giustificasse tutto quel trambusto, ma prima o poi l'ordine e la normalità avrebbero dovuto essere ripristinati, non foss'altro per soddisfare il suo senso della disciplina.

Kurt posò lo zaino sul tavolo al centro della sala, aprì la cerniera dello scomparto più grande e tirò fuori un oggetto tutto ammaccato. Era di un arancione spento, con scritte in russo su tutti i lati.

«Cosa ci fa qui?» chiese Emma, balzando in piedi.

«L'ho tirata fuori dalla tua valigia mentre eravamo in volo» rispose Kurt.

«Questo è evidente» ribatté lei. «Ma perché? Avevo ricevuto l'ordine di mandarla in laboratorio. Adesso è di proprietà della NSA.»

Kurt levò un dito con fare ammonitore. «In realtà, in base alla Admiralty Law, questa scatola nera è di proprietà della NUMA... o, forse, dell'aeronautica russa, visto che potrebbe essere difficile dimostrare che loro l'abbiano abbandonata o abbiano rinunciato alla sua proprietà. Ma, poiché noi non abbiamo intenzione di restituirla a Mosca, mi sono assunto il compito di reclamare il diritto della NUMA.»

Joe strinse i denti e si fece piccolo piccolo.

Rudi sospirò e alzò lo sguardo al soffitto, chiedendosi perché mai gli dei avessero messo Kurt Austin sulla sua strada.

Emma si limitò a fissarlo. «Gowdy andrà su tutte le furie.»

«Noi lo stiamo proteggendo» disse Kurt. «Nel suo dipartimento c'è una talpa. Il bombardiere e il Typhoon lo dimostrano.»

«E *tu* come fai a dirlo?» chiese Emma.

«Riflettici» rispose Kurt. «Il *Nighthawk* finisce fuori rotta e sparisce. Nello stesso momento, nella stessa zona, un bombardiere supersonico russo precipita in mare. Noi prendiamo uno schianto per l'altro e ci precipitiamo sul posto. E cosa troviamo? Un sottomarino russo segretissimo. Non può essere una coincidenza.»

Emma tornò a sedersi. «No, non lo è. Ma non capisco come questo possa indicare una falla nella sicurezza.»

«Non lo capisci? Per trovarsi lì, nell'area delle ricerche, il sottomarino deve essere partito da Murmansk settimane fa. E non è l'unico mezzo a trovarsi nel posto giusto al momento giusto. Ci sono ben due flotte, una russa e una cinese, che avanzano attraverso il Pacifico alla massima velocità. Entrambe composte principalmente da navi per ricerca e recupero in acque profonde, entrambe a un giorno di navigazione dal luogo di un disastro che quarantotto ore fa non era ancora accaduto. E questo nonostante i loro porti di origine si trovino a *diecimila miglia* di distanza da lì.»

«I movimenti delle flotte sono sospetti ma spiegabili» ammise Emma. «Entrambe le unità erano impegnate in manovre di addestramento. Gli ufficiali di collegamento cinese e russo ci avevano informati di questo mesi fa. È un piccolo accorgimento cui ricorriamo per evitare di far scoppiare la terza guerra mondiale.»

Kurt non si diede per vinto. «Ovvio che vi hanno informati mesi fa. Perché già mesi fa sapevano che il *Nighthawk* sarebbe precipitato.»

«Come facevano a saperlo?»

«Perché sono stati loro ad abbatterlo.»

«Abbatterlo?»

Kurt annuì. «Sì. Hackerando il suo sistema di guida. Codici che sono gelosamente custoditi dai tuoi amici della NSA a Vandenberg. Il che significa che nella NSA c'è una talpa, e in una posizione apicale, e questa è un'ottima ragione per non condividere questi dati, o qualunque altra informazione, con loro.»

Emma rimase in silenzio. Kurt lasciò che le sue parole sedimentassero.

« La tua è un'affermazione molto azzardata » osservò Rudi. « Anche se alcune delle tue supposizioni fossero vere, questo non... »

« No » disse Emma, interrompendolo. « Kurt ha ragione. »

Tutti si voltarono verso di lei.

« È l'unica spiegazione logica. Noi non siamo mai riusciti a capire perché il *Nighthawk* fosse finito fuori rotta. Un nostro tecnico si era accorto che il *Nighthawk* aveva problemi a elaborare ordini *contrastanti*. Allora non aveva alcun senso. Pensammo si trattasse di un errore del computer. Ma il bombardiere, il Typhoon e le flotte di recupero già opportunamente sulla scena... tutto fa pensare che i russi o i cinesi, o entrambe le parti, abbiano riprogrammato il *Nighthawk* per farlo cadere nell'oceano, dove avrebbero potuto recuperarlo senza problemi. »

« Ma se le cose stanno davvero così » obiettò Rudi, « perché le loro flotte non si trovano sul luogo del disastro invece che a parecchi giorni di navigazione? »

« Perché noi lo abbiamo fatto rientrare anzitempo » rispose Emma. « La tempesta proveniente dalle Hawaii stava puntando sulle coste della California. Non volevamo incappare in condizioni meteo avverse e così abbiamo anticipato il rientro di una settimana. Senza quel cambiamento, entrambe le flotte si sarebbero trovate a un centinaio di miglia dall'arcipelago delle Galápagos in attesa che il *Nighthawk* sbucasse dal cielo per finire nelle loro mani. »

« Anche la scelta del luogo ha un senso » aggiunse Joe. « Se si esclude la zona circostante le Galápagos, per centinaia di miglia tutto attorno la profondità del mare supera i tremila metri. »

« E il bombardiere? » chiese Rudi.

« Probabilmente un aereo inseguitore » rispose Emma. « Il *Nighthawk* è rivestito con materiali di terza generazione che lo rendono invisibile ai radar. Attraversando l'atmosfera, però, la sua superficie si surriscalda oltre i mille gradi. Un bombardiere supersonico con un sistema di rilevamento a raggi infrarossi avrebbe potuto seguirlo per chilometri e chilometri, puntando sulla sua traccia termica e seguendola finché il *Nighthawk* non avesse rallentato fino a raggiungere la velocità di ammaraggio e fosse sceso dolcemente in mare col paracadute.»

Kurt annuì. «Proprio quello che pensavo anch'io. Poi qualcosa è andato storto. Ma anche se il bombardiere è precipitato, la scatola nera potrebbe contenere un indizio su dove sia finito il *Nighthawk*. Un indizio che non vogliamo trasmettere a Mosca o a Pechino.»

«E se qualcuno lo avesse già trovato?»

«Non lo hanno trovato» rispose Kurt. «Se così fosse le loro flotte starebbero già tornando indietro.»

Emma assentì. «D'accordo» disse. «Fai pure la tua magia. Manda i dati alla NUMA e scopriamo cosa stavano facendo i russi.»

Kurt porse la scatola nera a Joe. «Pensi di riuscire a leggerla?»

Joe annuì. «Le porte di accesso sembrano piuttosto comuni. Farò qualche rapido test e poi invierò i dati a Hiram. Max sarà in grado di decifrarli meglio di noi.»

Mentre Joe si metteva al lavoro, Rudi uscì a fare una telefonata e Kurt andò a sedersi accanto a Emma. Le guance di lei avevano ripreso colore. «Ti piace questo gioco?» le chiese Kurt.

«Mi piace vincere» rispose lei.

«Anche a me.»

Rimasero in silenzio per un momento. «Cosa hai consegnato a loro?» chiese lei.

«Loro chi?»

«I miei colleghi, Hurns e Rodriguez. Quando ho sollevato la valigia c'era dentro qualcosa di pesante.»

Kurt si appoggiò allo schienale della poltroncina e poggiò i piedi sulla scrivania. «Un bel dono d'addio. Un dono che sono certo apprezzeranno durante il lungo volo di ritorno.»

Il Gulfstream di proprietà della NSA era a metà strada verso Houston quando l'agente Hurns cedette alla curiosità. In quella missione lui era soltanto un corriere incaricato di prelevare e consegnare un pacco. Non avrebbe dovuto aprirlo per guardarci dentro, ma non riuscì a trattenersi.

Lo propose a Rodriguez.

« Io ci sto » disse il collega.

Si alzarono dai loro posti, andarono a poppa e posarono la valigia di metallo su un tavolo. Con rapidi gesti Hurns fece saltare entrambe le serrature e sollevò il coperchio.

Poi impallidì. « Cosa diavolo è questo? »

Rodriguez osservava da dietro le sue spalle. « Sembrerebbe un cesto pieno di frutta » disse, allungando la mano verso un kiwi maturo.

Infilato tra due arance c'era un biglietto scritto a mano. Diceva:

Questi dateli da mangiare alla talpa.
Cordiali saluti,
Kurt Austin.

21

Quartier generale della NUMA, Washington

Hiram Yaeger aveva preso parte a molte operazioni rischiose da quando lavorava alla NUMA, ma quando i dati della scatola nera vennero finalmente decodificati non poté fare a meno di provare grande ammirazione per la temerarietà dell'azione tentata dai russi.

Accertati tutti i dettagli, attese nella sala delle videoconferenze del quartier generale della NUMA che venisse stabilito un collegamento satellitare sicuro con il consolato di Guayaquil.

La sala era un mix di antico e moderno: dipinti di velieri alle pareti e un tavolo di mogano proveniente da uno yacht del diciannovesimo secolo che dominava il centro della stanza, circondato su tre lati da comode poltroncine, di cui una era stata tolta per far spazio a Priya che entrò sulla sua sedia a rotelle. Sul quarto lato la parete era interamente occupata da schermi piatti su cui un attimo dopo comparve la squadra che era in Ecuador.

« È un piacere vedervi tutti quanti » disse Hiram.

« Non vediamo l'ora che ci illumini » rispose Rudi.

Hiram annuì. « Ho la sensazione che non resterete delusi. »

Premette un tasto sul telecomando e si accese un altro schermo, diviso in tre sezioni. Su quella principale comparve un'immagine video, ripresa dal sistema di videocamere del bombardiere russo; sulla seconda c'era un'inquadratura della mappa situata sopra la testa dei piloti, mentre la terza mostrava l'abitacolo del bombardiere e il pannello della strumentazione visti da una telecamera montata in alto sopra le spalle dei piloti, di cui si vedevano i caschi e, appunto, le spalle.

« Riuscite a vederlo sul vostro schermo? » chiese Hiram.

« Sì » rispose Rudi.

« Fantastico » disse Hiram. « I russi usano una sola scatola nera per raccogliere tutte le informazioni essenziali anziché due separate per voce e dati come richiede la nostra agenzia dell'aviazione. Il loro sistema funziona bene, ma abbiamo soltanto gli ultimi venti minuti di volo. Credo siano sufficienti. Per vostra comodità, Max ha tradotto tutte le comunicazioni vocali in inglese. »

Le luci si abbassarono e lo spettacolo cominciò. L'immagine iniziale era un video in bianco e nero ripreso da una telecamera a infrarossi. Sulla parte destra si vedeva una serie di numeri che indicavano velocità, rotta e altitudine. Un puntino bianco si illuminò e poi divenne nero lucente mentre le linee di posizione indicavano che si trovava a una quota superiore rispetto al bombardiere e a una distanza di cinquantacinque chilometri.

« *Obiettivo acquisito* » disse la voce tradotta.

« *Velocità del veicolo settemilaseicento. Scramjet attivati.* »

« Ha detto *scramjet*? » chiese Emma.

« Sì » rispose Hiram. « Abbiamo controllato due volte la traduzione. Loro usano un termine differente, ma il significato è quello. Il bombardiere era dotato di *ramjet* supersonici in grado di spingerlo fino a Mach 6. »

Quando gli *scramjet* entrarono in azione, l'immagine video cominciò a tremare e ronzare. Il numero di Mach salì e le voci di pilota, copilota e ingegnere di volo furono quasi coperte dal ruggito crescente dei motori.

Il pilota annunciava i vari stadi. « *Superato Mach 3... 3 e mezzo... Mach 4...* »

L'accelerazione proseguì per un altro minuto, quindi calò.

« *Velocità stabilizzata a Mach 5 punto 1.* »

« *Temperatura superficie entro i livelli di tolleranza* » disse il copilota.

« Si riferisce alla superficie esterna dell'aereo » spiegò Hiram.

Emma annuì. Era lei l'esperto aeronautico e comprese d'istinto. « A Mach 5 i bordi d'attacco di muso, ali e coda dovrebbero surriscaldarsi terribilmente. L'acciaio normale fonderebbe. Le superfici dell'aereo dovevano essere costruite in una lega speciale, probabilmente con elevate percentuali di titanio. »

« Questo spiega perché il rilevatore di leghe magnetiche ha trovato prima le ruote e le parti interne » disse Joe. « C'è più ferro, sono più facili da individuare. »

« Esattamente. »

Il video proseguì. « *Rotta acquisita* » annunciò la voce del pilota. « *Trasferisco i comandi al computer.* »

Il puntino che si vedeva sullo schermo diventava più grande man mano che si avvicinava, finché fu evidente che quello che avevano davanti era il *Nighthawk*. Ma il bombardiere non lo stava raggiungendo: si stava facendo raggiungere.

« A questo punto il bombardiere si trova davanti e sotto il *Nighthawk* » disse Hiram. « Max, mostraci i tracciati delle rotte. »

Su una seconda porzione dello schermo, l'immagine satellitare del Pacifico meridionale e delle coste del Sud America si fece più nitida e sopra comparvero due icone, una rossa e una verde, che si lasciarono dietro due linee sottili.

« La linea rossa è il bombardiere russo » spiegò Hiram. « Quella verde è il *Nighthawk*. »

Presto le due linee si unirono, ma il bombardiere russo rimase leggermente più avanti del veicolo spaziale senza equipaggio.

« *Rotta acquisita* » annunciò la voce dell'ingegnere di volo. « *Distanza tre chilometri e sette in diminuzione.* »

« *Disturbo dei segnali radio completato* » disse una voce diversa. « *Vandenberg è tagliata fuori. Il* Nighthawk *è tutto vostro.* »

« *Ricevuto*, Blackjack 2. »

« Un secondo bombardiere? » chiese Joe.

Hiram annuì. « Approssimativamente un chilometro e mezzo davanti al primo. »

Sul video ripreso dalla telecamera a infrarossi, il *Nighthawk* continuava ad avvicinarsi e diventava sempre più grande. Sul video comparvero un indicatore di distanza e una serie di linee verticali e orizzontali.

« *Distanza trecento metri in diminuzione* » annunciò il copilota.

Il *Nighthawk* si avvicinava a velocità costante. La telecamera lo inquadrò mentre superava la coda del bombardiere e veniva a trovarsi direttamente sopra l'aereo russo. Ora i due aerei volavano in formazione perfetta a ventottomila metri di altitudine e a una velocità di settemila chilometri orari.

La voce del copilota era calma. « *Velocità coincidenti. Rotta costante. Siamo in posizione per la cattura.* »

« *Apertura frangivento* » disse il pilota.

Dalla parte superiore della fusoliera uscirono una serie di piccole creste che crearono un vortice e una zona di depressione lungo il dorso del bombardiere, che attirò il *Nighthawk* verso il basso. Il veicolo scese piano, sfiorando dolcemente l'aereo russo, e fu prontamente afferrato da una serie di ganasce spuntate dalla fusoliera che lo strinsero per le ali e lo bloccarono in posizione.

« *Contatto avvenuto. Ganasce in posizione* » annunciò il copilota.

« *Apertura frangivento secondario* » disse il pilota.

Un cuneo triangolare di metallo si sollevò davanti al veicolo spaziale catturato. Serviva a deviare il flusso dell'aria tutto attorno al *Nighthawk*. Dalla sommità del frangivento uscì una scia di vapore che corse lungo tutta la fusoliera del veicolo. Il volo proseguì senza problemi.

« Lo hanno afferrato » sussurrò Emma. « Lo hanno letteralmente ghermito dal cielo. »

« Non riesco a credere che non ci sia turbolenza » disse Kurt.

« A quell'altitudine l'atmosfera è così rarefatta che non c'è turbolenza » rispose Emma.

« Ma stanno viaggiando a più di settemila chilometri orari » fece notare Rudi.

« Ma non in rapporto l'uno con l'altro » rispose Emma. « Noi recuperiamo abitualmente veicoli spaziali in orbita. In tivù sembra che si muovano appena, ma in realtà sfrecciano intorno alla terra a trentamila chilometri orari. Negli anni Sessanta e Settanta, i piloti di *Gemini* e *Apollo* manovravano a occhio. Sono sicura che questi ragazzi hanno a disposizione i computer più avanzati dell'arsenale russo. »

« *Aggancio completato* » annunciò il pilota. « *Comunicate a Mosca che abbiamo il* Nighthawk. »

Seguirono esclamazioni di giubilo, e nei minuti seguenti tutto proseguì normalmente. Partì una chiamata verso il secondo bombardiere. Furono eseguiti vari test, i sistemi furono controllati più volte. Per tutto questo tempo il *Blackjack 1* proseguì sulla stessa rotta, viaggiando alla stessa incredibile velocità.

« *Riduciamo la potenza* » disse alla fine il pilota. « *Informate Caracas che abbiamo bisogno di un rifornimento.* »

« Non sappiamo se intenda dire Caracas, Venezuela » disse Hiram « o se sia il nome in codice di un aereo cisterna. »

« Scommetto che è la città » disse Rudi. « I russi hanno un sacco di amici dove un tempo governava Chávez. »

Quando l'aereo rallentò si riscontrò un'evidente riduzione del rumore di fondo. La velocità scese al di sotto di Mach 4 e poi sotto Mach 3. A Mach 2,5, il bombardiere iniziò una virata larga verso nord e, almeno per il momento, tutto faceva pensare che i russi avessero portato a termine il più grande dirottamento della storia.

Uno sfarfallio attraversò il video, seguito da una comunicazione confusa.

Si sentì una vibrazione ritmica, sempre maggiore, e l'aereo prese a tremare. In breve tempo anche le telecamere si misero a vibrare.

« *Gli ammortizzatori inerziali stanno cedendo* » annunciò il copilota. « *Le vibrazioni stanno per raggiungere il livello critico.* »

« *Da dove provengono?* »

« *Rileviamo una tensione sui bulloni delle ganasce* » disse l'ingegnere di volo. « *È il* Nighthawk*; c'è una vibrazione sulle superfici mobili di controllo.* »

La risposta del pilota fu incomprensibile. Lo si sentiva grugnire e respirare a fatica mentre lottava con i comandi.

Partì una chiamata radio. « Blackjack 2*, abbiamo un problema. Il* Nighthawk *sta cercando di riprendere il controllo. Ripeto, il* Nighthawk *si è svegliato. Falconiere, usa i codici alfa. Spegnilo.* »

La risposta era molto più calma. « *Ne siete sicuri*, Blackjack 1*? Qui non abbiamo nessuna evidenza. Tutti gli indicatori sono a posto. Non dovreste avere problemi.* »

Il pilota rispose urlando. « *Ti sto dicendo che quel maledetto coso sta cercando di liberarsi. Potenzia il segnale e ordinagli di spegnersi... subito!»*

Qualunque fosse l'azione intrapresa dal *Blackjack 2*, la vibrazione non fece altro che peggiorare. L'urlo degli allarmi sonori riempì la cabina di pilotaggio. Tutte le spie della plancia di comando si accesero.

« Sistema idraulico » disse Priya. « Stabilizzatore verticale... ammortizzatori inerziali. »

Il pilota respirava a fatica, il suo tono era disperato, le parole intercalate da imprecazioni. Nelle immagini provenienti dall'esterno si vedeva il *Nighthawk* vibrare con violenza contro le ganasce. Le sue superfici di controllo tremavano, gli alettoni si muovevano su e giù, il timone di profondità andava avanti e indietro.

E poi sparì.

In un batter d'occhio, l'aereo catturato si liberò dalle ganasce che lo trattenevano e si staccò dal bombardiere, portandosi via un pezzo di fusoliera. Dallo squarcio schizzarono fuori fluido idraulico e vapore.

« *Mayday! Mayday! Mayday!* » gridò il pilota. « *Abbiamo un'emergenza!* »

Nonostante gli sforzi disperati, l'aereo si rovesciò lentamente e cominciò a scendere in vite verso l'oceano. Fortunatamente la telecamera cessò di funzionare poco dopo. Da quel momento in poi rimase soltanto l'audio, fatto di urla disperate e comunicazioni radio confuse, finché anche i piloti smisero di parlare e restò soltanto la voce del computer di bordo che continuava a ordinare: « *Effettuare cabrata... effettuare cabrata* ». E poi, all'improvviso, più nulla.

In tutte e due le sale scese il silenzio.

« Pensiamo che siano svenuti » disse Hiram.

« Perché non si sono lanciati? » chiese Emma.

Nessuno conosceva la risposta.

Certo, i russi erano i loro avversari politici, ma i piloti erano soltanto uomini che facevano il proprio dovere. Uomini che avevano corso un rischio tremendo e solo per un pelo non erano riusciti nell'impresa, pagando con la vita.

« Non si può fare a meno di ammirare il loro coraggio » disse Kurt, rompendo il silenzio. « Se non fosse il nostro aereo quello che stavano cercando di rubare, avrei fatto il tifo per loro. »

Gli altri annuirono.

« Qualche idea su cosa sia andato storto? » chiese Emma.

Fu Hiram a rispondere. « Finché il bombardiere ha continuato sulla rotta originaria del *Nighthawk*, è andato tutto liscio. Ma appena il pilota ha deviato, il *Nighthawk* si è svegliato, cercando di tornare sulla rotta iniziale. Questo ha dato origine alle vibrazioni che hanno portato alla separazione dei due aerei e allo schianto. »

« Perché mai avrebbe dovuto farlo? » chiese Kurt.

« Pensiamo che i russi abbiano hackerato il sistema di navigazione » rispose Hiram. « Lo hanno riprogrammato in modo che il *Nighthawk* si dirigesse verso sud e si incontrasse con il bombardiere, ma hanno dimenticato di escludere il sistema di navigazione inerziale prima di iniziare la virata verso nord. »

« Codice alfa è il termine che la NSA utilizza per il comando di ripristino. È l'equivalente del Ctrl-Alt-Canc sulla tastiera del computer. È un comando che interrompe qualunque processo in corso e fa ripartire il sistema operativo. »

« Hai qualche idea di cosa intendessero quando hanno chiamato il *Falconiere*? »

Emma esitò un istante prima di rispondere. « Non sono sicura, ma parecchi anni fa ricevemmo un rapporto dei servizi secondo cui il programma spaziale della NSA poteva essere stato violato. O da una talpa che lavorava a Vandenberg o per mezzo di un cavallo di Troia nei sistemi informatici. Non c'era modo di verificare l'informazione che, del resto, forniva pochi dettagli se non che enormi quantità di dati venivano passati ai cinesi o ai russi. A parte questo avevamo solo un nome in codice. »

« Falconiere » disse Rudi. « Scelta interessante. Il falconiere addestra i rapaci a volare liberi e a tornare da lui. »

« Il concetto ci era chiaro » rispose Emma con determinazione, « poiché era esattamente quello che stavamo cercando di fare con il *Nighthawk*. Nonostante questo, un'indagine approfondita non riuscì a trovare alcuna evidenza che l'agenzia fosse stata compromessa. La cosa fu liquidata come una falsa pista. Resteresti sorpreso nel sapere quante false informazioni ci vengono trasmesse, il più delle volte deliberatamente. Anche noi lo facciamo. Fa parte del gioco. »

« Qualcosa mi dice che il tuo capo farebbe meglio a riaprire l'indagine » osservò Rudi.

« Concordo. »

Kurt lanciò un'occhiata allo schermo nero e poi a Emma. « Be', di chiunque si tratti, non c'è riuscito. La vera domanda è perché. Sembravano avere tutto sotto controllo. »

« Può essere stato un segnale partito da Vandenberg? » ipotizzò Joe.

« Non penso » rispose Hiram. « Usavano il secondo bombardiere come radiotrasmettitore mobile. Sparava dei segnali molto potenti verso il *Nighthawk* da distanza ravvicinata. Una situazione del genere avrebbe potuto efficacemente cancellare qualunque segnale la NSA cercasse di inviare. »

Emma sembrava essere d'accordo con lui. « Dando per scontato che l'ora sulle loro registrazioni fosse esatta, quando lo hanno catturato noi avevamo già perso il contatto con il veicolo. Non siamo stati noi. Dev'essere stato il programma di guida autonoma. Non che a questo punto abbia più alcuna importanza. » Si voltò verso Kurt. « Per quello che vale, avevi ragione su una cosa: la NSA e Vandenberg sono stati violati. Se i russi sono in possesso dei codici alfa, hanno tutto quello che serve. »

« Non proprio tutto » le rammentò Kurt prima di tornare a voltarsi verso Hiram. « Qualche idea di dove sia finito il *Nighthawk*? »

« Ci stiamo lavorando » rispose Hiram, « ma è difficile dirlo con sicurezza. L'intercettamento cambia tutti i calcoli. I russi lo hanno portato a spasso per nove minuti a Mach 5, trasportandolo a una quota di ventisettemila metri e alla massima velocità quando invece avrebbe dovuto rallentare e scendere. Questa spintarella ha aggiunto più di mille chilometri al suo sentiero massimo di discesa. A complicare il tutto ci sono diversi fotogrammi in cui sembrerebbe che il *Nighthawk* stesse virando e perdendo piastrelle dello scudo termico. Questo fa pensare che abbia subito qualche danno quando si è liberato. Tutto questo potrebbe influire su rotta, velocità e angolo di planata.»

«Sono sicuro che qualcosa ce l'hai» insistette Kurt.

Hiram annuì. «Max, mostraci il cono di certezza del nuovo sentiero di discesa.»

Sullo schermo comparve un'immagine. Questa volta la costa dell'Ecuador era più vicina. Un cono evidenziato in giallo si allargava verso di essa, attraversando l'Ecuador meridionale e proseguendo all'interno sopra le montagne e le giungle del Perù.

«Potrebbe trovarsi ovunque in quest'area» disse Hiram. «O in qualunque altra zona se i sistemi di controllo sono stati danneggiati.»

«Dunque siamo punto e a capo» disse Emma.

«Non esattamente» intervenne Priya. Si avvicinò con la sedia a rotelle a una tastiera su cui batté per qualche secondo. «Abbiamo questo. È un video trasmesso dalla televisione peruviana.»

La registrazione partì. Il filmato amatoriale aveva una messa a fuoco incerta ma era riuscito a catturare un oggetto luminoso che attraversava il cielo notturno come una palla di fuoco. Si sentivano delle esclamazioni in sottofondo, poi l'oggetto scompariva dietro la cima di una montagna.

La telecamera faceva una panoramica catturando il bordo di un pannello solare e un cumulo di pietre che ricordava le rovine di un edificio del neolitico. Si sentiva la voce di un uomo che parlava fuori campo. «*Un segno degli dei*» diceva, con un inglese dal forte accento straniero. «*La fine deve essere vicina.*»

Gli uomini della NUMA sorrisero, ma le labbra di Emma rimasero ostinatamente strette. «Chi ha girato questo video?» chiese. «E dove?»

«Secondo la rete televisiva, è stato girato da un archeologo peruviano di nome Urco. Attualmente sta lavorando sulle Ande a uno scavo che riguarda i Chachapoya, il popolo delle nuvole.»

«C'è un modo per verificare se è autentico?» chiese Kurt.

«No» rispose Priya. «È stato mandato in onda qualche ora

fa, ma pare sia stato girato poco prima dell'alba la mattina in cui il *Nighthawk* è scomparso. Abbiamo controllato. La finestra temporale corrisponde e la località si trova all'interno del nuovo sentiero di discesa del *Nighthawk.* »

« È possibile che questo video sia una montatura? » chiese Rudi.

« A che scopo? » ribatté Emma. « Nessuno a parte noi sa che l'aereo è scomparso. »

« Se notate, l'uomo nel video non afferma di aver visto un aereo » aggiunse Priya. « Il titolo che accompagna il video dice 'avvistamento di meteorite'. »

« Dal video riuscite a calcolare altitudine e velocità? » chiese Kurt.

« Senza ulteriori informazioni, no » rispose Hiram. « Anche se riuscissimo a ottenere una stima approssimata, non servirebbe a nulla, in mancanza di un orientamento preciso. »

« Se sapessimo dove si trovava e la posizione esatta di quell'abitazione preistorica nella roccia dietro di lui, potremmo ricavare dati accurati sulla sua direzione » disse Joe.

Kurt annuì, si guardò attorno e poi espresse a parole quello che tutti si stavano chiedendo. « Abbiamo altre piste? »

In entrambe le sale ci fu solo silenzio.

« Allora è deciso » disse Kurt. « Lasciamo che russi e cinesi continuino le loro ricerche nel Pacifico. Noi andremo nell'interno per vedere se questo archeologo ci sa indicare la giusta direzione. »

« Io direi di partire il prima possibile » aggiunse Emma. « Non siamo gli unici ad avere accesso alla tivù peruviana. »

22

A bordo del peschereccio spia cinese al largo della costa dell'Ecuador

Daiyu si trovava nella sala controllo del peschereccio cinese. Le creste delle onde non si vedevano più e il mare era nero come l'inchiostro. Tutto tranquillo e silenzioso. Troppo silenzioso. Inquietante.

Erano tre giorni che tenevano sotto osservazione la nave americana *Catalina*. Pareva che nelle ultime ventiquattro ore l'equipaggio avesse dato il via a operazioni di ricerca e recupero. Daiyu era pronta a compiere una ricognizione sottomarina per vedere cosa avevano trovato quando il ministero annullò l'operazione.

Su uno schermo comparve il generale Zhang. « Abbiamo appurato che le operazioni di recupero della nave della NUMA sono un diversivo. »

« Quindi abbiamo solo perso tempo » disse Daiyu. C'era una punta di fastidio nella sua voce. Era una costante, anche quando parlava con un superiore come Zhang. In parte era quello il motivo per cui era stata assegnata a un luogo così remoto.

« Così sembrerebbe » replicò Zhang. « Ma non è l'unica novità. Siamo in possesso di nuove informazioni secondo le quali il *Nighthawk* sarebbe sfuggito alla cattura da parte del bombardiere russo e non sarebbe precipitato in mare. C'è stato un possibile avvistamento sulle montagne del Perù. »

« Dunque i nostri amici russi hanno mancato di fare la loro parte » osservò lei. « Non mi sorprende. Non ci si può aspettare che un orso danzi con un passero. »

« Non ci si può neanche aspettare che divida il suo pasto » aggiunse Zhang. « E questa è una fortuna nella sfortuna. Se i russi fossero riusciti nell'impresa, si sarebbero portati via l'aereo americano e a noi avrebbero dato solo le briciole. Adesso abbiamo una possibilità di prenderci tutto.»

Daiyu annuì. «Come avrebbe dovuto essere fin dall'inizio.»

Sapeva bene che il generale Zhang la pensava come lei anche se non lo avrebbe mai ammesso. Una lieve smorfia di disprezzo fu ciò che ricevette in tutta risposta. «Abbiamo inviato un elicottero» disse. «Sarà sul ponte della nave entro un'ora. Tenetevi pronti.»

«Lo saremo» rispose lei.

«Non deludete il vostro paese» disse Zhang e interruppe il collegamento.

Jian era in piedi al fianco di Daiyu. Lei era eccitata mentre lui aveva un'aria solenne, quasi preoccupata. «C'è qualcosa che non va?» chiese Daiyu.

«Non sarà facile eliminare gli americani» rispose lui. «A Guayaquil i nostri uomini avevano il vantaggio della sorpresa, eppure hanno fallito. Quando riusciremo a stabilire un contatto, gli americani saranno già all'erta.»

«Ci sono altri mezzi oltre la forza bruta» disse lei. «Se non possiamo prenderli con un'azione diretta, tenderemo loro una trappola. Tutti gli obiettivi ci cascano, prima o poi. Se sono pronti a scappare appena ci vedono, noi faremo in modo che corrano a capofitto verso il disastro.»

23

A bordo dell'incrociatore lanciamissili Varyag

La tempesta era passata. O meglio, l'incrociatore russo *Varyag* e le navi di recupero che lo accompagnavano avevano superato il peggio. Nessuno era più felice di Constantin Davidov per le mutate condizioni del mare. Per la prima volta dopo giorni stava consumando una colazione degna del nome senza doversi preoccupare che tornasse subito su. Di fronte a lui sedeva il contrammiraglio Borozdin con un piatto di uova annegate nella salsa olandese. La salsa mascherava il sapore delle uova in polvere e nella Marina russa passava per una raffinatezza.

« Hai un aspetto diverso oggi » disse Borozdin tra una forchettata e l'altra. « Non saprei dire in cosa, però. »

« Te lo dico io » rispose Davidov. « Non sono più verde in faccia. »

Borozdin scoppiò a ridere. « Sì, certo, è quello. »

Si sentì bussare alla porta ed entrò un marinaio. « Capitano Tovarich a rapporto sulla rete satellitare. »

« Fai trasferire qui la chiamata » suggerì Davidov.

Borozdin fece un cenno del capo al marinaio e pochi istanti dopo sentirono la voce di Tovarich.

Era metallica e distante, ma il segnale era abbastanza buono da lasciar trasparire tutta la sua delusione. « Operazioni di recupero completate » disse Tovarich. « Abbiamo pompato via l'acqua dalla stiva di carico e ispezionato tutti i rottami. Purtroppo non c'è traccia dell'aereo americano. »

« Com'è possibile? » chiese Davidov. « Il *Blackjack 1* ha comunicato di aver catturato il *Nighthawk* molto prima dell'emergenza. »

« Questo lo so » ribatté Tovarich, « ma un esame preliminare dei rottami mostra che i bulloni delle ganasce di bloccaggio sono stati strappati di netto. Il *Nighthawk* deve essersi liberato quando il bombardiere ha perso il controllo.»

Davidov ascoltava in preda alla frustrazione. Le cose non stavano affatto andando come previsto. Quando aveva sciolto la collaborazione con la Cina e lasciato Pechino era convinto di avere qualcosa in mano. In quel momento era certo che la Russia – e la Russia soltanto – fosse a conoscenza di dove si trovava l'aereo americano, perché solo la Russia sapeva dove era precipitato il bombardiere.

« Purtroppo c'è dell'altro » aggiunse Tovarich.

Davidov alzò lo sguardo di scatto. « Altre cattive notizie? »

« In un certo senso » rispose Tovarich. « Durante l'operazione di recupero ci siamo imbattuti in una squadra della NUMA americana a bordo di un piccolo sottomarino. Sembra siano arrivati e abbiano perlustrato il sito subito prima di noi. Questo rischia di rivelare non solo l'esistenza del nostro sottomarino ma anche la missione aerea. »

« In che modo? »

« Abbiamo motivo di credere che abbiano preso la scatola nera del *Blackjack 1*. Abbiamo setacciato il relitto e l'area circostante. Nonostante avessimo localizzato il segnale appena arrivati, non l'abbiamo più trovata. L'unica spiegazione logica è che l'abbiano presa loro. »

« La NUMA » borbottò Davidov. Non era la prima volta che l'organizzazione americana metteva i bastoni tra le ruote ai russi.

Di fronte a lui il contrammiraglio Borozdin era visibilmente nervoso. « Se gli americani hanno la scatola nera, non avranno difficoltà a ricostruire l'intero accaduto. Capiranno che abbiamo cercato di dirottare il loro veicolo in volo. »

Davidov liquidò le sue preoccupazioni con un gesto della mano. « Poco importa. Non possono denunciare le nostre azioni senza rendere pubblici i loro segreti. Il problema maggiore – l'unico problema – è cosa sia accaduto al veicolo spaziale. »

Il capitano del sottomarino diede per scontato che la domanda fosse rivolta a lui. « Non ho risposte, a questo punto. »

« Continuate le ricerche » ordinò Davidov. « Seguite l'ultima rotta conosciuta. Voglio aggiornamenti ogni ora. »

Tovarich chiuse le trasmissioni e Davidov scoprì di aver perso l'appetito. La forchetta d'argento si posò con rumore sul bel piatto di porcellana fine in dotazione al contrammiraglio. « Ce l'avevamo. Ce l'avevamo in pugno! »

Anche Borozdin posò coltello e forchetta, poi bevve un po' d'acqua. « Se il *Nighthawk* si è liberato, dovrebbe essere caduto nelle vicinanze. »

« Non necessariamente » rispose Davidov. « Considerata la velocità e l'altitudine a cui stavano viaggiando, potrebbe trovarsi letteralmente ovunque. »

Borozdin annuì lentamente. « Che ordini aveva il *Blackjack 2*? »

« Il suo primo compito era quello di sovrapporsi al segnale da Vandenberg » rispose Davidov.

« E se qualcosa fosse andato storto? »

« Doveva seguire il *Nighthawk* finché possibile e riferire rotta, altitudine e velocità finali. »

« Hai motivo di credere che abbiano fatto diversamente? »

Davidov si arrabbiò. « Io non ho motivo di credere proprio nulla, Sergei. Non abbiamo più avuto alcun contatto con loro. »

« Erano ufficiali russi » osservò Borozdin. « Militari altamente addestrati. Selezionati per la loro capacità, lealtà e audacia. A meno che tu non abbia affidato la più segreta delle tue missioni a dei cadetti, credo di poter affermare che hanno eseguito gli ordini fin quando è stato loro possibile. Fino alla fine. »

Davidov si rilassò. « Certo. Concordo pienamente. Ma questo a cosa ci serve? Non sappiamo comunque dove siano. »

« Sappiamo dove *non* sono » rimarcò Borozdin. « Non sono in mare. »

Davidov si irrigidì. Per la prima volta si rese conto che Borozdin non lo stava semplicemente stuzzicando. « Come puoi esserne così sicuro? »

« Perché gli americani li avrebbero già tirati fuori dall'acqua. »

« Io credo che tu sopravvaluti... »

Questa volta fu Borozdin a interromperlo. « Siamo restii ad

ammetterlo, ma la loro tecnologia è decisamente superiore alla nostra.»

«Sergei, non aiuta...»

Borozdin non si lasciò togliere la parola. «È da un bel po' che ci penso» proseguì. «Non so come abbiano fatto gli americani a trovare il *Blackjak 1* così in fretta, ma ci sono riusciti. Lo hanno sentito, o visto, o magari lo hanno trovato con un drone o una boa radioacustica controllata a distanza, o qualche altro mezzo di cui noi non siamo a conoscenza. Comunque sia, loro erano lì a frugare tra i resti del nostro aereo prima ancora che noi arrivassimo sul posto, e noi sapevamo *esattamente* dove era precipitato. Ora stanno di nuovo cercando. Avanti e indietro, a destra e a sinistra. Se il *Blackjack 2* fosse caduto in acqua, lo avrebbero già trovato, così come hanno trovato il *Blackjack 1*. Ma non l'hanno trovato, e questo mi dice che non è caduto nell'oceano.»

Davidov ci pensò su. «Dunque tu pensi che sia finito sulla terraferma. E questo come ci aiuta?»

«Se il *Blackjack 2* stava seguendo il *Nighthawk* come gli era stato ordinato e poi è precipitato sulla terraferma, è logico pensare che anche il *Nighthawk* sia arrivato sulla terraferma.»

Era un ragionamento un po' tirato, ma aveva una sua logica.

«E se riusciamo a trovare il relitto del *Blackjack 2*» proseguì Borozdin, «anche se fosse ridotto in cenere in mezzo a una giungla, sarebbe comunque una freccia che ci indica la direzione in cui è andato il *Nighthawk*.»

Davidov si stava appassionando all'idea, anche perché era l'unica che avevano. «Ci servono i dati dei satelliti e ci servono subito.»

24

Da qualche parte sulle montagne del Perù

Il cono lungo e appuntito spuntava orizzontalmente da sotto un telone. Si trovava a quattro metri da terra ed era inequivocabilmente il muso di un aereo supersonico. Dalla punta si dipartivano delle striature nere di ossido che facevano pensare alle conseguenze di un incendio, ma che in realtà erano state causate dall'attrito con l'aria e dal calore provocato da una velocità cinque volte superiore a quella del suono.

Alcuni uomini erano impegnati a mettere al riparo l'aereo: tirando delle funi attaccate a un telone lo tesero finché l'aereo non fu completamente coperto.

« Assicuratelo con dei paletti » urlò qualcuno. « Non voglio che un'altra tempesta di vento lo strappi via. »

Mentre il primo gruppo di uomini tendeva il telone, arrivò un secondo gruppo armato di mazze. Battendo ripetutamente sui paletti, li conficcarono a fondo nel terreno. Quando ebbero finito, gli anelli fissati tutto attorno sul bordo del telone vennero agganciati ai paletti.

Gli uomini lavoravano nell'aria gelida di montagna; dalle loro bocche e dai nasi uscivano nuvolette di vapore bianco. Avevano la pelle bruno-rossastra e indossavano giacche dai colori vivaci di lana di alpaca, mentre l'uomo che sovrintendeva alle operazioni era vestito con indumenti moderni neri e indossava un passamontagna sul volto.

« Altri due paletti qui » disse.

Mentre la sezione indicata veniva assicurata, gli si avvicinò un altro uomo. Aveva le braccia scoperte fino ai gomiti, e una vecchia ferita che correva per tutta la lunghezza dell'avambraccio. « Abbiamo raddoppiato il numero dei picchetti » disse. « E gli uomini stanno tagliando altri rami da posarci sopra. »

« Fai fare dei tagli sul telone » disse l'uomo con il passamontagna. « Su in alto. »

« Ma non farà passare... »

« Gli impedirà di sollevarsi. Aerodinamica. Fidati, amico mio, questo è il mio campo. »

Il secondo uomo annuì. « Pensi che ci abbiano visti? »

« Ho controllato la mappa dei satelliti » disse l'uomo con il passamontagna. « Fortunatamente siamo in una zona remota delle montagne. Nessuno ha satelliti spia su quest'area. Non ancora, perlomeno. Ma possiamo stare certi che presto le cose cambieranno. Se dovesse essere avvistato, questo potrebbe rovinare tutto... »

« Ma tu vuoi che trovino il bombardiere? » disse il secondo uomo, incerto, cercando di seguire il ragionamento del suo padrone.

« Oh, sì. Ma secondo il nostro programma, non il loro. »

L'uomo con la cicatrice sul braccio annuì e si voltò, avviandosi verso la foresta. Fece un gesto circolare con la mano e le motoseghe ripresero a ruggire mentre gli uomini cominciavano a tagliare rami e addirittura alberi interi che sarebbero stati trascinati fuori e usati per mimetizzare il tesoro caduto dal cielo.

L'uomo con il passamontagna era soddisfatto. Con l'aereo nuovamente coperto e l'opera di mimetizzazione che procedeva velocemente, si infilò sotto il telone e si avviò sotto le ali raccolte verso la coda. Passò oltre le gondole dei motori dalla forma squadrata e proseguì sotto la fusoliera, facendo attenzione a non urtare nessuna delle antenne o delle sonde che spuntavano da sotto l'aereo. Con le sue linee affilate ma possenti l'aereo gli ricordava un drago addormentato. Un drago che presto si sarebbe svegliato sputando fuoco.

Arrivò a una scaletta che scendeva dal centro della fusoliera subito dietro il carrello che sosteneva il muso. La salì lentamente, entrando nel vano dell'equipaggio immerso nella semioscurità. Dentro c'era un altro dei suoi uomini. Indossava stivali bordati di pelliccia e un poncho colorato sulle spalle.

« Cosa ne facciamo di loro? » chiese l'uomo nella sua lingua nativa. « Un'altra notte come l'ultima e moriranno di freddo. »

Si riferiva ai piloti russi seduti sul pavimento dell'aereo, legati e imbavagliati. Tre notti all'interno dell'aereo gelido senza cibo né molto da bere avevano smorzato ogni bellicosità. Una striscia di sangue secco e congelato accanto a loro, nel punto in cui a un terzo uomo dell'equipaggio era stata tagliata la gola, serviva da ammonimento.

« Portano malattie » disse l'uomo con il passamontagna. « Ma ci serviranno quando verrà il momento. Sistemali nella caverna. »

L'uomo con il poncho fischiò per chiamarne altri e presto i prigionieri furono portati giù per la scaletta e trascinati via.

Con il telone che copriva l'aereo, c'era buio nella cabina di pilotaggio, ma sarebbe stato più buio per i prigionieri nella caverna. E ancor più buio per il mondo a venire.

« Tieni tutti in allerta » ordinò l'uomo con il passamontagna. « Da adesso in poi le cose accadranno rapidamente. L'esca è stata posizionata. La trappola non resterà vuota a lungo. »

25

Ecuador

Si separarono all'aeroporto: Rudi prese un volo per Washington dove avrebbe cercato di domare una serie di incendi politici, Kurt ed Emma si imbarcarono sul Gulfstream della NUMA per un volo di novanta minuti che li avrebbe portati a Cajamarca, in Perù, dove si sarebbero incontrati con Paul e Gamay.

Joe li avrebbe seguiti con l'Air-Crane, ma la scarsa velocità dell'elicottero e la necessità di fermarsi a fare rifornimento lungo il tragitto significavano che sarebbero passate nove ore prima che l'Air-Crane arrivasse a Cajamarca. Era un tempo davvero lungo, ma se fossero stati tanto fortunati da trovare il *Nighthawk* – o grandi parti di esso – avrebbero avuto bisogno dell'Air-Crane per tirarlo fuori dalla giungla o dalle montagne.

Poco dopo il decollo, Emma si mise in contatto con Steve Gowdy su una linea satellitare criptata e lo mise al corrente degli ultimi sviluppi.

Il capo della NSA fu brusco fin dal primo momento. « Cos'è questa faccenda del cesto di frutta? »

« È un omaggio » disse Kurt. « Ne inviamo uno a tutti i VIP. »

« Se fai così non mi aiuti » gli disse Emma.

Kurt alzò una mano come per scusarsi e da quel momento in poi se ne rimase zitto mentre Emma esponeva la loro nuova teoria e sosteneva la tesi di Kurt secondo cui nella NSA si nascondeva una talpa.

Sullo schermo, gli occhi di Gowdy diventarono due fessure ma, invece di arrabbiarsi o di lanciarsi in una sparata in difesa dell'agenzia, si limitò a dire: « Falconiere. Credevo fossimo giunti alla conclusione che si trattava soltanto di voci infondate ».

« Ascolta i nastri » suggerì Emma. « Sai come si dice, i morti non mentono. »

Gowdy annuì. « Farò partire immediatamente un'indagine. Ma se qua dentro c'è una talpa, farete meglio a stare attenti. Il vostro trasferimento a Cajamarca potrebbe già essere sulle prime pagine dei giornali. »

« Non lo abbiamo detto a nessuno a parte te » rispose Emma. « Ma terremo gli occhi aperti. »

« Avrete bisogno di ben altro. Manderò Hurns e Rodriguez ad aiutarvi. E questa volta vedete di non snobbarli. »

Emma scosse la testa. « Non se ne parla » rispose. « Se il Falconiere è reale e ha un contatto all'interno della NSA, potrebbe essere chiunque. Anche uno di loro due, per quanto ne sappiamo. »

« Sono agenti operativi » ribatté Gowdy. « Non hanno accesso a Vandenberg. Non lavoravano neppure al progetto finché il *Nighthawk* non è scomparso. Sono puliti, te lo garantisco. »

Emma fece un sospiro e si voltò verso Kurt. Lui si strinse nelle spalle. Con un po' di fortuna, quando quei due fossero arrivati loro potevano aver già messo le mani sul *Nighthawk*.

« Non sono convinta » disse Emma.

« E a me non interessa » insistette Gowdy. « Possono restare a Cajamarca in caso abbiate bisogno di loro, ma io li mando giù. »

A questo non poteva opporsi. « Va bene. C'è altro? »

« Vedete solo di fare presto » disse Gowdy. « Resta poco tempo. »

Kurt vide che i due si scambiavano un'occhiata. Anche tramite uno schermo video, anche a novemila chilometri di distanza, quello era palesemente uno sguardo d'intesa... la condivisione di qualcosa di non detto.

Senza un'altra parola Gowdy chiuse il collegamento.

Emma rimase in silenzio mentre lo schermo diventava nero.

Kurt continuò a guardarla. Era chiaro che lei gli stava nascondendo qualcosa – probabilmente su precise istruzioni di Gowdy – ma, come si suol dire, una bugia è pur sempre una bugia. E in quell'ambiente le bugie potevano farti ammazzare.

Trenta minuti dopo atterrarono a Cajamarca e Kurt uscì dall'aereo nell'aria frizzante di montagna. Cajamarca si trovava a oltre duemila metri di altitudine e in quel periodo dell'anno le temperature diurne erano intorno ai dieci gradi, un bel cambiamento dal calore umido subtropicale di Guayaquil. Inoltre il cielo era coperto e, come qualunque sciatore può confermare, la differenza tra nuvole e sole ad alta quota si fa sentire più che a livello del mare.

Kurt si infilò un maglione nero e scese la scaletta, quindi firmò il contratto di noleggio per una Range Rover Sport a trazione integrale color arancione metallizzato. L'auto era già lì sulla piazzola accanto all'aereo, dove sarebbe stato facile caricarla. Mentre Emma controllava il veicolo per verificare che non ci fossero microspie, Kurt entrò nel piccolo terminal dove vide due volti amici.

Paul e Gamay, che si trovavano sul *Catalina*, erano stati prelevati da un elicottero, poi avevano proseguito con un volo commerciale ed erano arrivati poco prima del jet della NUMA.

« Che piacere vedervi, ragazzi! » disse Kurt abbracciandoli con calore.

« Siamo felici di essere tornati a far parte dell'A-team » rispose Paul. « Non che non fosse divertente gettare a mare milioni di dollari di attrezzatura, ma non vediamo l'ora che venga usata per qualcosa di serio e non come diversivo. »

« Allora, andiamo a conoscere la tua nuova amica? » chiese Gamay, caricandosi lo zaino in spalla.

« Non ancora » rispose Kurt. « Piccolo cambio di programma. Ho un nuovo compito per voi. »

Sul volto dei due comparve un'espressione diffidente. Gamay lasciò cadere lo zaino a terra. « Cosa c'è? Dobbiamo andare a comprare dei maglioni d'alpaca? »

« Mi serve che facciate qualche ricerca » rispose Kurt. « Dovete scoprire tutto il possibile sul *Nighthawk*, e non mi riferisco alle solite informazioni di facciata. Ci nascondono qualcosa, qualcosa di grosso. »

« Cosa te lo fa pensare? » chiese Gamay. « A parte la tua diffidenza di fondo nei confronti della NSA? »

« Tanto per cominciare, sembrano in preda al panico » rispose Kurt. « È un'impressione che ho avuto fin dall'inizio. Perdere il *Nighthawk* sarebbe un brutto colpo, ma anche nella peggiore delle ipotesi chiunque lo trovasse entrerebbe in possesso di tecnologie che probabilmente sta già cercando di sviluppare. »

« È l'aereo più all'avanguardia che esista al mondo » gli fece notare Paul.

« *Era* » lo corresse Kurt. « Sono tre anni che vaga per lo spazio. E non è stato progettato e costruito in un giorno. Come minimo ha cinque o sei anni. Il progetto probabilmente risale a una decina di anni fa. Anche se i russi o i cinesi lo trovassero tutto intero, dovrebbero smontarlo, capire cosa c'è dietro a ogni componente e poi costruire impianti per riprodurre ciò che noi abbiamo già. Che *avevamo* anni fa. A quel punto noi avremo compiuto il successivo balzo tecnologico. »

Paul annuì. « Come rubare un'auto usata e vedere il proprietario che la rimpiazza con un modello nuovo. »

« Non avrei potuto esprimermi meglio » disse Kurt.

« È comunque un grosso danno » gli fece notare Gamay.

« A vedere le loro facce si direbbe che sia la fine del mondo. »

Gamay annuì, imitata da Paul.

« E non si tratta soltanto dei nostri amici della NSA. Anche i cinesi e i russi stanno facendo l'impossibile per trovarlo. »

« Se ti capita un'occasione per mettere le mani sulla tecnologia degli avversari non ti tiri indietro » disse Paul. « Noi lo abbiamo sempre fatto. Non posso biasimarli per questo. »

« Neanch'io » rispose Kurt. « Ma non si fa così. Esistono delle regole non scritte. Dei limiti che impediscono che si trasformi in una guerra aperta. Ma pare che qui nessuno li rispetti. I cinesi hanno tentato di ucciderci prima ancora che cominciassimo le ricerche e i russi hanno cercato di silurarci due volte. La seconda volta in superficie, sotto gli occhi di tutti. »

« Quindi la posta in gioco è più alta di quanto sembri » disse Paul.

« Il che è interessante, visto che è già alta in partenza » aggiunse Gamay.

Kurt annuì. « E noi siamo gli unici all'oscuro. Così non va

bene. Voglio sapere cosa ci nascondono. E voglio saperlo al più presto. Dovete scoprire tutto il possibile. Collegatevi con Hiram e Priya via satellite. Sono sicuro che loro riusciranno a trovare qualcosa.»

«E poi?» chiese Paul.

Kurt guardò l'orologio: lo aspettava un lungo viaggio per arrivare al sito archeologico. «Non avremo copertura satellitare lungo il percorso tra le montagne» rispose Kurt, «ma una volta arrivati lassù dovrebbe esserci segnale. Questo vi darà quattro ore di tempo.»

«Quattro ore per riuscire nell'impossibile» osservò Gamay.

Kurt si stava già avviando verso l'uscita del terminal. «È più di quanto vi conceda di solito.»

«Questo non vuol dire che sia sufficiente» gli gridò dietro Gamay.

Kurt spinse la porta e lasciò che si richiudesse alle sue spalle. Andò alla Range Rover e salì al posto di guida.

Emma lo aspettava sul sedile del passeggero. «I tuoi amici non vengono con noi?»

«Ho bisogno che controllino una cosa» rispose Kurt. «Ci raggiungeranno in elicottero con Joe, quando arriva.»

«Quindi ci aspetta un bel viaggetto romantico da soli tra le montagne» disse lei sogghignando.

Kurt sorrise e girò la chiave. Il motore registrato alla perfezione prese vita all'istante, una sinfonia per le sue orecchie. «Spero che tu abbia portato un cestino da picnic.»

«Una specie» rispose lei, sollevando il coperchio di una piccola scatola di plastica.

Kurt sbirciò all'interno. Vide un visore notturno, una pistola nove millimetri nera e una cintura con parecchi caricatori di riserva. Sotto a questi intravide un coltello da sopravvivenza e diverse cariche esplosive.

«Hai dimenticato il vino» disse lui.

«Quello è compito tuo» rispose lei, scherzando.

Kurt scoppiò a ridere. Non aveva portato il vino, ma il bagagliaio della Range Rover era pieno di attrezzatura da escursionismo e da pesca, caso mai fosse servita. Inoltre aveva portato la sua arma personale, una Heckler & Koch HK45 Tactical. Si trattava di una pistola semiautomatica calibro 45 dal peso contenuto; aveva una capacità di dieci colpi, una minitorcia sulla slitta inferiore e una tacca di mira con due riferimenti luminescenti ai lati.

Kurt aveva portato tre caricatori di riserva, ognuno con munizioni di tipo diverso. Il primo era caricato con proiettili a espansione a punta cava, il secondo con un mix di munizioni standard e traccianti, fabbricati appositamente per lui da un armaiolo suo amico. Le cartucce del terzo caricatore avevano proiettili di acciaio rivestiti da un sottile strato di titanio ed erano caricate con una miscela di polvere da sparo più potente: potevano viaggiare a velocità più elevate e l'incamiciatura di titanio riduceva la deformazione al momento dell'impatto.

Kurt non le aveva mai utilizzate, ma gli avevano detto che potevano perforare quasi tre centimetri di rivestimento corazzato o cinque centimetri di normale lamiera d'acciaio. Lo avevano anche avvertito che la pistola scalciava come un mulo quando le sparava. Sperava di non doverlo scoprire mai, ma erano già stati attaccati due volte e non gli andava di essere aggredito una terza senza poter rispondere per le rime.

Mise il cambio in « drive » e si allontanò dall'aereo.

« A cosa servono gli esplosivi? » chiese, cercando di orientarsi per trovare il punto da cui uscire dalla pista.

Lei chiuse il coperchio e mise via la scatola. « Se trovassimo il *Nighthawk* e non riuscissimo a portarlo fuori dalla giungla, ho l'ordine di far saltare tutta la parte elettronica e il sistema di propulsione. »

Aveva un senso, ma ora lui prendeva con le molle tutto quello che lei diceva. Dalle dimensioni delle cariche, calcolò che potessero avere più o meno la potenza di una granata.

« Dovrebbero bastare » osservò, uscendo dal varco. « Prossima fermata, La Jalca e la fortezza tra le nuvole. »

Daiyu osservava da una collinetta il SUV arancione che lasciava l'aeroporto. Il colore e la vernice metallizzata lo rendevano facile da individuare, specialmente contro il grigio della strada e delle montagne polverose.

Il veicolo varcò il cancello principale dell'aeroporto e prese verso est. Quando si spostò nella corsia di destra e imboccò la strada per le montagne, la donna abbassò il binocolo e afferrò la radio.

« L'obiettivo si sta muovendo » disse, parlando alla radio. « Ha preso la 88, come previsto. Lo seguiamo a distanza. Tenetevi pronti a intercettarlo. »

« Affermativo » rispose una voce.

Si agganciò la radio alla cintura e andò verso un'Audi 8 bianca. Jian sedeva al volante e la sua mole riempiva tutto il posto di guida dell'auto dalle linee eleganti.

Daiyu prese posto accanto a lui, richiuse la portiera con forza e fece un cenno con il capo. « Vai. »

26

Da Cajamarca la strada procedeva serpeggiando verso est, sempre più ripida man mano che si addentrava tra le montagne. All'inizio era asfaltata, ma poi il manto stradale divenne un misto tra ghiaia e terreno argilloso compattato. Quando Kurt si accorse che gli pneumatici facevano meno presa, ridusse la velocità. Continuarono a salire, tornante dopo tornante, entrando e uscendo dai banchi di nebbia.

Più salivano più faceva freddo. Arrivati a duemilaquattrocento metri incontrarono una pioggia leggera, a duemilasettecento si ritrovarono tra le nuvole. A duemilanovecento, sbucarono finalmente alla luce del sole.

Sulla sinistra comparve un'ampia vallata il cui fondo si trovava trecento metri più in basso. Oltre la valle si ergevano vari ordini di montagne dalle creste irregolari. La visibilità era di oltre trenta chilometri.

« Benvenuta sulle Ande » disse Kurt.

Da lì in avanti la strada procedeva abbarbicata al fianco della montagna. Diventava sempre più stretta e, in alcuni punti, era stata ricavata nella parete del dirupo, per cui le auto erano costrette a passare sotto una sporgenza di roccia.

Se il terreno sulla destra cambiava spesso, la vista sulla sinistra era sempre la stessa: nient'altro che uno strapiombo.

« Avrebbero potuto fare uno sforzo e mettere un guard-rail » osservò Emma.

« E rovinare il panorama? » rispose Kurt, ridendo.

Al posto di una barriera la strada sfoggiava un cordolo pitturato a sezioni alternate di bianco e di nero. Oltre al fatto che non avrebbe fermato neppure una macchinina giocattolo, sbatterci contro sarebbe stato come inciampare nella radice di un albero: bastava un niente per volare giù.

« Ritieniti già fortunata che questa non era una colonia inglese, altrimenti ci troveremmo a guidare su quel lato » aggiunse Kurt.

Il fianco della montagna si incurvava verso l'esterno e la strada seguì la curvatura, piegando in fuori e permettendo loro di vedere la direzione da cui erano venuti. Ora si trovavano sottovento e i pendii erano di un marrone fulvo punteggiato da arbusti rinsecchiti e rocce grigie. Il tutto collegato dal nastro zigzagante della strada.

Kurt azzardò un'occhiata veloce. Emma si spostò sul bordo del sedile per godere appieno del panorama.

« Secondo te c'è molto traffico su questa strada? » chiese lei con noncuranza.

« Non molto » rispose Kurt. « Nell'ultima ora abbiamo incontrato solo due camion e una vecchia jeep. Perché? »

« Vedo tre auto che ci seguono » disse Emma. « Due nere e una bianca. Dalla polvere che sollevano direi che viaggiano a una velocità parecchio superiore a quella che dovrebbero tenere. »

Kurt strinse la mascella. « Speravo ci fossimo lasciati alle spalle questi problemi. »

Emma frugò nel « cestino del picnic » posato davanti ai suoi piedi. Tirò fuori la Beretta, si accertò che fosse carica e tolse la sicura.

Kurt accelerò, ma non c'erano deviazioni prima dell'altopiano. Se le auto dietro di loro significavano guai, avrebbero dovuto affrontarle lì e subito.

Ci vollero parecchi minuti prima che i tre veicoli comparissero nello specchietto retrovisore. Tra la vibrazione provocata dal fondo stradale e la polvere che si sollevava dietro di loro era un'immagine confusa, ma a Kurt bastò. Le due auto nere stavano davanti, in formazione d'attacco, e l'auto bianca le seguiva a breve distanza. Tutte procedevano ad alta velocità in una nuvola di polvere.

« Eccoli che arrivano. »

Emma si tolse la cintura di sicurezza e abbassò il finestrino. Tenendo la Beretta posata in grembo, sporse fuori la testa per arrischiare un'occhiata. Riuscì a vedere ben poco dietro i vetri oscurati, ma quando un uomo si sporse dal finestrino del passeggero capì cosa stava per accadere.

L'uomo alzò una mitraglietta e aprì il fuoco. Emma si acquattò dentro la Rover mentre una serie di minuscole esplosioni si rincorsero sul pendio polveroso alla loro destra. I primi colpi li mancarono, ma una seconda raffica colpì lo specchietto retrovisore dalla parte del guidatore mandandolo in frantumi.

« E io che sognavo una tranquilla gita nella natura! »

Kurt pigiò sul pedale dell'acceleratore. Il motore sovralimentato rispose con un ruggito e la Range Rover fece un balzo in avanti.

Per un attimo parve che si fossero lasciati i nemici alle spalle, ma anche le auto che li seguivano erano modelli a elevate prestazioni. Avevano tutta la potenza necessaria e presto ridussero la distanza.

Kurt si abbassò sul volante mentre un'altra raffica di proiettili crivellava la carrozzeria. Uno fece scoppiare il fanale di coda, un altro colpì il lunotto posteriore trasformandolo in una ragnatela di crepe attraverso la quale era impossibile vedere.

Emma si sporse dal finestrino per rispondere al fuoco. Colpì più volte la prima BMW, ma questa si spostò sul lato di Kurt, e lei non riuscì più a vederla.

Tornò a sedersi e puntò l'arma contro il lunotto posteriore. « Copriti le orecchie. »

Impossibile, ma Kurt apprezzò comunque il pensiero. Emma aprì il fuoco facendo volare fuori quanto restava del lunotto posteriore con il primo colpo e scaricando il resto del caricatore sulla prima auto inseguitrice. Per un attimo questa rimase indietro, poi ricomparve.

Kurt estrasse la .45 dalla fondina ascellare e la porse a Emma. « Prova con questa. »

Emma la prese e mirò. Il primo colpo per poco non la sbatté giù dal sedile. Lei si raddrizzò e sparò altri tre colpi.

I proiettili blindati colpirono nel segno. Dal blocco motore colpito esplose una nuvola di fumo e vapore mentre il radiatore andava in mille pezzi. L'auto sterzò verso lo strapiombo e poi verso il lato opposto, impennandosi contro il fianco della montagna, cappottandosi e scivolando giù per la strada fino a fermarsi a un passo dal burrone.

Le altre auto la sorpassarono lasciandosela alle spalle.

«Mi piace questa» disse Emma, urlando per farsi sentire. «Posso tenerla?»

«Sbarazzati delle due auto e sarà tua.»

Emma si infilò tra i sedili per arrivare a quello posteriore e avere una visuale migliore dalla quale sparare, mentre Kurt ce la metteva tutta per fare di loro un bersaglio sfuggente. Teneva il pedale dell'acceleratore schiacciato il più a lungo possibile lanciandosi a tutta velocità verso la curva successiva, dava un colpetto di freno un attimo prima di sterzare e quindi tornava a schiacciare l'acceleratore.

In una curva interna sbatterono contro una roccia a sbalzo che provocò una grossa ammaccatura nel tetto. Poi fu la volta di una curva secca esterna che arrivò molto prima che Kurt si aspettasse. Lui frenò di colpo e la Rover cominciò a slittare.

Kurt alleggerì la presa sul volante e sollevò il piede dall'acceleratore. Aveva partecipato a gare di fuoristrada sia con auto che moto da cross: sapeva che per uscire da una curva come quella ci voleva potenza da scaricare sulle ruote.

Rasentarono il ciglio della strada, sbandando e rischiando di ribaltarsi. Dalla sua posizione Kurt riusciva a vedere soltanto il precipizio e non un solo centimetro di strada, come se fossero già oltre il cordolo e stessero volando. Ma poi il grosso battistrada fece di nuovo presa sul terreno, gli pneumatici spararono ghiaia e la Rover tornò con un balzo verso l'interno della curva.

«C'è mancato poco» urlò Kurt. «Stavamo per scoprire se l'uomo è fatto per volare.»

Emma non rispose. C'era così tanto rumore dentro la Rover che non lo udì. Era appollaiata sul sedile posteriore, e impugnava la .45 con entrambe le mani, come fanno i poliziotti.

Le auto erano rimaste indietro: i guidatori non erano disposti ad affrontare le curve a tutta velocità. Invece di farsi sotto immediatamente come avevano fatto prima, questa volta mantennero la distanza.

Poi Emma vide il passeggero uscire con tutto il busto dal tettuccio della prima auto e tirare fuori una lunga arma con l'estremità a punta.

«Più veloce» gridò.

«Non posso andare più veloce di così» rispose lui.

«Più veloce, Kurt! Hanno un lanciarazzi!»

A bordo della Audi bianca, Daiyu vide gli americani accelerare e sbandare a destra e a sinistra nel tentativo di presentare un bersaglio sfuggente. «Ci siamo» disse sottovoce. «Accelera.»

Premette un tasto della cuffia che indossava. «Stagli addosso» ordinò. «Stagli più addosso.»

«Non abbiamo possibilità» rispose uno dei membri della squadra.

«Non ha importanza» rispose Daiyu. «Spingeteli al limite. Ci siamo quasi.»

L'auto davanti a loro accelerò e Daiyu cambiò canale. «Trenta secondi» disse. «Tenetevi pronti.»

«Pronti» rispose una voce.

«Fate saltare il ponte appena escono dal tunnel.»

Kurt era quasi incredulo di essere ancora vivo. Purtroppo davanti a loro incombeva un lungo tunnel diritto, dove un tratto di strada era stato intagliato nel fianco della montagna. La roccia soprastante scendeva sulla sinistra e presto la strada divenne buia.

«Si stanno di nuovo facendo sotto» disse Emma quando la prima auto cominciò ad accorciare le distanze.

«Lo vedo» rispose Kurt.

«La strada si restringe.»

«Vedo anche questo.»

Emma posò la .45 ormai scarica e afferrò la Beretta, espulse il caricatore vuoto e ricaricò. Kurt teneva il pedale a tavoletta e la Rover correva rombando attraverso il tunnel. Il rombo dei motori riecheggiava sulle pareti. Dei fari risplendevano dietro di loro, e in lontananza comparve la luce del giorno. Emma si aspettava di vedere da un momento all'altro la fiammata del razzo venire verso di loro.

E invece sbucarono di nuovo nella luce del sole ancora tutti interi. La parete alla loro destra si trasformò nel pendio di una collina e la strada prese a scendere verso un ponte di ferro su una stretta voragine, che pareva risalire agli anni Quaranta o Cinquanta. Mentre puntavano a tutta velocità verso di esso, lungo il ponte ci fu una serie di piccole esplosioni seguite da due più forti alle due estremità.

Il ferro si piegò, i rivetti cedettero e il ponte si deformò collassando su se stesso un attimo prima di precipitare nel burrone.

Viaggiando a tutta velocità, in leggera discesa e su un terreno sconnesso, Kurt capì immediatamente che non sarebbero mai riusciti a fermarsi in tempo.

Pigiò sul pedale del freno riducendo la velocità del cinquanta per cento, poi sterzò su per il terrapieno, sbandando, sobbalzando e rischiando di far capottare la Range Rover.

Ora che procedeva in salita, la Rover perse rapidamente velocità e Kurt riprese il controllo della vettura. Quella che era stata una manovra disperata per evitare un tuffo ad angelo dai trecento metri si rivelò una possibile via di fuga.

Inserì un rapporto inferiore e continuò a salire. Con abile tocco si allontanò dal burrone e attraversò il pendio in diagonale. La trazione integrale permise loro di proseguire sul terreno irregolare, ora pietrisco, ora rocce e cespugli spinosi che crescevano aggrappati al pendio.

Emma si teneva saldamente al sedile posteriore. La salita era così ripida che temeva di scivolare fuori dall'abitacolo. Ma il motore della Rover teneva il peso sull'avantreno e, ogni volta che Kurt sentiva le ruote anteriori perdere aderenza, sollevava per un attimo il piede dall'acceleratore finché il peso del motore aveva la meglio e le ruote artigliavano di nuovo il terreno.

Stavano ancora risalendo la collina quando i loro inseguitori uscirono dal tunnel a velocità molto ridotta. Emma li vide fermarsi in mezzo alla strada e guardare in alto.

Sulle prime parvero confusi e l'uomo che teneva il lanciarazzi si mise in posizione e mirò, puntellandosi contro il bordo posteriore del tettuccio.

Emma fu più veloce: puntò la Beretta e scaricò una pioggia di proiettili su di loro. Svuotò l'intero caricatore, colpendo ripetutamente entrambe le auto e centrando alla spalla l'uomo con il lanciarazzi.

Colpito dal proiettile, l'uomo ruotò su se stesso e premette il grilletto.

La granata partì e la scia di fumo si allungò verso l'alto, tracciando una linea retta dalla strada direttamente sopra il tetto della Range Rover fin dentro la cresta di roccia sopra di loro. La granata esplose tra le formazioni di roccia erose dagli elementi.

La montagna tremò e una lunga sezione della cresta si staccò e cadde rotolando verso di loro.

Kurt girò il volante, aumentando l'angolo di risalita e lottando contro la forza di gravità. Non poteva fare di più senza rischiare di far cappottare il veicolo, ma anche quello sarebbe stato sempre meglio che rimanere schiacciati sotto una frana.

Pietre grandi quanto un pugno rotolarono verso di loro, andando a sbattere contro le portiere e mandando in frantumi i finestrini. Vennero ingoiati da una nuvola di polvere e ne uscirono giusto in tempo per vedere metà montagna crollare con un rombo alle loro spalle.

Dal sedile del passeggero dell'Audi bianca Daiyu guardava in su mentre il tuono provocato dall'uomo echeggiava nel canyon. Quando il fumo dell'esplosione si diradò, lei percepì un movimento ma non era la Rover degli americani che rotolava giù avvolta dalle fiamme, era la montagna. Una gigantesca massa di pietrisco e pietre più grandi stava precipitando verso di loro, velocissima.

« Vai! » urlò Daiyu.

Jian inserì la retromarcia, voltandosi per manovrare. Con un gemito della trasmissione l'auto schizzò all'indietro. Mentre sparivano a tutta velocità dentro il tunnel, una pioggia di sassi colpì il cofano.

Il guidatore della BMW non reagì con altrettanta prontezza. Anziché partire in retromarcia cercò di girare. L'auto aveva appena iniziato a muoversi quando la parte centrale della frana sommerse la strada come uno tsunami di pietre e sabbia. Colpì con una velocità sorprendente, scaraventando la macchina giù dalla scarpata come un giocattolo scagliato giù dal tavolo con una manata.

La frana continuò ancora per qualche minuto. Prima si fermarono le rocce più grosse, ma sabbia e pietrisco continuarono a cadere, ostruendo l'ingresso del tunnel, finché la polvere saturò l'aria e non si riuscì a vedere più nulla, a parte un debole raggio di luce proveniente dal muso della Audi.

Su in alto, Kurt ed Emma erano riusciti a schivare la frana, evitando il peggio. Continuarono a salire finché non incrociarono di nuovo la strada, su cui si immisero con un ultimo sforzo.

« Non credevo che saremmo sopravvissuti » dichiarò Emma.

Ora che si trovavano di nuovo stabilmente in piano, Kurt si fermò a guardare indietro. « Non mi è mai passato per la mente. »

« Pensi che ce li siamo tolti di torno? »

Guardando in giù, Kurt non vide altro che un'impenetrabile nube di polvere. « Non ne ho idea » rispose. « Ma in un modo o nell'altro, non cambia nulla. Anche se fossero morti, presto dovremo vedercela con gli altri. »

Mentre Emma tornava sul sedile anteriore, Kurt diede un colpo col palmo della mano al parabrezza, ormai ridotto a una ragnatela di crepe. Cadde a terra, scivolando fuori dai montanti come un foglio di carta stropicciato. Adesso che poteva vedere di nuovo chiaramente, Kurt indossò un paio di occhiali da sole, mise il cambio in « drive » e partì.

Si trovavano a una trentina di chilometri da La Jalca e non avevano un minuto da perdere.

27

Kurt affrontò il resto del tragitto a velocità ridotta perché le sospensioni rimaste danneggiate durante la salita ora gemevano sempre più, chilometro dopo chilometro. Un'ora più tardi si stavano avvicinando alle rovine.

« Ecco il bivio » disse Emma.

Kurt abbandonò la strada. Il nuovo tracciato era poco più di due solchi nel terreno, con una lunga striscia d'erba che cresceva al centro, alta fino alle ginocchia. La pista li portò in una valle che si restringeva verso il fondo, tra greggi di animali al pascolo e terrazzamenti coperti di ricche coltivazioni. Questo faceva supporre che ci fosse una grande comunità nelle vicinanze, ma Kurt non vide case.

Mentre si addentravano nella valle, le creste e i picchi diventarono più alti e la gola più stretta. Quando in lontananza comparve un accampamento di tende, Kurt si fermò e parcheggiò.

« Propongo di proseguire a piedi » disse. « Non voglio incominciare spiegando come mai il nostro veicolo è in quelle condizioni. »

Emma scoppiò a ridere. « Tanto vale che cominci a prepararti un bel discorsetto: prima o poi dovrai riportarlo indietro. »

Scesero dalla Rover malconcia, si misero gli zaini in spalla e intrapresero la breve passeggiata.

A piedi, senza il tetto del SUV che interferiva, la vista era spettacolare. Gli scavi erano concentrati nell'estremità cieca di un canyon a fessura. Tre picchi dominavano il paesaggio, altissimi sopra la cresta che li collegava. Le pareti a strapiombo erano crivellate da caverne e caratterizzate da diversi strati di costruzioni. Erano anche coperte da una intelaiatura di funi verticali e orizzontali. Un altro gruppo di corde si estendeva attraverso il cielo come cavi elettrici, attraversando il canyon da un picco all'altro.

«Accidenti, che struttura» osservò Kurt.

Emma annuì senza parlare. Per lei il canyon era troppo stretto e angusto, esattamente il posto in cui un pistolero del Far West avrebbe potuto essere circondato e cadere in un'imboscata. Si tenne vicina a Kurt, ben sapendo che se qualcosa fosse andato storto la Beretta nello zaino non sarebbe stata facile da prendere.

Mentre si avvicinavano, dalle tende uscì un gruppo di uomini che andarono loro incontro. Si fermarono in mezzo al sentiero, a braccia conserte e labbra tese, strizzando gli occhi.

«*Hola*» disse Kurt, porgendo la mano al più vicino. «Mi chiamo Kurt Austin. Vorrei parlare con Urco, se possibile.»

Il primo uomo rimase immobile come una statua. Era più basso di Kurt ma ben piazzato, con braccia e spalle muscolose. Era diverso dai peruviani che Kurt aveva conosciuto: più grosso e più basso, con il volto più largo. Più indigeno, meno europeo. La pelle era più scura, con una sfumatura color rame, e gli occhi sembravano più grandi.

Non rispose alle parole di Kurt, né gli strinse la mano.

Kurt abbassò il braccio e si voltò verso Emma. «Forse è meglio se ci provi tu.»

Lei ripeté il saluto in spagnolo, aggiungendo qualcosa sul fatto che erano interessati all'archeologia e ai Chachapoya, e che avevano letto di Urco su Internet.

Nel sentire questo, gli uomini si misero a parlare tra loro, poi il tipo grosso annuì. «*Me llamo Vargas*» disse, distendendo le braccia e indicando la cima del dirupo. «Urco» disse, e poi aggiunse, in inglese: «Lassù».

Vargas li condusse alla base della parete di roccia da cui penzolavano diverse funi.

«Le arrampicate non sono il mio massimo» disse Emma. «Se non ti dispiace io aspetto qui.»

La prospettiva di arrampicarsi per cento metri e più non entusiasmava neppure Kurt. «Non è che può scendere lui?» chiese.

Vargas si limitò a fissarlo.

« Come non detto. »

Gli consegnarono una imbragatura di sicurezza e lo accompagnarono alla fune più vicina, dove Vargas gli porse un paio di logori guanti da lavoro. Erano troppo grandi e troppo lisci, di certo non adatti per stringere una fune di nylon.

« Per salire? » chiese Kurt, mimando il gesto di portare una mano sopra l'altra.

Vargas scosse la testa. « No... volare. »

Piazzò le mani di Kurt sulla fune, quindi assicurò l'imbragatura con un moschettone a un gancio.

Kurt capì immediatamente cosa stava per succedere. Si aggrappò alla fune mentre Vargas allentava una morsa di ghisa collegata a una seconda fune.

Un contrappeso bloccato in alto cominciò a cadere e Kurt – la cui fune era attaccata a quel peso per mezzo di una puleggia – fu sollevato dal suolo e tirato verso l'alto.

Dopo il brusco lancio iniziale la salita proseguì più tranquilla.

Kurt passò davanti a piccole abitazioni ricavate dentro ad aperture scavate nella roccia. Gli ambienti erano vuoti a parte le scale a pioli che portavano da un livello all'altro.

Sopra questi, superò una fila di figure scolpite nella roccia viva: assomigliavano a uccelli, ma avevano teste più grandi e corpi e fattezze umane. Gli ricordarono i geroglifici egizi.

Più in alto, dentro a nicchie e aperture più piccole, vide dei corpi mummificati e delle armi, lance e mazze ferrate. Erano i luoghi di sepoltura dei guerrieri Chachapoya.

Si stava avvicinando al paranco che gli aveva permesso di salire così in fretta quando Vargas agì sul freno. Kurt fu fermato a tre metri dalla cresta. Una scala a pioli fissata alla parete di roccia alla sua destra permetteva di compiere il resto del tragitto.

« Fin qui c'è arrivato » tuonò una voce da sopra. « Ora viene la parte più difficile. »

Kurt guardò in su e vide spuntare una faccia. Era coperta di rughe, segnata dagli anni passati sotto il sole, con capelli scuri e ispidi e una barba grigia folta come il vello di una pecora. Gli occhi, scuri ed esultanti, erano puntati su Kurt. L'uomo ridacchiò e indicò la scala.

« Lo vedo » disse Kurt.

« E capisce il dilemma? »

Kurt lo capiva. La scala si trovava un metro oltre la sua portata. E se anche fosse riuscito ad allungarsi fino a toccarla, avrebbe dovuto staccare l'imbragatura di sicurezza dalla fune per passare ai pioli inferiori.

Guardò in basso per un istante e subito si pentì di averlo fatto. « Adesso capisco cosa provano i lavavetri della Freedom Tower di New York. »

Fece ondeggiare i piedi verso la scala, li tirò indietro nella direzione opposta, poi li slanciò di nuovo. La fune cominciò a muoversi, oscillando da un lato all'altro. Alla terza oscillazione Kurt si allungò e si aggrappò all'intelaiatura di metallo della scala. Avvicinandosi posò il piede, avvolse un braccio intorno al piolo più vicino, quindi sganciò l'imbragatura. Tenendo lo sguardo verso l'alto, salì fino in cima e si issò sul terreno solido.

L'uomo con la barba grigia gli fece un lieve inchino. « Congratulazioni. La maggior parte delle persone impiega parecchi minuti per capire come fare. E a quel punto, molte sono riluttanti a mollare la fune. Anzi, un giornalista che è venuto a intervistarmi l'anno scorso si è rifiutato. Ha farfugliato qualche domanda lì appeso e poi ha chiesto di essere riportato giù il più in fretta possibile. »

L'uomo si fece una gran risata.

Kurt rise con lui e si voltò ad ammirare il paesaggio. Si trovavano su una piattaforma alta nel cielo, il punto più alto nel raggio di chilometri. A est e a nord si apriva una grande valle mentre a ovest si vedevano le creste seghettate di una serie di montagne più basse.

« Quel giornalista si è perso tutto questo » disse. « Mi ricorda un posto chiamato Eagle's Nest, in Colorado. »

« C'era un tempo in cui le aquile facevano il nido quassù » disse l'uomo. « Un tempo molto lontano. »

Kurt notò che l'uomo parlava inglese molto meglio di Vargas. « Visto che lei è l'unico quassù, suppongo sia Urco. » Gli porse la mano. « Kurt Austin. »

L'uomo guardò la mano tesa di Kurt e gli rivolse un sorriso

imbarazzato. « Urco » disse, senza muoversi. « Piacere di conoscerla. »

Per la seconda volta Kurt fu costretto a ritirare la mano. « Non amate le strette di mano da queste parti, vero? Cos'è, un'abitudine locale di cui non sono a conoscenza? »

Urco scosse il capo. « Temo che siamo... come dire... germofobi. »

« Davvero? » rispose Kurt. « Vivete in mezzo alla natura selvaggia, scavate nella terra, disseppellite morti e avete paura dei germi? »

« So che può suonare strano » rispose Urco, « ma in un certo senso sono proprio quei corpi ad ammonirci di essere diffidenti. Queste abitazioni e queste camere di sepoltura sono le ultime roccaforti dei Chachapoya. Hanno resistito per secoli contro la potenza degli Inca. Hanno persino resistito ai conquistadores dopo che Pizarro e i suoi centosessantotto uomini sconfissero Atahualpa e i suoi seimila guerrieri inca. Purtroppo quello successivo era un nemico che non potevano sconfiggere. »

« Le malattie? » chiese Kurt.

Urco annuì. « Il vaiolo. Devastò gli insediamenti, uccidendo quasi tutti quelli che incontrava. Quelli che restarono morirono. Quelli che fuggirono portarono la malattia con sé, diffondendo l'epidemia negli altri villaggi. Ho trovato delle scritte che descrivono un viaggiatore che torna a casa in un villaggio di duemila persone e non trova più nessuno vivo. I più erano morti in maniera orribile, coperti di pustole. Altri si erano uccisi tra di loro quando era iniziato il caos... come sempre accade quando viene a mancare l'ordine sociale. »

Urco fece un ampio gesto con le braccia a indicare quanto stava intorno a loro. « Un tempo questo luogo era una nazione. E in breve tempo scomparve. »

Kurt annuì. Conosceva le impietose statistiche. Le malattie portate dagli europei avevano colpito duramente il Nuovo Mondo, e il Sud America aveva subito la sorte peggiore. Secondo molti esperti, vaiolo, influenza e morbillo avevano sterminato il novantacinque per cento della popolazione indigena.

Urco proseguì. « Gli uomini e le donne che lavorano a questo progetto discendono dai Chachapoya. Alcuni sono di sangue quasi puro. Altri, come me, possiedono un misto di geni europei e indigeni. Ovviamente, non abbiamo realmente paura delle malattie, ma evitare il tocco degli stranieri è un modo per rammentare a noi stessi quanto è accaduto ai nostri avi.»

«Le garantisco che mi sono sottoposto a tutte le dovute vaccinazioni» disse Kurt.

Urco lo fissò per un istante, poi scoppiò a ridere. Fece cenno a Kurt di avvicinarsi e sedette, appoggiandosi a un leggero rialzo del terreno che fungeva da sedile naturale, anche se di roccia. Vicino a lui c'era un computer portatile da cui usciva un cavo che lo collegava a un'antenna puntata a nordovest con un'angolazione praticamente orizzontale col terreno.

Kurt riconobbe l'antenna: era di quelle che vengono utilizzate per le comunicazioni via satellite. «Controlla la posta?»

«A dire il vero sì» rispose Urco. «Il satellite che utilizziamo in questa stagione è molto basso all'orizzonte. Dal fondovalle è impossibile ricevere il segnale. Così vengo quassù ogni giorno. Qualche volta anche due volte al giorno. Ai miei uomini dico che vengo a parlare con gli dei, e loro mi ricordano di controllare la carica della batteria, altrimenti gli dei potrebbero non sentirmi.»

«Sono davvero colpito» disse Kurt. «Suppongo che tutte queste funi servano a impedire che danneggiate i siti degli scavi.»

«In parte» rispose Urco. «Il sito è di proprietà del governo peruviano che non ci permette di mettere piede nelle aree di sepoltura, cosa con cui concordo. Di conseguenza, siamo costretti a scoprire tutto quello che possiamo guardando da fuori. Questo significa restare sospesi a mezz'aria come acrobati. Devo ammettere che talvolta rende le cose difficili, specialmente quando si alza il vento, come accade spesso. Ma dopo un po' diventa naturale.»

Kurt si guardò attorno. Le tre alte vette intorno alla valle sembravano le punte di una corona dentellata. Sulla parete di ogni picco riconobbe dei sistemi di corde e carrucole uguali a quello che lo aveva portato lì. L'intelaiatura di funi era separata da questi, mentre un terzo gruppo di cavi correva teso da una vetta all'altra. Da quella più alta a quella di mezzo, da quella di mezzo a quella più bassa, e da lì al campo.

Le robuste funi ricordavano a Kurt quelle dei campi avventura che richiamano turisti in ogni parte del mondo.

« I suoi uomini usano quelle funi per passare da una vetta all'altra » osservò Kurt.

« Esatto » disse Urco. « Consentono di spostarsi rapidamente da una cresta all'altra senza dover scendere e risalire. Io compio il circuito almeno due volte al giorno, per sorvegliare i lavori. Si può procedere solo in un senso, ovviamente, perché quelle creste sono più basse di questa. Ma è elettrizzante. »

« Lo immagino » disse Kurt. « Mi piacerebbe provare. »

« Prego, faccia pure » rispose Urco. « Ma qualcosa mi dice che non è venuto fin qui per parlare di corde e di funi. »

« No » ammise Kurt. « Sono in cerca di informazioni. Ma non sono un giornalista. Lavoro per il governo americano, per un'agenzia che si chiama NUMA. »

« Ah, sì. La conosco. »

« Davvero? »

« Quando il tuo lavoro dipende dalle sovvenzioni, arrivi a conoscere bene tutte le organizzazioni governative del mondo. Negli ultimi dieci anni ho fatto richiesta a ogni dipartimento di ogni agenzia di ogni paese del Nord e del Sud America. Almeno, così pare. Ho fatto più volte richiesta di finanziamenti alla NUMA, ma me li avete sempre negati. »

« Deplorevole » bofonchiò Kurt.

Urco rise. « Non si preoccupi. Fa parte del gioco. Ma mi dica, perché un ente che studia il mare dovrebbe essere interessato alle montagne del Perù e ai popoli che le abitavano? »

« È complicato » rispose Kurt. « L'altra notte, lei ha postato il video di un meteorite che attraversa il cielo. Noi vorremmo saperne di più. Può dirmi cosa ha visto? Cosa è accaduto esattamente? In che direzione stava guardando? »

« Era mattina presto » disse Urco. « Io mi alzo sempre prima dell'alba. Il sorgere del sole è la mia forza. Quella mattina dovevamo filmare una nuova camera sepolcrale che avevamo scoperto. Stavo controllando le videocamere per assicurarmi che le batterie fossero cariche. Mentre facevo le solite verifiche, ho alzato gli occhi e ho visto una luce nel cielo. Sulle prime ho pensato fosse una stella, ma si muoveva velocissima. Avevo la telecamera in mano, l'ho puntata e ho filmato. Una circostanza fortunata e del tutto casuale. Non sono neppure certo che il video fosse a fuoco.»

«Era leggermente sfocato» ammise Kurt, «ma non troppo, considerate le circostanze. In che direzione è andata?»

Urco indicò il nord. «Veniva da quella parte, è passata sopra la radura e ha proseguito verso sud.»

La finestra temporale corrispondeva, ma la direzione sembrava sbagliata. Hiram però aveva detto che l'ala destra del *Nighthawk* appariva danneggiata e questo avrebbe potuto spiegare la deviazione di rotta.

Kurt scelse le parole seguenti con cura. Urco era evidentemente dotato di grande intelligenza, un uomo di mondo, anche se le persone che lavoravano per lui erano piuttosto semplici. Kurt aveva scoperto che con le persone come lui la verità era più efficace delle bugie, anche le più attentamente costruite. «E se le dicessi che non era un meteorite, quello che ha visto quella mattina?»

Il volto di Urco si increspò, accentuando le rughe e muovendo la barba, senza però manifestare alcuna particolare emozione. «Mi trovo d'accordo con lei» disse. «Quassù si vedono spesso stelle cadenti. Non ci sono luci che ci abbaglino. Ho postato quel video per scherzo, ma col passare delle ore non riuscivo a smettere di pensarci. Devo ammettere che in seguito ho cominciato a pensare che si trattasse di qualcosa di più grande e più vicino. Più basso sulla terra, credo.»

«Lo credo anch'io» disse Kurt. «Sono convinto che lei abbia visto un veicolo spaziale sperimentale americano che rientrava nell'atmosfera e che è finito fuori rotta. Noi – per noi intendo dire la NUMA e il governo degli Stati Uniti – siamo molto interessati a trovare il luogo dell'impatto. Se ci aiuta posso garantirle che non le verrà mai più rifiutato un finanziamento.»

Urco annuì come se stesse valutando la cosa. «Forse possiamo aiutarci a vicenda» rispose. «Ha mai sentito parlare della mia teoria?»

«Temo di no» rispose Kurt.

Urco non si offese. «Si chiama 'teoria dell'onda di civilizzazione' e prende spunto dal concetto di catastrofismo, secondo il quale una nuova forma non può prosperare finché quella esistente e dominante non si estingue. I mammiferi, che oggi dominano il pianeta, per i primi cento milioni di anni della loro esistenza non sono stati altro che insignificanti roditori. Sono sopravvissuti soltanto perché i dinosauri non avevano alcun interesse per loro. Ma l'impatto del meteorite di Chicxulub decretò la fine dei dinosauri. In un batter d'occhi la situazione tornò in equilibrio, anzi, si spostò a favore dei piccoli animali a sangue caldo dotati di pelliccia. Da qui ebbe inizio l'ascesa dei mammiferi.»

Kurt annuì.

«La mia teoria sostiene che la civiltà cambia nello stesso modo. Niente di nuovo può sorgere finché il vecchio potere dominante non viene spazzato via. Solitamente da una catastrofe che esula dal suo controllo.»

«Ad esempio?»

«Lei che è un uomo di mare conoscerà le circostanze del crollo improvviso della civiltà minoica.»

«Certo» rispose Kurt. «Dopo aver dominato il Mediterraneo per secoli, i minoici furono indeboliti dallo tsunami che colpì la loro isola dopo l'eruzione di Santorini.»

«Esattamente» disse Urco. «Ma non furono annientati. Tennero duro per secoli, anche se indeboliti. Il risultato, però, fu un cambiamento della situazione, che favorì altre civiltà della regione. La civiltà micenea in particolare. Cosa che non sarebbe mai accaduta se non fosse stato per quel cataclisma.»

Kurt annuì di nuovo.

«La stessa cosa la vediamo qui» proseguì Urco. «In origine i Chachapoya erano più potenti degli Inca, ma furono colpiti da un evento catastrofico esterno, anzi, due.»

Kurt si mise comodo. Adorava le lezioni di storia. «In che senso?»

« Alla fine furono le malattie » ammise Urco, « ma ben prima di queste il popolo dovette affrontare un'altra catastrofe, le cui testimonianze si possono trovare in uno specchio d'acqua conosciuto come Lago dei Condor, a un'ottantina di chilometri da qui. »

Kurt ricordava di aver letto qualcosa a proposito del Lago dei Condor quando aveva consultato il sito web di Urco. « Ci sono rovine Chachapoya anche là. »

« Infatti » convenne Urco. « Molte rovine nelle pareti rocciose tutto attorno. Tutti ne sono a conoscenza. Ma quello che ho scoperto io è diverso. La prova che un tempo sul fondo della valle prosperava un grande insediamento che si estendeva da una parte all'altra e tutto su fino alle colline. »

« Questo non lo sapevo » disse Kurt.

« Lo sanno in pochi » affermò Urco. « In migliaia vivevano entro le mura di questa città, che per i tempi era grandissima. Erano protetti da una forte casta di guerrieri, che possedevano alcune delle armi più evolute per quei tempi. Quegli uomini non avevano paura di nessuno e per parecchi secoli i Chachapoya furono il potere dominante della regione, rispettato da tutti gli altri gruppi. Ma poi il disastro si abbatté su di loro. »

« Cosa accadde? »

« La città era costruita in una zona protetta. Riceveva l'acqua dallo scioglimento delle nevi e da un lago, su in alto tra le montagne » spiegò Urco. « Nell'ottavo secolo un fortissimo terremoto liberò di colpo tutto il contenuto del lago. Un muro d'acqua alto quindici metri si abbatté sulla città nel cuore della notte e la sommerse. La gente rimase intrappolata. Morirono in migliaia. Il diluvio universale senza alcun avvertimento da parte di Dio. Pompei senza la cenere. Allo spuntare del giorno non restava più nulla. Le ricchezze. I guerrieri. La città. Il regno dei Chachapoya, indistruttibile al tramonto, la mattina era stato spazzato via. E come conseguenza gli Inca iniziarono la loro leggendaria ascesa. »

Kurt non sapeva se quella storia avesse un reale fondamento, ma la trovava affascinante. « Ci furono sopravvissuti? »

« Qualche centinaio » rispose Urco. « Quelli che vivevano più in alto, sulle colline. Quando cercarono di ricostruire la loro civiltà fecero le cose diversamente, realizzando le abitazioni dentro le pareti di roccia, anziché sul fondo della valle, dove si sentivano più al sicuro da futuri disastri. Inizialmente fu una scelta dettata dal ragionamento, ma con il passare del tempo divenne il loro stile di vita, la loro religione. Diventarono 'il popolo delle nuvole'. »

« Non posso biasimarli » osservò Kurt.

« Infatti. Chi avrebbe potuto dormire nel fondo della valle dopo essere sopravvissuto a una notte come quella? »

« Sembra che lei abbia studiato a fondo la vicenda » disse Kurt. « Per cosa le serve il nostro aiuto? »

« Per dimostrarlo. »

« Esplorando il lago » gettò lì Kurt.

Urco annuì. « Il governo peruviano mi ha concesso un permesso ma ha respinto ogni mia richiesta di finanziamento o aiuto. A loro conviene non offuscare il fascino e la potenza degli Inca. E a me mancano i fondi per organizzare una spedizione subacquea in autonomia. Ma le assicuro che in fondo al lago c'è una città sommersa come nessuno ha mai visto. »

Kurt era attratto dall'idea di scoprire qualcosa che avrebbe cambiato la storia universalmente accettata, ma ora aveva un problema più pressante. « Sono sicuro che troveremo un accordo » disse. « Lei aiuta me, io aiuterò lei. »

Urco si massaggiò la barba incolta. « Speravo si potesse fare viceversa. »

« Il problema è il tempo » disse Kurt. « Prima di ogni altra cosa, io devo trovare questo aereo scomparso. Non lo dico così per dire, ma finché non troviamo quell'aereo qui tutti sono in pericolo. »

Urco gli rivolse uno sguardo penetrante. « Perché mai *noi* dovremmo essere in pericolo? »

« Perché la NUMA non è l'unica a voler ritrovare l'aereo scomparso. Lo stanno cercando anche agenti di diversi altri paesi. Hanno già tentato più volte di uccidere me e la mia collega. Anche mentre venivamo qui. »

« Mentre venivate qui? » ripeté Urco, guardingo.

« Siamo stati attaccati lungo la strada » rispose Kurt.

« Potrebbero avervi seguiti. »

« No, a meno che non sappiano volare » rispose Kurt. « Ma arriveranno altri. E non sono il genere di persone con cui si possono fare accordi. Pur di avere quello che cercano non esiteranno a torturare o uccidere chiunque si trovi qui. »

Urco sospirò e distolse lo sguardo. « Gli uomini egoisti sono capaci di qualunque cosa » disse. « Le mie ricerche hanno dimostrato che è nella nostra natura combattere e sopraffare. Ma in che modo aiutarvi potrebbe proteggerci? Non sarà più probabile che questi altri gruppi ricorrano alla violenza se scoprono che noi abbiamo preso le vostre parti? »

« A loro interessa soltanto l'aereo scomparso » rispose Kurt. « Una volta trovato quello, non avranno motivo di restare qui. Il pericolo sarà passato. »

Urco rifletté a lungo sulle parole di Kurt. Alla fine tornò a guardarlo negli occhi. « Ai piccoli popoli non viene niente di buono quando si mettono in mezzo a grandi potenze. Meglio che questa cosa venga trovata e portata via, in modo che noi possiamo andare avanti con la nostra vita. »

« Quindi ci aiuterà? »

« Lo farò. Cosa vi serve? »

« Soltanto che lei ci indichi dove si trovava quando ha girato il video. Una volta che avremo fatto corrispondere le montagne circostanti a quelle nel video, potremo estrapolare la direzione esatta dell'aereo e fare una stima attendibile della sua velocità e altitudine. Con quelle informazioni nel giro di poche ore riusciremo a trovare il luogo in cui è atterrato e a portarlo via. »

« E una volta fatto questo? » chiese Urco.

« Farò in modo che si sappia che il veicolo è stato recuperato intatto » promise Kurt. « E comunicherò al mondo intero il punto esatto in cui lo abbiamo trovato in modo che chi vuole andare a vedere di persona possa recarsi direttamente sul posto senza disturbare voi. »

Urco si massaggiò la barba. « D'accordo » disse. « In questo caso sarò felice di aiutarvi. Prima però, mangiamo. »

28

La strada di montagna che portava a La Jalca era stata chiusa al traffico. Il ponte non c'era più: ora la struttura di metallo contorto giaceva in fondo al canyon e la strada era coperta da uno strato di ghiaia, rocce e massi alto tre metri, i resti della frana innescata dal razzo lanciato per errore dal cinese.

Anche l'uomo che l'aveva lanciata non c'era più; Daiyu e Jian, invece, si erano salvati rientrando nel tunnel a marcia indietro e restando lì al sicuro finché il rombo non era cessato. Erano rimasti là dentro al buio finché la polvere soffocante aveva cominciato a depositarsi e vicino alla volta del tunnel era comparsa una piccola striscia di luce.

« Faremmo meglio a tornare indietro » suggerì Jian. « Abbiamo un elicottero che ci aspetta a Cajamarca. Dovremmo metterci in contatto con il comando, aspettare rinforzi e tornare alle rovine in elicottero. Prenderli dal cielo. »

Daiyu scosse la testa. « Andiamo avanti » insistette. « Non indietro. Se teniamo un buon passo, arriveremo a La Jalca a mezzanotte. Li sorprenderemo nel sonno. »

« Siamo in svantaggio » obiettò lui. « Gli uomini della squadra sono morti. Gli americani sanno che li stiamo seguendo. »

« Semmai penseranno che siamo morti » rispose lei. « E questo ci dà un vantaggio. E ricorda, la nostra missione è impedire a ogni costo che gli americani trovino il *Nighthawk*. Impiegheremmo troppo tempo per tornare a Cajamarca, contattare il generale Zhang e attendere rinforzi. Dobbiamo proseguire. Tu comincia a sgomberare una via d'uscita. Io raduno le armi e le vettovaglie. »

Jian la fissò per un secondo, poi fece come lei gli aveva ordinato. Scese dall'auto, salì sul cumulo di sassi e cominciò a scavare a mani nude. Il pietrisco era facile da togliere, ma anche le rocce e i piccoli massi non rappresentavano un ostacolo per la sua forza straordinaria. Li gettò di lato senza sforzo e di lì a poco riuscì a liberare un passaggio abbastanza grande da strisciare fuori.

Emerse nell'aria fresca, coperto di polvere dalla testa ai piedi. Daiyu uscì dietro di lui, gli porse uno zaino e si mise in spalla l'altro. Mentre lei studiava il pendio in cerca di una via sicura, Jian si avvicinò con cautela al bordo dello strapiombo in cerca dell'altra auto.

« Lascia perdere » gli gridò lei. « Sono morti. »

Jian lo sapeva, ma guardò comunque. Era un bel salto. Sul fondo non c'era traccia dell'auto, si vedeva solo l'ammasso di pietre che l'aveva sepolta.

Mentre Jian contemplava l'abisso, Daiyu guardava verso l'alto. Per uno scherzo dell'orecchio interno, causato dal fatto di tenere la testa piegata all'indietro, la pendenza veniva percepita in maniera esagerata. Pur consapevole di questo, era sorpresa che gli americani fossero riusciti a risalire il pendio senza cappottarsi o rotolare a valle. Li aveva sottovalutati, un errore che non avrebbe commesso due volte.

Si voltò verso Jian. « Pronto? »

Lui annuì.

Daiyu indicò un sentiero sulla destra. « Questo sembrerebbe meno ripido. Seguimi. »

La salita era più pericolosa a piedi che con un veicolo. Cespugli spinosi e cactus di alta montagna li graffiavano senza pietà. A ogni passo, a causa delle pietre smosse rischiavano di slogarsi una caviglia o di rovinare giù verso la strada sottostante. L'aria, a quasi tremila metri di altitudine, era così rarefatta da far girare la testa. Quando finalmente arrivarono sulla strada, erano scorticati, sanguinanti e senza fiato.

Daiyu rimase lì con le mani sui fianchi. Nonostante la temperatura quasi fredda, sudava sotto il sole.

« Tu riposati un minuto » disse, bevendo un sorso d'acqua e porgendo la borraccia a Jian. « Io vado in ricognizione. »

Mentre Jian beveva, Daiyu si avviò lungo la strada che continuava a salire e faceva una curva a sinistra. Oltre quella, proseguiva in piano. Erano vicini alla sommità. Davanti a loro si estendeva l'altopiano.

Mentre aspettava che Jian la raggiungesse, Daiyu sentì il rumore di un motore in lontananza. Strizzando gli occhi per difendersi dal bagliore del sole pomeridiano, vide un piccolo camion venire verso di loro. Era vecchio e malandato, una bestia da soma che mostrava tutti gli affronti subiti in tanti viaggi su e giù per le montagne. Ammaccato in diversi punti, procedeva inclinato da una parte e si lasciava dietro un fumo denso e nero. Tant'è, sempre meglio che farsela tutta a piedi.

Gli fece cenno di fermarsi.

Con i capelli lunghi legati in una coda di cavallo e lo zaino sulle spalle, sembrava un'escursionista come tante altre.

Il camioncino le si fermò accanto e il finestrino del passeggero si abbassò. Un uomo con capelli neri e ispidi e la pelle scura guardò fuori. Aveva occhi piccoli e scurissimi. Al volante c'era un altro uomo con le stesse fattezze. Entrambi sembravano più indigeni che europei.

« Tutto a posto? » chiese il passeggero in spagnolo.

« Ho bisogno di aiuto » rispose, anche lei in spagnolo. « Il ponte è crollato. Deve esserci stato un terremoto perché c'è stata anche una frana. »

Gli uomini si sporsero a guardare oltre il parabrezza. Più in basso videro le pietre che coprivano la strada e lo spazio vuoto dove avrebbe dovuto trovarsi il ponte. Quello che non videro fu Daiyu che estraeva una pistola dalla giacca.

Esplose tre colpi prima che uno dei due reagisse. Tutti e tre colpirono il passeggero.

Daiyu spalancò la portiera e lo tirò giù. L'uomo atterrò morto ai suoi piedi mentre il guidatore alzava le mani.

« Scendi » ordinò lei.

Lui armeggiò con la maniglia e finalmente la aprì, cadendo giù dal camioncino nella fretta di obbedire. Non fu abbastanza veloce. Daiyu gli sparò un unico proiettile che lo uccise all'istante.

Quando Jian la raggiunse, lei aveva già trascinato entrambi gli uomini sul ciglio della scarpata. Li spinse giù. I due rotolarono per un breve tratto, quindi scivolarono ancora un po' prima di fermarsi contro due diversi cespugli a metà del pendio.

« Non era necessario ucciderli » osservò Jian. « Potevano esserci utili. Potevano avere delle informazioni. »

Lei mise via la pistola. « Portarli con noi sarebbe stata una fonte di distrazione. E se li avessimo lasciati qui, qualcuno avrebbe potuto vederli e liberarli. »

Si mise al volante mentre Jian prendeva posto accanto a lei. Dopo una rischiosa inversione di marcia, rimise il camioncino in direzione di La Jalca.

Finché erano in salita, il povero camioncino non arrivò mai a toccare i trenta chilometri orari, ma una volta arrivati in piano prese velocità finché si ritrovarono a viaggiare a quasi sessanta all'ora.

Daiyu guardò l'orologio. Anziché arrivare a La Jalca a mezzanotte, sarebbero stati là per il crepuscolo. Forse, dopotutto, sarebbero riusciti a beccare gli americani.

29

Cajamarca, Perù

Le strade di Cajamarca erano umide e fredde. Un breve acquazzone aveva riempito di fango i canali di scolo e lasciato pozzanghere ovunque. In montagna la pioggia era sempre fredda e l'umido ti entrava nelle ossa. Paul e Gamay avrebbero preferito che nevicasse.

Mentre camminavano lungo il marciapiede, Paul si strinse nella giacca e si tirò su il colletto. « Credo che qualcuno ci stia seguendo » sussurrò.

« Sì, il tizio con il poncho colorato » rispose Gamay. « Da quando abbiamo lasciato l'aeroporto l'ho visto tre volte. »

Avrebbe potuto essere un buon modo per mimetizzarsi, poiché molti dei nativi di Cajamarca indossavano poncho simili nei mesi freddi, ma quel disegno era particolare, e sia Paul che Gamay avevano occhio per i dettagli.

Quando vide l'uomo riflesso in una vetrina, Paul annuì. Il disegno era quello, come pure gli stivali bordati di pelliccia. L'uomo era lo stesso.

« Cosa ne dici se ci togliamo dalla strada? » suggerì lui.

« Se intendi un posto caldo... »

« Questo ti va? » disse Paul, indicando un Internet café decorato a colori vivaci.

Gamay lesse l'insegna. « Caffè forte, Internet veloce, video in quattro K. Andiamo. »

Entrarono e attraverso la vetrina videro l'uomo proseguire e un attimo dopo tornare indietro. Anziché entrare, l'uomo si sedette alla fermata dell'autobus sull'altro lato, accontentandosi di restare a guardare.

A Paul andava bene così. Lui e Gamay si addentrarono nell'edificio stretto, grati più che altro per il caldo.

Il locale era affollato. Caffè, computer e una clientela giovane contribuivano a creare un brusio incessante. Trovarono un posto da cui si poteva accedere sia alla porta sul davanti che a quella sul retro, si collegarono a un computer e passarono qualche minuto a navigare su Internet.

« Pensi che il nostro amico sgattaiolerà dentro? » chiese Paul.

« Ne dubito » rispose Gamay, « ma se lo farà noi lo vedremo. »

« In questo caso, vado a fare una telefonata. »

Si allontanò dal bancone, trovò una scala che portava al tetto e salì. Attraverso la botola salì sul tetto e poi richiuse delicatamente il coperchio. Non voleva scappare: cercava solo una visuale libera del cielo.

Dopo essersi collegato al sistema di comunicazione della NUMA, Paul si fece passare Hiram Yaeger e andò dritto al punto. « Kurt ha bisogno che tu e Priya entriate nel database della NSA. »

Di tutti i dipendenti della NUMA, Hiram Yaeger era quello che aveva meno timori nello sfidare l'autorità: questo spiegava in parte perché tenesse i capelli così lunghi e indossasse un abbigliamento decisamente non convenzionale sul posto di lavoro. Ma rimase sorpreso nel sentire quella richiesta dalle labbra di uno degli agenti più conformisti della NUMA. « Chi sei tu? » chiese. « E cosa ne hai fatto di Paul? »

« Molto divertente » rispose Paul. « Ma sono serio. Kurt ha motivo di credere che ci stiano nascondendo qualcosa riguardo al *Nighthawk* e alla sua missione. Un valido motivo. E visto che è lui quello che sta rischiando la pelle... »

Doveva essere in vivavoce perché intervenne Priya. « Non sono un'esperta in materia, ma non è un comportamento censurabile... o addirittura illegale? »

« Diciamo che non è una pratica incoraggiata » ammise Hiram, « ma lo abbiamo già fatto e non ci siamo mai beccati niente più che una tirata d'orecchi. »

« A quanto pare la NSA è più indulgente di quanto la sua reputazione lasci intendere » ribatté lei.

« Forse dipende dal fatto che con le informazioni prese a prestito abbiamo evitato una catastrofe mondiale » osservò Paul.

« Io non ho problemi, questo lo sai » disse Hiram. « Ma siamo stati ammoniti. Forse dovrei parlarne con Rudi o Dirk. »

« E togliere loro la possibilità di negare legittimamente ogni addebito? »

« Ottima osservazione » disse Hiram. « Okay. Faremo un tentativo. »

Significava che lo avrebbero fatto, Paul lo sapeva. « Kurt vuole le informazioni al più presto possibile. Preferibilmente prima che la sua gitarella romantica abbia la meglio su di lui. »

Hiram promise di fare del proprio meglio e la telefonata si concluse. Paul si voltò e vide un grosso corvo che lo scrutava da un'altra parte del tetto.

« Grazie al cielo non sei un pappagallo » disse.

Il corvo gracchiò e spalancò le ali. Poi volò via, verso sud, e Paul tornò nel tepore del caffè.

« Ci sei riuscito? » chiese Gamay.

Lui annuì e guardò l'orologio appeso alla parete. « Mancano ancora parecchie ore all'arrivo di Joe. »

Gamay aveva già acquistato una scodella di zuppa fumante e un berretto di alpaca. « Già » disse, mettendosi comoda e battendo sulla tastiera. « Pare proprio che questo caffè sarà il nostro rifugio provvisorio. »

A Washington, Hiram e Priya erano impegnati a definire i dettagli del nuovo atto di pirateria informatica.

« Se dobbiamo farlo o meno è un aspetto della questione » disse Priya, « ma la cosa più importante è *come* farlo. »

« Non sei preoccupata? » chiese Hiram.

« La cosa peggiore che può capitarmi è che mi rispediscano nella vecchia cara Inghilterra. Io non sopporto la pioggia, ma quelli che finiranno in galera siete voi, lei e Rudi. »

« Improbabile » rispose Hiram. « Ma non sarà facile superare le loro barriere. Ogni volta che Max e io abbiamo hackerato la

NSA, loro hanno reagito alzando le difese. I loro sistemi di sicurezza sono molto avanzati.»

«*Potremmo sopraffarli con un attacco di forza bruta*» suggerì Max dagli altoparlanti.

Hiram alzò lo sguardo, come faceva spesso quando parlava con Max. «Vediamo di provare con qualcosa che sia un po' meno nello stile Gengis Khan.»

Priya stava già battendo sulla tastiera del suo computer. «La NSA avrà costruito il *Nighthawk* in grande segretezza, ma non lo ha concepito proprio da zero. Per la sua progettazione ha preso spunto dallo space shuttle e dallo X-37. La signora Townsend ha detto qualcosa a proposito del fatto che il *Nighthawk* usa parti dello X-37. Se è così, probabilmente la NASA ha condiviso dati durante il processo di costruzione. E questo significa che potremmo entrare nel database della NASA anziché in quello della NSA.»

«Ottima idea» disse Hiram.

«Preferisco il termine *brillante.*»

«Allora vada per *brillante*» rispose Hiram. «Per collaborare con la NASA, i nostri amici della NSA devono aver stabilito una connessione sicura e autenticata. Se facciamo come dici tu, entriamo prima nei database della NASA e da lì possiamo entrare nei computer della NSA e loro potrebbero pensare che stanno condividendo dei dati con il Johnson Space Center.»

Max si intromise nella conversazione. «*Attribuisco un settantatré per cento di probabilità di riuscita al piano. E se dovessero scoprire la violazione, indagheranno prima sulla NASA, dandoci più tempo per scappare.*»

«Tu non andrai proprio da nessuna parte. Non hai gambe» ribatté Hiram. «Temo che ti fonderanno come rottame.»

«*Potrei procurarmi delle ruote come la dottoressa Kashmir*» suggerì Max.

Per un attimo Hiram provò un forte imbarazzo, ma Priya scoppiò a ridere. «Credimi, Max, avere le ruote non è così bello come si vuol far credere.»

Questa volta rise anche Hiram. «Parleremo dei tuoi problemi di mobilità un'altra volta, Max. Adesso entriamo nella rete del centro spaziale e vediamo se i loro computer sono ancora in buoni rapporti con quelli della National Security Agency.»

Passò quasi una giornata prima che Priya e Max riuscissero a entrare. Alla fine, furono costretti a oltrepassare le barriere di Cape Canaveral e del Jet Propulsion Laboratory prima di scoprire un collegamento con il database del NSA. In breve tempo cominciarono a ricevere una quantità impressionante di informazioni sul progetto del *Nighthawk*, sui voli di prova e sui parametri della missione.

Priya e Hiram esaminarono quello che era nelle loro possibilità ma per stabilire cosa era veramente importante si affidarono a Max.

Mentre Max continuava a selezionare dati, Priya si trovò a studiare i documenti tecnici relativi alla costruzione del *Nighthawk*. «Guardi qua» disse, facendo segno a Hiram di avvicinarsi alla scrivania.

Lui osservò l'immagine sullo schermo.

«Questi sono i disegni costruttivi e le specifiche tecniche dell'X-37.» Glieli indicò col dito. «E questi sono i progetti del *Nighthawk*. Nota qualcosa di interessante?»

Hiram si tolse gli occhiali, li pulì con una pezzuola morbida e se li rimise. «Sono molto simili. Quasi identici.»

«L'unica differenza sta nelle dimensioni» disse lei. «Se aumentiamo quelle dei disegni originali, i progetti coincidono. Stesso motore, stesso sistema di navigazione, stessa forma delle ali, stesso scudo termico. Anzi, se si esclude il rivestimento di materiale radar-assorbente che brucia durante il rientro, lo scudo termico non è molto diverso dallo strato di piastrelle usato per lo space shuttle fin dagli anni Ottanta.»

«Alla faccia del balzo tecnologico che continuano a rivendicare» disse Hiram. «È poco più di una versione aggiornata di un vecchio shuttle.»

Si raddrizzò e si rivolse a Max. «Sei sicura che stiamo guardando i disegni giusti?»

«*Affermativo*» rispose Max.

«Quanto sicura?»

«*Esiste un novantanove virgola novantotto per cento di proba-*

bilità che i progetti che state guardando corrispondano a quelli del veicolo lanciato e che ora viene cercato in Sud America. »

« È praticamente certo » disse Priya.

Hiram conveniva con lei. « Non ha senso. I russi hanno corso un rischio enorme per impossessarsene. Hanno usato addirittura il loro sottomarino ultrasegreto Typhoon nel tentativo di recuperare il relitto nel punto in cui credevano fosse caduto, e sia loro che i cinesi sembrano disposti a rischiare una guerra pur di trovarlo. »

« Visti i tentativi portati a termine contro Kurt e la signora Townsend finora, direi che le scaramucce sono già iniziate » aggiunse Priya.

Hiram annuì. Osservò di nuovo i progetti, ricontrollando le specifiche dei propulsori e gli schemi strutturali. « Se non è il veicolo che interessa, deve essere qualcos'altro. Qualcosa che ha a che fare con la missione. »

« Forse ha recuperato uno dei nostri satelliti spia. O magari uno dei loro. »

« Forse tutti e due » disse Hiram. « Questo potrebbe averli mandati su tutte le furie. »

« Se sapessimo dov'è finito, potremmo capirci qualcosa di più » suggerì lei.

« Max, cosa sai dirci del profilo di missione del *Nighthawk*? »

Il computer rispose immediatamente. « *La NSA lancia il* Nighthawk *dalla base di Vandenberg con un razzo vettore Titan modificato. Il veicolo si inserisce in un'orbita polare e resta in volo per lunghi periodi di tempo. Settantacinque giorni per il primo lancio, ottocentocinquantuno per quest'ultima missione.* »

« E nonostante questo » disse Hiram, controllando il numero di pagine, « sembra che abbiamo molte più informazioni sulla prima missione che sulla seconda. Ci stai nascondendo qualcosa? »

« *La missione numero uno era una missione di prova* » disse Max. « *I dati di tutte le fasi della missione sono stati apertamente condivisi con la NASA. La missione numero due era una missione operativa. Top secret. Sono stati comunicati solo i dati precedenti il lancio e le rotte orbitali.* »

« Puoi confrontare la rotta orbitale del *Nighthawk* con quella dei satelliti noti? »

Ci fu una breve pausa, insolita per Max, considerato quanto era elevata la sua velocità di calcolo. « *Il* Nighhawk *ha compiuto 14.625 orbite complete più una parziale prima del rientro. Il suo percorso non ha mai incrociato quello di un satellite noto. I dati a nostra disposizione suggeriscono che il* Nighthawk *abbia manovrato proprio per evitare qualunque incontro.* »

« Qualcosa di insolito nella sua orbita? »

« *Per il novantuno per cento del tempo passato nello spazio, il* Nighthawk *è rimasto nell'ombra della Terra.* »

« Quindi il *Nighthawk* si teneva lontano da occhi indiscreti » disse Hiram. « Non puoi dirottare un altro satellite quando tu stesso ti nascondi nell'ombra ed eviti gli altri come la peste. »

« Non sono sicura che potesse raccogliere qualcosa anche se avesse voluto » disse Priya. « Guardi qui. Sui primi disegni costruttivi, il compartimento di carico è uno spazio vuoto, come quello dello shuttle. Ma nell'ultima serie di tavole antecedenti il lancio, il compartimento è stato interamente riempito di attrezzature. »

A quel punto Hiram si era incuriosito: avvicinò una sedia e si mise accanto a lei. « Che genere di attrezzature? »

« Contenitori criogenici, batterie al litio di ultima generazione, e una serie di congegni chiamati *trappole di Penning*, che per funzionare hanno bisogno di magneti potentissimi. E infatti la strumentazione di controllo e il compartimento dei propulsori sono stati schermati per evitare le interferenze elettromagnetiche. »

« Trappole di Penning » ripeté Hiram, cercando di ricordare dove aveva già sentito quel nome.

« Secondo i disegni occupano tutto il compartimento. »

Hiram annuì e si fece improvvisamente serio. Stava cominciando a intravedere la verità, e non gli piaceva per niente. « Max, puoi mettere in correlazione l'orbita del *Nighthawk* con il fenomeno dell'aurora boreale? »

« *Affermativo* » rispose Max. « *Durante tutte le principali manifestazioni di aurora boreale il* Nighthawk *stava percorrendo l'orbita polare a nord. Si trovava anche sopra il polo Sud durante tutte le manifestazioni di aurora australe, altrimenti conosciute come luci del sud. La sua posizione indica una diretta immersione nel punto di vortice del campo magnetico terrestre.»*

«Punto di vortice?» chiese Priya.

«Dove le linee di forza del campo magnetico terrestre convergono sopra il polo Nord e il polo Sud, prima di tuffarsi dentro la Terra.»

A quel punto, Priya aveva capito dal suo tono che c'era qualcosa che non andava. «Lei sa cosa stanno facendo?»

«Sto solo verificando una teoria» rispose lui. «Una teoria molto pericolosa.»

Lei osservò di nuovo le tavole, facendo correre il dito sulle immaginarie trappole di Penning. Fu il termine stesso a darle la risposta. «Hanno riportato qualcosa sulla Terra, giusto?»

Hiram annuì. «Temo proprio di sì» rispose. «E si tratta di qualcosa di molto più pericoloso di un satellite.»

30

Canyon di La Jalca, rovine Chachapoya

All'imbrunire erano stati attizzati i fuochi da campo ed erano stati apparecchiati dei lunghi tavoli di legno per un pasto comune. Urco presentò Kurt ed Emma agli altri volontari e sostenne che il loro arrivo era un motivo per festeggiare.

Prima che venisse servito il cibo, Urco guidò il gruppo in una invocazione tradizionale. « È una preghiera Chachapoya » spiegò. « Ci ammonisce a non iniziare il banchetto finché tutti gli ospiti non sono presenti e rappresentati. »

« Un altro modo per ricordare le persone il cui mondo state esplorando con i vostri scavi? »

« Esattamente » rispose Urco. « Noi viviamo come loro. Nell'antichità c'era meno commercio. Ogni società, ogni villaggio, doveva essere autosufficiente. E lo stesso vale per noi. Raccogliamo l'acqua piovana dentro dei barili, coltiviamo manioca nella parte meridionale della radura. Abbiamo dei lama nel recinto del bestiame. »

« Animali adorabili » disse Emma.

« Io non mi ci affezionerei troppo » le sussurrò Kurt.

« Perché? »

« Credo che tu stia per mangiarne uno. »

Per un attimo lei parve sul punto di sentirsi male.

« Non potete essere autosufficienti in tutto » disse Kurt.

Urco lo contraddisse. « Le assicuro che lo siamo. Come lo sono tutti i villaggi da cui provengono i nostri volontari. Le garantisco che il resto della civiltà potrebbe cessare di esistere e noi non ce ne accorgeremmo. »

« Comprendo il desiderio di vivere in questo modo » disse

Emma, « ma tutti gli sforzi per coltivare i campi e allevare gli animali non sarebbero impiegati in modo più proficuo qui, negli scavi? Se vi faceste spedire il cibo, avreste più uomini liberi per altri compiti. »

« La strada verso la civiltà è lunga e piena di insidie » rispose lui. « Sia in senso reale sia metaforico. Essere autosufficienti ci impedisce di dipendere da essa, in ogni senso. E poiché ho appena saputo che è stata chiusa... »

Kurt rise e bevve un sorso d'acqua.

Un attimo dopo arrivò il cibo: pane fatto con farina di manioca, delle verdure tagliate a cubetti e della carne che sembrava cacciagione. Il profumo era celestiale.

« Godetevi il pasto, amici » disse Urco. « Appena avremo finito vi mostrerò quello per cui siete venuti. »

Kurt ringraziò con un cenno del capo, tenne a freno l'impazienza e si godette il pasto insolito e ricco. Quando venne il momento di sparecchiare, Kurt ed Emma tornarono alla Range Rover per prendere alcune cose di cui avrebbero avuto bisogno, quindi raggiunsero Urco vicino a una fila di pannelli solari. « Questi ci servono a produrre l'energia elettrica necessaria per le nostre attrezzature moderne. »

« Dunque non dipendete dalla civiltà ma dal sole » osservò Emma.

« Vero » rispose Urco. « Ma il sole è molto più affidabile. Cinque miliardi di anni e funziona ancora. Qualcosa mi dice che la civiltà moderna non arriverà a tanto. »

« Dunque è questo il posto in cui si trovava quando ha visto quella luce nel cielo? » chiese Kurt.

« Sì » rispose Urco. « Ho risalito il sentiero dalle tende per venire a controllare le batterie delle torce. Quel giorno dovevamo esplorare una caverna appena scoperta e avevamo bisogno di tutta la luce possibile. Accertato che tutto era ben carico, sono venuto qui, dove c'erano le telecamere sotto carica. »

Li condusse a una postazione su cui erano posate due telecamere collegate con dei cavi alla centralina.

« Ho preso questa » disse, prendendone una. « L'ho accesa e

ho aspettato. Mentre si avviava ho visto un guizzo di luce in cielo. Una volta capito che non era una stella, ho alzato la telecamera e ho filmato.»

Avvicinò la telecamera al volto per mostrare loro come aveva fatto, e finse di seguire l'oggetto infuocato attraverso il cielo. «È andato da nord a sud» disse, tracciando il percorso con le dita. «Ed è sparito dietro quelle cime.»

«Ha udito qualcosa?» chiese Emma.

«Tipo cosa? Un'esplosione?»

«Qualunque cosa» disse Emma. «Un'esplosione, uno scoppiettio, il rumore di motori a reazione.»

«Niente» rispose Urco. «Potete sentire l'audio della registrazione. Si sente solo il mio respiro.»

Kurt osservò il cielo nero punteggiato di stelle. Il leggero chiarore della luna nuova permetteva loro di distinguere il profilo delle montagne. «Procediamo.»

Emma posò il laptop su un tavolo vicino e prese a battere sulla tastiera. «Puoi sistemarmi il cavalletto?»

Kurt aprì il cavalletto di alluminio. «In che punto si trovava *esattamente*?» chiese a Urco.

«Proprio qui» rispose lui, spostandosi di alcuni passi verso destra.

Kurt allungò le gambe del cavalletto, vi fissò la telecamera e la alzò finché venne a trovarsi alla stessa altezza degli occhi di Urco. Fatto questo, collegò con un cavo HDMI il computer di Emma alla telecamera e la accese. «È tutta tua.»

Emma rispose con un cenno della testa e continuò a battere sulla tastiera. Kurt andò a mettersi accanto a lei e restò a guardarla mentre lei rivedeva il video originale fermandolo parecchie volte. Quando il video finì, lei lo fece ripartire daccapo.

«Ci serve la distanza esatta da qui alla vetta» disse, porgendo a Kurt un telemetro laser.

Kurt lo accese e lo puntò contro la cresta frastagliata finché ottenne un rilevamento.

Emma inserì il valore e sullo schermo comparvero due profili, uno che riproduceva le vette come comparivano attraverso la telecamera della NUMA e l'altro che riproduceva le vette del video girato da Urco.

Al suo comando, la telecamera si mosse a sinistra e a destra, poi di nuovo a sinistra. Lei batté sulla freccia verso l'alto e la telecamera si inclinò appena. A quel punto il computer acquisì il controllo e migliorò l'immagine finché i due profili coincisero perfettamente. « Ecco fatto. »

Un ultimo colpetto su un tasto ed Emma ricavò la direzione di quello che supponevano fosse il *Nighthawk*.

« Velocità e altitudine? » chiese Kurt.

« Per quelle dovremo confrontare questo con il nuovo profilo di discesa a cui sta lavorando il tuo amico Hiram. »

Emma cercò di stabilire un collegamento via satellite ma non ci riuscì.

« Sono le montagne » disse Urco. « Dovrà andare su in cima. »

« Intende dire con quelle corde? »

« È l'unico modo per collegarsi » spiegò Urco. « Cosa ne dice di una salita notturna? »

Lei sospirò. « Che mi piace ancor meno di quella diurna. »

Nascosta nell'oscurità tra gli stessi tipi di cespugli che li avevano scorticati, Daiyu osservava Kurt con un cannocchiale. Lui stava parlando con la donna e con l'uomo barbuto. Daiyu si concentrò sulle sue labbra per capire cosa stava dicendo.

« Cosa stanno facendo? » chiese Jian.

« Stanno calcolando qualcosa » rispose lei. « Stanno usando il video di cui ci hanno parlato per localizzare il *Nighthawk*. »

« Dovremmo farlo noi » disse Jian.

Erano arrivati poco dopo il tramonto, e dopo aver abbandonato il camion vicino a uno dei campi avevano percorso gli ultimi chilometri a piedi. Avevano studiato l'accampamento e stavano cercando di decidere come arrivare agli americani senza dover combattere con i quaranta uomini e donne peruviani del gruppo archeologico.

« Stanno cercando di collegarsi al loro satellite » disse lei, leggendo le labbra di Emma, « ma non c'è segnale. Devono salire più in alto. »

Mise via il cannocchiale e si voltò verso Jian. « È la nostra occasione. Dobbiamo prendere quel computer. »

31

Urco condusse Kurt ed Emma alla base del secondo picco e con un fischio chiamò alcuni dei suoi uomini. « Salirò io per primo » disse, entrando nell'imbragatura per affrontare la salita.

Mentre lui scompariva nella notte, Kurt si voltò verso Emma. « Non è necessario che venga anche tu » le disse. « Posso inviare io i dati. »

Lei scosse la testa. « Non me lo perdonerei mai. »

« In questo caso, vedila così: è talmente buio che non riuscirai a capire quanto sei in alto. »

« Questo non mi aiuta » rispose lei.

Un lampo di luce ripetuto dall'alto disse loro che Urco era arrivato in cima sano e salvo. Quando l'imbragatura calò dall'oscurità, Kurt la afferrò. « Pronta? »

Emma espirò e fece segno di sì con la testa. « Tieni » disse, porgendogli il computer. « Mi tremano già le mani. Non vorrei che mi cadesse. »

Kurt prese il laptop mentre lei entrava nell'imbragatura e faceva segno col pollice alzato. « Ultimo piano, per favore. »

Emma fu tirata su nell'oscurità. Siccome era più leggera salì più in fretta. Dal punto in cui si trovava, a Kurt parve quasi che volasse.

Qualche istante dopo venne il suo turno. Una volta dentro l'imbragatura, si aggrappò con una mano alla fune e con l'altra tenne stretto il computer. Dopo il decollo inziale, si voltò a guardare l'accampamento. Vide solo i fuochi accesi al centro e qualche luce che brillava qua e là.

Guardò all'insù. Un debole chiarore circondava il paranco su in cima. Proveniva dalle torce di Emma e Urco, ma era fioco e molto lontano, come una barca che attende in superficie che tu rientri da un'immersione notturna.

Quando si avvicinò alla cima, le luci conversero su di lui. Su quella vetta non serviva una scala per compiere l'ultima parte dell'ascesa: Kurt proseguì finché la parte alta dell'imbragatura andò a sbattere contro la carrucola sopra di lui e i suoi piedi si ritrovarono al livello di un'ampia piattaforma di legno. Vi salì con facilità, sganciò l'imbragatura e porse il computer a Emma.

« Avrebbe dovuto incontrarlo qui, quel giornalista » disse, rivolto a Urco.

« Non se ne sarebbe andato mai più » rispose lui.

« È stato molto divertente » disse Emma a Kurt. « Non capisco perché ti preoccupassi tanto. »

Kurt si fece una risata e si guardò attorno. C'era una grossa differenza tra quel picco e quello su cui aveva incontrato Urco, prima. Tanto per cominciare, era più piccolo, una pista da ballo anziché un campo da calcio. Inoltre era stato modificato. Sulla pietra erano state ancorate delle assi di legno, poi inchiodate tra loro. Coprivano gran parte della superficie. Anche se tutto attorno c'era ancora del terreno, l'impalcato era così ripido da risultare pericoloso.

Sulla destra, Kurt vide due contenitori di plastica inchiodati alle assi, mentre a sinistra una struttura saldamente ancorata alla pietra reggeva le funi orizzontali da trasporto che portavano alla piattaforma. Oltre a questo non c'era altro che l'oscurità più nera.

« Mi piace come ha arredato questo posto » disse Kurt scherzando.

« La conformazione del suolo lo ha reso necessario » spiegò Urco. « Il terreno qui è troppo irregolare, e terribilmente accidentato. Non si riusciva a starci in piedi e così abbiamo costruito questa piattaforma. »

Kurt attraversò le assi scricchiolanti per andare a mettersi accanto a Emma. Lei si era sistemata al centro e aveva aperto il laptop che si stava già avviando.

Mentre lei batteva sulla tastiera, sullo schermo comparve uno schema che riproduceva in modo sintetico l'orizzonte, le costellazioni e la rotta di diversi satelliti della NUMA. Il computer scelse quello con il segnale più forte.

«Collegamento stabilito» annunciò Emma. «Inizio la trasmissione.»

«Ho visto la vostra jeep» disse Urco di punto in bianco. «Sembra proprio che ne abbiate passate di tutti i colori per arrivare quassù. Dev'essere davvero importante per voi recuperare questo aereo.»

«Infatti lo è» ammise Emma.

«È giusto» proseguì Urco. «Tutti noi rivogliamo quello che avevamo un tempo.»

Sullo schermo comparve un messaggio. *Download completato. Elaborazione dati in corso.*

Come il computer iniziò a elaborare i dati, sul video comparve una serie di calcoli. Emma fissava i numeri che si rincorrevano, ma Urco ostentava un totale disinteresse e Kurt avvertì un'improvvisa sensazione di pericolo.

Percepì un rumore che sovrastava quello del vento e poi udì un cigolio provenire dalla struttura vicino a lui. Si voltò e vide il cavo che scendeva dal picco più alto tendersi e vibrare. Guardò nel buio e scorse una forma scura sfrecciare verso di loro.

«Attenti!»

Un uomo tozzo dalle spalle larghe planò attaccato al cavo. Arrivato sulla piattaforma mollò il manubrio e si lanciò addosso a Urco.

Dall'oscurità subito dietro di lui emerse un'altra figura, una donna agile che atterrò con grazia felina. Estrasse una pistola, la puntò verso Emma e premette il grilletto, tutto in un unico gesto.

Lo sparo la mancò solo perché Kurt fece un balzo in avanti e le spinse il braccio di lato. Tenendola per un polso la costrinse a terra. Partirono altri colpi, ma i proiettili si conficcarono nell'impalcato senza fare danno.

La donna contrattaccò sferrandogli una ginocchiata al busto. L'impatto fu sorprendentemente violento, ma a Kurt interessava soltanto la pistola. Le tenne il polso bloccato e le sbatté il braccio per terra finché la donna non mollò l'arma.

Lei si allungò per prenderla con l'altra mano, ma lui l'allontanò con un colpo. La pistola scivolò sulle assi e cadde giù nell'oscurità.

Nel frattempo, Urco lottava con l'altro aggressore. Rotolarono vicini al bordo, incuranti di quanto fossero prossimi a cadere, mentre si abbrancavano a vicenda e si prendevano a pugni.

Emma si lanciò verso di loro, mettendo un braccio intorno al collo dell'assalitore e tirandolo indietro. Lui si sollevò, inarcando la schiena e cercando invano di afferrarla.

Kurt rimase concentrato sulla donna. Lei era riuscita a liberarsi, si era rimessa in piedi e con velocità sovrumana aveva estratto un coltello. Mollò un fendente e Kurt si gettò a terra per evitarlo. La lama squarciò l'aria sopra di lui, e Kurt si girò su un fianco e la colpì alle gambe con un calcio. Lei atterrò violentemente sulla schiena, battendo la testa sulle assi. Fece uno strano rumore e perse i sensi, mollando il coltello e crollando su un fianco.

Visto che la donna sembrava aver perso conoscenza, Kurt rivolse la sua attenzione alla mischia sul bordo della piattaforma.

A quel punto, il bestione aveva sbattuto Emma sulla schiena, si era rimesso in piedi e aveva colpito Urco con un colpo al plesso solare. Una spinta brutale spedì Urco giù dalla piattaforma, sul pendio accidentato della montagna. Scivolò, aggrappandosi a tutto quello che gli capitava a tiro, ma le sue mani trovarono soltanto rocce smosse.

Emma si lanciò verso di lui, allungando il braccio. « No! » urlò.

Mancò la presa e Urco continuò a scivolare verso il basso, con le dita che artigliavano il terreno, finché sparì oltre il bordo.

Kurt capì di dover neutralizzare quell'uomo che faceva più danno di una palla da demolizione, altrimenti avrebbero fatto tutti la fine di Urco. Si lanciò verso di lui e lo colpì con un calcio volante. Entrambi i piedi centrarono l'uomo alla schiena e lui barcollò e cadde dall'impalcato, scomparendo nel buio. Qualche secondo dopo un tonfo sordo segnò la sua fine.

« Aiutatemi » gridò una voce da sotto. « Vi prego. »

« È Urco » urlò Emma.

Si precipitarono verso il bordo. Kurt vide una delle funi dell'intelaiatura dedicata allo scavo torcersi da una parte all'altra. « Si tenga forte » gridò. « La tiriamo su. »

Kurt trovò un punto dove puntare i piedi, afferrò la fune con entrambe le mani e si piegò all'indietro. Emma si unì allo sforzo, e Urco risalì, qualche decina di centimetri alla volta.

Una volta superato il ciglio, quando fu in grado di aiutarli puntellando i piedi, l'archeologo si lanciò praticamente sulla piattaforma. « Grazie! » esclamò, cadendo ai loro piedi. « Grazie agli dei. »

Rotolò sulla schiena, respirando affannosamente. « Signora Townsend, la sua paura del vuoto è giustificata. Sto pensando di rivedere la mia posizione... »

Si bloccò senza finire la frase, interrotto dal movimento e dal rumore delle ruote di acciaio che giravano veloci, mentre uno dei manubri sfrecciava via lungo il cavo da trasporto.

Si voltarono tutti assieme a guardare. La donna era sparita.

« Ha preso il computer » disse Emma, indicando col dito.

Kurt non esitò neppure un istante. Afferrò l'altro manubrio, lo agganciò al cavo e si lanciò all'inseguimento.

32

Kurt si lanciò nel buio e un attimo dopo stava già volando. Strinse forte il manubrio, avvicinò le ginocchia al petto e sentì l'accelerazione quando le rotelle presero a girare ancora più veloci.

Quella teleferica portava dal picco di mezzo al primo, una distanza di cento metri con un dislivello di settanta. Il tragitto non era eccessivamente ripido, e questo giocava a suo favore. Essendo più pesante e avendo preso una rincorsa inziale, presto colmò la distanza con la ladra di computer.

Andò a sbattere contro la donna e le strinse le gambe intorno alla vita. Lei si divincolò e riuscì a liberarsi, poi si girò e gli mollò un calcio in uno stinco.

Ora che la spinta di Kurt si era esaurita, viaggiavano alla stessa velocità. Considerato che nessuno dei due indossava l'imbragatura di sicurezza, la mossa successiva della donna fu decisamente azzardata. Tolse una mano dal manubrio e con l'altra cercò di accoltellare Kurt.

Il primo fendente gli provocò un piccolo taglio al braccio, da cui sgorgò subito il sangue. Un secondo tentativo lo mancò, e prima che lei potesse riprovarci Kurt riuscì a farle cadere il coltello di mano con un calcio.

Lei procedeva voltata all'indietro, cercando di respingerlo a suon di calci, e non si accorse che la corsa era finita. Si schiantò contro la piattaforma con un brutto capitombolo.

Anche Kurt sbatté forte. L'impatto lo fece finire disteso a terra, ma si rialzò subito e le fu addosso prima che lei potesse muoversi. Tenendola premuta a terra, le piegò il braccio dietro la schiena. « Non mi piace fare del male alle donne, ma se non la smetti ti spezzo il braccio. »

« Maledetto » rispose lei. « Ti ammazzo. »

« La tua chance l'hai avuta » ribatté lui, aumentando la pressione.

La donna doveva essere incredibilmente flessibile perché, anche a faccia in giù, riuscì a mollargli un calcio nella schiena con il tallone.

A quel punto Kurt ne aveva avuto abbastanza. La afferrò per i capelli e le sbatté la testa in avanti, contro il suolo. Lei perse i sensi.

Non fidandosi del fatto che restasse svenuta a lungo, Kurt la legò. Quando ebbe finito, Urco ed Emma stavano scendendo con la teleferica verso di lui.

« L'hai presa » disse Emma, sganciando l'imbragatura.

« E anche il computer » rispose Kurt, aprendo il laptop per vedere se avesse subito danni.

Quando le loro torce la illuminarono, Kurt vide che la donna era un'orientale, probabilmente originaria della Cina.

« Sembra proprio che a questo punto siano rappresentate tutte e tre le principali potenze mondiali » osservò Emma.

Lo schermo del computer si accese illuminando il volto di Kurt, mentre il programma riprendeva i suoi calcoli. Lui fissava il video osservando le linee sulla mappa convergere lentamente a indicare l'ultimo luogo di riposo del *Nighthawk*.

« Non è possibile! »

« Cosa c'è? » chiese Emma.

Kurt girò il computer perché anche Emma e Urco potessero vedere la mappa. Un puntino luminoso e lampeggiante indicava il luogo del disastro.

« Il Lago dei Condor » disse Emma.

Gli occhi di Urco si spalancarono nel buio.

Kurt sorrise per l'ironia della cosa. « A quanto pare scoprirà molto prima del previsto cosa c'è sul fondo del lago. »

33

Era troppo pericoloso spostarsi di notte. La strada che portava al lago era insidiosa quanto quella che saliva da Cajamarca. La donna che avevano catturato insisteva nel dire che altri sarebbero venuti a cercarla.

« Probabilmente sta bluffando » disse Kurt. « Ma saremo molto più vulnerabili su una strada al buio che qui. »

Urco ed Emma erano d'accordo con lui. Anziché partire subito, attizzarono i fuochi intorno all'accampamento e adottarono la strategia degli antichi Chachapoya, rifugiandosi in alto e tirando su tutte le corde. Se c'erano degli altri agenti cinesi laggiù, avrebbero dovuto scalare la montagna a mani nude prima di compiere un assalto.

« Non dovremmo usare queste caverne » disse Urco ai suoi volontari, « ma appartenevano ai vostri avi, quindi dovrebbero essere vostre e non del governo. »

Kurt salì al picco più alto. Una volta solo, fece una telefonata satellitare a Rudi Gunn, che era tornato a Washington. Kurt ricevette prima la buona notizia: Joe e i Trout erano arrivati a Cajamarca. Poi arrivò quella cattiva.

« Avevi ragione » disse Rudi. « La NSA ci ha tenuto nascosta una cosa. Ed è grossa, anche se in realtà è molto piccola. »

Kurt rimase ad ascoltare mentre Rudi gli spiegava quello che Hiram e Priya avevano scoperto. Fu una spiegazione dettagliata, molto tecnica e infarcita di nozioni di fisica, ma Kurt capì i punti essenziali. « È peggio di quanto pensassi. »

« Peggio di quanto tutti noi pensassimo » precisò Rudi. « Vuoi che mandiamo altri mezzi? »

« No » rispose Kurt. « Ci vorrebbe troppo tempo per far arrivare qua tutto. In questo momento, rapidità e segretezza sono i nostri migliori alleati. Se non ci siamo sbagliati sull'ubicazione del *Nighthawk*, possiamo recuperarlo domani e spedire il carico ovunque la NSA abbia deciso di conservarlo. Nel frattempo, io comincio a sentirmi come Humphrey Bogart nel *Tesoro della Sierra Madre*... sospetto di tutto e di tutti.»

«Non posso darti torto. Non abbiamo più notizie dei russi da quando tu e Joe siete tornati sulla terraferma, ma dubito che si arrenderanno. E sono sicuro che con i cinesi non sia finita lì. A sentire la CIA hanno un esercito di agenti in Perù e in Ecuador. Non ti sorprendere se dovessero arrivare rinforzi quando meno te lo aspetti.»

«Ed è per questo che dovrò cambiare piano.»

«Cosa hai in mente?»

Kurt stava pensando all'esperienza dei vari membri della squadra operazioni speciali, valutando chi scegliere per un compito difficile. «Ti manderò una lista di ciò che mi serve» disse a Rudi. «Girala a Joe e ai Trout, e di' a Gamay che mi dispiace che si perda il ripescaggio del *Nighthawk*.»

«Ho capito» disse Rudi. «Aspetto il tuo messaggio.»

Kurt lo salutò, interruppe il collegamento e si infilò il telefono in tasca. Si stava preparando a tornare giù quando la carrucola cigolò. Stava salendo qualcuno. Un attimo dopo comparvero delle mani in cima alla scala.

Si aspettava di vedere Urco e invece spuntò il volto risoluto di Emma.

La aiutò ad allontanarsi dalla scala. «Questa sì che è una sorpresa.»

Lei si spostò verso il centro della sommità. «Ho scoperto che stare in una caverna spaventosa con dei corpi mummificati è peggio che sfidare il vuoto con il buio.»

Kurt si fece una risata. Anche lui trovava claustrofobiche le caverne. «Credo sia venuto il momento di essere sinceri l'uno con l'altra» disse. «So come funziona. So che non sei autorizzata a dire molto, e non ti biasimo, ma a questo punto mi serve la verità.»

«Ma tu *hai* la verità» ribatté lei.

«Una parte» disse Kurt. Si sedette per terra, prese una pietra e fece correre le dita sulla superficie liscia: su un lato il colore era sbiadito, sull'altro era vivido, intenso. Due facce di una stessa medaglia. « Quando ci siamo conosciuti mi sono chiesto perché avessero mandato te » le disse. « Non aveva senso. Alla NSA hai reputazione di piantagrane, caratteristica che ammiro ma che fa di te la persona meno adatta per collaborare con il gruppo che ha maggiori probabilità di trovare l'aereo scomparso. »

« Non vantarti troppo » disse lei. « E non dipingermi come quella che non sono. Hanno mandato chi sono riusciti a trovare. Chiunque fosse disponibile. »

« Certo » rispose Kurt. « Ma noi siamo arrivati sulla scena tre giorni prima di chiunque altro. È un bel vantaggio. Questo, insieme alla nostra meritata fama di specialisti nel recupero di cose scomparse in mare, è il motivo per cui ti hanno mandata con noi. Perché se lo avessimo trovato, dovevano essere certi che con noi ci fosse una persona che sapeva esattamente cosa stavamo recuperando. E persino nelle arcane stanze della NSA sono in pochi a sapere cosa stia realmente accadendo. E tu, tra il dottorato in fisica e i tuoi legami con la NASA, devi essere una di quei pochi. »

Lei non negò, ma neppure ammise qualcosa. « Il tempo stringe » disse. « I russi e i cinesi... »

« Non sono interessati al *Nighthawk* » disse lui. « Loro vogliono il suo carico. Vogliono quello che ha portato sulla Terra. »

Lei rimase chiusa in un silenzio di pietra.

« So tutto delle trappole di Penning » proseguì Kurt, « e anche delle unità di contenimento, delle apparecchiature criogeniche e del sistema che avete costruito per raccogliere e conservare l'antimateria. Ecco perché il *Nighthawk* seguiva un'orbita polare, perché restava nell'ombra della Terra, dove la temperatura è prossima allo zero assoluto. E perché è rimasto lassù per tre anni. Perché è un procedimento molto lungo. »

Fece una pausa, chiedendosi se avrebbe dovuto insistere oltre. Alla fine lei si decise a parlare.

« Non si tratta di antimateria » disse, « ma di una forma diversa di materia. Alcuni scienziati la chiamano con un nome un po' strano: *non-materia*. Noi preferiamo chiamarla *materia allo stato misto*: molecole a catena lunga formate da materia e antimateria in parti uguali. »

Quella era una novità. « Pensavo che materia e antimateria si annichilissero a vicenda appena entrano in contatto » disse Kurt.

« Normalmente è così » rispose lei, « ma a temperature vicine allo zero assoluto le strutture molecolari si rompono. La materia non ha più una forma fisica e, anzi, si comporta più come un'onda elettromagnetica che come una particella solida. In quelle condizioni materia e antimateria possono mescolarsi senza distruggersi a vicenda, così come due onde di frequenza diversa possono coesistere sovrapposte l'una all'altra. Ci siamo resi conto che, utilizzando la forza magnetica e temperature bassissime per controllarla e confinarla, questa materia allo stato misto può essere conservata per un tempo indefinito. E poi un membro del nostro gruppo di ricerca ha ipotizzato che in natura potevano esistere accumuli di materia allo stato misto fluttuanti a quote molto elevate sopra i poli, accumuli resi stabili dal campo magnetico terrestre. »

« E così avete costruito il *Nighthawk* per verificare questa ipotesi. »

« E ne abbiamo scoperto una bella quantità. »

« Una bella quantità? »

« Molto più di quanto ci aspettassimo » disse lei. « Filamenti di questa materia che ruotano all'interno di quelle che possono essere definite delle bolle magnetiche. Nella maggior parte dei casi pochissimi grammi, ma comunque sufficienti perché valesse la pena raccoglierli. Così abbiamo passato un anno a modificare il *Nighthawk*, abbiamo riempito il compartimento di carico con i modelli più avanzati di trappole di Penning, che noi chiamiamo unità di contenimento, e lo abbiamo rispedito su per raccogliere tutto quello che riuscivamo a trovare. »

« E ora si trova in fondo a un lago » osservò Kurt. « E quelle unità di contenimento sono alimentate da batterie. Cosa succede quando le batterie si esauriscono? »

« Lo sai benissimo cosa succede » rispose lei brusca. « Una grossa esplosione. »

Kurt lo sapeva. Voleva soltanto sentirglielo dire. « Quanto grossa? »

Lei rispose senza tradire la minima emozione. Fredda e distaccata. Era il tono asciutto e distante di uno scienziato, non di una persona che teme di essere vaporizzata da un momento all'altro. « Duecento grammi di antimateria a contatto con una pari quantità di materia possono dare origine a una esplosione uguale a quella di una bomba da dieci megaton. Stimiamo che il carico a bordo del *Nighthawk* stia intorno ai cento chili. »

« Cento chili? »

« Più o meno. Se tutto il carico dovesse reagire simultaneamente – e una volta che una piccola parte reagisce, reagisce tutta la massa – la forza dell'esplosione sarebbe vicina agli ottomila megaton, vale a dire otto gigaton, cinque volte più potente dell'effetto combinato dell'esplosione contemporanea di tutti gli ordigni nucleari di tutti gli arsenali del pianeta. »

Kurt si limitò a fissarla. Non sapeva se ridere per la stupidità di quanto avevano fatto o se maledirli per la loro arroganza. « E voi avete riportato il materiale sulla Terra consapevoli di questo? Tutto insieme in un unico posto? Ma siete pazzi? »

« Cosa volevi che facessimo? » ribatté lei. « Una volta capito che quel materiale era lassù, non sarebbe passato molto prima che lo scoprissero anche i russi e i cinesi. Avresti preferito che lo avessero loro? Vuoi che i progettisti di Chernobyl si mettano a giocare con questa roba? O magari i costruttori della Diga delle tre gole che sta già cadendo a pezzi? »

« Certo che no » rispose Kurt. « Ma cosa potrà impedire che se lo procurino anche loro? »

« Il fatto che l'abbiamo preso tutto noi » disse lei. « Si accumula molto lentamente. Passeranno un migliaio di anni prima che ce ne sia di nuovo una quantità che valga la pena di essere raccolta. »

« Fantastico » osservò Kurt. « Magari a quel punto la civiltà si sarà risollevata dopo essere ripiombata nell'età della pietra. »

« Credi che io non sia consapevole del pericolo? » disse lei. « Credi che non ne senta il peso? »

Kurt alzò lo sguardo verso il cielo notturno. Lassù, lontano dalle città, le stelle erano molto luminose: piccole sfere alimentate da una fusione nucleare inestinguibile, proprio come sarebbe diventata la Terra per un breve istante se loro non fossero riusciti a trovare il *Nighthawk* e a mantenere in funzione le sue unità di contenimento.

Si voltò verso Emma. «Adesso finalmente capisco perché eravate così certi che il *Nighthawk* fosse rimasto tutto intero.»

«Sapevamo che il carico doveva essere intatto, altrimenti ne avremmo visto i risultati.»

«Quanto tempo abbiamo?»

«Settantadue ore» rispose lei. «Forse meno. Dipende da quanta energia solare arriva ai pannelli sulle ali.»

«E se le unità di contenimento o il sistema criogenico smettono di funzionare prima?» chiese Kurt.

«Un buco nelle Ande grande quanto il Nebraska. Centomila miliardi di tonnellate di roccia vaporizzate all'istante e sparate nell'atmosfera. Una riduzione del novanta per cento di tutti i processi biologici e di fotosintesi. Nessuno dovrà più preoccuparsi del riscaldamento globale perché la Terra resterà avvolta in una notte gelida per almeno cinque anni.»

Non proprio uno scenario gradevole, pensò lui. «E se riusciamo a riportarlo negli Stati Uniti?»

«Il materiale sarà diviso in migliaia di minuscoli campioni, di non più di quindici grammi ciascuno. Verranno depositati in un labirinto di strutture sotterranee che la NSA ha costruito in questi ultimi tre anni. Una eventuale avaria in un sito avrà effetti paragonabili all'esplosione di una piccola bomba durante un test sotterraneo perché non ci sarà altro materiale con cui reagire.»

Ora Kurt era calmo, controllato. C'era una sola cosa che contava. «Allora sarà meglio che lo troviamo e lo mettiamo sotto chiave.»

«Esattamente quello che pensavo io» rispose Emma.

34

Un rumore sordo e martellante echeggiava tra le montagne. Gli animali che le abitavano alzavano lo sguardo, nervosi, e correvano a nascondersi mentre la tonante macchina arancione volava tra i picchi, e la sua grande ombra si allungava sopra di loro.

Joe Zavala era ancora una volta ai comandi dell'Air-Crane. Il grosso elicottero era lento e stabile, ma non era facile da controllare con il vento di traverso, per cui lui era più concentrato sulle manovre che sul panorama. I suoi passeggeri, però, si godevano lo spettacolo.

« Questa vista è davvero divina » disse la voce di Urco nell'interfono.

Joe si voltò a guardare per un istante. La cabina di pilotaggio dell'Air-Crane era affollata. Al posto del copilota sedeva Kurt, mentre Emma, Urco e Paul Trout occupavano gli strapuntini dietro.

« Peccato che non abbiamo potuto vederla all'alba » aggiunse Urco.

In realtà, Joe aveva avuto modo di vederle, le montagne all'alba, durante un altro volo di cui soltanto lui, Kurt e Paul erano a conoscenza. Era stato questo a ritardare il loro arrivo a La Jalca. « Mi dispiace » disse Joe. « Abbiamo accumulato un po' di ritardo. »

« E ora stiamo cercando di recuperarlo volando tra le montagne anziché sopra? » chiese Paul.

« Parla con Kurt » rispose Joe. « Io vado dove mi dice lui. »

« L'agente cinese ha detto di avere dei rinforzi, quassù » disse Kurt. « Se così fosse, l'Air-Crane che attraversa il cielo in linea retta equivarrebbe a una grossa freccia arancione che punta verso il luogo dell'impatto. »

« E sarebbe anche un bersaglio allettante » osservò Emma.

Joe virò a destra, girando intorno a un altro picco e portandoli sopra la valle profonda sul lato opposto. « E poi » aggiunse, « così è molto più divertente. »

L'umore a bordo era allegro. Erano vicini a trovare il veicolo spaziale scomparso e a evitare un disastro. Quella speranza aveva dato a tutti una sferzata di energia.

« Anche se ci vedessero, impiegherebbero tantissimo per arrivare qui » garantì Urco. « La strada che porta al lago è pessima. In confronto, un sentiero da capre è come un'autostrada tedesca. È stata costruita dagli Inca settecento anni fa e da allora non è stata più toccata. »

Dall'alto riuscivano a vederla. Un tratto lungo e sottile come quello di una matita inciso nel fianco dei rilievi di cui seguiva l'andamento prima di scendere bruscamente, gettandosi giù dall'altopiano fino alla valle e, infine, al lago.

Il Lago dei Condor si trovava ai piedi di un altopiano. Era alimentato da un fiume che scendeva serpeggiando dalle montagne, si infilava in una gola nel dirupo per poi sbucare sopra una cornice di roccia e da lì gettarsi nel lago.

Il salto era di una settantina di metri, non particolarmente alto per una cascata, ma l'acqua sgorgava da sopra la sporgenza di roccia con grande violenza, riempiendo la parte più stretta del lago, la cui forma ricordava quella di una pera.

Dall'alto la cascata appariva quasi immobile, un'onda stazionaria coperta da un velo di spruzzi che scintillavano alla luce del sole. I dirupi che la circondavano sembravano spalti merlati da cui il terreno degradava dolcemente.

« Tirate fuori le macchine fotografiche » disse Joe. « Sorvolo le cascate intanto che cerco il posto migliore in cui atterrare. »

Attraversarono diagonalmente il lago, e tutti poterono godere della vista fantastica delle cascate. Sotto di loro la superficie a specchio rifletteva l'azzurro del cielo, il verde delle colline e il bianco delle nubi, ma l'acqua di per sé era nera come l'inchiostro.

« Il livello dell'acqua è piuttosto basso » notò Paul. « C'è un sacco di spiaggia intorno alla parte inferiore del lago. »

Joe vide quello che Paul stava descrivendo: quella parte del lago era circondata da limo secco e pietroni larghi quindici metri. Più avanti, un torrente impetuoso portava via l'eccesso d'acqua nel suo eterno viaggio verso le terre più basse e l'oceano Pacifico.

Urco, che era già stato al lago, gli fece notare alcune caratteristiche. « Non può atterrare là » disse, indicando l'area piatta. « Il terreno è cedevole. A volte paludoso. Meglio atterrare più in alto, sulle rocce. »

Joe annuì e tornò sulle alture. Trovò una sezione elevata che sembrava solida e sufficientemente piatta, le girò attorno una volta e poi vi si posò.

Mezz'ora dopo stavano attraversando il lago a bordo di un gommone Zodiac. Si tiravano dietro un piccolo sonar attivo, mentre un ricevitore appeso fuori bordo avrebbe dovuto captare il segnale del *Nighthawk*, sempre che stesse ancora trasmettendo.

Mentre Joe pilotava, Kurt teneva lo sguardo fisso sullo schermo del sonar. La scansione mostrava un lago dal fondo piatto pieno di sedimento e profondo una ventina di metri. Qui e là si vedevano piccoli affioramenti di roccia ma niente che facesse pensare all'esistenza di una città.

« Io non vedo nessun grattacielo » disse, rivolto a Urco.

« Le rovine sono sepolte dal limo » spiegò questi. « Quando ci avviciniamo alle cascate, ne vedrete spuntare qualcuna, dove la corrente ha portato via il sedimento. »

« È già stato là sotto? » chiese Kurt.

« Io non vado sott'acqua, ma alcuni dei miei uomini sì. Dovrei imparare, però. In superficie, gli elementi atmosferici e i profanatori di tombe si sono portati via gran parte di quello che avremmo potuto scoprire. Ma laggiù, protetti dal fango, ci sono tesori del passato inviolati. »

Kurt annuì. Lui era più interessato a un tesoro inviolato del presente, ma comprendeva l'emozione di Urco.

Mentre Kurt e Urco tenevano d'occhio lo schermo del sonar, Emma e Paul si occupavano del ricevitore. Lei aveva indossato una cuffia e cercava di identificare un segnale, mentre Paul puntava il ricevitore da una parte all'altra.

« Ancora niente? » chiese lui, manovrando con l'abilità di chi è cresciuto regolando a mano le antenne dipolo del televisore.

« Niente. » Emma era tutta concentrata per riuscire a sentire il debole segnale del rilevatore al di sopra dei rumori del vento e del motore fuoribordo.

Paul teneva ferma l'apparecchiatura e ruotava una leva che faceva girare il ricevitore sommerso cinque gradi alla volta. « E ora? »

Lei scosse la testa.

Kurt le lanciò un'occhiata. Il suo viso tradiva la tensione. Se il *Nighthawk* non era là sotto, erano nei guai fino al collo e praticamente fuori tempo massimo.

Kurt tornò a girarsi verso lo schermo del sonar. Per la prima volta il profilo subacqueo del lago aveva iniziato a cambiare. Cominciarono a vedersi delle montagnole e poi delle strutture cubiche che sporgevano dal sedimento. E la profondità stava aumentando.

Kurt alzò lo sguardo. Si stavano avvicinando alla cascata. In quel punto la forza dell'acqua aveva scavato una pozza più profonda, e la corrente erodeva il sedimento per depositarlo più verso il centro del lago.

« Vede? » disse Urco indicando una parte di schermo. « Strade, vie, edifici... è una città. Una città sommersa. »

Kurt non ne era così sicuro. Gli era già capitato di vedere delle formazioni di roccia che sembravano opera dell'uomo. Gli vennero in mente la Strada di Bimini, alle Bahamas, e le rovine di Yonaguni in Giappone, che molti ritenevano fosse un complesso di templi sommersi nonostante i geologi insistessero nel dire che non era altro che una formazione di granito stratificato.

Decise di non smorzare l'entusiasmo di Urco, almeno per il momento. « Dovremo immergerci per dare un'occhiata più da vicino » disse. « Ma non nego che sia molto interessante. »

Urco lo afferrò per le spalle e lo scosse per dimostrargli tutto il suo apprezzamento. « Non resterà deluso. »

A quel punto erano abbastanza vicini alle cascate da essere

investiti dagli spruzzi. Kurt asciugò lo schermo del laptop e coprì la tastiera.

Lanciò un'occhiata a Joe. « Niente a questo passaggio. Riportaci indietro. »

Joe annuì e girò il volante. Anziché passare davanti alla cascata, li portò dietro. A causa dell'aggetto di roccia e della velocità con cui l'acqua cadeva dal ciglio, ai piedi della cascata c'era un varco largo una decina di metri.

Lo Zodiac si infilò in quel varco e passò a tutta velocità tra il muro d'acqua e la parete di roccia. Era scura, bagnata e butterata di caverne.

« Altre camere sepolcrali » spiegò Urco, indicandole con il dito. « Gradirei che restassero indisturbate. »

Kurt osservò le caverne buie mentre le oltrepassavano veloci. « Capito » disse.

Il tratto successivo li portò giù in mezzo al lago. Non avevano percorso molta strada quando Emma alzò una mano. « Rallenta » disse. « Sento qualcosa. »

Joe tolse gas e il gommone rallentò. Tutti gli occhi erano puntati su Emma.

« Dieci gradi a destra » ordinò lei.

Paul girò la leva e si fermò.

« Altri dieci » disse lei e poi, dopo che lui ebbe eseguito, aggiunse: « Indietro di cinque ».

Emma teneva le mani premute sulle cuffie per farle aderire alle orecchie. Alzò lo sguardo sull'acqua e indicò un punto. « Da quella parte. Piano. »

Joe diede pochissimo gas e lo Zodiac si spostò in avanti a velocità minima. Su indicazione di Emma compirono un ampio cerchio e poi uno più stretto, puntando verso il segnale.

Alla fine Emma alzò di nuovo la mano e Joe fermò lo Zodiac.

Mentre il gommone rallentava, Emma estrasse il jack delle cuffie dal ricevitore in modo che tutti potessero udire il segnale... *bip... bip... bip...* basso ma costante.

« È qui » disse, mentre sul volto le passava un'espressione di sollievo. « Il *Nighthawk* è qui. »

35

Indossata l'attrezzatura subacquea, Emma si tuffò in acqua con Kurt e Joe. Avrebbero fatto la prima immersione tutti assieme e poi, dopo aver fisicamente localizzato il *Nighthawk*, Joe si sarebbe asciugato e avrebbe preparato l'Air-Crane alle operazioni di sollevamento.

Mentre scendeva, Emma sentì il freddo entrarle nelle ossa. Il lago era alimentato principalmente dallo scioglimento delle nevi e l'acqua aveva una temperatura di dieci gradi. Nonostante la muta da 5 mm con il cappuccio integrato, i calzari, i guanti e il casco da immersione, il freddo si sentiva eccome.

Se il freddo era previsto, affrontato o comunque ignorato, la visibilità era un altro discorso. L'acqua era piena di sedimento smosso dalla cascata e di materiale derivante dalla decomposizione di piante trascinate lì dall'alto. La visibilità era di tre metri scarsi e, a dieci metri di profondità, anche le torce più potenti facevano la luce di una candela.

Emma si servì di un esposimetro per misurare l'energia solare che arrivava là sotto. « *Questa non ci voleva* » annunciò attraverso il sistema di comunicazione. « *L'acqua è così torbida che i pannelli lavorano al quindici per cento della loro efficienza. Per le batterie non basta. Prima lo tiriamo su, meglio è.* »

« *Prima dobbiamo trovarlo* » rispose Joe. « *Che di per sé non sarebbe difficile, se non fosse che stiamo cercando un aereo nero sul fondo di un lago nero.* »

Pinneggiavano pigramente e scendevano lenti.

« *Sulla superficie superiore dell'ala è inserita una striscia riflettente* » disse Emma. « *Se la colpisci con la luce non avrai alcun problema a trovarlo.* »

Il lago era profondo ventisette metri al centro e almeno ventitré sotto lo Zodiac. Emma arrivò a due terzi della discesa prima che il raggio della sua torcia arrivasse a illuminare il fondo.

Il limo era scuro come il carbone, punteggiato qua e là da frammenti di quarzo che lo facevano scintillare come una gemma nera. Minuscoli solchi nel sedimento ricordavano le creste di un'enorme impronta digitale.

« *Allargatevi un po' e lasciatevi portare dalla corrente* » suggerì Kurt. La maggior parte del lago era libera da correnti apprezzabili, ma la cascata generava una lieve spinta e per questo motivo si erano immersi a monte della zona oggetto delle ricerche.

Emma fece come Kurt aveva suggerito e non appena le luci di Joe e di Kurt si affievolirono con la distanza, provò un'inaspettata sensazione di solitudine.

Si concentrò sul compito da svolgere, esplorando avanti e indietro, cercando qualche segno della coda del *Nighthawk* o della striscia riflettente incollata sulle ali. Il primo elemento importante, però, fu una macchia di colore, arancione e bianco, che fluttuava piano sul fondo.

Emma sentì il ritmo del cuore accelerare. « *Contatto* » annunciò. « *Paracadute.* »

Andò verso di esso e trovò entrambi i paracadute del *Nighthawk* posati sul fondo, parzialmente sepolti dal sedimento. Le parti libere fluttuavano come alghe marine mosse dall'acqua.

Quando Kurt e Joe arrivarono da lei, Emma afferrò il materiale di nylon e lo tirò, ma questo oppose resistenza.

« *È ancora attaccato* » disse. Si spostò in avanti, aggrappandosi alla corda, metro dopo metro, finché comparve una grossa sagoma. Kurt e Joe la seguivano nuotando. La luce delle loro torce danzò su una superficie curva nera come la notte. Sopra, in grigio a bassa visibilità, c'erano le lettere USAF.

Con tutte e tre le torce puntate addosso, l'aereo divenne visibile. Era saldamente posato sul fondo, la pancia e le ali a contatto con il limo. Nonostante lo avesse visto mille volte, Emma continuava a trovarlo sorprendentemente piccolo.

« *Finalmente* » disse.

« *Cosa te ne pare?* » chiese Kurt.

Emma si fece portare dalla corrente sopra l'aereo cercando danni visibili. « *La fusoliera e i compartimenti di carico sono ancora intatti* » disse. « *Le ali presentano delle incisioni nei punti in cui sono state agganciate dalle ganasce dell'aereo russo, ma niente di catastrofico.* »

Pinneggiò verso la parte anteriore, arrivando al muso. Con la mano protetta dal guanto tolse lo strato di sedimento da un pannello posto sul fianco. Era un pannello touch screen protetto da una lastra di kevlar trasparente tutta bruciacchiata.

Battendo sul pannello lo riportò in vita. Nell'acqua scura brillava di una luce intensa. Un indicatore di stato con tre barrette mostrava le condizioni del sistema criogenico: erano tutte ampiamente verdi. Un'altra porzione dello schermo indicava che le unità di contenimento funzionavano a dovere, mentre l'ultima porzione dello schermo segnalava che le riserve di energie cominciavano a scarseggiare.

« *Una batteria è già fuori uso, ma le altre stanno compensando* » disse.

« *È un problema?* » chiese Kurt.

« *Solo se ne perdiamo un'altra. Ora come ora dovremmo avere almeno ventiquattro ore di tempo per portarlo in superficie, estrarre le unità di contenimento e alimentarle con le celle a combustibile portatili.* »

« *Allora diamoci da fare* » disse Kurt.

Joe li raggiunse. « *E se aprissimo il compartimento di carico e togliessimo le unità di contenimento senza tirar su l'aereo? Risparmieremmo tempo ed elimineremmo il rischio che qualcosa vada storto nelle operazioni di recupero. Per non parlare del fatto che i satelliti potrebbero individuare il* Nighthawk *una volta che lo abbiamo riportato in superficie.* »

Emma scosse la testa. « *È un'operazione troppo rischiosa da fare sott'acqua. Tutti i componenti elettronici nascono sigillati ma non possiamo sapere in che condizioni si trovano adesso. Tra le vibrazioni del lancio, i tre anni nello spazio, le alte temperature del rientro e il tentativo dei russi di catturarlo, potrebbero essersi prodotti dei piccoli danni all'interno, tipo connessioni allentate o frat-*

ture nel materiale isolante. Se dovesse bagnarsi qualcosa e verificarsi un corto...»

«*Il lago salterebbe per aria insieme a una bella fetta di Perù*» disse Kurt.

«*Esattamente*» rispose Emma. «*Niente scorciatoie. Prima di ogni altra cosa dobbiamo tirarlo su e portarlo all'asciutto.*»

36

Il rumore del compressore d'aria alimentato a benzina si trasmetteva dalla poppa dello Zodiac fino all'altro lato del lago, un fastidioso sconvolgimento in uno scenario altrimenti idillico.

Paul Trout, seduto accanto al compressore, sorvegliava l'apparecchio e il tubo a esso collegato che scompariva dentro l'acqua. A una quindicina di metri di distanza l'acqua ribolliva nel punto in cui l'aria in eccesso risaliva in superficie formando un cerchio di bolle.

Paul era solo a bordo del gommone. Kurt, Joe ed Emma si erano nuovamente immersi per preparare il *Nighthawk* al sollevamento, mentre Urco si era offerto volontario per tornare a terra a cercare un posto abbastanza solido su cui posare l'aereo.

Strizzando gli occhi, Joe riusciva a vedere il peruviano sull'altro lato del lago, dietro l'erba alta sulla cima del pendio, impegnato a sondare il terreno con un bastone per vedere se avrebbe potuto reggere il peso del *Nighthawk*.

Paul lo chiamò con la radio. « Urco, sono Paul. »

« Dica, signor Paul » rispose Urco.

« Volevo sapere se ha avuto fortuna. »

Vide Urco voltarsi verso di lui e fargli cenno con la mano. « La riva è troppo cedevole e fangosa per sostenere tanto peso. E anche quassù, lontano dalla sponda, il terreno è paludoso. Provo a salire ancora un po'. »

« Ricevuto » disse Paul. « Ci tenga informati. »

Urco salutò con la mano e si allontanò con il suo bastone. Paul restò a guardarlo finché scomparve. Forse c'erano altri occhi che lo stavano osservando, rifletté. Poi tornò a concentrarsi sul compressore e sul manometro.

*

Sott'acqua, Kurt teneva ben stretta l'estremità del tubo dell'aria e la puntava sotto il *Nighthawk*. L'aria compressa agiva un po' come una trivella con cui rimuovere il limo scuro e Kurt continuava a spingerla in avanti.

A ogni spinta, veniva investito da una nuova esplosione di bolle e sedimento che lo avvolgevano in un vortice scuro. Mentre il limo gli turbinava intorno, lui sparava altra aria nel varco.

« *Ancora niente?* » chiese.

La voce di Joe gli giungeva leggermente distorta, come se lui si trovasse in una galleria profonda. Joe era dall'altro lato, in attesa che il tubo risalisse. « *No. Continua a spingere.* »

Kurt mosse il tubo avanti e indietro, poi lo spinse di nuovo in avanti.

« *Vedo delle bolle* » annunciò Joe. « *Ci sei quasi.* »

Kurt diede un'ultima spinta e sentì che il tubo avanzava libero. La nube di sedimento che continuava a venirgli addosso si placò.

« *Preso* » disse Joe.

« *Fase uno completata* » disse Kurt. « *Adesso è ora che faccia la tua parte, amigo.* »

Sull'altro lato del *Nighthawk*, Joe afferrò l'estremità del tubo dell'aria compressa e la attirò verso di sé. Con un pezzo di filo di ferro vi assicurò una delle cinghie di sollevamento, poi diede un bello strattone per accertarsi che fosse ben salda.

« *Cinghia numero uno agganciata* » disse. « *La mia parte l'ho fatta.* »

« *Hai fatto presto* » disse Kurt. « *Forse dovrei rivedere la divisione dei compiti in questo progetto.* »

Joe scoppiò a ridere e rimase a guardare il tubo con la cinghia attaccata che veniva ritirato via sotto il *Nighthawk*, un metro per volta.

Mentre Kurt e Joe posizionavano le quattro funi di nylon intrecciato sotto l'aereo, Emma ispezionava le ali esaminando ogni minimo danno. Molte delle piastrelle erano danneggiate. Trovò incrinature sottilissime e molte scheggiature; in alcuni punti le piastrelle erano state strappate via del tutto, presumibilmente quando il *Nighthawk* si era liberato dalla stretta dei russi che lo avevano catturato. Ma sotto, il metallo ad alta resistenza era intatto.

« *L'ala non sembra compromessa* » annunciò. « *Non dovrebbe aver imbarcato acqua.* »

« *Mi fa piacere sentirlo* » rispose Joe. « *Già così siamo vicini alla massima capacità di sollevamento dell'Air-Crane. L'ultima cosa che ci serve è qualche tonnellata d'acqua a peggiorare le cose.* »

« *Concordo* » disse Emma. « *Ora controllo i punti di aggancio per vedere se c'è della corrosione. Non sopporterei che si rompesse qualcosa subito dopo che noi abbiamo cantato vittoria.* »

Mentre lei nuotava sopra l'aereo, il tubo dell'aria spuntò ancora una volta tra il sedimento, rilasciando uno sciame di bolle tutto attorno a lei. Per un attimo fu come nuotare in un bicchiere di champagne. Non voleva mettere il carro davanti ai buoi, ma pensò che presto avrebbero brindato per celebrare la vittoria.

37

Canyon di La Jalca

Nell'oscurità di una grotta a circa ottocento metri da lì, non c'era alcun barlume di vittoria e neppure di speranza per gli uomini tenuti prigionieri al suo interno. Solo oscurità, freddo, umido e rumore. Un rumore costante, senza fine.

Il grosso della cascata precipitava poco oltre l'imbocco della caverna. L'acqua bianca e spumeggiante nascondeva tutto quanto si trovava al di là, provocando una sensazione di vertigine a chiunque la osservasse a lungo e cancellando ogni dettaglio.

Quello che nascondeva alla vista nascondeva pure all'udito, poiché lo scroscio costante riflesso dalle pareti di roccia soffocava ogni tentativo di parlare, di pensare, e persino il rumore prodotto dagli uomini sul lago.

I due uomini seduti nella grotta non avevano sentito avvicinarsi l'elicottero quella mattina, né il motore fuoribordo dello Zodiac, e tanto meno le urla di vittoria seguite poco dopo. Neppure il martellare continuo del compressore ad aria riusciva a penetrare quel muro di rumore che li separava dall'esterno. Era un isolamento del corpo, dell'anima e della mente, e aveva già lasciato il segno.

Dopo giorni passati in quelle condizioni, erano ormai insensibili. Sedevano con la schiena appoggiata alla parete, le ginocchia avvicinate al petto e la testa bassa: una versione eretta della posizione fetale. Avevano le mani incatenate sul davanti, le caviglie legate tra di loro e a dei grossi pesi di ferro che rendevano difficile camminare.

Il volto era coperto dalla barba di parecchi giorni, l'uniforme da uno strato di sporcizia. Sotto il sudiciume, il grasso e la polvere si vedeva l'aquila a due teste dell'aeronautica militare russa e il distintivo della squadriglia raffigurante la grossa zampa di un rapace che afferra un altro uccello in volo. Una stella sulla spalla di uno dei due lo identificava come un maggiore. Sul petto, un paio d'ali con sovrapposto un compasso misuratore indicavano che era un pilota collaudatore.

L'uomo continuava a fissare l'oscurità, indebolito dal freddo e dalla mancanza di cibo, ma nella sua mente si agitavano pensieri di vendetta. Era di umore così tetro che gli ci volle un momento per accorgersi della lama di luce che era comparsa sul fondo della grotta.

La luce proveniva dalla superficie attraverso uno stretto cunicolo verticale attraverso cui, giorni prima, i due russi erano stati costretti a scendere sotto la minaccia di una pistola. Una volta arrivati in fondo, erano stati incatenati e abbandonati lì dagli uomini che li avevano fatti prigionieri, i quali avevano risalito il condotto, tirato su la corda e bloccato la luce trascinando delle tavole sull'apertura.

La comparsa della luce significava che le tavole erano state spostate. Significava che qualcosa sarebbe successo. Nel bene o nel male, il maggiore Yuri Timonovski avrebbe comunque accolto con favore qualunque cambiamento.

« Sta arrivando qualcuno » disse.

Il secondo uomo alzò lo sguardo. Aveva gli occhi iniettati di sangue e nervosi. « Forse sono venuti a darci da mangiare. »

« O a ucciderci » rispose Timonovski. « A questo punto, per me uno o l'altro va bene lo stesso. »

Dal condotto scese l'estremità di una corda, che urtò il terreno e si arrotolò come un serpente. La parte sospesa si contorse da una parte e dall'altra, segno che stava scendendo qualcuno.

Timonovski si alzò in piedi, pronto ad affrontare qualunque destino. Gli faceva male la schiena, aveva le gambe intorpidite e si avviò dondolando in direzione dell'intruso, trascinandosi dietro i pesi.

Non gli impedivano di muoversi ma erano sufficienti a impedirgli di arrampicarsi. Tuffarsi nel lago, poi, sarebbe stato letteralmente un suicidio. Avrebbe potuto prendere in considerazione l'ipotesi, se le cose non fossero migliorate.

Vide un paio di stivali, poi un uomo slanciato con una barba folta saltò giù. Timonovski lo riconobbe immediatamente: era il Falconiere, l'uomo con cui avevano lavorato fin dal primo giorno. L'uomo che aveva promesso di consegnare loro il *Nighthawk* violandone il sistema di guida e sovrapponendosi alle istruzioni americane provenienti da Vandenberg.

Timonovski sapeva anche che era un traditore. Era sicuro che il Falconiere avesse fatto qualcosa all'ultimo minuto per cui il *Nighthawk* si era liberato dal *Blackjack 1*. E quando lui aveva tentato di interrompere l'inseguimento e dirigersi al punto stabilito per il rifornimento, il Falconiere aveva tagliato la gola al suo copilota, estratto una pistola e minacciato di morte lui e il suo ingegnere di volo se non avessero eseguito i suoi ordini.

Dopo aver seguito il *Nighthawk* e averlo visto scendere nel lago sostenuto dai paracadute, il Falconiere aveva ordinato loro di atterrare su una pista molto stretta a una decina di chilometri dal lago. Avevano trovato ad attenderli un gruppo di uomini armati e, dopo essere stati presi in ostaggio, avevano perso ogni speranza di fuga.

« Sei sveglio » disse il Falconiere, avvicinandosi. « Bene. »

Tra di loro parlavano in inglese, l'unica lingua straniera che entrambi conoscevano.

« È impossibile dormire qua dentro » disse Timonovski.

« Certe persone trovano riposante il rumore delle cascate. »

« Non quando ce l'hai proprio sulla testa. »

Il Falconiere si strinse nelle spalle.

« Vedo che sei solo » osservò Timonovski. « Non hai più amici? »

« Al contrario » disse il Falconiere. « Ne raccolgo a manciate proprio come un tempo ho raccolto voi. »

Il maggiore Timonovski non tollerava quell'arroganza, ma non poteva farci nulla. « Cosa vuoi ancora da noi, ammaestratore di uccelli? »

« Sono venuto a portarvi da mangiare » rispose l'uomo con la barba. Si tolse uno zaino dalle spalle, aprì la cerniera superiore e lo posò davanti ai suoi prigionieri.

Il maggiore evitò di guardarlo, ma non poté impedire che l'aroma del cibo gli salisse alle narici. Forse l'inedia acuiva i sensi.

Restando seduto, l'ingegnere di volo si trascinò verso lo zaino e cominciò a estrarne il contenuto. Prima uscì un contenitore di plastica pieno di zuppa, poi delle bottiglie d'acqua con l'aggiunta di elettroliti, seguite da un paio di involti.

« Sandwich » disse l'ingegnere, sfasciandone uno.

Timonovski scoprì di avere l'acquolina in bocca. « Cos'è? Uno dei tuoi giochetti? »

« Niente affatto » rispose il Falconiere. « Avrete bisogno di forze per volare via da qui. »

« Volare? »

« Sei capace di pilotare un elicottero, vero? »

« Certo » rispose il maggiore. Lui aveva pilotato qualunque cosa figurasse nell'arsenale russo. « Ne hai uno? »

« È dei miei amici » rispose il Falconiere.

Accennò con il capo al lago, invisibile oltre l'apertura della grotta. « Quello che non puoi vedere – una delle molte cose che non puoi vedere – sono gli agenti americani che, in questo momento, immersi nel lago, stanno agganciando il *Nighthawk*. Si stanno preparando a tirarlo su dal fondo. Fatto questo, prenderò io il controllo delle operazioni e voi lo porterete alla pista dove attende il *Blackjack 2*. Porterete a termine la vostra missione, farete rifornimento in volo sopra il Venezuela come pianificato, attraverserete l'Atlantico e tornerete in Russia da eroi. »

Timonovski era allibito. « Non capisco. Ora vuoi che lo riportiamo a Mosca? Ma lo avevamo già preso. Sei tu che lo hai liberato. Se tu non lo avessi risvegliato dopo che il *Blackjack 1* lo aveva catturato... »

« Se vi avessi permesso di proseguire non sarei stato in grado di ottenere il pagamento integrale che desidero. Ora, invece, il prezzo da pagare sarà pari alla sofferenza. Anzi, è molto più alto di quanto possiate immaginare. »

« Soldi insanguinati » disse il maggiore.

« Tutte le ricchezze sono soldi insanguinati, in un modo o nell'altro » ribatté il Falconiere.

Il maggiore Timonovski si limitò a fissarlo.

« Se preferisci, posso lasciar fare agli americani e abbandonarvi qui a marcire mentre impazzite per il rumore. »

« Se è un trucco... »

« Lo sopporterete perché non avete altra scelta. »

Timonovski era furioso. Il Falconiere aveva il totale controllo della situazione. Ma c'era un limite a tutto. Anche quell'abile manipolatore doveva scendere a patti con la forza di gravità. « Non riusciremo mai a decollare » disse. « La pista è troppo corta, il *Nighthawk* troppo pesante. Non ce la faremo mai a salire oltre gli alberi con quell'affare sulla schiena. »

L'uomo barbuto piegò la testa di lato. « Lascia fare a me. »

Si voltò, tornò al cunicolo, si aggrappò alla corda e cominciò a tirarsi su. Un attimo dopo la corda scomparve e la colonna di luce sparì.

Furono di nuovo inghiottiti dall'oscurità e dal rumore.

« Faresti meglio a mangiare » disse l'ingegnere di volo. « Comunque vada, avremo bisogno delle nostre forze. »

Per un attimo Timonovski lo ignorò, impegnato com'era a valutare la situazione, ma poi cedette alla tentazione del cibo. Non credeva a una sola parola del Falconiere. In un modo o nell'altro, era l'ennesima menzogna, ne era certo. Ma morire con la pancia piena sembrava di gran lunga preferibile che morire di fame.

38

Al largo della costa dell'Ecuador

La flotta di recupero russa si trovava ormai a meno di cento miglia dalla costa ecuadoriana, ma non aveva ancora trovato tracce né del *Blackjack 2* né del veicolo spaziale americano.

Constantin Davidov la considerava ormai una causa persa. L'improvviso calo delle attività navali americane lasciava intendere che lo avessero trovato loro.

Solo nella sua cabina, stava meditando di tornarsene in Russia e affrontare le conseguenze di quell'insuccesso, quando un colpo alla porta lo fece trasalire.

« Avanti. »

Era un uomo dello staff del contrammiraglio. « È arrivato un messaggio » annunciò l'uomo. « Il contrammiraglio desidera vederla. »

Davidov si precipitò al centro comunicazioni.

« Viene dal Falconiere » disse Borozdin.

« È vivo? »

« Così sembrerebbe. E visto che non abbiamo trovato tracce del relitto del *Blackjack 2*, dobbiamo supporre che equipaggio e aereo siano anch'essi in salvo. »

« Ma dove? » ribatté Davidov piccato.

« Questo potrebbe rispondere alla tua domanda. »

Borozdin gli porse un biglietto. Era tutto in codice. Il codice del Falconiere. Davidov lo decifrò a memoria e rimase a fissarlo. Era criptico anche dopo essere stato decifrato. « Tutto qui? Questo è l'intero messaggio? »

« È tutto quello che abbiamo ricevuto » rispose Borozdin. « È arrivato con l'identificativo del Falconiere. Il messaggio è suo. »

« Su questo non ho dubbi » rispose Davidov. « Quell'uomo è tutto fuorché stupido. »

Fissò di nuovo il foglio. « I numeri sono evidentemente delle coordinate » osservò. « Ma il messaggio... »

Diceva:

Consegna completa.
Portare oro. Soltanto monete.
Il prezzo è raddoppiato.
Attenti, gli americani ci osservano.

RATO.
Avete otto ore.

« Consegna completa » disse Borozdin. « Si riferisce al *Nighthawk*? »

« Suppongo di sì » rispose Davidov.

« Mi sembra improbabile » disse Borozdin. « Lo hai detto tu che devono averlo preso gli americani. Le attività della loro flotta lo confermano. È solo un tentativo per estorcerci dei soldi. Ti tenderà un'imboscata e si prenderà il pagamento per ciò che non può consegnare. »

Davidov si massaggiò il mento con aria pensierosa. « Non ne sarei così sicuro » disse.

« Perché? »

« RATO » disse Davidov, quasi parlasse tra sé. « È l'acronimo per decollo assistito con razzi. Un piano di cui avevamo discusso se uno dei bombardieri avesse catturato il *Nightahwk* ma fosse stato costretto ad atterrare. Un piano d'emergenza per far decollare i due aerei insieme. Se richiede un RATO, è possibile che, dopotutto, abbia lui il *Nighthawk*. »

Borozdin scosse il capo. « Soltanto tu gli credi ancora, amico mio. »

« Io non credo a nulla » ribatté Davidov, « ma non posso arrendermi proprio ora. Il passaggio del satellite su Ecuador e Perù è completato? »

« Quasi. »

« E queste coordinate? »

Borozdin studiò i numeri, si avvicinò a un computer e li digitò. « Un piccolo campo di aviazione su un altopiano » disse. « Costruito da una società mineraria cinese tre anni fa, e ora abbandonato. »

« Abbiamo un passaggio recente? »

Borozdin acquisì le immagini satellitari. « Sì » rispose.

« Richiamalo e ingrandisci. »

Usando il cursore Borozdin disegnò un quadrato intorno al campo di aviazione e premette Invio. La risoluzione dell'immagine cambiò, mostrando l'area nel dettaglio. « Nessun segno del *Nighthawk* » disse.

« Quello cos'è? » chiese Davidov, indicando una sagoma distorta a un'estremità della pista.

Borozdin ingrandì ancora una volta e si strinse nelle spalle. « Difficile dirlo. »

Davidov non era d'accordo. « È un aereo. Un grosso aereo con le ali ripiegate, nascosto sotto un telone. Quello è il *Blackjack 2.* Non ho dubbi. »

« Se è come dici tu, dov'è l'equipaggio? Perché non ci ha contattati? »

« Chi lo sa? È una zona remota » rispose Davidov. « È un miracolo che abbiano trovato una pista su cui atterrare. » Si alzò in piedi. « Devo parlare con il responsabile di turno. E, che Dio mi protegga, mi serve un elicottero che mi porti in Perù. »

« Non avrai davvero intenzione di volare fin laggiù con una valigia piena d'oro? »

« È esattamente quello che intendo fare. Porterò quattro dei tuoi uomini con me. »

Chiaramente Borozdin era convinto che l'idea fosse discutibile, per non dire folle. Ma lui era un marinaio, un uomo addestrato ad agire quando le circostanze erano favorevoli e a fuggire quando non lo erano. L'intelligence agiva in maniera diversa: loro erano sempre pronti a correre rischi, rischi enormi e talvolta suicidi. Era nella loro natura, ed era quella la ragione per cui avevano deciso di tentare la cattura del veicolo spaziale americano.

Borozdin aveva un'altra soluzione, anche se più macchinosa. «Abbiamo un aereo da carico, un Antonov AN-124, che aspetta a L'Avana. Perché non mandiamo quello con un centinaio di uomini? È progettato per sollevare grossi pesi e per atterrare e decollare su piste corte. Riuscirà ad atterrare senza problemi, prenderà il *Nighthawk* e lo porterà via. E tu non dovrai esporti a questo ricatto.»

L'Antonov AN-124 era un quadrimotore da carico utilizzato per il trasporto strategico pesante. Sarebbe stato perfetto per quel lavoro, ma farlo arrivare in Perù inosservato era quasi impossibile.

«Dimentichi cosa dice il messaggio» disse Davidov. «Gli americani ci osservano. Non ho scelta. Mi farò portare fino alla costa da uno dei tuoi infernali elicotteri. Da lì possiamo noleggiare un piccolo turboelica per il resto del viaggio.»

«E se il Falconiere facesse il doppio gioco?»

«Altri gli daranno la caccia» rispose Davidov. «Un fatto che gli ricorderò appena lo vedo.»

39

Kurt ed Emma erano tornati a immergersi. Avevano posizionato quattro cinghie sotto il *Nighthawk*, due davanti e due dietro, distanziate in modo che il baricentro dell'aereo si trovasse esattamente in mezzo.

Mentre Emma collegava dei palloni di sollevamento all'estremità di ogni cinghia, Kurt li riempiva d'aria. Erano noti come palloni a paracadute perché il fondo restava aperto anche quando erano gonfi; arrivavano piegati, ma gonfiandosi assumevano una forma a goccia delle dimensioni di una piccola auto.

Per bilanciare lo sforzo ed evitare che le cinghie scivolassero da una parte o dall'altra, Kurt si spostava da un sacco all'altro, gonfiandone parzialmente uno e andando subito sull'altro lato per gonfiare quello opposto, così da bilanciare la spinta di galleggiamento.

Quando ebbe terminato, gli otto palloni gialli fluttuavano intorno al veicolo affondato urtandosi, spinti dalla corrente. Il *Nighthawk*, però, non si era mosso di un millimetro.

« *Palloni di sollevamento gonfiati* » annunciò. « *Le cinghie sono in tensione.* »

« *Non si è mosso di un millimetro* » rispose la voce di Emma.

Kurt se l'aspettava. « *I palloni di sollevamento non sono sufficienti a staccarlo dal fondo* » disse. « *Ma aiuteranno l'Air-Crane a vincere l'effetto ventosa creato dallo strato di limo.* »

Le squadre di recupero la chiamavano « forza di strappo ». A seconda della composizione del sedimento poteva costituire un piccolo o un grande problema. Kurt si aspettava più quest'ultimo.

Inizialmente pareva che il *Nighthawk* fosse sceso senza abbassare il carrello e si fosse posato sulla pancia. Una rapida indagine aveva dimostrato che così non era. Scavando sotto il muso, Emma aveva trovato il carrello non solo abbassato ma conficcato nel sedimento come i chiodi della suola di una scarpa da corsa. Per questo motivo e per la grande superficie a contatto con il limo, la forza di strappo sarebbe stata enorme, quasi uguale al peso del *Nighthawk* stesso.

« *Speravo che si staccasse almeno un po'* » disse Emma.

Galleggiava sopra di lui. La torcia che portava fissata alla spalla illuminava il fianco del *Nighthawk* e i punti di aggancio vicino al muso. Si avvicinò pinneggiando e con le mani protette dai guanti collegò un cavo di acciaio a un punto di aggancio, quindi lo testò con qualche energico strattone. Fatto questo, passò sull'altro lato dell'aereo per collegare il secondo aggancio.

Kurt guardò verso la superficie. L'Air-Crane era in volo stazionario sopra di loro, nascosto dal sedimento nell'acqua. Kurt sentiva appena il rumore martellante dei rotori riflesso dalla superficie del lago.

« *Cavi di sollevamento agganciati* » annunciò Emma, uscendo dalla foresta di palloni gialli.

« *Sembra che siamo pronti* » disse Kurt.

« *Vado ad avvertire Joe* » disse Emma.

Risalì verso la superficie, infilandosi attraverso il labirinto di cavi e cinghie che stava tutto intorno e sopra l'aereo affondato.

Quando scomparve dietro i palloni gialli Kurt rimase solo in fondo al lago. « È il momento della verità » sussurrò tra sé.

Sarebbe stato solo il primo di molti. Ma se non fossero riusciti a staccare il veicolo dal fondo nient'altro avrebbe avuto importanza.

Joe volava a punto fisso sopra il lago, tenendo un occhio sulla strumentazione e uno sulla superficie.

Attraverso l'acqua scura riusciva a intravedere la sommità rotonda dei palloni gialli. Erano tutti ammassati e stavano fermi. Sembravano gonfiati al massimo.

« Non ci vorrà più molto » disse. « Sei pronto? »

La domanda era rivolta a Paul, seduto dietro di lui al posto dell'operatore gru. « Sì » rispose Paul. « Nell'ultima settimana sono diventato esperto nel manovrare gru. Ho persino imparato a lanciare un sottomarino come se stessi pescando. »

A Joe non sfuggì il tono divertito nella voce di Paul. « Ho sentito che hai lanciato l'*Angler* dal ponte del *Catalina* » disse. « Bel colpo. Qui è come tirar su un pesce col mulinello senza farselo scappare. »

« Cercherò di dominare l'impazienza. »

Joe fece un altro controllo della strumentazione. La temperatura del motore era un po' alta, non ancora nella zona di pericolo ma quasi.

Il volo stazionario non aiutava a raffreddare le turbine; inoltre, anche se lui si trovava a soli quindici metri dalla superficie del lago, l'altimetro riportava una quota di duemilaottocento metri e rotti. Questo significava che l'aria era sottile e, più l'aria è rarefatta, meno portanza possono generare le pale.

Durante l'addestramento, Joe aveva studiato un gran numero di incidenti. Era un modo per imparare dagli errori degli altri. Non senza una certa morbosità, si ricordò che la stragrande maggioranza di quegli incidenti era avvenuta in condizioni di scarso raffreddamento, scarsa portanza e peso eccessivo.

Il vecchio pilota che gli aveva insegnato a volare ripeteva sempre che quelle erano le condizioni in cui nessun pilota di elicottero avrebbe mai voluto trovarsi, ma Joe non aveva scelta. Il motore dell'Air-Crane era già troppo caldo, le condizioni di portanza non erano delle migliori e, non appena avesse tirato fuori il *Nighthawk* dall'acqua, sarebbe stato molto, molto pesante.

Diede un colpetto sull'indicatore di temperatura, ringraziando il cielo per la brezza che aiutava a raffreddare le turbine. « Su, andiamo » sussurrò. « Diamoci una mossa. »

« Vedi del colore? » chiese Paul.

Kurt ed Emma avevano con sé delle capsule di colorante. Rosso per indicare che c'era un problema, verde per dare il via libera e segnalare a Paul e Joe il flusso esatto della corrente, in modo che potessero allinearsi a quella quando avessero sollevato.

« No » rispose Joe. « Ma sta risalendo qualcuno. »

Comparve un subacqueo in superficie. Tra casco e cappuccio

era impossibile capire chi fosse dei due. Il subacqueo fece un segnale con la torcia, accendendola e spegnendola tre volte, diede il via libera con il pollice alzato, poi ruppe la capsula con il colorante verde.

Joe rispose lampeggiando con le luci di atterraggio. Il sub confermò e tornò a immergersi. « Le cinghie sono in posizione » disse Joe. « Prepariamoci a tirare su. »

« Finalmente » rispose Paul. « Ora tendo i cavi. »

Mentre Paul azionava i comandi, i cavi cominciarono a uscire dalla superficie scura del lago. Uno era fissato al muso del *Nighthawk*, l'altro all'aggancio vicino alla coda.

Non appena i cavi si tesero, Joe sentì il carico appesantire l'elicottero. « Bloccalo così » disse. « Al resto ci penso io. »

Mentre Paul bloccava il verricello, Joe diede lentamente potenza. Quello era il momento più pericoloso: il ripescaggio vero e proprio. Manovrando i comandi con mano leggera, tirò su, lasciò che l'elicottero si stabilizzasse, poi tirò nuovamente.

I cavi si tesero e si allungarono, grondando acqua, ma dopo diversi tentativi il *Nighthawk* era ancora imprigionato sul fondo del lago.

« Su, avanti, bello » mormorò Joe. « Non fare il difficile. »

Diede ancora più potenza, e questa volta più a lungo. Il rotore tuonava sopra di lui. Le turbine urlavano. Il vortice creato sull'acqua dal flusso d'aria del rotore continuava a spazzare la superficie del lago ma, nonostante i continui tentativi, il *Nighthawk* non riusciva a liberarsi dalla morsa del limo.

Si accese una spia gialla a indicare una temperatura troppo alta nella turbina numero uno.

« È inutile » urlò Paul da dietro.

« È questione di poco » ribatté Joe.

Joe diminuì la potenza e vide la temperatura stabilizzarsi subito sotto la linea rossa. « Faccio ancora un tentativo » disse. « Questa volta a tutta potenza. »

Sott'acqua, Kurt ed Emma capivano che l'Air-Crane era sottoposto a uno sforzo intenso. A ogni tentativo, i cavi gemevano e il rumore martellante dei rotori cresceva. Il veicolo spaziale, però, non si muoveva.

« *Che sia impigliato in qualcosa?* » chiese Emma.

« *No, è l'effetto ventosa* » rispose Kurt. « *Va' sotto l'ala e togli più sedimento che puoi.* »

Emma nuotò fino alla punta dell'ala destra e cominciò a scavare con le mani, raccogliendo il limo e gettandolo dietro di sé.

Kurt andò in coda, infilò il tubo dell'aria compressa sotto la fusoliera e aprì la valvola al massimo. Indirizzò il getto verso l'interno, in modo da formare una bolla d'aria che si spandesse sotto l'aereo e interrompesse l'effetto ventosa.

Spinse il tubo il più avanti possibile e lo lasciò lì. Quindi si spostò verso l'ala sinistra.

Si infilò sotto e cominciò a scavare il limo nero con le braccia. Andando sempre più a fondo, presto si ritrovò sotto il veicolo... dove sarebbe rimasto intrappolato e schiacciato se questo si fosse sollevato e poi posato di nuovo.

Sentì il rumore dei rotori che tornavano a girare alla massima potenza. I cavi si tesero. Kurt si allungò sempre di più sotto l'aereo, tirando via bracciate di fango.

All'improvviso, da sotto la pancia dell'aereo si sprigionò un'ondata di bolle, inaspettata, repentina. Kurt sentì un rumore di risucchio, come l'ultima acqua che gorgoglia giù per uno scarico.

Kurt ed Emma vennero attirati sotto il *Nighthawk* insieme alle tonnellate d'acqua che si riversavano nello spazio improvvisamente lasciato libero dal veicolo.

Nel vortice di bolle e sedimento era impossibile distinguere qualcosa a parte la luce sulla spalla di Emma.

Kurt la afferrò per un braccio e la tirò.

Cominciarono a pinneggiare con forza, nuotando insieme nell'acqua nera e tumultuosa. Dopo lo spunto iniziale, la risalita del *Nighthawk* si era fermata. Mentre cercava di allontanarsi Kurt sentì le pinne urtare contro la parte inferiore del veicolo. Quando si voltò vide che il veicolo aveva ricominciato a salire, lento ma sicuro, inseguito dal fiotto di bolle che sgorgava dal tubo dell'aria.

« Andiamo su » disse Emma. « Voglio esserci quando Joe lo farà posare a terra. »

Kurt rispose annuendo; i due nuotarono verso la cima dell'ancora dello Zodiac e poi cominciarono lentamente a risalire.

Quando emersero in pieno sole, la coda nera del *Nighthawk* spuntava dalla superficie. Sembrava la pinna dorsale di un gigantesco squalo o di un'orca.

Poi comparvero i palloni gialli: saltavano fuori dall'acqua e si disponevano su un lato, sgonfiandosi lentamente man mano che l'aria intrappolata al loro interno usciva dai margini aperti.

Sopra a tutto, l'Air-Crane urlava mentre affrontava l'epico sforzo di strappare il veicolo spaziale dalla morsa dell'acqua.

Uscì per primo il muso, poi il resto. Dalle ali del *Nighthawk* scesero cascate d'acqua mentre dal carrello d'atterraggio continuavano a colare ammassi di fango.

Galleggiando accanto allo Zodiac, Kurt ed Emma osservarono rapiti l'Air-Crane ruotare lento su se stesso e quindi dirigersi verso la zona di terreno compatto scelta da Urco per l'atterraggio.

Emma indicò il centro del lago: nel punto in cui era emerso il *Nighthawk* c'era un vortice effervescente di schiuma e limo. I palloni si stavano lentamente sgonfiando sulla superficie.

« Penseremo dopo a ripulire » disse Kurt. « Andiamo a riva a veder scendere questo coso. »

Emma si tolse le pinne, le gettò dentro il gommone e si aggrappò alla rete da carico che avevano sistemato sul bordo perché fungesse da rudimentale scaletta. Si tirò su e si lasciò cadere oltre il bordo con sorprendente rapidità.

Quando lei salì sulla barca Kurt udì un urlo di sorpresa e gli inconfondibili rumori di una colluttazione. Si tirò su e vide un uomo che lottava con Emma dentro il gommone.

Lanciandosi in avanti, per metà sul bordo, Kurt riuscì ad afferrare con una mano l'aggressore ma, prima di riuscire a fare altro, un paio di braccia poderose lo agguantarono per le gambe e lo tirarono di nuovo giù, sott'acqua.

40

Attraverso le mani che stringevano i comandi, Joe percepì una strana oscillazione. Si stavano dirigendo verso l'area di atterraggio e l'Air-Crane oscillava da una parte e dall'altra.

« Quell'accidente si sta muovendo? » gridò.

« Ci prova » rispose Paul. « Ruota a destra e poi a sinistra. Ogni volta lo spostamento è maggiore. »

Joe capì immediatamente. Il flusso d'aria generato dal grosso rotore a sei pale sopra la sua testa era come un piccolo tornado, e la corrente d'aria investiva l'impennaggio di coda del *Nighthawk*. Spingeva la coda verso sinistra e questo faceva girare il muso verso destra. Non potendo andare oltre perché trattenuto dai cavi, l'aereo tornava indietro nella direzione opposta. Quell'oscillazione si stava lentamente trasformando in un movimento circolare.

Il *Nighthawk* continuò a oscillare mentre passavano sopra le secche e poi sopra la riva arida e fangosa. Joe vide Urco sventolare una bandiera di fortuna un centinaio di metri più avanti, su un'altura dove il terreno era più solido.

Il luogo scelto da Urco era piatto e roccioso, di forma quasi circolare, circondato dall'erba alta. Sembrava una piattaforma d'atterraggio naturale.

Joe puntò verso di esso ignorando la spia gialla della temperatura che si era nuovamente accesa e agendo sui pedali del timone per mantenere stabile l'Air-Crane.

Quando finalmente furono sopra la radura, si girò con il muso nel vento e rimase in volo stazionario.

« Più a destra » disse Paul.

« Quanto? »

« Tre metri. »

Joe portò l'Air-Crane sulla destra, guardando il suolo sotto di sé attraverso il plexiglas trasparente della cabina.

« Così va bene » disse Paul. « Ora fallo scendere piano. »

« Non c'è tempo. »

Joe allentò la pressione sui comandi e fece scendere l'elicottero, cercando di posare il *Nighthawk* con garbo e in fretta. Ci riuscì solo in parte. Il veicolo spaziale toccò terra con un lieve scricchiolio, atterrando con più forza di quanto Joe sperasse. I cavi si afflosciarono e la sollecitazione sul motore si ridusse.

« *Nighthawk* atterrato » annunciò Paul.

« Sgancia. »

Paul sbloccò il gancio del verricello e i cavi di metallo caddero a terra.

Come risposta l'Air-Crane si sollevò. Liberatosi del carico era molto più agile. Joe tolse potenza appena poté, ma la spia gialla continuava a restare accesa. « Dobbiamo atterrare altrimenti perderemo il diritto alla garanzia. »

Allontanandosi dal *Nighthawk*, Joe si diresse verso il limite della radura e si abbassò preparandosi ad atterrare.

Le ruote del carrello toccarono terra con un tonfo sordo, una dopo l'altra. Joe tolse potenza, mantenendo le turbine al minimo finché la temperatura scese.

« Accidenti » disse Paul. « Andiamo a dare un'occhiata. »

Joe controllò un'ultima volta l'indicatore della temperatura. Il valore si stava stabilizzando. Una seconda spia, che avrebbe dato l'allarme in caso di residui metallici nel sistema di lubrificazione, non si era mai accesa. Le turbine non avevano subito danni. Almeno quello.

Joe spense tutto, slacciò la cintura di sicurezza e seguì Paul fuori. Attraversarono la radura e trovarono Urco accucciato sotto il muso del *Nighthawk*, intento a togliere il fango dal carrello d'atterraggio. Sentendoli avvicinare Urco alzò lo sguardo.

« Com'è andata? » chiese Paul.

« Benissimo » rispose Urco. « Esattamente come speravo. »

C'era qualcosa di strano in quella risposta. Prima che Joe riuscisse a capire cosa, colse un movimento nell'erba alta. Il suo primo pensiero fu che fossero Kurt ed Emma che salivano dalla spiaggia, e invece dalla vegetazione sbucò un gruppo di uomini. Impugnavano fucili e carabine.

Joe si voltò per scappare. Troppo tardi. Alle loro spalle era spuntato un secondo gruppo di uomini.

« Non fate resistenza » disse Urco, alzandosi in piedi e puntando una pistola in direzione di Joe. « Non costringetemi a uccidervi. »

41

Kurt era stato trascinato di nuovo sott'acqua, una sensazione sorprendente. Se l'era cavata scalciando con forza e liberando le gambe. Si era appena liberato quando sentì qualcosa di pesante stringergli forte il collo. Sulle prime pensò che fosse una catena di metallo, ma poi capì che era una cintura da subacqueo.

La afferrò e tirò, ma chiunque fosse che gli stava alle spalle la girava con forza. Mentre lui lottava con questo primo assalitore, dall'ombra sotto il gommone spuntò un secondo sub. Indossava una muta grigia e una maschera squadrata. E stringeva un coltello da venti centimetri con il quale cercò di colpire Kurt.

Sfruttando il peso dell'uomo alle sue spalle, Kurt si voltò di lato. Anziché perforargli la gabbia toracica, il coltello gli si conficcò nel giubbotto ad assetto variabile, rilasciando un flusso di bolle nell'aria. Prima che l'uomo potesse colpirlo di nuovo, Kurt gli sferrò un calcio sulla faccia, spaccandogli la maschera e facendogli perdere il regolatore. Un secondo calcio ai denti lo spedì verso la superficie.

E uno, pensò Kurt. *Ora tocca all'altro.*

La cintura dei pesi lo stava strozzando.

Impegnati a lottare, Kurt e il suo assalitore affondavano rapidamente. Il corpo a corpo proseguì fino sul fondo del lago, contro cui andarono a sbattere con sorprendente violenza.

Ora che poteva puntellare i piedi, Kurt riprese un minimo di controllo. Mollò una gomitata all'indietro. L'uomo allentò la presa ma gli afferrò il tubo dell'aria e lo strappò via.

Kurt sentì il casco che veniva tirato da una parte, vide una seconda esplosione di bollicine argentate e, prima di poter reagire, fu abbrancato e premuto giù nel limo.

Kurt era sdraiato sulla schiena. Il suo aggressore – che lui riconobbe come Vargas, il compagno di Urco – lo teneva giù, schiacciandolo contro il sedimento come se volesse seppellirvelo. Era una strategia semplice: presto avrebbe perso i sensi.

Trattenendo il fiato, Kurt prese il coltello, ma Vargas gli diede un calcio sul polso, facendoglielo cadere di mano.

In preda alla disperazione, Kurt sferrò un pugno verso l'alto, nella speranza di colpire Vargas al collo, ma il colpo fu deviato dal potente avambraccio dell'uomo. Un secondo pugno colpì Vargas al plesso solare ma l'uomo non cedette di un centimetro.

Mentre Kurt combatteva, la lotta assunse un aspetto surreale: il sedimento turbinava intorno a loro, e la torcia che Kurt teneva assicurata al polso lanciava bagliori da questa e da quella parte. Kurt sentiva i muscoli sempre più affaticati per la mancanza di ossigeno. Vide Vargas estrarre il coltello e sollevarlo per il colpo letale. La lama calò con violenza. Nello stesso istante, Kurt spinse il ginocchio all'insù colpendo l'uomo all'inguine.

I due impatti avvennero contemporaneamente.

Vargas perse il regolatore e si piegò in avanti per il dolore. Kurt sentì l'impatto della lama e vide l'acqua intorno a loro ribollire di rosso alla luce della torcia.

Con un ultimo, disperato tentativo, Kurt allungò la mano verso l'alto, afferrò il boccaglio di Vargas e lo spezzò girandolo.

La reazione di Vargas fu dettata da un panico istintivo. Si staccò dal fondo dandosi una spinta con entrambi i piedi, lanciandosi verso la superficie e lasciando Kurt avvolto in una nube di acqua color cremisi.

42

Urco aveva il pieno controllo della situazione. Tutto stava andando esattamente come lui aveva pianificato.

Il *Nighthawk* era stato liberato dalla sua prigione subacquea e posato ai suoi piedi, mentre gli agenti di ognuna delle nazioni che se lo contendevano erano diventati suoi prigionieri: la donna e gli uomini americani, l'agente cinese sopravvissuta a La Jalca dove si trovava tuttora, in catene, fino a quando lui avesse deciso di convocarla; e i piloti del bombardiere russo, in una caverna su in alto, dietro la cascata.

Ora erano prigionieri ma presto sarebbero diventati suoi servitori, anche se ancora non lo sapevano.

Guardando verso il lago, vide i suoi subacquei a bordo dello Zodiac. « Passami la radio » ordinò a uno dei suoi uomini.

Gli porsero una ricetrasmittente. « Vargas » disse, premendo il pulsante. « Mi senti? »

Non passò molto prima che una voce rispondesse. « Sono qui » grugnì Vargas.

Pareva che stesse soffrendo.

« Cosa è successo? »

« Abbiamo preso la donna » disse Vargas. « Ma ho dovuto uccidere Austin. Ha opposto troppa resistenza. L'ho pugnalato e l'ho lasciato sul fondo. Non ho avuto altra scelta. »

Urco accolse la notizia con un certo rammarico. Nel poco tempo passato insieme a Austin aveva imparato a rispettarlo. L'uomo gli aveva subito detto la verità a proposito del *Nighthawk* anziché insultare la sua intelligenza mentendogli. Aveva reagito con sensibilità e non con arroganza quando lui gli aveva fatto notare la devastazione causata tra le popolazioni indigene dai virus portati dagli europei.

« Molto bene » disse Urco. « Portami la signora Townsend. Ho bisogno delle sue competenze. »

« Arriviamo. »

Urco si agganciò la ricetrasmittente alla cintura e rivolse la propria attenzione ai sopravvissuti. Erano in ginocchio, con le mani dietro la nuca, sorvegliati a vista dai suoi uomini con le armi spianate.

« Kurt è morto » annunciò.

Nessuno dei due batté ciglio.

« Una morte inutile, ma ha scelto di opporre resistenza. Spero vi serva di lezione. »

Camminava avanti e indietro, ascoltando il rumore dello Zodiac che si avvicinava. Quando si accorse che Zavala continuava a fissarlo, gli si avvicinò e si accucciò per guardarlo meglio.

Il pilota dell'elicottero aveva un'espressione calma e intensa. Dai lineamenti e dal colore di pelle e capelli, Urco capì che aveva una gran quantità di DNA centroamericano.

« Da dove vieni? » gli chiese.

« Dal Nuovo Messico » rispose Zavala.

« E i tuoi genitori? »

Zavala non aveva un atteggiamento ostile: la sua sicurezza veniva da dentro e lui non sembrava intimorito neppure da quella situazione. « Perché lo vuoi sapere? »

« Chiamiamola *curiosità ereditaria* » rispose Urco. « Trovo che molte persone a questo mondo non sappiano chi sono realmente. Guardandoti, capisco che hai sangue europeo nelle vene – come me – e che sei a tuo agio, qui. La tua anima è americana. Siamo cugini. Non mi sorprenderebbe scoprire che molto del sangue che ti scorre nelle vene è olmeco e maya. »

Zavala non distolse lo sguardo, non replicò. Sapeva dominare le proprie emozioni. « Il mio sangue è rosso come quello di chiunque altro » rispose.

Urco torse le labbra e si rialzò. « Vedremo. »

A quel punto lo Zodiac aveva raggiunto la riva. Emma venne accompagnata a forza attraverso l'erba alta fino alla radura. Indossava ancora la muta da sub e aveva la bocca chiusa con del nastro isolante.

« Toglilo » ordinò Urco.

« Ma sputa » ribatté Vargas rabbioso.

Urco si aspettava che avrebbe dato del filo da torcere. Sapeva quanto poteva essere focosa. La squadrò dalla testa ai piedi. Era... *diversa*. L'età e il tempo l'avevano cambiata, ovviamente, ma c'era dell'altro. Il fardello invisibile della consapevolezza? Anche lui lo portava. Forse poteva sfruttarlo a suo vantaggio, ma prima lei doveva capire quanto fosse impotente.

Si voltò verso Vargas. « Va' a prendere l'altra barca e comincia la fase due. »

Mentre Vargas si allontanava, Urco allungò la mano e le tolse delicatamente il nastro dalla bocca. « Mi scuso per il trattamento rude. »

Lei rimase lì, spavalda, sfidandolo con sguardo provocatorio. Lui lo accettò. Andava a suo vantaggio che lei fosse accecata dalla rabbia. Almeno ancora per un po'.

« Cosa significa tutto questo? » chiese Emma. « Per chi lavori? Per i russi? Per i cinesi? »

« È naturale che tu sia confusa » le disse Urco. « Perché non dovresti esserlo? In questo momento ti stai chiedendo quale dei vostri grandi nemici abbia corrotto il piccolo servo che hai trovato a La Jalca? Dev'essere uno di loro, no? Visto che il resto del mondo è pieno soltanto di pedine mosse da chi conduce il gioco. Non è questo che ti hanno insegnato alla NSA? »

Lei trasalì, senza dubbio perché nessuno di loro aveva mai menzionato la National Security Agency.

« Per rispondere alla tua domanda » proseguì lui, « io non lavoro né per i russi né per i cinesi, ma per l'umanità intera. »

Lei strinse gli occhi e le piccole rughe agli angoli si fecero più profonde. Questo gli fece capire che l'aveva spinta a riflettere. Bene.

« E in questo particolare momento » proseguì lui « l'umanità ha bisogno del tuo aiuto. »

« Io non ti aiuterò a fare proprio nulla. »

« Certo, certo » fece lui, liquidando la cosa con gesto incurante. « Sei tenuta a dire così. Ne prendo nota, ma ti garantisco che mi aiuterai. Anzi, sarai tu a chiedermi di farlo. »

Senza attendere una risposta, Urco si avvicinò al *Nighthawk*. Dal carrello d'atterraggio continuava a colare dell'acqua fangosa. Nella radura sembrava più grande ma basso, per via delle zampe tozze.

Arrivato accanto al muso, Urco trovò il touch screen che stava cercando. Vi batté sopra col dito finché questo si attivò, poi inserì un codice alfanumerico. Si accese una spia verde e uno sportellino subito a poppa del pannello si aprì.

Urco infilò dentro una mano e afferrò la maniglia incassata all'interno.

« No! » esclamò Emma.

Lui la ignorò e tirò la maniglia, prima di lato e poi verso il basso. Come la lasciò andare si sentì il rumore di attuatori idraulici che si attivavano. Con un sibilo gli sportelli del compartimento di carico cominciarono ad aprirsi.

Quando si furono completamente aperti, Urco salì sull'ala e guardò all'interno. A differenza della superficie nera della fusoliera, il compartimento di carico scintillava di un bianco quasi sterile.

« Tu non sai cosa stai facendo » disse Emma con forza. « Se non stai attento ci ucciderai tutti. »

« Vuoi farmi vedere tu come si fa? Per evitare che io combini qualche pasticcio? »

Emma fu condotta accanto a lui. Rimasero lì, uno accanto all'altra, a fissare l'interno del compartimento di carico. Un intrico di batterie, cavi e contenitori cilindrici occupava tutto lo spazio. La disposizione era perfettamente simmetrica.

« A due a due » disse Urco, indicando contenitori uguali con sopra stampigliate le parole UNITÀ CRIOGENICA DI CONTENIMENTO.

« Tu non capisci » disse Emma.

« Non illuderti più di quanto tu abbia fatto finora » rispose lui. « Sappiamo entrambi cosa abbiamo davanti. Materia allo stato misto. Elemento fondamentale per la reazione più potente che si conosca, raccolto per la prima volta in grandi quantità. »

Emma si voltò verso di lui. « E io suggerisco di lasciarlo dov'è. »

« La stessa cosa che ho suggerito io dieci anni fa » ribatté lui, secco. « Ma adesso è un po' tardi per questo, no? »

Emma lo guardava, confusa. Lui sperava che quei piccoli indovinelli la stessero mettendo in difficoltà. Gli faceva gioco che fosse disorientata.

« Staccare la prima unità di contenimento e collegarla a una delle celle a combustibile che avete portato con voi » disse lui. « Era questo il passo successivo, giusto? Cercare l'aereo, recuperare il carico e far saltare in aria il resto. »

« Noi non abbiamo mai avuto intenzione di far saltare nulla, solo... »

« Andiamo » ribatté lui. « Non avete mai avuto intenzione di trasportare un carico di otto tonnellate attraverso le montagne fino a Cajamarca. L'elicottero non avrebbe mai retto allo sforzo, e ancor meno avrebbe retto la vostra credibilità nei confronti del governo peruviano. Quando ne fossero venuti a conoscenza avrebbero voluto sapere che cos'era, perché era finito qui, e perché loro non ne erano stati informati come prima cosa. »

Si voltò e richiamò con un fischio un altro gruppo di uomini. Quelli salirono sull'Air-Crane e scesero portando un apparecchio delle dimensioni di una valigetta: era una delle celle a combustibile che Joe e Paul avevano ricevuto a Cajamarca.

Emma aveva un'espressione abbattuta, proprio come lui sperava. « Saremmo tornati a prendere il resto » disse lei.

« Non è detto che non possiate farlo » replicò lui. « Nel frattempo, staccherai la prima unità di contenimento, la collegherai a quella cella a combustibile e ti accerterai che sia nelle condizioni per essere trasportata in sicurezza. »

« Trasportata dove? »

« Smettila di fare domande » disse lui. « Puoi ben immaginarlo. »

Lei scosse la testa. « Non lo farò. È troppo pericoloso. È tutto troppo pericoloso. »

A quel punto lui avrebbe potuto minacciare i suoi amici, ma non voleva perdere tempo. Probabilmente avrebbero preferito morire piuttosto che collaborare. Perché doveva essere tutto così terribilmente noioso? No, c'era un modo molto più semplice.

Si voltò verso il compartimento di carico, cercando un componente la cui forma gli era assai familiare. « Trasformatore » disse. « Collega la batteria all'unità di contenimento, aumenta la tensione per alimentare la pompa criogenica. Ogni unità ne ha uno a disposizione. Per fortuna sono ancora in funzione. »

« Sì, ma... »

Urco la ignorò. Estrasse una pistola, allungò il braccio e sparò un unico colpo, danneggiando il trasformatore collegato alla unità di contenimento numero 1.

« No! » urlò lei.

Troppo tardi. Ormai il danno era fatto. Nel compartimento di carico e sul pannello esterno cominciarono a lampeggiare delle spie.

« Liberami » urlò lei.

Urco tagliò il nastro adesivo che le bloccava i polsi ed Emma si arrampicò dentro il compartimento. Si chinò accanto all'unità 1, raschiando via la brina dalla parte esterna del pannello.

Nonostante lo spesso strato isolante, la temperatura della superficie era comunque quaranta sotto zero. Le spie indicavano una totale mancanza di alimentazione. Emma aveva sessanta secondi di tempo per collegare l'unità a una batteria di ricambio.

« Portami una delle celle a combustibile! » ordinò.

« No » rispose lui. « Stacca l'unità e tirala giù. La collegheremo qua fuori. »

Lei lo guardò con il terrore negli occhi. Non era il momento di mettersi a discutere. Si voltò verso l'unità e si mise immediatamente all'opera. Urco capì che stava seguendo mentalmente una lista di controllo. Una lista che lui conosceva molto bene.

Passare all'alimentazione interna.
Rimuovere il regolatore di tensione.
Scollegare il cavo di alimentazione.
Isolare lo scambiatore criogenico e aspettare cinque secondi perché il fluido completi il ciclo.

Vide che stava contando. Arrivata a cinque, allungò la mano sotto l'unità. Era tenuta fissa da quattro ganci, di cui tre facili da raggiungere. Il quarto – Urco lo sapeva – si trovava in una posizione disagevole.

Urco piegò la testa di lato per guardare mentre lei si allungava e faceva una smorfia tentando di liberare il gancio con le dita. Questo scattò con un colpo secco. Quando Emma ritrasse la mano, sanguinava.

Ignorando il sangue, Emma si alzò in fretta e si spostò di lato all'unità.

« Aiutami » gridò. Ogni unità pesava una settantina di chili. La maggior parte del peso era dovuta ai potenti magneti e ai tubi del sistema criogenico pieni di « melma » di elio. Ma all'interno dei contenitori magnetici era racchiusa quella materia straordinaria e letale per una quantità di dodici chili e mezzo in ognuna delle otto unità.

In risposta alle richieste di Emma, Urco si arrampicò pure lui dentro il compartimento di carico. Indossò un paio di guanti e afferrò l'intelaiatura dell'unità Uno. La sollevarono insieme, alzandola per trasportarla fino al bordo. Lì due uomini la presero e la posarono sull'ala.

« Ricollegala, per favore » ordinò Urco con calma.

Emma scese dal compartimento di carico, saltò giù dall'ala e corse alla cella a combustibile che gli uomini avevano trasportato fin lì.

Urco sapeva che nella mente di lei stava ticchettando un orologio. *Ma c'era tutto il tempo.*

Emma fece scattare una serie di interruttori posti sul lato della cella a combustibile e la vide prendere vita, e produrre energia all'istante.

Afferrò il cavo e corse all'unità di contenimento, ma scoprì che era troppo corto, anche se di pochissimo.

Urco rimase immobile. Neanche i suoi uomini si mossero. Ma Joe Zavala sì. Balzò in piedi, passando come un fulmine davanti all'uomo che lo sorvegliava. Afferrò la cella a combustibile e la avvicinò. Urco sorrise, compiaciuto per la collaborazione.

Emma collegò il cavo. Le spie gialle si spensero in rapida successione e tutte le luci del pannello diventarono verdi. L'unità era nuovamente alimentata. La « melma » di elio a bassissima temperatura riprese a circolare. La materia allo stato misto sarebbe rimasta sospesa nei contenitori magnetici, mantenuta in sicurezza a una temperatura prossima allo zero assoluto.

Urco sorrise e applaudì platealmente ai loro sforzi. « Ottimo lavoro. Spero proprio che non dovremo farlo di nuovo. »

Il petto di Emma si sollevava e si abbassava visibilmente: lo sforzo fisico e l'adrenalina le facevano battere forte il cuore. Alzò lo sguardo verso di lui e scosse la testa. « No » disse, « preferirei di no. »

Lui sorrise. Un'altra battaglia vinta. Non fingevano più di potergli resistere. Non gli passava neppure per la mente. Non importava cosa intendesse fare con la materia raccolta nello spazio, che pensasse di venderla ai russi o ai cinesi, o al miglior offerente in un'asta a livello mondiale.

Non importava che promettesse di liberarli, di ucciderli o di tenerli prigionieri fino alla fine dei loro giorni. Niente di tutto questo importava. Qualunque esito era preferibile al mondo di oscurità che si sarebbe prodotto se la materia allo stato misto fosse fuggita dai suoi contenitori magnetici e fosse esplosa tutta assieme.

Ora li aveva in pugno. Li aveva tutti in pugno.

43

Daiyu se ne stava al buio, chiusa nel cassone del camion di cui lei stessa si era impossessata con la forza sulla strada di montagna. Aveva mani e piedi saldamente legati con delle corde. I legacci erano opera di uomini abituati a fare nodi da rocciatori. Nonostante ci provasse da ore, non era riuscita neppure ad allentarli.

Dopo essersi irritata i polsi fino a farli sanguinare, aveva deciso di cambiare tattica. Scivolando sul pianale di legno del camion, era andata avanti e indietro finché aveva trovato un punto in cui dalle assi di legno spuntava la testa di un chiodo.

Rotolando su se stessa era riuscita ad avvicinare le mani al chiodo, e aveva continuato a contorcersi per sfregarci contro la corda finché le vennero i crampi ai muscoli per lo sforzo. Crollò su un fianco e cercò di passare le dita sul bordo della corda. Era danneggiata e sfilacciata, ma non riuscì a capire se fosse sufficiente.

Si costrinse a rilassarsi, ad aspettare che cessassero gli spasmi dolorosi alla schiena per poter ricominciare.

Sarebbe scappata. Loro non l'avrebbero fermata. Avrebbe portato a termine la sua missione. E se ne avesse avuto la possibilità, avrebbe pure ucciso gli americani, dal primo all'ultimo, insieme ai loro nuovi amici peruviani.

Mentre inspirava a fondo, immobile, colse il suono di voci che si avvicinavano, fuori, e il rumore di stivali pesanti che urtavano contro il terreno arido della strada di montagna.

Raddoppiò immediatamente i propri sforzi, sfregando la corda contro il chiodo con furia maniacale.

Doveva spezzarsi.

Sentì la chiave girare nella serratura e poi la maniglia che veniva ruotata. Un attimo dopo la saracinesca scivolò verso l'alto e la luce del giorno la investì, accecandola.

Mentre chiudeva gli occhi per difendersi, due uomini salirono sul veicolo, la afferrarono per i piedi e tirarono.

« No » grugnì lei, scalciando. Era così vicina alla libertà!

Gli uomini la trascinarono fuori e la depositarono a terra. Con uno strattone, il nodo alle caviglie fu sciolto. Ogni pensiero di fuga svanì quando cercò di mettersi in piedi e subito crollò a terra: aveva le gambe così intorpidite che non la reggevano neppure.

Alzò lo sguardo verso gli uomini, stringendo gli occhi. Erano solo delle sagome scure. Due in piedi sopra di lei, e un terzo un po' più in là. Oltre quello, una quarta ombra.

Il quarto uomo si rivolse agli altri in inglese. « Cosa le è successo? Da dove vengono quei lividi? »

Con sua grande sorpresa, Daiyu riconobbe quella voce.

« Ha lottato con l'americano » rispose uno dei peruviani.

« Tiratela su. »

La afferrarono per le braccia, la sollevarono e le permisero di appoggiarsi al paraurti dei camion. L'uomo di cui aveva riconosciuto la voce entrò nel suo campo visivo. Era il tenente Wu, l'aiutante del generale Zhang.

« Giada nera » disse, calmo. « Il generale è rimasto allibito nell'apprendere che ti sei fatta... sottomettere così facilmente. »

Daiyu fu assalita dalla vergogna e da una sensazione di fallimento così forti che non riuscì neppure a guardarlo.

« Slegatela » ordinò Wu.

Perché quegli uomini prendessero ordini dal tenente, lei proprio non riusciva a immaginarlo. Ma, a un cenno del capo del terzo membro del gruppo, i due fecero come gli era stato ordinato.

Ritrovarsi all'improvviso con le mani libere fu un gran sollievo ma le provocò anche una nuova ondata di dolore quando, per la prima volta dopo ore, portò di nuovo le mani davanti a sé.

Erano incrostate di sangue secco, e i polsi erano scorticati per lo sforzo di liberarsi. La corda che l'aveva tenuta prigioniera era sfilacciata, tenuta insieme da pochi trefoli. I peruviani la osservarono perplessi.

Wu scoppiò a ridere. « Siete fortunati che sia arrivato io » disse, rivolto a loro. « Vi avrebbe ucciso tutti. »

Lo scherno con cui i tre accolsero quell'affermazione non la rendeva meno vera.

« Ce la fai a camminare? » chiese Wu.

Daiyu mise alla prova le gambe. Avvertiva un doloroso formicolio ma non aveva intenzione di mostrare la minima debolezza. Annuì e si mise in piedi.

« Vieni con me » ordinò Wu, voltandosi e avviandosi giù per il sentiero.

Lei lo seguì a passi incerti, ascoltando i peruviani che chiudevano il camion alle sue spalle. La saracinesca scese sferragliando e sbatté contro i fermi. Poi seguì un'accesa discussione.

Daiyu si concentrò sul tenente Wu. « Il generale Zhang ha comprato la mia liberazione? »

« Sì e no. »

« Vi ho delusi » sussurrò lei. « Non sono degna di essere riscattata. »

Wu rispose con una risata leggera. « Il generale aveva previsto che avresti reagito in questo modo. Ha detto di dirti che può trovare diamanti e oro sottoterra, e che li può compare o rubare, se necessario. Ma una brava agente come te è molto più difficile da trovare. »

Daiyu provò un impeto di orgoglio, ma quel complimento non cambiava quanto era successo.

« Comunque » aggiunse Wu, « non è solo per te che abbiamo pagato, ma per il carico del *Nighthawk*. »

Gli occhi di Daiyu si spalancarono.

« Ci sono tante cose che non sai » disse lui, precedendola oltre una curva.

Più avanti, sulla strada, era posato un elicottero dalle linee eleganti, sorvegliato da due uomini armati con fucili d'assalto. Cinesi. Amici.

« Come avete fatto a trovarmi? »

« Ricordi il nome Falconiere? »

« Il contatto dei russi? »

« *Il nostro contatto* » la corresse Wu. « Anche se i russi pensano che sia un loro uomo. Il Falconiere era sul secondo bombardiere russo, e doveva sovrapporsi ai comandi americani inviati da Vandenberg. Avrebbe dovuto far fallire la cattura del *Nighthawk* e fare in modo che tornasse indietro verso la nostra flotta, dove lo avremmo recuperato una volta finito in mare.»

«Ovviamente ha fallito» osservò lei.

«In parte» rispose Wu. «Non sappiamo se di proposito o per casualità. Sta di fatto che è vivo. Ci ha contattati, ci ha detto dove trovarti e dove trovare il *Nighthawk*.»

«Ma gli americani sono già qui» ribatté lei. «Con l'uomo che dirige questo cantiere archeologico.»

«Sì, il Falconiere» disse Wu. «Sono la stessa persona.»

Mentre metteva insieme tutti i tasselli, Daiyu scoppiò a ridere. «E pensare che per poco non l'ho ucciso.»

«Tu non potevi saperlo» disse Wu. «Quell'uomo ha continuato a fare il triplo gioco. Ma alla fine ha deciso di stare dalla nostra parte. Il generale Zhang ha ottenuto la tua liberazione in cambio di oro. E ora, per una miseria in diamanti grezzi, ci prenderemo il carico.»

Una miseria, in termini di Zhang, potevano anche essere cinquanta milioni di dollari. Ma in effetti erano niente in confronto a quello che avrebbero ricevuto in cambio.

Arrivarono all'elicottero. Il portellone era aperto. Sul pavimento giaceva un cadavere avvolto nella plastica.

«Jian» disse lei. *L'uomo che le era fratello tra i bambini mai nati.*

«Una vittima dell'operazione.»

Daiyu e Wu salirono a bordo, seguiti dai due uomini armati, e il pilota cominciò le procedure di decollo. Un grosso pacchetto fu lanciato fuori ai peruviani che li avevano seguiti. Tintinnò come se fosse pieno di monete.

«Krugerrand» spiegò Wu.

I peruviani lo aprirono. Uno sembrava soddisfatto, l'altro contrariato. Ne scaturì una discussione nella loro lingua. Era difficile da seguire, con quelli che parlavano tutti assieme, ma Daiyu capì quel tanto che bastava.

Lei li ha uccisi. Non dovremmo lasciarla andare.

Ma ormai è deciso.

Non mi piace... meritano di morire...

Il rumore dell'elicottero che si avviava coprì il resto. Ma Daiyu sapeva leggere le labbra. Si concentrò sul capo.

Certo che meritano di morire.

Non ti preoccupare. Moriranno.

44

Il volto di Kurt era inondato di luce gialla. Ovunque guardasse riusciva a vedere solo quello strano colore molto intenso, ma non era l'aldilà.

Dopo essere stato trascinato sul fondo del lago, Kurt era stato sul punto di perdere i sensi, quando il suo furioso contrattacco era coinciso con il tentativo del suo aggressore di piantargli il coltello da sub nelle costole.

L'improvvisa esplosione di rosso nell'acqua sembrava non lasciare dubbi su chi avesse avuto la peggio. Poi Vargas si era staccato dal fondo dandosi una spinta con entrambi i piedi, e si era librato verso la superficie, e a quel punto sia lui che Kurt avevano tutte le ragioni per credere che la lama avesse centrato l'obiettivo.

Il primo pensiero di Kurt fu che il suo sangue aveva un colore sorprendentemente vivace. In ogni caso, con il tubo principale dell'aria strappato, collegare il secondario all'aggancio rapido del casco era decisamente più importante che cercare la ferita e fermare l'emorragia.

Aveva afferrato il tubo secondario, lo aveva avvicinato all'aggancio rapido sul lato del casco e lo aveva fatto scattare.

Un sibilo leggero lo avvertì che l'aria stava arrivando e lui cominciò subito a fare dei respiri rapidi, cercando di espellere l'anidride carbonica che si era accumulata nei polmoni.

Ripristinato il flusso d'aria, cercò la ferita. Quando la trovò, le volute di colore rosso intorno a lui avevano già cominciato a diradarsi. L'acqua diventò rosa e poi di nuovo trasparente.

O si era dissanguato o...

Scoprì che non era stato trafitto. La lama gli aveva provocato solo una ferita superficiale. Certo, sanguinava, ma quella profusione di scarlatto veniva dalla capsula di colorante rosso che aveva subito le vere conseguenze di quell'assalto. Il coltello l'aveva aperta in due, inondando l'acqua di così tanto rosso da far pensare che fosse stata tranciata un'arteria.

Trovata la capsula, Kurt l'aveva gettata lontano, poi aveva guardato verso l'alto. Riusciva a distinguere il fondo dello Zodiac e due persone aggrappate al gommone.

L'adrenalina lo spingeva a risalire in superficie per tentare immediatamente di liberare Emma, ma le probabilità di sopravvivere a un altro corpo a corpo con i due sub erano davvero minime. Tanto più che non gli restava molto ossigeno nella bombola. E anche se fosse riuscito a sopraffarli, c'era sempre l'uomo che aveva preso in ostaggio Emma sul gommone.

Visto che un assalto frontale era fuori questione, pensò fosse venuto il momento di tentare un approccio più furtivo. *Mi credono morto. Lasciamo che continuino a crederlo, finché non contrattacchiamo.*

Staccò la torcia che portava con sé, la posò sul fondo fangoso e si allontanò.

Se qualcuno avesse guardato giù dallo Zodiac, avrebbe visto soltanto la torcia immobile. Un sub in muta nera che si muoveva sul fondo nero del lago sarebbe stato difficile da individuare quanto lo era stato il *Nighthawk*.

Si spostò con calma attraverso il fondo, trovò il punto in cui era affondato il veicolo spaziale e lì si staccò dal fondale. Salendo lentamente, emerse dal buio del lago dentro uno dei palloni di sollevamento. Il voluminoso sacco giallo giaceva su un fianco, come una gigantesca caravella portoghese spiaggiata.

Nascosto al suo interno, Kurt si tolse il casco per respirare aria fresca, aprì una tasca stagna sulla manica della muta e tirò fuori una piccola trasmittente.

Tenendola fuori dall'acqua, Kurt la accese e passò a una frequenza prestabilita. Premette il pulsante di trasmissione e parlò con calma nel microfono.

«Gamay, sono Kurt» disse.

Dalla radio uscì una voce soffocata ma pervasa da un tono di leggero rimprovero. «*Kurt, pensavo ti avessero ucciso. Stavo per venire lì.*»

Stanco di essere vittima di imboscate, Kurt aveva deciso che la squadra della NUMA aveva bisogno di un angelo custode che vegliasse su di loro. Visto che Joe doveva pilotare l'elicottero, gli restavano soltanto Paul e Gamay tra cui scegliere, e lui aveva scelto Gamay per una serie di ragioni.

Innanzitutto era un'ottima tiratrice. Brava con la pistola, ma ancor più brava con il fucile. Era anche più minuta, più agile e più atletica di Paul, qualità che l'avrebbero aiutata a nascondersi e a spostarsi da un punto all'altro senza essere vista.

Joe l'aveva trasportata lì in elicottero quella mattina presto, depositandola su un alto crinale prima di dirigersi a La Jalca per prendere a bordo Emma, Urco e Kurt stesso.

Ora Gamay era là fuori da qualche parte, in tuta mimetica e armata di fucile. « Qual è la tua posizione? »

« *Sono sulla seconda cresta a est dell'area di atterraggio* » rispose lei. « *Vedo la radura, quasi tutto il lago e la cascata.* »

« E Joe e Paul? »

« *Sono nella radura. Sono stati circondati appena atterrati. Il* Nighthawk *è a terra, sano e salvo. Come pure l'Air-Crane. Paul e Joe sono tenuti prigionieri di fronte all'elicottero.* »

« Ed Emma? »

« *Le stanno facendo fare qualcosa* » rispose Gamay. « *Non ti so dire esattamente cosa. Ma hanno aperto il* Nighthawk *e hanno cominciato a scaricarlo. A parte questo, al momento la situazione sembra abbastanza calma.* »

« È stato Urco? » chiese Kurt, certo di conoscere già la risposta.

« *Sì. Come facevi a sapere che non ci si può fidare di lui?* »

« Non lo sapevo » ammise Kurt. « Ma è bastato qualche dettaglio anomalo a insospettirmi. Tanto per cominciare, aveva l'antenna satellitare puntata molto bassa in direzione nordovest. Non c'è motivo che un archeologo che opera in un canyon nell'emisfero meridionale si serva di un satellite così basso sull'orizzonte. A giudicare dall'angolazione, doveva trattarsi di un satellite dell'emisfero nord stazionario sopra il Pacifico. Inoltre, ha affermato di aver girato lui il video in cui il *Nighthawk* passava sopra La Jalca, ma io ho notato che è mancino. Scrive e mangia con la sinistra, ma il video è stato girato da qualcuno che stringeva la videocamera con la mano destra. Non riuscivo a trovare un motivo per mentire su una cosa del genere, ma mi è parso decisamente sospetto.»

«*Il tuo intuito ci azzecca sempre*» osservò Gamay.

«Non sempre» disse Kurt. «Pensavo fossimo al sicuro finché non avessimo tirato fuori le unità di contenimento dal *Nighthawk*. Pensavo anche che tu avresti visto chiunque arrivasse dalla strada degli Inca o risalisse la valle. Cosa è successo?»

«*Questa parte del piano non ha funzionato*» rispose lei. «*Sono ore che non batto neppure le palpebre. Sulla strada di La Jalca non è passato nessuno, su quella che va a sud nemmeno. Da quando siete atterrati, in questa valle non è transitato nessuno, con nessun mezzo.*»

Kurt capiva le implicazioni di questo. «Quindi gli uomini di Urco erano già qui, e aspettavano il momento giusto per attaccare. Questa mattina mi è parso che fossero un po' pochini. Devono essersi mossi durante la notte.»

«*Ne ho contati sei giù nella radura, più tre in acqua*» disse lei.

«Dieci con Urco.»

«*Pensi sia tutto?*»

«Non c'è motivo per cui non sia così» rispose lui. «Hanno scoperto le loro carte. Ora tocca a noi.»

«*Se mi sposto verso sud, avrò una linea di tiro libera su tutti e su tutto*» disse Gamay. «*Se tu riuscissi a muoverti nello stesso momento, potremmo prenderli in un fuoco incrociato.*»

Era un buon piano. Il problema era la spiaggia. Con così tanto spazio aperto da percorrere tra la riva e il punto in cui cominciava l'erba alta, Kurt sarebbe stato visto e neutralizzato prima che potesse cominciare a sparare.

«Anch'io dovrò fare il giro» disse.

«*Per andare dove?*»

«Nell'unico punto in cui posso uscire dal lago senza essere visto» disse Kurt. «Purtroppo, questo significa farsi un giro dentro la lavatrice. Sono felice che il *Nighthawk* non sia caduto nel Niagara.»

« *Ho sempre pensato che fossi pazzo* » disse lei. « *Ma ora ne ho la prova.* »

« È l'unico modo per prenderli alle spalle » disse lui. « Dovrebbe funzionare, se costeggio il bordo. »

« *Sarà meglio che ti affretti, allora. Se sei dove penso, c'è una barca che sta venendo dritta verso di te.* »

« Ricevuto » disse Kurt. « Se la situazione dovesse cambiare e gli altri ti sembrassero in pericolo, agisci senza aspettare me. Ti ricontatto appena sono di nuovo a terra. »

Kurt spense la radio, la infilò dentro la tasca stagna e tirò su la cerniera. Incalzato dal rombo della barca che si avvicinava, si rimise il casco e si immerse in verticale, per iniziare la nuotata più pericolosa della sua vita.

45

Kurt scese per una decina di metri prima di cominciare a muoversi in orizzontale e passare sotto la barca che si stava avvicinando.

Girandosi sulla schiena, Kurt vide la scia della barchetta allargarsi intorno ai palloni di sollevamento e rallentare. I sacchi gialli cominciarono a muoversi. Gli occupanti della barca li stavano raccogliendo.

Kurt decise di mettere un po' di distanza tra sé e la squadra delle pulizie, e proseguì verso il rombo tonante della cascata.

Man mano che si avvicinava, la corrente intorno a lui diventava più turbolenta e irregolare. L'acqua precipitava nel lago con una violenza tale che continuava a scendere in verticale finché non incontrava il fondo, e lì si allargava in ogni direzione. Spostava il sedimento e qualunque altro detrito, formando una pozza profonda. I geologi la chiamavano « buca », e spesso era piena di grandi massi tondeggianti posati sul fondo di roccia.

Altri la chiamavano « lavatrice » perché la forza verticale dell'acqua dava origine a violenti vortici tutto attorno. La corrente portava di lato verso l'esterno, poi risaliva e scendeva di nuovo. Cestelli orizzontali di acqua in costante tumulto.

In generale, risalendo, l'acqua si allontanava dalle cascate, ma se Kurt si fosse avvicinato troppo, sarebbe stato risucchiato dentro la lavatrice e spinto verso il fondo della buca.

Sfortunatamente, per molti temerari che si erano gettati giù dalle cascate del Niagara dentro vari barili, capsule e altri mezzi, finire nella lavatrice in fondo alle cascate si era dimostrato più letale che il salto stesso. Una volta intrappolati dentro il vortice era incredibilmente difficile uscirne. Parecchi tentativi si erano conclusi con un disastro quando i mezzi artigianali sopravvissuti alla caduta erano stati sospinti sul fondo e trattenuti laggiù finché i loro occupanti finivano l'ossigeno.

Kurt non aveva nessuna intenzione di finire dentro la lavatrice. Il suo piano era quello di nuotare intorno al margine della cascata, tenendosi a distanza di sicurezza per evitare guai, e poi riemergere dietro. Era un buon piano, in teoria, ma quella parte di lago era così stretta che il piano si rivelò difficile da attuare.

Spinto indietro dalla turbolenza dell'acqua, Kurt si ritrovò anche sospinto verso l'alto. Nuotando più forte fece qualche piccolo progresso, ma veniva spinto all'indietro tanto in fretta quanto andava avanti.

Stanco di essere ghermito da quella specie di nastro trasportatore e consapevole che poteva essere visto in qualunque momento, puntò direttamente verso la cascata, buttandosi nel semicerchio d'acqua che ribolliva da sotto.

Mettendo a dura prova ogni muscolo del corpo, cominciò ad avanzare. All'improvviso la pressione verso l'esterno scemò e lui fu spinto avanti.

Troppo avanti, troppo in fretta.

Cambiò direzione e lottò contro la forza del vortice cercando di utilizzare lo slancio che aveva acquisito per girargli attorno. Nonostante fosse un abile nuotatore, il vortice lo catturò. Fu trascinato verso il muro assordante d'acqua e tirato sotto, in balia di un uragano subacqueo.

Inutile resistere, doveva seguire la corrente. Circondato dalla schiuma bianca e tumultuosa, Kurt fu spinto sempre più in basso. Anche dopo essere precipitata per venticinque metri, la colonna d'acqua colpiva il fondo con forza sorprendente.

Kurt fu sbattuto giù e spinto di lato contro le rocce. Urtò con la spalla, poi con la bombola sulla schiena.

Venne spinto contro un grosso masso, girato su se stesso e spinto nella direzione opposta, dove andò a sbattere contro un mucchio di sassi levigati dall'azione costante dell'acqua.

L'acqua lo martellava, sbattendolo contro le pietre. Poi gli strappò via le pinne, gli entrò in una fessura tra il collo e il casco, riempiendolo, gelida, togliendogli l'aria e intirizzendogli la faccia.

Kurt si aggrappò a un grosso masso. Usandolo come appiglio cercò di spostarsi in avanti. L'acqua lo schiacciava giù: non poteva nuotare, soltanto trascinarsi.

Strisciò su due massi, poi fu spinto verso l'alto contro la parete di roccia dietro la cascata e per un attimo rimase imprigionato sotto una sporgenza. Ma si rifiutò di restare in trappola: puntellandosi, si diede uno slancio verso l'alto e verso l'esterno.

E di colpo si ritrovò dall'altra parte del vortice. Anziché essere spinto verso il basso, fu riportato su rapidissimamente.

Riemerse in superficie in un gorgo di schiuma all'interno della cascata.

Si lanciò in avanti e si issò sulle rocce. Era pesto, ammaccato, esausto. Aveva corso un grosso rischio ma gli era andata bene. Ora si trovava dietro le linee nemiche.

46

Joe Zavala era stato condotto giù alla spiaggia disseminata di sassi. Aveva le mani legate con una fascetta serrafili; gli avevano lasciato i piedi liberi ma gli avevano tolto gli stivali e le calze per rendere più difficile e doloroso qualunque tentativo di fuga o di lotta.

Alla sua sinistra sedeva Paul e alla destra Emma, legati allo stesso modo. Joe aveva mille pensieri per la testa, ma la morte di Kurt non era in cima alla lista. Joe aveva registrato l'informazione, aveva avvertito il dolore che questa portava con sé, poi aveva relegato il pensiero in un angolo remoto della mente. Dopo tante avventure rocambolesche vissute insieme, sapevano entrambi che avrebbe potuto succedere. Se Kurt fosse stato nella sua posizione avrebbe fatto lo stesso.

« Ce ne andremo da qui » disse Joe. « Non so come, ma vedrete, riusciremo a fuggire. »

« E poi? » chiese Emma.

« Dipende dalla modalità di fuga » rispose Joe. « Se riusciamo ad arrivare all'Air-Crane, fuggiremo con quello. Altrimenti scapperemo a piedi, oppure in barca lungo il fiume. Ci sono delle rapide più a valle, ma dovremmo riuscire a superarle con lo Zodiac. »

« Prima o poi devono pur fare un passo falso » disse Paul.

« Lo faranno » garantì Joe. « Fino a quel momento risparmiate le forze e fate tutto il possibile per fargli credere che hanno vinto. »

« Non si tratta solo di noi » disse Emma. « Lo so che vuoi fuggire, ma qui c'è un pericolo ben più grosso. »

« Un pericolo che non possiamo scongiurare se prima non ci liberiamo. Non puoi arrenderti » la incoraggiò Joe.

« Per liberarci dovremo lottare » spiegò lei. « E probabilmente sparare. E tutto a due passi da quei contenitori pieni di materia allo stato misto. Un proiettile vagante potrebbe provocare un disastro. Se basta a evitarlo, io sono anche disposta ad arrendermi. »

Uno degli uomini di Urco uscì dall'erba alta dove probabilmente aveva ascoltato tutto. Il suo arrivo troncò ogni ulteriore discussione. Andò dietro Emma, tagliò il legaccio con un coltello e si staccò da lei. « Vieni con me » le ordinò. « Urco vuole che lo aiuti. »

Emma si alzò in piedi e venne portata via. Joe capiva che era scoraggiata, ma d'altronde lei non sapeva che c'era ancora speranza. Lei non era al corrente del piano d'emergenza di Kurt. Era stato lui a volere così. E ora, nel vedere quanto fosse succube di Urco e lacerata per la paura di un disastro, Joe era felice di aver mantenuto il segreto. Si immaginava Emma che rivelava a Urco tutto quello che sapeva pur di evitare una catastrofe.

Quando Emma e la guardia si furono allontanati, Joe lanciò un'occhiata a Paul.

Paul annuì. Era pronto. Anche Joe era pronto: aveva continuato a muovere la fascetta avanti e indietro, ruotando i polsi da una parte e dall'altra per indebolire la plastica. Entro breve sarebbe stata abbastanza sfibrata da spezzarsi.

Poi si sarebbe riposato in attesa di sentire il colpo di un fucile echeggiare da qualche parte, in alto tra le rocce.

Gamay avrebbe ucciso parecchi dei loro carcerieri prima che questi potessero rendersi conto di quanto stava accadendo. In quello stesso istante Joe e Paul sarebbero entrati in azione e, con un po' di fortuna, il vento sarebbe cambiato.

47

Appena riuscì a recuperare le forze, Kurt cominciò a muoversi tra le rocce dietro la cascata. Non avendo in programma di tornare in acqua, si tolse l'ingombrante bombola d'aria, il casco danneggiato e il giubbetto ad assetto variabile. Li legò assieme e li gettò in acqua. Il cilindro di alluminio, essendo vuoto, avrebbe galleggiato, ma il giubbotto sgonfio, con i pesi integrati, lo avrebbe portato a fondo.

Quando sparirono sott'acqua, Kurt proseguì a piedi cercando un punto da cui iniziare la sua scalata. Avrebbe dovuto arrampicarsi verso l'alto e poi scavalcare, lì dove il crinale era coperto da una folta vegetazione grazie alla costante umidità che arrivava dalla cascata.

Arrampicarsi non era un problema, ma arrivare al punto giusto da cui partire era più difficile. Il percorso era insidioso, dietro la cascata. Kurt misurava ogni passo. A metà strada notò un particolare decisamente fuori posto in un immacolato lago di montagna. Sulle rocce umide vide un velo luccicante e colorato. Persino nella luce piatta si scorgevano tutti i colori dell'arcobaleno.

Olio e acqua, pensò. *O, più probabilmente, benzina.*

Spariva nel punto in cui l'acqua tumultuosa lo lavava via, ma restava attaccato alle rocce, puntando come una freccia all'imboccatura di una grossa caverna.

Quella seconda barca doveva pur essere partita da qualche parte.

Kurt avanzò con cautela fino all'imbocco della caverna, curiosò tutto attorno e poi dentro, nell'oscurità. Non vide nulla e udì soltanto l'eco assordante della cascata, ma i residui scivolosi di idrocarburi lo invitavano a entrare.

Entrò di nuovo in acqua e a nuoto raggiunse la caverna. Più si addentrava più era buio, ma presto i suoi occhi si adattarono e lui cominciò a distinguere i particolari. Una trentina di metri più avanti, la grotta puntava bruscamente a destra e si allargava: oltre la curva si distinguevano le sagome di un accampamento.

Taniche di benzina, bombole di propano e un fornello accanto a delle cassette di plastica identiche a quelle che aveva visto a La Jalca, e poi sacchi a pelo e coperte di lana stesi in un punto più elevato. Appoggiate alla parete della grotta c'erano delle bombole d'ossigeno per subacquei e, accanto a queste, una pila di oggetti squadrati coperti con fodere di plastica.

Il campo era deserto. Non proprio una sorpresa, considerata l'attività sul lago e nella radura dove era stato posato il *Nighthawk*.

«*Altre camere sepolcrali*» sussurrò Kurt, pensando alle parole di Urco quando erano passati vicino alle cascate. «*Gradirei che restassero indisturbate*. Naturale. C'erano nascosti dentro i tuoi uomini.»

Kurt nuotò fino all'ingresso, uscì dall'acqua e cominciò a frugare tra le offerte sacrificali. Trovò un binocolo e una torcia, ma li lasciò dov'erano perché di certo gli uomini si sarebbero accorti della loro scomparsa.

Rovistò dentro una cassetta di plastica e trovò un contenitore pieno di listarelle di carne essiccata. Si rese conto di avere fame, ne assaggiò una e la masticò mentre perlustrava il resto della caverna.

Non trovò pistole né coltelli, ma dentro una cassa c'erano parecchie confezioni di munizioni. Un'altra era vuota a parte degli spezzoni di cavo elettrico di colori diversi. Una terza conteneva dei panetti di argilla arancione avvolti nella plastica trasparente. Su ognuno era riportata la sigla S-10.

«Semtex» mormorò Kurt. Era quella la denominazione commerciale del composto. «Cosa ci fanno con il Semtex?»

Quella che sembrava argilla arancione era un esplosivo al plastico prodotto nella Repubblica Ceca, e S-10 ne era l'ultima versione, simile al C-4 di produzione americana. Ogni panetto era abbastanza potente da distruggere un'automobile.

Kurt contò le scorte. Supponendo che la scatola fosse stata piena, mancava almeno la metà dell'esplosivo.

Non avendo trovato altre armi, Kurt staccò uno dei panetti e se lo infilò in una tasca. Senza un detonatore o una carica elettrica sarebbe stato difficile farlo esplodere, ma poteva sempre tornare utile.

Chiuse il coperchio della cassa di esplosivi e si spostò verso il fondo della caverna, frugò dentro un'altra cassa e poi passò a un telone di plastica che copriva delle attrezzature.

Spostò una pietra che teneva fermo il telone, lo scostò e si trovò davanti un'attrezzatura rettangolare che aveva un'aria terribilmente familiare.

Una cella a combustibile.

Non solo era una cella a combustibile, ma era identica come forma, dimensioni, disegno e colore a quelle che Joe aveva trasportato lì a bordo dell'Air-Crane. Persino la scritta era la stessa: sull'involucro erano stampate le parole CELLA A COMBUSTIBILE TIPO 3 – PROPRIETÀ DEL GOVERNO DEGLI STATI UNITI.

Kurt sfiorò il pannello di controllo, passando le dita su una serie di interruttori finché trovò quello d'accensione. Lo azionò e immediatamente ricevette il segnale che l'unità era in funzione e produceva energia. Si accese un display. Indicava che le riserve di idrogeno e ossigeno si trovavano alla pressione massima. Abbastanza per garantire ventisei ore di funzionamento ininterrotto.

Sotto il telone vicino c'era un'unità identica. Dietro a queste altre due. Dei segni sul terreno facevano pensare che altre unità fossero state trascinate via da lì. In una cassa vicino alle celle a combustibile c'erano dei cavi di alimentazione arrotolati e ordinatamente legati assieme.

Perché si trovavano lì?

« Esplosivi senza detonatori » disse Kurt tra sé. « Celle a combustibile rubate. O magari copie. Cosa hai in mente di fare, Urco? »

Dall'imboccatura della caverna giunse il rumore di un motore fuoribordo che si avvicinava. Kurt spense la cella a combustibile, la coprì e vi posò sopra la pietra.

Il rumore aumentò e poi cessò del tutto, mentre una luce

danzava sull'acqua. Kurt si ritrasse in fretta verso il fondo della caverna e si nascose.

Sbirciando da dietro una roccia, vide un gommone grigio con tre uomini a bordo sbucare da dietro l'ansa e avvicinarsi per inerzia. Andò a sbattere contro le rocce e si fermò vicino al fornello.

Due dei tre uomini scesero, portando i palloni gialli sgonfiati che infilarono uno sopra l'altro in una fessura tra le rocce. Fatto questo si diressero alle celle a combustibile.

«*Cuántos?*» disse il primo.

«*Los llevamos todos*» rispose il secondo, sollevando i teloni. «*Uno para los americanos, uno para el chino, los otros son para los rusos, y para los amigos de Rio.*»

Finì con una bella risata.

«*Y los explosivos?*»

«*Están adentro*» rispose l'uomo. «*Boom!*» aggiunse poi, con un'altra risata.

Anche gli altri risero. Scelsero una cella a combustibile, la provarono, come aveva fatto lui, e poi la spensero.

L'uomo rimasto sul gommone si spazientì. «*Vámonos.*»

Gli uomini a terra si affrettarono. Portarono le quattro unità alla piccola imbarcazione, le caricarono, quindi salirono a bordo.

Come furono abbastanza lontani dalle rocce, il fuoribordo venne abbassato in acqua e messo in moto con uno strappo deciso. Il motore prese vita sputando una nuvola di fumo azzurrino e gli uomini sparirono dirigendosi verso l'uscita della caverna.

Kurt attese finché sentì il motore accelerare e solo allora uscì cauto dal suo nascondiglio. Non parlava spagnolo, ma alcune parole erano chiarissime.

Ripensò allo Semtex che aveva trovato e alla battuta che aveva causato tanta ilarità tra gli uomini.

«*Los explosivos*» sussurrò. «*Boom!*»

48

Emma seguì il suo sorvegliante lungo la spiaggia, poi i due tagliarono attraverso l'erba alta e salirono alla radura dove era posato il *Nighthawk*. Urco si trovava tra le unità di contenimento.

Due erano state rimosse dall'aereo e ora erano posate sul terreno sassoso, collegate ognuna a una cella a combustibile.

« Controlla queste, per favore » disse Urco.

« Cosa devo cercare? » chiese lei.

« Voglio essere sicuro che tutto funzioni come deve e che possano essere trasportate in sicurezza. »

Era un compito facile. Emma si accucciò accanto alle unità e fece una rapida diagnosi, continuando a chiedersi perché mai Urco si preoccupasse di dire « per favore ».

« I contenitori magnetici sono stabili » disse. « I sistemi criogenici funzionano entro i parametri fissati. Le celle a combustibile generano l'energia prevista. »

« Bene » disse Urco.

Emma si raddrizzò. « Vuoi che sposti le altre unità, suppongo. »

« A tempo debito » rispose lui. « Per il momento dovremmo parlare del tuo ruolo nell'operazione. »

« Il mio ruolo? »

Lui si limitò a sorridere e le disse: « Vieni con me ».

Non avendo alternative, lei annuì. « Fammi strada. »

Si lasciarono la guardia alle spalle e imboccarono un sentiero aperto tra la vegetazione che saliva serpeggiando. I machete avevano fatto un buon lavoro: a terra si vedevano steli tagliati di fresco e le foglie allungate dell'erba alta. Erano già stati calpestati più volte.

« Stiamo per entrare in una specie di labirinto? » chiese lei.

« Ci siamo già dentro » ribatté lui. « L'unico modo per uscirne è cooperare. »

« E noi stavamo cooperando » obiettò lei « finché i tuoi uomini ci hanno attaccato, hanno ucciso Kurt e preso in ostaggio gli altri di noi. »

« Non siete ostaggi ma *prigionieri* » puntualizzò lui. « Anzi, *ladri fatti prigionieri.* »

« Prego? »

« Tu sei una ladra » disse lui. « Una ladra raffinata che ha studiato a Stanford. L'organizzazione per cui lavori si basa sul furto e, di conseguenza, anche la nazione che servi. Ma siete stati beccati con le mani nella marmellata, nel compimento del più grande furto che l'umanità abbia mai visto. »

« Ma sei tu che hai preso il... »

« No » disse lui, voltandosi di scatto e interrompendola. « Io vi ho solo alleggerito della refurtiva. Siete stati voi e il vostro governo a compiere il furto. Voi avete deciso di mandare questo veicolo nello spazio per raccogliere dal campo magnetico la materia allo stato misto. Voi avete deciso di portarla sulla Terra, nei vostri bunker segreti a Vandenberg, dove intendevate ammassarla per i vostri scopi. »

« Noi l'abbiamo fatto solo perché... »

Lui non le permise di parlare. « Esistono cinque distinti trattati che regolano le attività nello spazio » disse, con veemenza, « e gli Stati Uniti sono firmatari di ognuno di questi. I funzionari del governo americano ne hanno redatto tre. Complessivamente vietano tutte le attività che vi hanno visti coinvolti in questi ultimi tempi, dalla militarizzazione dello spazio alla appropriazione di una qualunque parte dello spazio o di un corpo celeste, tipo la Luna, da parte di una nazione. »

Mentre lui continuava nella sua invettiva, a Emma tornarono in mente le discussioni sui temi etici avvenute all'interno della NSA prima della missione. Discussioni affrontate e accantonate come se niente fosse. « Noi non abbiamo rivendicato nulla » disse lei. « Abbiamo soltanto raccolto delle particelle libere. »

« Non ti metterai a fare l'avvocato con me? »

Lei si zittì. Urco si voltò e la condusse fuori dall'erba alta, su un pianoro. Da lì si vedeva il lago, una ventina di metri più in basso. In lontananza, la cascata precipitava con il suo rombo incessante.

Urco tornò a girarsi verso di lei per proseguire nella sua tirata. « Come ogni altra cosa nello spazio, queste *particelle libere*, come le chiami tu, sono considerate *patrimonio comune dell'umanità*. Appartengono a tutti gli abitanti della Terra e non a una persona o a un governo in particolare. »

La veemenza delle sue parole la sorprese. Perché avrebbe dovuto importargli di queste cose? E come faceva a sapere della loro esistenza? E della formulazione di qualche oscuro trattato?

« Chi sei? » gli chiese.

« Ancora non mi hai riconosciuto? » rispose lui, con un tono quasi amareggiato. « È una fortuna per me, suppongo. Temevo potessi identificarmi quando abbiamo cenato insieme sotto le rupi a La Jalca. »

Si portò una mano di lato alla faccia, come se volesse grattarsi un orecchio, e invece cominciò a tirarsi la barba, rimuovendo lentamente il lato destro del volto. Sotto, l'epidermide era bruciata, non terribilmente sfigurata ma coperta di cicatrici e priva di peli.

« L'altro lato della barba è vero » disse, « ma da questa parte non cresce più nulla. »

Da un'incisione nel contorno inferiore del viso Emma capì che l'osso si era fratturato e non era mai guarito correttamente. Forse, ne era stata addirittura rimossa una porzione.

« Colpa dell'incidente e dell'incendio » spiegò lui.

E di colpo tutti i pezzi si ricomposero. Quell'uomo era coinvolto nell'hackeraggio del sistema di controllo del *Nighthawk*. Sapeva della missione della NSA e della materia allo stato misto. Conosceva bene i trattati internazionali che regolavano l'uso dello spazio. E conosceva lei.

« Beric? » disse.

« Allora ti ricordi di me. »

Lei faceva fatica a riconoscerlo anche adesso. Erano passati anni. Età e cicatrici avevano cambiato il suo volto. Nei suoi occhi non c'era più alcuna dolcezza, solo amarezza e una rabbia contorta. « Non capisco. Come... perché? Il tuo aereo è esploso. Ci hanno detto che era stato un gruppo terroristico. Ci hanno detto che eravamo tutti in pericolo. »

« *Io ero in pericolo* » rispose lui, alzando la voce. « E il gruppo di terroristi stava a Washington. L'ironia della sorte è che ora tu lavori per loro. »

« La NSA? » disse lei. « Perché mai avrebbero voluto farti del male? Non crederai davvero a quello che stai dicendo. »

« Ne ho le prove. » Il suo tono si fece accusatorio mentre le andava più vicino. « E per di più avevano un motivo. Se ricordi, io avevo partecipato agli studi iniziali per determinare la possibilità che l'antimateria restasse intrappolata nel campo magnetico terrestre. Sono stato io a suggerire che potesse esistere in una forma più stabile – la materia allo stato misto – purché mantenuta a una temperatura sufficientemente bassa. Il capo del programma venne da me, poco dopo che io presentai le mie conclusioni. Disse che stavano discutendo di un piano non solo per ricercare l'antimateria, ma per raccoglierla. Io mi opposi con tutte le forze. Loro insistevano nel dire che lo scopo era pacifico, ma quando i fondi arrivano dai militari e dalla NSA, è poco credibile. »

A Emma girava la testa, ma ascoltava ogni parola.

« *La useremo come sistema di propulsione per far arrivare i razzi su Marte in otto settimane* » disse lui, in falsetto. « *E sugli altri pianeti in meno di un anno.* Anche verso lo spazio profondo. Ma non passò molto prima che qualcuno ipotizzasse un utilizzo a scopo militare. »

Scosse la testa, disgustato. « Minacciai di rivelare tutto alla stampa » proseguì, a voce ancora più alta. « Di mettere tutto su Internet. Di dirlo al mondo intero, qualunque cosa mi avessero fatto. Sapevo già allora quello che probabilmente tu stai scoprendo soltanto ora: è un errore, un vaso di Pandora che ci siamo portati in casa e che non riusciamo più a tenere chiuso. »

Ora lo capiva anche lei. Era stato un errore. Una tragedia annunciata. Emma desiderò non aver mai fatto parte di quel progetto.

«Minacciarono di chiudermi in un carcere se avessi detto una sola parola: trent'anni in cella d'isolamento. Accettai di tenere la bocca chiusa, ma loro mi sorvegliavano costantemente. Evidentemente la mia parola non bastava. E durante quel breve volo verso New Orleans passarono all'azione. Il mio aereo esplose sopra il golfo del Messico, lasciandomi così. Mi ritrovai aggrappato a una piattaforma petrolifera abbandonata, il volto ridotto a una maschera di sangue. Il giorno successivo trovai una zattera di salvataggio e attesi la marea. Arrivai a terra con il favore delle tenebre e decisi di restare nascosto. Sapevo che, se mi avessero trovato, ero un uomo morto.»

Emma fissava il volto sfregiato dalle cicatrici, domandandosi come avesse fatto a sopravvivere e chi lo avesse ricucito così malamente. Un medico con una pistola puntata alla testa, forse. O magari aveva fatto tutto da solo. Era in uno stato emotivo terribile: sembrava paranoico. Emma si chiese se fosse stato lui a far saltare in aria l'aereo per inscenare la propria morte. Che fosse così sconvolto da aver perso la cognizione della differenza tra il bene e il male? «E così sei venuto qui e hai cominciato a pianificare la tua vendetta?»

«Inizialmente volevo soltanto sopravvivere e scomparire» rispose lui. «Creai Urco. Ma poi, man mano che scoprivo la distruzione degli uomini a opera di altri uomini, tutto mi fu chiaro.»

Urco esitò. Fece un passo indietro e cambiò argomento. «Perché hai lasciato la NASA e sei entrata nel mondo clandestino della NSA?»

«Per quello che è capitato a te» sussurrò lei. «Dopo la tua morte, con le continue notizie di guerre e atti terroristici che giungevano da tutto il mondo, mi sono resa conto che in gran parte della Terra regnava il male. E che quel male doveva essere combattuto a ogni passo.»

«Tu eri una pacifista» disse Urco.

«Anche tu.»

Urco annuì lentamente e si rimise a posto la barba. «Pare che entrambi siamo giunti alla verità. In un mondo violento *pacifismo* è sinonimo di *suicidio*. Solo che il male e la violenza che vedo risiedono negli edifici governativi e nelle torri d'avorio.»

« C'è una differenza tra i governi e i terroristi. »

« Solo nella portata delle loro atrocità » ribatté lui. « Capirlo è stata la chiave di tutto. Nonostante il desiderio di lasciarmi tutto alle spalle, presto appresi che il progetto del *Nighthawk* era stato trasferito alla NSA e che loro avrebbero tentato l'impensabile. Non pensavo ad altro che a un modo per smascherare il loro piano senza scoprire me stesso. A un modo per evitare quello che avreste potuto fare. Otto lunghi anni hanno portato a questo. »

« E cosa è esattamente *questo*? » chiese lei. « In che modo è migliore? Il mondo intero messo in pericolo perché tu potessi rubare la materia allo stato misto per consegnarla ai russi? È questa la tua soluzione? Mettere la sostanza più potente mai conosciuta nelle mani di una nazione che invade gli stati vicini, annienta ogni forma di libertà e i diritti umani, e avvelena i suoi oppositori con isotopi radioattivi? »

Urco le si avvicinò. « Sei così preoccupata di vincere che non riesci a capire la mia posizione, per quanto io mi sforzi di spiegartela. *Tutti i governi sono malvagi. Tutti i poteri sono corrotti.* È ovvio che non lavoro per i russi. Né per i cinesi. O gli americani. » La sua voce si fece più aspra, più forte. « *Loro, e voi, lavorate per me.* »

Quell'affermazione era così intrisa di megalomania che Emma non riusciva a credere che fosse uscita dalla sua bocca. « Cosa stai dicendo? »

Emma cercò di allontanarsi ma rimase gelata dall'intensità dell'odio che emanava dal suo sguardo. « Avevo bisogno di alleati » proseguì lui, compiaciuto. « Ho stretto un accordo con loro. Mi sarei introdotto nel sistema della NSA per dirottare il *Nighthawk* e farlo cadere nelle loro mani se loro avessero fornito i mezzi per recuperarlo. »

« Tu sei il Falconiere » disse Emma.

« Vedo che lo hai sentito nominare. »

Ora tutto aveva un senso. Emma capì che avevano fatto il suo gioco. « Tu hai progettato il sistema automatizzato di controllo che gestiva lo X-37 e noi lo abbiamo utilizzato per il *Nighthawk* senza cambiare praticamente nulla. Ora capisco perché sei riuscito a introdurti nel sistema di guida del *Nighthawk* e a dirottarlo. Ora capisco perché non siamo mai riusciti a trovare la talpa. Per tutto questo tempo tu hai condotto il gioco da lontano, e noi di certo non avremmo mai pensato di dare la caccia a un uomo morto.»

«Errore vostro» disse lui con fare arrogante. «Uno dei tanti.»

«Come ci sei riuscito? Come hai fatto a superare le protezioni?»

Lui le andò così vicino che Emma avvertì su di sé il suo alito caldo. «La NASA ha lasciato aperta un'enorme backdoor nel vostro sistema» disse. «È stato così facile entrare che ho pensato fosse una trappola. Ricevevo con regolarità i dati da ogni vostro settore. Probabilmente avevo più informazioni io sul programma di ogni altra persona che vi lavorava. E quando voi avete deciso di farlo rientrare una settimana prima per via della tempesta, sono stato letteralmente il primo a saperlo.»

Erano stati giocati. «Ma perché? A che scopo?» Emma esitò. «Qual è lo scopo di tutto questo?»

Lui la fissava senza battere ciglio. Ora Emma lo vedeva: lo stesso uomo, ma cambiato, sconvolto da un folle desiderio. «Equilibrio» rispose lui. «Ho offerto una scelta ai russi, l'ho data ai cinesi e ora la offro anche a voi.»

«E sarebbe?»

«Combattere contro di me» rispose con tono provocatorio, «o lavorare per me. E, di riflesso, per il patrimonio comune dell'umanità.»

Emma non sapeva dove volesse andare a parare, ma non era una cosa cui dire di no a cuor leggero. «Non capisco dove vuoi arrivare.»

«È molto semplice» disse lui, con tono vendicativo. «Il mio proposito è di annullare ciò che avete fatto voi e la vostra nazione. Ovviamente non posso consegnare la materia allo stato misto a tutti i cittadini del mondo, e neppure a ogni nazione o a gruppi di nazioni. Pochi hanno le competenze tecniche per gestirla. Una parte ai russi, una parte ai cinesi, una parte al tuo governo e il resto a un gruppo di mia scelta.»

Emma non riusciva a credere alle proprie orecchie. Possibile che dicesse sul serio? Ripensò al Beric che aveva conosciuto e ad alcune delle sue battaglie. Non solo era un pacifista come lei, ma anche, per così dire, un antinazionalista. Aveva scritto un articolo intitolato « Il dovere del terzo stato », in cui affermava che il possesso di qualcosa da parte di uno stato-nazione era causa di guerre e conflitti. Si ricollegava a quanto lui stava suggerendo ora. « Tu vuoi che la condividiamo? »

« Meglio così che tutta nelle mani di un'unica nazione » rispose lui.

« Chi sei tu per prendere una simile decisione? »

Urco si allontanò di un passo e sorrise. « L'unico che può prenderla » rispose, compiaciuto, « visto che controllo l'intera riserva. »

Emma si sforzò di elaborare il problema. Era una situazione del tutto nuova. Lui era instabile, maniacale e forse clinicamente pazzo, ma era anche brillante, astuto e determinato.

« Collaborare con te verrebbe considerato un tradimento » gli spiegò.

« Meglio vivere in prigione che morire in un cataclisma. »

Lei distolse lo sguardo. Non voleva questo. Non voleva aiutarlo in alcun modo. Ma da qualunque angolo analizzasse la questione, la risposta era sempre la stessa: cos'altro poteva fare?

Il piano le pareva una follia, ma anche quella era preferibile all'apocalisse. « Come potrò portare la nostra parte in America? Ci permetterai di trasportarla con l'elicottero a Cajamarca? »

« No » rispose lui. « Spiegherai la situazione ai tuoi amici e la trasporterete a bordo di un mio veicolo. »

« Come posso arrivare là se il ponte è crollato? »

« C'è un'altra strada » rispose lui. « Una via più breve che va a sud e poi oltre il passo. Evita la parte più alta delle montagne. Certo, ci sono dei precipizi... ma sono sicuro che guiderai con la dovuta cautela. »

Nell'udire il rumore di un elicottero, Emma si voltò a guardare.

« Quelli devono essere gli agenti cinesi » disse. « Mi serve una risposta. »

Lei lo guardò negli occhi ancora una volta. « D'accordo » disse. « Farò ciò che chiedi. Non ho altra scelta. »

49

Il rumore di un elicottero si propagò sulla spiaggia.

« Carro attrezzi volante per portar via il nostro *Nighthawk*? » ipotizzò Paul.

Joe esplorò l'orizzonte alla ricerca della fonte di quel frastuono e scorse un puntino nero in lontananza. « Dal rumore non mi sembra un elicottero da trasporto ma qualcosa di più veloce e maneggevole. »

« Aiuti? »

« Ancora meno probabile » rispose Joe. Sentiva gli uomini di Urco correre di qua e di là per prepararsi al suo arrivo. « Ma se preoccupa i nostri nemici, per me va bene. »

Joe stava pensando che quello poteva essere il momento adatto a tentare la fuga, ma l'arrivo di Emma scortata da due guardie gli fece cambiare idea.

« In piedi » ordinò una delle guardie, agitando una pistola.

Joe si alzò stancamente, imitato da Paul.

Il puntino nero continuava a diventare più grande e a scendere man mano che si avvicinava. Attraversò il lago a una settantina di metri di altitudine e sorvolò la spiaggia sferzando l'erba alta in una frenesia di movimento. Proseguì per atterrare sul pianoro un centinaio di metri più in su.

« Dobbiamo stare sull'attenti ancora per un po' o facciamo qualcosa? » chiese Paul.

Sorprendentemente fu Emma a rispondere. « Urco vuole che tu e Joe portiate le unità di contenimento su al pianoro. »

« E se entrassimo in sciopero? » disse Joe.

« Per favore » rispose Emma. « Fate come vi chiede. »

Joe vide la tensione sul suo volto. Notò anche che stava *dietro* le due guardie e non davanti. Come se fossero loro a prendere ordini da lei.

Con riluttanza, Joe porse le mani. L'uomo estrasse un coltello, glielo fece scivolare tra i polsi e tirò all'insù. La fascetta di spezzò con un colpo secco. E lui che aveva fatto tutta quella fatica per indebolire la plastica! Senza dubbio ora avrebbe dovuto ricominciare da capo.

Anche Paul venne liberato e i due seguirono Emma tra l'erba alta per salire dove si trovava il *Nighthawk*. Gli uomini di Urco chiudevano la fila restando a pochi passi di distanza.

« Hai fatto in fretta a guadagnarti la loro fiducia » sussurrò Joe. « Dimmi che c'è una ragione. »

« C'è » confermò lei. « Sto facendo tutto il possibile per evitare una catastrofe. »

Emma gli spiegò la situazione più in fretta che poté.

« Tu sai che finirà male, vero? » disse Joe.

« Ci sono vari livelli di *male* » ribatté lei. « Ho scelto il minore tra due. »

Joe capiva il suo ragionamento ma non era convinto. Il minore tra due mali sarebbe stato se fossero riusciti a fuggire, neutralizzare o uccidere quel pazzo *e* mettere al sicuro la materia allo stato misto. Un tentativo disperato, ma lui era ancora determinato a farcela.

Entrarono nella radura, girarono intorno al muso del *Nighthawk* e trovarono Urco davanti alle unità di contenimento.

L'uomo indicò la prima. « Voi due trasporterete quella all'elicottero sul pianoro. La signora Townsend porterà la cella a combustibile. Sono sicuro che capirete cosa succede se la fate cadere. »

« Non si preoccupi » disse Joe. « Ma se potessimo riavere i nostri stivali ci aiuterebbero a mantenere l'equilibrio. »

« E magari anche a scappare? »

Joe si strinse nelle spalle. Lui ci aveva provato.

Urco consegnò loro dei guanti. Si posizionarono ai due lati della prima unità di contenimento e la afferrarono per le maniglie. Come si avvicinò, Joe sentì l'aria gelida uscire dai tubi coperti di brina.

« Pronto » disse Paul.

« Alza » rispose Joe.

Sollevarono simultaneamente. L'unità era pesante, ma il peso era distribuito uniformemente e le barre di sollevamento ben posizionate. La sollevarono da terra senza sforzo e furono indirizzati verso il sentiero aperto di fresco.

Joe era davanti all'unità e camminava all'indietro guardando oltre la spalla per vedere dove andava. Paul stava dietro, ed Emma tra i due, portando la cella a combustibile e tenendo i cavi sollevati perché non si aggrovigliassero.

Un minuto dopo arrivarono in cima al sentiero. Ad attenderli c'erano quattro uomini di Urco, disposti a varia distanza intorno all'elicottero. Tre impugnavano fucili d'assalto, il quarto una carabina.

Urco li superò e cominciò a conversare con una donna minuta. Anche da lontano, Joe vide che aveva un fisico muscoloso.

« Quella è la donna che ci ha attaccati a La Jalca » sussurrò Emma. « Ha detto di chiamarsi Daiyu. »

Joe capì come mai si fosse dimostrata un avversario tanto temibile.

Urco le fece un cenno con il capo e Daiyu si avvicinò per ispezionare l'unità di contenimento. Anche lei aveva a disposizione degli uomini armati. Uno era rimasto a bordo dell'elicottero, altri due erano scesi a terra con lei. Imbracciavano delle mitragliette, pronti a scaricare una pioggia di piombo su tutti i presenti.

« Si direbbe che sia in corso una trattativa difficile » osservò Paul.

« Altro che onore tra ladri. »

« E questo è ciò che abbiamo cercato per tanto tempo? » disse Daiyu, facendo scorrere un dito sulla brina che ricopriva l'involucro esterno. « Come faccio a sapere se in questa scatola di metallo c'è dentro qualcosa? »

« Puoi sempre aprirla e guardarci dentro » suggerì Urco. « Anche se i tuoi neuroni verrebbero vaporizzati prima di poter capire qualunque cosa tu vedessi. »

Daiyu gli lanciò un'occhiata ostile. « Il mio paese non scherza. »

« So più del tuo paese di quanto tu possa immaginare » ribatté lui. « So che gli ordini di Zhang sono di prendere possesso delle unità di contenimento e lasciare i diamanti senza fare storie. Io ne ricevo un chilo e mezzo ora e un altro chilo e mezzo quando i vostri scienziati avranno confermato che le unità contengono effettivamente la materia allo stato misto. Se vuoi metterti a discutere possiamo farlo, ma ogni minuto passato qui a terra fa salire il rischio. Quindi se hai qualcosa da dire, dillo; altrimenti prendi possesso della merce e chiudiamo l'affare, oppure vattene. »

Lei lo guardò con occhio torvo, trattenendo a stento la rabbia. « Se mi hai mentito, ti darò la caccia io stessa. »

« Non mi troverai mai » ribatté lui. « Ma non temere. Ricevi quello che hai chiesto. E per essere sicuro di ricevere quello che io ho chiesto, Vargas verrà con te. »

« Accettabile » disse Daiyu. « Falla caricare a bordo e ordina di portare qui la seconda unità. Prima ce ne andiamo, meglio è. »

Joe e Paul furono esortati a procedere. Il pilota li aiutò a caricare l'unità sull'elicottero e la assicurò al pavimento. Emma si accertò che la cella a combustibile e i cavi fossero bloccati a dovere.

Fatto questo, andarono a prendere la seconda unità e la portarono lì rapidamente.

Joe non aveva cambiato opinione in merito alla decisione di Emma di collaborare, ma prima l'agente cinese e i suoi scagnozzi se ne andavano, prima lui poteva tornare a progettare la fuga. Inoltre, portando con loro uno degli uomini più minacciosi di Urco, inconsapevolmente i cinesi stavano dando loro una mano.

Caricata a bordo la seconda unità, l'elicottero nero decollò. Mentre si levava in volo, lui e Paul ricevettero un nuovo ordine: caricare un'altra unità di contenimento sul retro di una vecchia Toyota Land Cruiser che Emma avrebbe dovuto guidare.

Emma assicurò l'unità e la cella a combustibile con delle cinghie. « Contatterò Urco appena l'unità è in volo » disse. « Ha promesso di rilasciarvi tutti. »

Joe sapeva che non sarebbe mai successo. E, dal tono della sua voce, lo sapeva anche Emma.

« Ti direi di allacciare la cintura di sicurezza » rispose Joe, « ma suppongo che guiderai con prudenza. »

Lei gli rivolse un'occhiata triste, chiuse la portiera e attese che un altro degli uomini di Urco salisse a bordo con lei per accertarsi che seguisse le istruzioni.

Joe si allontanò di qualche passo quando il motore si mise in moto. Sempre sotto l'occhio vigile delle guardie, lui e Paul rimasero a guardare la vecchia Land Cruiser che si avviava lungo la strada sterrata che portava a sud.

Tre delle otto unità di contenimento erano andate, quattro erano ancora a bordo del *Nighthawk* e una era nella radura, in attesa di un altro acquirente.

E, cosa ancor più importante, erano andati anche due degli uomini di Urco. Due tra i più grossi e i più forti.

Mentre lui e Paul venivano scortati di nuovo alla spiaggia, Joe lanciò un'occhiata al sole. Stava scendendo verso l'orizzonte. Presto sarebbe venuto il momento di agire.

50

Gamay osservava dal punto in cui era appostata, in alto sul crinale. Indossava una tuta mimetica da deserto e per completare il camuffamento si era avvolta una sciarpa beige intorno alla testa e al collo. Aveva con sé un fucile d'assalto Heckler & Koch G36 modificato, con canna allungata, mirino telescopico potenziato e bipiede pieghevole per tiri a lunga distanza.

L'arma veniva da un appassionato di tiro sportivo che avevano scovato a Cajamarca. Non era un fucile da cecchino, ma era leggero, accurato e il migliore che fossero riusciti a procurarsi in così poco tempo.

Attraverso il mirino ad alta precisione aveva visto l'arrivo e la partenza dell'elicottero, come pure la partenza della vecchia Toyota e seguito Paul e Joe mentre venivano riportati alla spiaggia e lì tenuti di nuovo sotto sorveglianza.

Poco dopo, sul sentiero era arrivata una Jeep Cherokee bianca. Si era fermata e ne erano scesi alcuni uomini che indossavano tute da pilota blu. Dopo aver conferito con Urco furono accompagnati all'Air-Crane.

Col passare dei minuti, Gamay sentiva crescere la sensazione di pericolo. Qualunque cosa Urco avesse in mente, presto non avrebbe più avuto bisogno di ostaggi.

Si tirò indietro la manica della giacca mimetica. Kurt era in silenzio da parecchio tempo. Se si fosse trattato di qualcun altro, a quel punto lei avrebbe dato per certo che fosse annegato. Ma non poteva attendere più a lungo.

« Avanti, Kurt » sussurrò. « Non è il momento per farsi aspettare. »

Ora che si era spostata in una posizione favorevole per il tiro, Gamay era più esposta ma non aveva visto il minimo segno che qualcuno la stesse cercando.

Finalmente il minuscolo auricolare prese vita. « *Gamay, sono Kurt.* »

« E chi altri potrebbe essere? » rispose lei. « Sono felice che tu non sia annegato. Sono successe un sacco di cose da quando sei entrato in silenzio radio. Da quello che vedo, Urco sta disperdendo la materia allo stato misto. La vende pezzo per pezzo. Sono arrivati i cinesi e se ne sono portati via due unità. Emma si è allontanata da qui con un'altra unità caricata su una Land Cruiser. »

« *Se si fosse trattato di soldi, avrebbe potuto chiedere qualunque prezzo e ognuno dei paesi coinvolti lo avrebbe pagato. Ma lui vuole che paghiamo tutti... col sangue.* »

« Cosa intendi dire? »

« *Ho trovato delle finte celle a combustibile in una caverna dove si nascondono gli uomini di Urco. Ho trovato anche una cassa di Semtex da cui mancano diversi panetti, ma non sono riuscito a trovare un solo detonatore. Questo mi dice che sono già stati piazzati... probabilmente dentro le celle a combustibile.* »

« Dentro le celle a combustibile » ripeté lei. « Ma se le fa esplodere... »

« *Ottiene una catastrofe* » disse Kurt. « *Esattamente quello che vuole. Una catastrofe per gli americani, per i russi e per i cinesi. O, piuttosto, per l'intero mondo industrializzato.* »

« E a cosa potrebbe mai servirgli? »

« *Vendetta* » rispose Kurt. « *Per ciò che le potenze del Vecchio Mondo hanno fatto alle tribù indigene del Sud America cinquecento anni fa. E che, secondo lui, stanno ancora facendo. Disperdendo la materia allo stato misto per poi farla esplodere, può assestare un colpo mortale a Cina, Europa, America e chiunque altro ai suoi occhi sia responsabile per la sorte delle popolazioni indigene. Può far tornare indietro di mille anni la civiltà industrializzata mentre il suo popolo è al sicuro sulle montagne e può condurre un'esistenza libera dalle tecnologie.* »

Gamay ascoltò Kurt che le esponeva la sua teoria. « I cinesi sono già partiti » disse. « E anche Emma non si vede più. »

« *Prima fermiamo Urco e poi li raggiungiamo.* »

Un lampo di luce colpì l'occhio di Gamay e il vento le portò un gemito sordo.

Tornò a guardare attraverso il mirino telescopico. I due uomini in tuta blu da pilota erano ancora sull'Air-Crane. I rotori avevano cominciato a girare, lentamente, riflettendo la luce del sole.

Vide che i cavi che portavano al *Nighthawk* erano stati ricollegati, e il compartimento di carico era stato richiuso.

« Sarà meglio che ti sbrighi » disse. « Credo che i russi stiano per portar via il resto con l'Air-Crane. »

« *Mi era parso di sentire il motore accendersi* » disse Kurt. « *Mi sto muovendo. Aspetta il mio segnale e poi vacci giù pesante. Spara per primi agli uomini che fanno la guardia a Paul e Joe. Appena li hai stesi, spara a volontà. Uccidi tutti quelli che puoi, ma non rischiare di colpire il* Nighthawk. *E ricorda... io sono quello con la muta da sub nera.* »

51

Conclusa l'arrampicata, Kurt si accinse ad attraversare il pianoro, saltando rapido da una macchia di cespugli all'altra.

Era arrivato a metà quando l'Air-Crane decollò, sollevando un vortice di polvere che avrebbe accecato chiunque fosse tanto stupido da aprire gli occhi per guardare.

Alzandosi, sollevò gli stessi cavi di acciaio che erano stati attaccati al *Nighthawk* sott'acqua. Adagiati a terra, si sollevarono lentamente fino a tendersi completamente e a quel punto anche il veicolo spaziale nero si staccò da terra.

L'Air-Crane e il suo carico ruotarono fino a puntare verso sudest e, infine, cominciarono a muoversi, all'inizio con tanta cautela da sembrare quasi fermi.

Sapendo che gli occhi di tutti erano puntati sull'elicottero e che nessuno lo avrebbe sentito muoversi, Kurt si lanciò contro l'uomo più vicino. Lo afferrò tuffandosi in avanti e lo sbatté a terra. Ne seguì una breve colluttazione che si concluse quando Kurt gli sferrò un pugno, mandandolo KO.

Afferrò la radio. « Sono nella radura, e sono armato. Apri il fuoco. »

In attesa di quella chiamata, Gamay aveva continuato a tenere l'arma puntata sugli uomini che facevano la guardia a Paul e Joe. Aveva imparato a sparare da piccola, grazie a suo padre, e aveva passato la vita in mezzo alle armi da fuoco. Nonostante preferisse evitare la violenza era stata coinvolta in parecchi conflitti a fuoco negli anni trascorsi alla NUMA. Era nella natura del suo lavoro. Mentre mirava agli uomini nella radura, però, si rese conto che quella era una cosa che non aveva mai fatto prima.

Il suo disagio svanì quando uno degli uomini estrasse la pistola e andò a mettersi dietro a Joe.

Gamay espirò e premette il grilletto.

Il fucile crepitò. L'uomo con la pistola cadde in ginocchio e si abbatté su un fianco. Prima che toccasse il suolo, Gamay aggiustò la mira e sparò di nuovo, questa volta colpendo la guardia che stava in piedi vicino a Paul.

Lo vide cadere ma per sicurezza sparò un altro colpo, poi passò a un terzo obiettivo. A quel punto gli uomini scappavano in tutte le direzioni. Il quarto colpo ne ferì uno a un braccio, il quinto forse andò a segno o forse no, mentre un altro degli uomini di Urco si tuffava all'indietro nell'erba alta.

Giù sulla spiaggia di sassi, Joe sentì il colpo di fucile e pensò che avesse il suono della salvezza. Tirò e ruotò la nuova fascetta serrafili che gli era stata stretta intorno ai polsi. Non era riuscito a indebolirla quanto la prima, ma era da un po' che ci lavorava.

Riecheggiò un altro sparo, e poi un altro ancora. Gli uomini intorno a loro cadevano stecchiti o correvano a mettersi in salvo. E poi, finalmente, Joe riuscì a strappare la fascetta.

Afferrò una pietra dal bordo tagliente che aveva adocchiato e corse da Paul.

Con un rapido strattone, Paul fu liberato. Joe gettò via la pietra, prendendo la pistola dalla mano dell'uomo morto.

Indicò il crinale da cui supponeva Gamay stesse sparando. « Vai ai piedi della scogliera. »

« E tu dove vai? »

« A cercare Urco. »

Paul si chinò sopra un altro degli uomini che Gamay aveva ucciso e recuperò un'arma per sé. « Andiamo. »

Mentre Gamay sparava dal crinale, Kurt arrivò correndo, tenendosi basso. Aveva ucciso due degli uomini di Urco, si era procurato una carabina e ora veniva avanti con quella. Voleva catturare Urco, ma i suoi uomini stavano rendendo le cose difficili.

Kurt ne uccise uno che stava sparando una raffica di proiettili verso la collina nella speranza di colpire il cecchino.

Correndo oltre l'uomo morto, mise un colpo in canna e sparò a un altro che aveva cercato riparo tra i cespugli. La scarica di pallettoni fece a pezzi il cespuglio e lasciò l'uomo a terra, sanguinante.

Kurt corse da lui e con un calcio gli allontanò il fucile dalla mano. « Urco? »

L'uomo indicò con mano tremante il sentiero che era stato aperto tra l'erba.

Kurt lanciò un'occhiata in quella direzione e si accorse che dall'alto gli era stato lanciato addosso qualcosa. Fece uno scatto e si tuffò di lato tra l'erba alta nell'attimo in cui il panetto di Semtex esplodeva.

L'esplosione gli risuonò nelle orecchie e per un attimo appiattì gli steli d'erba, scaricandogli addosso una pioggia di terriccio che parve interminabile. Ma lui era abbastanza lontano da evitare danni seri.

L'uomo che gli aveva indicato dove si trovava Urco, invece, non fu altrettanto fortunato.

Kurt stava per rimettersi in movimento quando qualcuno gli diede un colpetto sulla gamba.

Si girò di scatto con l'arma spianata ma, invece di nemici, si trovò davanti il volto sorridente di Joe Zavala. Subito dietro di lui c'era Paul Trout.

« Per essere un fantasma sei piuttosto concreto » disse Joe.

Kurt sorrise. « E facile da sorprendere » disse. « Sono felice di vedervi. Che ci crediate o no, credo che stiamo vincendo, soprattutto grazie alle doti di tiratrice di Gamay. »

« Sarà dura da sopportare adesso che ci ha salvato la vita » disse Paul. « Ma ne sarà valsa la pena. »

« Quanti ne abbiamo tolti di mezzo? »

« Quattro giù in basso » rispose Joe.

« E io ne ho fatti fuori tre » disse Kurt.

« Resta soltanto Urco » disse Joe. « Credimi, non ho mai smesso di contarli. »

Kurt indicò il pianoro. « È lassù. Ma ho la sensazione che se cerchiamo di andare da lui ci bombarderà. »

« Magari Gamay riesce a colpirlo dal punto in cui si trova » suggerì Paul.

Kurt tirò fuori la radio, ragguagliò Gamay sulla situazione e le fece la sua richiesta.

« *Sì, è proprio quassù* » confermò Gamay. « *Ed è solo. Ma non indifeso.* »

« Abbiamo già avuto un assaggio di esplosivi » disse Kurt. « E non ho nessuna voglia di fare il bis. Riesci a colpirlo? »

« *Magari sì* » rispose lei. « *Ma c'è un problema.* »

« E sarebbe? »

« *Sembra che lui abbia previsto tutto* » rispose Gamay. « *Si è nascosto dietro l'ultima unità di contenimento. E tiene la pistola puntata contro il contenitore come se fosse un ostaggio in carne e ossa.* »

Proprio in quel momento la voce di Urco tuonò sopra di loro. « Questa violenza è andata avanti troppo a lungo » gridò. « Gettate a terra le armi o moriremo tutti. »

52

Dopo le parole di Urco sul campo di battaglia calò il silenzio. Kurt lanciò un'occhiata a Joe. « A quanto pare, non stiamo ancora vincendo. »

« Potremmo stringerlo da tre lati » suggerì Joe.

« L'ultima cosa che voglio è che si faccia prendere dal panico. »

Dalla radio giunse la voce di Gamay. « Se si sposta potrei riuscire a colpirlo alla testa » disse. « Ma se manco il bersaglio... »

« Anche se tu lo colpissi in mezzo alla fronte, potrebbe comunque premere il grilletto » rispose Kurt. Dovevano trovare un'altra soluzione. Kurt consegnò la radio a Joe. « Io vado lassù. »

« Ti sparerà. »

« Lo spero » ribatté Kurt. « E quando lo farà, voi lo stendete. »

Joe guardò Kurt con aria interrogativa.

« Avvertite Gamay » disse Kurt. « Quando io comincio a muovermi lungo il sentiero, voi due vi spostate nell'erba. Cercherò di farlo parlare il più possibile. »

Kurt si alzò in piedi lentamente. Alzò il fucile sopra la testa tenendolo con tutte e due le mani come farebbe un soldato che si arrende. Continuando a tenerlo in alto, uscì dall'erba, attraversò la radura e si avviò su per il sentiero.

Arrivato alla radura più in alto, trovò Urco accucciato dietro l'ultima unità di contenimento con la pistola puntata su uno dei tubi del sistema criogenico.

Appena stabilirono un contatto visivo, Kurt gettò via il fucile.

Urco lo fissò. « Austin » disse, a bassa voce. « E in condizioni assai migliori di quanto mi abbiano fatto credere. »

« Deluso? »

« Sorpreso. Non capita spesso che Vargas fallisca una missione. E di certo non mente. Non a me. Ha detto che ti stavi dissanguando sul fondo del lago.»

«Non prendertela troppo con lui» rispose Kurt. «Ha squarciato la capsula di colorante rosso nel mio giubbetto. Deve aver pensato di avermi ferito a morte. Un inganno del tutto involontario. Al contrario di quello che tu hai creato per il mondo intero. Devo dartene atto, non sono molte le persone che hanno il coraggio di sfidare le tre nazioni più potenti della Terra.»

«Ho approfittato di un'occasione» rispose Urco. «Niente di più.»

Kurt scosse la testa. «È un po' tardi per la falsa modestia, non credi? Tu tiravi le fila di tutto. E noi abbiamo ballato. Volevi che il *Nighthawk* venisse ripescato e ci hai convinti a farlo. Avevi bisogno di qualcuno che lo catturasse in volo per te e hai convinto i russi a costruire due bombardieri ipersonici per quello scopo. E quando loro hanno avuto bisogno di fondi – a corto di soldi come sono – hai convinto i cinesi a mettersi in società con te. E lo hai fatto usando solo le parole. Se non mi sbaglio, tu non hai soldi, non hai potere politico, né armi. Disponi solo di una mente brillante.»

Urco era troppo intelligente per non capire che quelle di Kurt erano lusinghe, ma era anche troppo pieno di sé per non ascoltarlo.

«Ho combattuto terroristi, governi stranieri e miliardari che avevano eserciti privati ai loro ordini» aggiunse Kurt. «E dubito sinceramente di aver mai conosciuto un uomo più pericoloso di te. Congratulazioni, Urco. O forse dovrei chiamarti Falconiere?»

Nel sentir pronunciare quel nome, Urco alzò il mento, incuriosito. Il suo sguardo si fece più duro. «E così anche tu sai un paio di cosette. Dimmi, dove hai sentito quel nome?»

«Dalla scatola nera che abbiamo trovato tra i rottami del *Blackjack 1*» rispose Kurt. «I piloti sono morti, ma quella ha resistito all'urto. Tu eri sul *Blackjack 2*, e tu sei la causa per cui il *Nighthawk* si è improvvisamente risvegliato quando i russi pensavano fosse stato spento. E tu hai ignorato le loro suppliche di riavviare il sistema con il codice alfa. Ecco perché il video realizzato a La Jalca è stato filmato da una persona che usava la mano destra. Perché tu non eri qui per girarlo di persona.»

Urco lo fissò e poi annuì.

«Un piano geniale» proseguì Kurt. «Hai seminato informazioni sufficienti per portarci dove volevi tu. Quello che non riuscivo a capire è il perché.»

«La cupidigia affligge anche chi ha il cuore puro» rispose Urco.

Kurt lo stava facendo parlare. Era riuscito a instaurare una conversazione che andava tutta a suo vantaggio. Mentre parlava cominciò a camminare lentamente verso Urco. «L'avidità non è la tua motivazione. Se lo fosse, avresti potuto contattare una delle tre grandi nazioni e chiedere una somma enorme su un conto cifrato in cambio della posizione del *Nighthawk*. In fondo, tu eri l'unico a sapere dove si trovava. Ma non lo hai fatto. Ci hai presi in giro tutti, ci hai portati qui. Come hai detto a cena l'altra sera, il banchetto non può iniziare *finché tutti gli ospiti non sono presenti e rappresentati*. Non hai venduto la materia allo stato misto. Tu l'hai donata, una parte a ognuna delle nazioni che la voleva.»

Nel sentire le accuse di Kurt, Urco cominciò ad agitarsi. «Sono stato pagato in gemme.»

«Faceva parte della messinscena» ribatté Kurt. «Una bella trovata a completamento della tua vendetta. Ma le ricchezze non ti serviranno a nulla quando il mondo crollerà. So cosa hai in mente. Ho visto le finte celle a combustibile nella caverna. Ho trovato gli esplosivi.»

Urco sembrava costernato dal fatto che Kurt avesse scoperto così tanto. Continuava a tenere la pistola puntata contro l'unità di contenimento, ma non staccava gli occhi da lui.

«Che senso ha nascondere la verità?» insistette Kurt. «Questa è la fine. O la fine del tuo mondo o del nostro. Vuoi davvero continuare a fingere di averlo fatto per i soldi? Questa è la motivazione di un conquistatore, di Pizarro e di Colombo, e di ogni europeo venuto nel Nuovo Mondo. Vuoi davvero legare la tua sorte a quella delle persone che hanno decimato gli Inca e i Chachapoya?»

« *Decimato?* » ripeté Urco con veemenza, e la sua voce si fece più aspra. « Decimare significa uccidere uno su dieci. Gli europei e il loro sudiciume non ne hanno lasciato vivo neppure uno su dieci. Le loro malattie hanno annientato il novantacinque per cento di coloro che vivevano qui. Hanno violentato e ridotto in schiavitù il restante cinque per cento. Hanno contaminato il nostro sangue con il loro. Per tre quarti di secolo abbiamo stigmatizzato le atrocità dei nazisti e le purghe di Stalin con termini quali olocausto e genocidio, ma quello è stato niente in confronto a quanto è accaduto qui! »

L'ira improvvisa lo stava destabilizzando, proprio come Kurt aveva sperato.

« Nessuno di chi è vivo oggi ha avuto a che fare con quello » disse Kurt, avvicinandosi ulteriormente.

« Succede anche oggi » urlò Urco. « Tu parli del passato come se l'uccisione e la deportazione di innocenti fossero accadute una sola volta e fossero finite, e invece proseguono anche adesso. Ogni ora di ogni giorno. Non solo qui o in Amazzonia, ma in Africa, in Asia, nei territori isolati dell'Australia e nelle gelide distese dell'Artico. Le ultime vestigia dei popoli originari sono minacciate dai *figli delle macchine*. Non c'è possibilità di coesistenza. Dal modo in cui la civiltà industriale si diffonde come un virus presto non ci sarà più spazio per chi vive in maniera diversa. Questa cosa deve essere fermata. Io sono colui che la fermerà. E questo è l'unico modo. »

« Una bomba per l'America, una per la Cina, una per qualcun altro e il resto – la maggior parte – per trasformare l'Europa in un inferno quando il bombardiere russo la sorvolerà. È questa la tua idea di vendetta? »

« Giustizia. » Urco fremeva di rabbia. « A lungo rimandata. Occhio per occhio. Un genocidio per un altro genocidio. »

« Non puoi pensare che il tuo mondo, qui, non ne risentirà. »

« Possiamo vivere con quello che la natura ci offre, come fanno tutti i figli della terra. Voi vivete dell'energia e dell'automazione prodotte dalle macchine. E questa dipendenza dall'industrializzazione sarà la vostra rovina. Senza apparecchiature che eseguano i loro ordini, i figli delle macchine moriranno di fame, moriranno di sete, di caldo e di freddo. Si uccideranno tra di loro per accaparrarsi quanto è rimasto. I figli della terra, invece, torneranno a quello che hanno sempre saputo fare.»

Urco si interruppe e la conversazione finì.

Kurt si avvicinò ancora un po'.

«Ora basta» disse Urco. «Un altro passo e moriremo tutti.» Armò il cane della pistola. Ora il destino del mondo dipendeva dalla sensibilità sul grilletto di un uomo che letteralmente tremava di rabbia.

«No» disse Kurt. «Non credo che lo farai.»

«Non provocarmi» ribatté Urco. «Sono più che disposto a morire.»

«Oh, su questo non ho dubbi» disse Kurt. «Il tuo piano, però... non ci hai pensato. Non puoi premere quel grilletto adesso. Le altre tue bombe sono ancora troppo vicine. Questa è troppo potente. Sono mille Hiroshima, magari cinquemila. Se la fai esplodere, l'onda d'urto e la palla di fuoco travolgeranno i russi a bordo del nostro elicottero. Questo scatenerà una seconda reazione. L'effetto combinato annienterà Emma Townsend sulla strada per Cajamarca, dando luogo a una terza reazione.

«Anche se i cinesi fossero in qualche modo riusciti a trasferire le loro unità di contenimento su un aereo a lungo raggio in volo verso l'Asia, non possono essere lontani. Di certo non abbastanza da sfuggire all'effetto di tre piccoli soli che si accendono a qualche centinaio di chilometri di distanza. L'onda d'urto che tu volevi scatenare sulle nazioni industriali del mondo colpirà l'aereo in volo. I raggi gamma e l'impulso elettromagnetico faranno saltare tutti i circuiti e fondere le unità di contenimento. In un modo o nell'altro, la quarta bomba esploderà. E *sarà* un cataclisma, ma a pagare il prezzo maggiore sarà il Sud America e i *figli delle macchine* che verranno a prestare aiuto.»

Mentre Kurt parlava, Urco strinse la mascella. Era possibile che ci avesse già pensato. Possibile che non lo avesse fatto? In ogni caso ora lo capiva, capiva esattamente quello che Kurt gli aveva messo davanti.

Kurt avanzò di un altro passo. L'unica cosa che doveva fare era impedire che Urco sparasse per errore.

« Resta dove sei! »

« È finita, Urco! »

« Tiro il grilletto! » urlò Urco. « E sarà comunque un cataclisma. Colpirà la tua società molto più di quelli che vivono nella giungla, nella tundra o nelle pianure lontane. »

Kurt ora era abbastanza vicino da vedere le narici dilatate e lo sguardo folle di Urco. Vide una goccia di sudore scendergli dalla tempia e le nocche diventare bianche per la forza con cui stringeva la pistola.

« Ti resta una sola mossa » disse Kurt. « Un colpo. O la bomba... o me. »

Urco tremava per la rabbia. Una seconda goccia di sudore gli colò lungo il volto. Scese lungo la barba e lì si fermò per un istante prima di cadere sull'unità di contenimento, dove si gelò all'istante. « Che tu sia maledetto! » urlò.

Con uno spostamento delle spalle, Urco sollevò la pistola verso Kurt.

Kurt si gettò di lato mentre due spari riecheggiavano quasi simultaneamente. Uno vicino, l'altro in lontananza.

Urco fu scagliato di lato dal proiettile che lo colpì alle costole sotto il braccio teso in avanti. Crollò a terra con la pistola ancora stretta nella mano. Joe si precipitò verso di lui, gli saltò addosso e con un pugno allontanò l'arma prima che lui potesse tentare di sparare un altro colpo.

Kurt alzò lo sguardo. Urco aveva mancato il bersaglio. Per un attimo la canna della pistola era rimasta attaccata al cilindro coperto di brina dell'unità di contenimento. Si precipitò ad aiutare Joe.

« Si sta dissanguando » disse Joe.

Cercarono di fermare l'emorragia, ma il proiettile gli aveva trapassato il corpo, lesionando troppi organi, lacerando troppi tessuti.

Kurt rinunciò al tentativo di salvargli la vita e cercò di strappargli un'ultima risposta.

« Stai per morire » gli disse. « Non portare con te mezzo mondo. Dimmi come fermare quello che hai messo in movimento. »

Urco lo fissò con sguardo assente.

« Torneremo qui. Aiuteremo il tuo popolo e gli altri. Hai ragione su quanto è stato fatto e si continua a fare, ma tu devi aiutarci. »

Urco lo guardò. « Io ti ho quasi... creduto » disse con un filo di voce. I suoi occhi erano sfuocati. « È troppo tardi » disse. « Quello che sale... non scenderà mai. »

53

Urco spirò senza dire altro. Joe e Paul raccolsero i morti e i due sopravvissuti. Gamay scese di corsa dal suo nascondiglio ad abbracciare Paul.

« I miei complimenti al tuo istruttore di tiro » disse Joe.

« Lo dirò a mio padre » rispose lei, e poi si voltò verso Kurt. « Sei stato bravo a fargli pressione. »

« Ho pensato che avesse investito così tanto nel suo piano da essere disposto a fare qualunque cosa pur di non metterlo a rischio. »

« E se ti fossi sbagliato? »

« Un semplice calcolo. Un continente distrutto è sempre meglio di quattro. »

« In misura marginale » obiettò lei.

« Non lo metto in dubbio » rispose Kurt.

« Hai idea di dove fosse destinata quest'ultima unità? » chiese Paul.

« Ho sentito gli uomini di Urco dire qualcosa a proposito di Rio » rispose Kurt.

« Considerando la deforestazione in atto nell'Amazzonia, avrebbe un senso spazzare via la più grande città del continente nella speranza di mettervi fine » disse Joe. « Ma ora cosa facciamo? »

Kurt aveva un'espressione torva. « Abbiamo vinto la battaglia ma stiamo perdendo la guerra. Dobbiamo avvertire i cinesi e i russi e contattare la NSA. »

Perlustrarono il campo e perquisirono gli uomini di Urco in cerca di un qualche mezzo di comunicazione a lunga distanza, ma trovarono solo delle ricetrasmittenti con un raggio di azione molto ridotto, i loro telefoni satellitari che erano stati distrutti e il computer di Urco con la sua ingombrante antenna.

Dopo venti minuti di tentativi, Paul annunciò: « L'ho già visto. È un programma con una protezione a più stadi. Anche se riuscissimo a superare il primo livello, probabilmente c'è un secondo livello di codifica da oltrepassare prima di poter accedere alla suite di comunicazione satellitare ».

Torchiarono i due sopravvissuti, ma non riuscirono a ottenere alcuna informazione.

« Non c'è tempo per questo » disse Kurt. « Dovremo fare alla vecchia maniera. Andare di persona. »

« Abbiamo soltanto un veicolo e tre megabombe da inseguire » gli fece notare Joe.

« Dovremo separarci » disse Kurt. « Tu e io daremo la caccia ai russi. Paul, tu e Gamay prendete quella Jeep Cherokee e vedete se riuscite a raggiungere Emma. »

« C'è una guardia armata con lei » osservò Paul.

« Occupatevi di lui. »

« E i cinesi? » chiese Gamay. « A quest'ora saranno già in volo. »

Kurt lanciò un'occhiata all'orologio. Al momento non c'era niente che potessero fare riguardo ai cinesi. « È un lungo volo da qui a Pechino. Magari riusciremo a trovare un modo per disinnescare le bombe e a comunicare con loro prima che atterrino. »

Senza perdere altro tempo, portarono l'ultima unità di contenimento giù per il sentiero fino alla stradina sterrata dove attendeva la Cherokee. Dopo averla caricata e assicurata, Paul e Gamay si misero in marcia. Non vi furono addii. Non ce n'era il tempo.

Mentre Paul e Gamay si allontanavano, Kurt e Joe si misero a caccia dei russi. Il primo problema era capire dove cercarli.

« Hanno sorvolato quell'avvallamento sul crinale e proseguito in quella direzione » disse Joe. « Non vedo motivo per cui non avrebbero dovuto seguire un percorso rettilineo verso la loro destinazione. E visti i problemi di peso e di controllo che ho avuto io nel trasportare il *Nighthawk*, non possono seriamente sperare di andare molto lontano. »

« Io credo di sapere dove sono diretti » disse Kurt. « Ricordi l'audio dell'incidente del primo bombardiere? Il pilota del

Blackjack 1 è andato nel panico quando il *Nighthawk* ha cominciato a liberarsi. Urlava al Falconiere di riavviare il sistema con il codice alfa. Chiamava il *Blackjack 2.* »

« E il Falconiere era Urco. »

Kurt annuì. « Il che significa che il *Blackjack 2* non è precipitato. È atterrato sano e salvo e probabilmente è qui, nelle immediate vicinanze. Non dobbiamo fare altro che trovare il campo di aviazione più vicino. »

« Ce n'è uno a una decina di chilometri da qui » disse Joe. « L'ho visto sulla cartina mentre programmavo la rotta. »

« È una bella camminata » osservò Kurt. « Sarà meglio che ci mettiamo in marcia. »

« Non è necessario andare a piedi » disse Joe. « Per lo meno non per tutto il tragitto. Il fiume scorre a un chilometro e mezzo dalla pista. Possiamo prendere lo Zodiac. Ci farà risparmiare ore. »

54

Quei dieci chilometri di volo sarebbero stati gli ultimi per l'Air-Crane, pensò il maggiore Timonovski. Il grosso elicottero faticava a trasportare il carico nell'aria rarefatta delle montagne. Le spie della temperatura avevano raggiunto il livello giallo già prima che arrivassero a metà strada, ma con le nove tonnellate del *Nighthawk* che penzolavano sotto di loro, Timonovski non osava aumentare la velocità.

«Temperatura a livello critico al motore numero due» annunciò l'ingegnere di volo.

«Cosa succede?» chiese Timonovski.

«Trucioli di metallo nel circuito dell'olio. È il rotore principale... la trasmissione si sta disintegrando. Dobbiamo posarci.»

Timonovski avvertì la tensione nella voce dell'ingegnere di volo, ma cercò di ignorarla. «Ci siamo quasi» disse.

Vedeva i contorni della pista più avanti. Il *Blackjack 2* si trovava là, non più coperto dalle reti e dai teloni sotto cui il Falconiere lo aveva nascosto. Sulla pista c'era un altro aereo, un piccolo turboelica.

Ignorando le spie luminose, Timonovski portò l'elicottero e il veicolo spaziale oltre l'ultima fila di alberi e scese verso la pista di terra battuta. Da terra un uomo trasmise un segnale morse con una torcia.

«Dunque una volta tanto il Falconiere ha detto la verità» disse Timonovski. Dopo tanti inganni e menzogne, si aspettava di trovare ad accoglierli agenti americani o magari i cinesi. «Chiamali sul canale a bassa frequenza.»

L'ingegnere di volo impostò la frequenza corretta e iniziò una conversazione concitata. «Vogliono che depositiamo il *Nighthawk* sopra il bombardiere» riferì. «Riusciamo a restare in volo così tanto?»

« Preferirei depositarlo a lato della pista, ma una volta atterrato questo elicottero non si alzerà mai più in volo. »

« Quello che pensavo anch'io » convenne l'ingegnere di volo. « Cosa devo rispondere? »

Timonovski non ebbe esitazioni. « Che ci proviamo. »

Si inclinò verso il bombardiere fino a trovarsi accanto a esso quindi si spostò lateralmente. Con mano sicura portò l'elicottero sopra il bombardiere finché non furono esattamente allineati e a quel punto cominciò a far scendere il veicolo americano verso l'aereo.

Il primo tentativo fallì perché il vortice d'aria generato dal rotore principale continuava a far girare su se stesso il veicolo appeso sotto l'elicottero. Il secondo non ebbe miglior fortuna.

« Non riesco a tenerlo allineato » disse Timonovski.

« Dobbiamo scendere » disse l'ingegnere di volo. « Rischiamo di perdere la trasmissione da un minuto all'altro. »

« Ancora un tentativo » disse Timonovski.

Questa volta, mentre si avvicinava, sulla schiena del bombardiere comparvero degli uomini della squadra a terra. Afferrarono il *Nighthawk* a mani nude, girarono delle funi attorno al muso e alla coda, e con il loro peso riuscirono a fermare la rotazione del veicolo spaziale. Con il loro aiuto Timonovski guidò il *Nighthawk* in posizione e lo sentì appoggiarsi sul dorso corazzato del bombardiere.

« Depositato e assicurato » annunciò l'ingegnere di volo. « Ora sgancio il cavo. »

Si sentì uno schiocco quando il cavo di carico venne rilasciato. Per reazione l'Air-Crane si sollevò di colpo mentre dalla base del rotore principale si levava una nube di fumo nero.

Uno stridore acuto presto coprì il ruggito delle turbine e Timonovski capì che avevano perso la scatola di trasmissione.

« Tieniti » urlò, dirigendo l'elicottero lontano dal bombardiere, dal *Nighthawk* e dalla squadra a terra.

Con quel poco di potenza rimasta, l'elicottero fumante virò e poi cominciò a cadere. Timonovski fece del suo meglio per mantenere il controllo, ma il velivolo era diventato ingovernabile. Precipitarono vicino al bordo della pista.

L'impatto piegò il supporto del carrello di destra e l'elicottero si inclinò su un fianco. Le pale del rotore principale colpirono il terreno e si spaccarono in mille frammenti mortali, gran parte dei quali finì fortunatamente nella boscaglia.

Come l'elicottero si posò definitivamente su un fianco, Timonovski spense i motori e chiuse l'alimentazione. Si voltò e vide l'ingegnere di volo che si lanciava fuori dal portellone.

Quando il maggiore riuscì a slacciare la cintura di sicurezza e raggiunse l'ingegnere di volo, cinque o sei uomini della squadra di terra erano già intorno al velivolo. Uno stava spruzzando della schiuma sul vano motore con un estintore. Dalle bocchette di ventilazione usciva del fumo nero, ma niente fiamme.

« Brutte bestie » disse una voce dal gruppo.

Il maggiore scorse Constantin Davidov. Non era cosa da tutti i giorni vedere sul campo un pezzo grosso dei servizi. Il vecchio veterano gli andò incontro con un sorriso raggiante.

« Brutte bestie? » chiese il maggiore Timonovski. « A cosa si riferisce? »

« Agli elicotteri » spiegò Davidov. « Contro natura, rumorosi e brutti. Strumenti di tortura, a mio parere. »

Il maggiore non era al corrente del lungo viaggio di Davidov dalla Kamchatka all'incrociatore *Varyag* a bordo del « piccione viaggiatore ». Ma non era così stupido da mettere in discussione quello che diceva il capo. « Se lo dice lei. »

« Lo dico eccome » rispose Davidov. « Ma hanno una loro utilità. »

« E i loro limiti » ribatté Timonovski. « Come tutti noi... » Indicò il *Blackjack 2* con il *Nighthawk* poggiato sul dorso. « Non riusciremo mai ad alzarci in volo. La pista è troppo corta. Gli alberi troppo alti. L'ho detto al Falconiere. »

« E lui le ha dato ascolto » disse Davidov. « Ho portato i razzi ausiliari per il decollo assistito. Tagliando un po' di alberi ce la faremo. La squadra di terra sta già collegando i booster. »

Timonovski socchiuse gli occhi e vide gli uomini impegnati

ad agganciare dei tozzi contenitori a forma di missile sotto le ali del bombardiere. Era un'operazione complessa. « Pare che il Falconiere abbia pensato proprio a tutto. »

« Già » convenne Davidov. « Pare proprio di sì. »

55

Il viaggio verso Cajamarca portò Emma in mezzo a un'ampia vallata e poi su attraverso uno stretto valico. Inizialmente la strada correva in piano tra le montagne, ma come uscirono dal passo cominciò ad assomigliare sempre più a quella che lei e Kurt avevano percorso salendo. Solo che ora era sceso il crepuscolo, e la luce calava di minuto in minuto.

Aveva acceso gli abbaglianti, come pure le piccole luci antinebbia sotto il paraurti e i due fari ausiliari montati sul tetto. Erano sufficienti a illuminare la strada, ma lo strapiombo oltre il ciglio era un abisso di oscurità.

« Quando questa storia sarà finita mi trasferisco in Kansas » disse.

« Cos'è Kansas? »

La domanda veniva da Reyes, l'uomo che Urco aveva mandato con lei perché la sorvegliasse. Sedeva sul sedile del passeggero, appoggiato di lato con una pistola 9 mm stretta nella mano.

Se lei guidava troppo veloce o troppo piano, lui la guardava male e protestava. In quel momento, evidentemente se la stava cavando bene perché lui era appoggiato allo schienale con la Beretta posata in grembo, puntata più o meno alla sua coscia.

« Il Kansas è una regione molto pianeggiante dell'America. Non c'è una sola montagna da salire o da cui poter precipitare. »

Lui aggrottò la fronte.

« Lascia perdere » disse lei. « Posso capire che suoni strano a uno che vive qui. »

Lui non disse nulla, si sporse in avanti per guardare il tachimetro, poi tornò ad appoggiarsi allo schienale.

« Siamo in orario? » chiese lei.

L'uomo non rispose. Forse sì.

« Non era necessario che Urco mandasse te, sai. »

« Sono qui per essere sicuro che tu faccia quello che hai promesso. »

« E perché non dovrei? » ribatté lei, affrontando una curva. « È l'unica cosa sensata da fare. »

Lui si strinse nelle spalle.

« E comunque, cosa faresti se io mi rifiutassi? O cambiassi idea? »

Lo aveva detto così per dire, per fare conversazione nel lungo viaggio e forse nella speranza che lui la considerasse un essere umano anziché un bersaglio. Ma aveva toccato un nervo scoperto.

« Ti sparo e proseguo da solo. »

« Davvero? » disse lei, sorpresa e al tempo stesso per niente stupita. « E poi? Consegni l'unità di contenimento ai miei colleghi e gli dici che sei un buon samaritano che l'ha raccolta sul bordo della strada? E comunque, come faresti a trovarli senza di me? »

La risposta le fu chiara ancor prima di aver finito di pronunciare la domanda. « Ah, hai un telefono » disse. « Hai il *mio* telefono. »

E quasi nello stesso istante, entrambi capirono che lui aveva involontariamente rivelato un particolare importante.

Un telefono poteva fornire aiuto. Poteva richiamare una squadra di soccorso al lago, delle unità militari per sopraffare Urco e i suoi uomini. Il suo telefono poteva ribaltare l'intera situazione.

« Accosta » ordinò lui.

« No. È tutto a posto. Vediamo di arrivare a Cajamarca. »

« Ferma la macchina! »

Da quel momento accadde tutto in un lampo. Reyes urlò di nuovo e le puntò la pistola alla testa. Emma capì che quella poteva essere l'unica occasione per agire e pestò sui freni. L'improvvisa decelerazione fece sì che il braccio teso dell'uomo oscillasse in avanti. La sua mano andò a sbattere contro il cruscotto e dalla pistola partì un colpo in direzione del parabrezza.

Mentre il vetro andava in frantumi, Emma gli sferrò un colpo con il braccio destro. La mano era rigida, le dita allungate.

Lo colpì con il bordo del palmo con un perfetto manrovescio sul pomo d'Adamo.

Il colpo gli schiacciò la trachea e Reyes mollò la pistola.

Emma pestò sull'acceleratore e lui, preso in contropiede, fu proiettato all'indietro.

Mentre l'uomo annaspava sul sedile, lei si allungò per raccogliere la pistola da terra. La sfiorò con le dita ma prima che potesse prenderla, lui fece una cosa impensabile: si lanciò verso il volante, girandolo violentemente a destra.

Le ruote sterzarono bruscamente. La Toyota sbandò e si rovesciò su un fianco. Il parabrezza esplose e il vecchio fuoristrada scivolò verso il ciglio del precipizio. Uscì con il muso in avanti oltre il bordo, si schiantò contro un albero contorto che cresceva dal pendio ripido e lì si fermò.

L'impatto fece perdere i sensi a Emma. Per qualche secondo, per un minuto o più tempo, lei non avrebbe saputo dirlo. Quando riprese i sensi, era sdraiata su un fianco, immobilizzata dal volante. Si sentiva un sibilo e dal radiatore distrutto della jeep usciva una nube di vapore.

Reyes era sparito. Visto che mancava del tutto il parabrezza, Emma pensò che l'uomo fosse stato sbalzato fuori.

« È stata una pazzia » borbottò, arrabbiata con se stessa. E anche con lui, ovunque fosse.

Si girò, avvertì una fitta alle costole e posò lo sguardo sull'unità di contenimento. Era ancora saldamente assicurata al suo posto.

Emma si allungò fino a toccare il pannello di controllo. Quando le sue dita sfiorarono lo schermo, questo si illuminò. Gli indicatori erano tutti verdi. L'unità era alimentata, i contenitori magnetici intatti, il sistema criogenico in funzione.

« Grazie al cielo non hanno assegnato questa fornitura con un contratto al ribasso » sussurrò.

Per ovvi motivi, le unità erano estremamente resistenti. Erano state progettate per sopravvivere anni nello spazio, esposte alle radiazioni cosmiche, a temperature e pressioni estreme, per non parlare della turbolenza e delle sollecitazioni del rientro e dell'atterraggio, o di un piccolo incidente.

Fortunatamente, l'incidente appena avvenuto non era così grave.

Emma non doveva fare altro che scendere dalla Land Cruiser, trovare l'uomo e sperare che il telefono nella sua tasca fosse sopravvissuto al volo e al violento atterraggio.

Spinse contro il piantone dello sterzo che si era allentato nell'urto contro l'albero e riuscì a spostarlo di quel tanto da liberare le gambe. Poi le attirò a sé e si mise in posizione seduta.

Con la Toyota rovesciata su un fianco e il parabrezza ormai inesistente, il modo più facile per uscire dall'abitacolo era in avanti. Seduta dove un tempo si trovava il finestrino del guidatore, allungò le gambe attraverso lo spazio vuoto dove prima si trovava il parabrezza e toccò... il nulla.

Emma si immobilizzò. Le sue gambe penzolavano come se fosse seduta su un'altalena, o su una sporgenza. Guardò in basso. C'era del terreno sotto la cabina di guida in corrispondenza del finestrino, ma vicino al muso degradava.

Si sporse in avanti, aggrappandosi al sedile per non cadere. Quando il vapore del radiatore cominciò a diradarsi, i fari sul tetto illuminarono l'oscurità fino in fondo allo strapiombo, sfiorando il terreno un centinaio di metri più sotto.

La Land Cruiser puntava verso il basso e l'unica cosa che le impediva di precipitare era il tronco contorto contro cui si era fermata.

Emma tirò indietro le gambe e spostò il peso per uscire da sopra. Un impercettibile scricchiolio del tronco e un lieve slittamento in avanti del veicolo le fecero capire che muoversi non era una buona idea. Si immobilizzò chiedendosi per quanto ancora l'albero avrebbe retto.

56

Kurt e Joe impiegarono pochissimo tempo con lo Zodiac spinto a tutta manetta e con la corrente favorevole. Incontrarono delle piccole rapide, ma le superarono senza problemi e in brevissimo tempo percorsero i venti chilometri sul fiume che corrispondevano a circa dieci in linea d'aria.

« Più di così non possiamo avvicinarci » disse Joe, governando a memoria sulla base di quanto aveva visto sulla cartina.

« Proseguiamo a piedi. Io sono pronto » disse Kurt.

Kurt si era cambiato. Ora indossava abiti normali ed entrambi avevano recuperato gli stivali. Appena Joe portò lo Zodiac sulla spiaggia, saltarono giù e si prepararono a fare una bella scarpinata.

Era scesa l'oscurità, l'aria della notte si era fatta molto più fredda ed erano spuntate le stelle. Brillavano come diamanti sul velluto nero. Orientandosi con quelle, Kurt e Joe procedevano sul terreno roccioso verso il campo di aviazione.

Kurt, che marciava qualche passo dietro a Joe, sentì che cominciavano a fargli male le ginocchia, risultato di vecchie lesioni sui campi da football.

« Stai diventando lento con l'età » lo stuzzicò Joe.

« Mentre qualcuno se ne stava seduto tutto tranquillo, io lavoravo » ribatté Kurt.

« Dalle mie parti andarsene in giro per il lago con una camera d'aria non è lavorare. »

« Praticamente ho creato un nuovo tipo di triathlon estremo » ragionò Kurt. « Nuoto sotto una cascata, scalata di una parete a precipizio e ora due chilometri di corsa in salita nell'aria rarefatta a tremila piedi di altezza. »

« Sotto una cascata? » disse Joe. « Perché non ci hai girato attorno? »

« Ci ho provato » ammise Kurt. « Ma non è così facile come sembra. »

Joe scoppiò a ridere. « Spero solo che valga la pena di correre, e che non abbiamo già perso il volo. »

Anche Kurt lo sperava. Non c'era modo di saperlo finché non fossero arrivati là, ma avendo vissuto vicino a diverse basi aeree negli anni passati nell'aeronautica, Kurt sapeva quanto fosse potente il rombo dei jet militari. « A meno che non siano partiti mentre eravamo su quelle rapide, credo che avremmo sentito decollare un bombardiere supersonico. Sono sicuro che avranno bisogno di postbruciatori per farcela. »

Un ronzio sordo che si propagava sull'altopiano interruppe bruscamente la loro conversazione. Kurt e Joe rallentarono per ascoltare.

« Turboelica » disse Joe, voltandosi verso il punto da cui proveniva il rumore. Il ronzio crebbe, accompagnato da una strana eco quando un secondo motore prese vita.

« Potrebbero aver cambiato aereo » disse Kurt.

Si misero a correre ancora più veloci e, con il rumore del turboelica come riferimento, non ebbero esitazioni. Stavano ancora correndo verso la pista quando videro il piccolo aereo arrampicarsi nel cielo notturno, virare verso nordest e sparire nell'oscurità.

« Se riusciamo a raggiungere l'Air-Crane potremo usare le radio » disse Joe. « E farli tornare indietro prima che siano troppo in alto. »

Continuarono a correre. Arrivarono ai margini della pista, ormai senza fiato, e si nascosero accucciandosi dietro un pino.

Videro l'Air-Crane sull'altro lato della pista, fumante e abbattuto su un fianco. « Probabilmente le radio funzionano ancora » disse Joe. « Ma le antenne potrebbero essere danneggiate. »

Kurt indicò una seconda sagoma nel buio, più nera del nero e minacciosa. Il *Blackjack 2* era ancora lì, con il *Nighthawk* appollaiato sopra.

« Non si sarebbero presi la briga di posizionarlo con tanta cura se avessero intenzione di lasciarlo qui. »

57

Paul guidava la Jeep Cherokee più veloce che poteva. Considerato il carico che trasportava, il tipo di strada e la totale oscurità della notte senza luna, sessantacinque chilometri orari erano decisamente una velocità da incoscienti.

Seduta accanto a lui, l'attenzione divisa tra la macchina dell'apocalisse che trasportavano e la cartina, Gamay sembrava esortarlo ad andare più veloce. « Spero solo che Emma sia attenta quanto noi » disse. « Per una serie di motivi. »

Paul aveva consultato la cartina, prima, e sapeva che era una corsa che non potevano vincere. « Non la raggiungeremo mai. Gli ultimi sessantacinque chilometri verso Cajamarca sono asfaltati e relativamente in piano. Quando arriverà lì ci farà mangiare la polvere. »

« Potremmo fermare un'altra auto, o un camion » suggerì Gamay. « Se siamo fortunati, potrebbero avere una radio o un telefono. »

« Quassù dovrebbe essere un telefono satellitare » disse Paul. « Ma magari, avvicinandoci alla città... » Lanciò un'occhiata alla cartina. « Venendo da sud, deve attraversare quasi tutta la città per arrivare all'aeroporto. Questo ci dà qualche... »

L'urlo di Gamay lo interruppe. « Paul, attento! »

Paul alzò lo sguardo. Sulla strada giaceva il corpo straziato di un uomo. Paul inchiodò, sterzò per evitarlo e fermò il veicolo. Ora il corpo era alle loro spalle, ma quello che si profilava davanti a loro era ancora più sorprendente. Un veicolo rovesciato su un fianco, con il muso sospeso oltre il ciglio del burrone, trattenuto dal tronco biforcuto di un albero.

Paul tirò il freno a mano e abbassò la maniglia. Mentre apriva la portiera, sentì la mano di Gamay sulla sua.

« Paul, non abbiamo tempo per questo. »

La voce di lei era fredda e razionale, ma solo perché non si era ancora resa conto di ciò che Paul aveva già capito. « È Emma. »

A Gamay si illuminarono gli occhi. Guardò il veicolo incidentato e annuì.

I due saltarono giù dalla Cherokee, precipitandosi verso la Toyota ribaltata. Il cofano era sospeso sul precipizio, incastrato nel tronco contorto dell'albero. La parte posteriore era sollevata e il veicolo puntava verso il basso, come se fosse sul punto di scivolare giù.

Il motore ticchettava, da ogni parte gocciolavano dei fluidi e il tutto appariva in un equilibrio così precario che il primo istinto di Paul fu quello di non toccare nulla.

« Emma! » gridò. « Sei là dentro? »

« Ehi! » rispose una voce di donna da dentro il veicolo.

« Emma, sono Paul » urlò, girando intorno alla fiancata. L'angolazione del veicolo e le condizioni del ciglio della strada rendevano impossibile arrivare alla parte anteriore. « Siamo qui, io e Gamay. Ti tireremo fuori. »

« Non pensate a me » disse Emma, con tono improvvisamente risoluto. « Preoccupatevi dell'unità di contenimento. Tiratela fuori dal retro. È un miracolo che non si sia danneggiata. Credetemi, sotto di me c'è l'abisso e se cadiamo nel canyon, è finita. »

Paul girò intorno al veicolo e aprì il portellone posteriore. Si mosse lentamente e con difficoltà, ma anche quel piccolo movimento ebbe delle conseguenze. Il veicolo oscillò in avanti e poi all'indietro prima di fermarsi.

« C'è un piccolo problema » disse Paul, esaminando la situazione. « Se togliamo l'unità di contenimento, il centro di gravità si sposterà in avanti e, a meno che quell'albero non sia molto più forte di quello che sembra, il veicolo precipiterà con te dentro. »

« Questo lo so » ribatté Emma. « È da parecchio che me ne sto seduta qui a pensarci. Ma non c'è altra scelta. Ogni volta che provo a muovermi, la jeep scivola un po' più in giù. Vi prego, tirate fuori quella roba prima che precipitiamo. »

Emma poteva anche essere disposta a sacrificare la propria vita, ma Paul non era ancora pronto ad arrendersi. « Ci serve solo un po' più di peso sul dietro » disse. « Io peso almeno quanto l'unità di contenimento e due volte te. Se salgo sul paraurti posteriore... »

« Il problema è l'albero » disse Emma. « Si è già spaccato a metà. Il peso extra potrebbe farlo cedere del tutto e farci precipitare. Tira fuori quel maledetto affare e lasciami andare. »

« Possiamo tirarlo indietro » disse Gamay. « Potremmo usare le corde elastiche che tengono legate la nostra unità di contenimento e i cavi ponte che sono nel bagagliaio della Cherokee. »

« Non saranno sufficienti a tirare all'indietro e all'insù un veicolo da due tonnellate e mezzo » osservò Paul, « ma potrebbero bastare a non farlo scivolare ancora più in giù. »

« Qualcuno dovrà comunque salire a bordo per slegare le corde con cui hanno assicurato l'unità di contenimento » rispose Gamay.

« C'è già qualcuno dentro » disse Paul. « Può scioglierle lei uscendo. »

Dentro la Toyota, Emma ascoltava Paul che le illustrava il suo piano. Lei avrebbe dovuto arrampicarsi oltre i sedili, sciogliere la fune di nylon che aveva usato per assicurare il carico, girarla più volte intorno all'unità di contenimento, e strisciare fuori dal portellone posteriore stringendo in mano le estremità della fune.

Sembrava fattibile. E le avrebbe risparmiato un tuffo che non aveva nessuna voglia di fare. « Posso farcela » disse.

Quando Gamay mise la Cherokee in posizione, la luce intorno a Emma cambiò. Rimase immobile mentre Paul girava i cavi ponte e le corde elastiche attraverso varie parti del veicolo ribaltato e le assicurava al paraurti anteriore della jeep.

Quando la jeep arretrò lentamente, tendendo i cavi e le corde, Emma sentì la Land Cruiser oscillare all'indietro e rimettersi più in piano.

Si voltò a guardare attraverso il veicolo. Paul era là dietro, in piedi, circondato dalla luce.

« Ti sei alzata » disse lui.

Nonostante l'impulso naturale di uscire dal veicolo condannato, Emma si scoprì terrorizzata all'idea di muovere un solo muscolo. Per mezz'ora era rimasta lì ad ascoltare gli scricchiolii e i gemiti provenienti dall'albero e dalla Land Cruiser. Restare lì immobile era stata la sua unica difesa, e ora una parte di lei non voleva rinunciare a quell'effimera illusione.

Fece un respiro profondo, si preparò psicologicamente a quanto doveva fare e annuì. « Eccomi. »

Si girò verso il bagagliaio. Il veicolo ondeggiò impercettibilmente.

Trovò un posto per i piedi, si puntellò e si arrampicò verso il retro.

La Toyota si mosse di nuovo. Questa volta non oscillò. Scivolò.

Emma udì il rumore del legno che si spezzava e sentì il cuore accelerare. Attraverso il vano del portellone posteriore vide Paul che afferrava il paraurti e tirava come se fosse impegnato in un tiro alla fune.

Il movimento rallentò e poi si fermò del tutto. L'unico rumore era quello dei sassolini e della terra che scivolavano da sotto il veicolo e precipitavano giù lungo il pendio.

« È tutto a posto » disse Paul. « La teniamo. Continua a muoverti. »

Emma avanzò piano piano e scivolò accanto all'unità di contenimento. « E ora le corde. »

Slegare le corde fu relativamente facile. Una volta sciolte, Emma le girò intorno all'unità di contenimento e alla cella a combustibile a essa collegata. Una volta, due, tre. Era tutta la lunghezza extra che avevano a disposizione.

Emma tirò con forza, saggiandone la resistenza, e alzò lo sguardo verso Gamay e Paul. « Pronti? »

« Quando lo sei tu » rispose Paul.

Emma inspirò a fondo. Per arrivare al portellone posteriore doveva usare le gambe. Scivolò piano intorno all'unità, mise i piedi sul sedile del passeggero e spinse.

La pressione fece ribaltare il sedile.

Emma scivolò. L'unità di contenimento scivolò. La Land

Cruiser si inclinò verso il basso con un'angolazione più pronunciata. Emma sentì l'albero spaccarsi a metà. Si aggrappò alla cintura di sicurezza per evitare di cadere nel varco e ricominciò a strisciare verso l'alto.

« Presto! » urlò Gamay.

Emma si mosse più in fretta che poté.

La Toyota cominciò a scivolare in avanti. Due delle corde elastiche si spezzarono.

Ora Emma stava salendo con un'inclinazione di cinquanta gradi, e ogni suo movimento aumentava lo slittamento verso il basso. Quando fu quasi in cima, Paul lasciò andare il paraurti e infilò dentro le braccia. Lei cercò di porgergli le funi ma, invece di afferrarle, Paul strinse le mani intorno ai suoi polsi e la tirò fuori.

Lei cadde a terra nell'attimo in cui l'albero si spaccava definitivamente in due.

Si voltò e vide la Toyota scivolare oltre il ciglio nell'oscurità. Puntò i piedi e tirò le corde con tutte le sue forze.

Quando la parte posteriore della Toyota sparì, l'unità di contenimento saltò fuori e atterrò sul bordo della strada sterrata. Con l'aiuto di Paul e Gamay, Emma la mise in piano, sana e salva.

Da sotto riecheggiò uno schianto quando la Land Cruiser cadde su una sporgenza di roccia e proseguì rotolando verso il basso.

I tre rimasero lì con le corde strette in mano, esausti come i vincitori di un epico tiro alla fune.

Solo in quel momento Emma si rese conto che Gamay prima non era con loro. « Cosa ci fai tu qui? »

« Sono venuta a salvare i ragazzi » rispose Gamay.

Non meno confusa, Emma strisciò fino all'unità di contenimento per controllarne ancora una volta lo stato. Anche dopo quell'ultimo urto, gli indicatori erano tutti sul verde. « Mettiamo questa roba su un aereo e riportiamola negli Stati Uniti. »

« Non prima di aver rimosso la bomba » rispose Paul.

58

Kurt fissava la pista dal limitare della boscaglia. Quasi non riusciva a credere alla loro fortuna. Il *Blackjack 2* era ancora a terra, anche se un puntino di luce che si muoveva avanti e indietro faceva supporre che non vi sarebbe rimasto a lungo.

« Una torcia » disse Joe. « Probabilmente è il copilota che fa gli ultimi controlli prima del decollo. »

Senza alcun preavviso, uno dei motori del bombardiere prese vita con un gemito. Il rumore crebbe fino a diventare un rombo possente, mentre dietro l'aereo compariva una fiammata azzurra.

Poi si accesero le luci di rullaggio e atterraggio. I quattro fasci di luce abbagliante illuminarono un'ampia zona di pista.

« Dobbiamo impedire che quell'aereo decolli » disse Kurt.

« Arrivare all'aereo non è difficile, ma poi? » rispose Joe.

« Cerchiamo di convincerli. Spieghiamo il piano di Urco e gli facciamo capire il pericolo che corrono. »

« E se non ci danno ascolto? »

Kurt tirò fuori il panetto di Semtex. « In quel caso rafforziamo le argomentazioni come avrebbe fatto Teddy Roosevelt. Su, andiamo. »

Uscirono dalla linea degli alberi, muovendosi inizialmente con cautela e poi accelerando quando si accese il secondo dei quattro motori del bombardiere. Videro il pilota a terra affrettare l'ispezione finale e quindi correre verso il carrello frontale e la scaletta che portava a bordo.

« Stiamo per perdere il volo » disse Joe. Corse in avanti mentre il pilota scompariva nella pancia dell'aereo.

Kurt fece uno sprint per stargli dietro, ma aveva dato fondo a tutte le energie e i muscoli si rifiutavano di rispondere.

La scaletta cominciò a ritirarsi. Joe vi saltò sopra e la scaletta gemette per il peso.

Kurt arrivò qualche secondo dopo, e con un balzo si aggrappò al gradino più basso.

« Ricordati di aggiungere l'arrampicata su scaletta d'aereo al tuo Ironman » urlò Joe per farsi sentire oltre il rombo dei motori.

A forza di braccia, Kurt si tirò su finché riuscì a poggiare un ginocchio sul gradino inferiore. In quell'istante con un balzo improvviso l'aereo cominciò a muoversi.

Kurt perse l'appoggio con il ginocchio e si ritrovò appeso per le braccia. Dietro di lui, due dei quattro motori urlavano a piena voce. Le prese d'aria quadrate si trovavano minacciosamente vicine, simili a bocche pronte a inghiottirlo se fosse caduto.

« Su, smettila di scherzare » disse Joe.

Kurt si tirò su, rimise il ginocchio sul gradino e salì più in alto. Come Kurt gli arrivò a tiro, Joe si sporse fuori e lo afferrò per le spalle tirandolo su, dentro l'aereo.

Ora che non gravavano più sulla scaletta, questa finì di ritirarsi e il portellone si richiuse dietro di essa.

Rimasero lì, al buio, mentre il bombardiere girava per mettere il muso nel vento, poi si accesero gli altri due motori e l'aereo cominciò a rullare.

Infine, il pavimento si inclinò, il muso si sollevò e il mostruoso bombardiere, con le ali dispiegate, si alzò in volo.

« Devi lavorare di più sulla velocità » urlò Joe.

« La *mia* velocità? » urlò Kurt di rimando. « Contavo sul fatto che tu mi tenessi la porta aperta. »

Il vano che ospitava la scaletta era buio tranne che per una luce fioca proveniente dal portello interno sopra di loro. Era rossa. Non prometteva niente di buono.

Joe provò a spingerlo, ma un attimo dopo scosse la testa. « È bloccato dall'interno. »

59

Il resto del viaggio verso Cajamarca si svolse senza incidenti. Lungo la strada, Paul e Gamay spiegarono a Emma cosa si era persa. Fu un susseguirsi di emozioni altalenanti. Sentire che Kurt era vivo le fece salire il morale alle stelle.

Alla fine, l'unica cosa che importava era trovare un modo per impedire alle bombe di esplodere. Incontrarsi con gli agenti Hurns e Rodriguez all'aeroporto fu il primo passo.

« Sull'aereo abbiamo delle altre celle a combustibile » disse Hurns. « Esiste la possibilità che le unità di contenimento siano state manomesse? »

Emma scosse il capo. « Sono sigillate. Una qualsiasi manomissione o un tentativo di nascondere qualcosa al loro interno avrebbe fatto reagire la materia allo stato misto. È per questo che Urco ha deciso di mettere l'esplosivo nelle finte celle a combustibile. »

« Allora non dobbiamo fare altro che spegnerle e sbarazzarci delle bombe. »

« Sì, se non fosse che le bombe ci servono » ribatté Emma. « I cinesi sono in volo da ore. E, a meno di uno straordinario colpo di fortuna, anche i russi a questo punto saranno decollati. Sulla base di quanto Urco ha detto a Kurt, le bombe sono programmate per esplodere quando gli aerei scendono di quota. L'unica loro speranza è che riusciamo a capire a che tipo di detonatore sono state collegate, da cosa sono attivati i detonatori e, cosa più importante, come possono essere disinnescati. »

« Dubito che riusciremo a trovare un esperto artificiere a Cajamarca » osservò Hurns.

« Lo so » disse Emma. « Però possiamo collegarci a distanza. Ci serve solo un collegamento video in alta definizione e una connessione Internet ultraveloce. A quel punto qualcuno potrà guidarci passo passo.»

«E dove pensi di trovarli, a quest'ora?»

Intervenne Paul. «Noi conosciamo un posto dove la caffeina scorre a fiumi e c'è Internet veloce.»

Dopo aver sostituito le celle a combustibile all'aeroporto e aver assistito al decollo del Gulfstream della NSA, Paul, Gamay ed Emma si diressero in città. Erano state fatte le debite telefonate per organizzare il tutto e l'edificio che ospitava l'Internet café evacuato.

Si erano sistemati sul retro del caffè, sotto le luci, da dove potevano inviare il segnale video a Washington e al quartier generale della NUMA. I loro unici dispositivi di sicurezza erano una carabina .12 e una pentola di ghisa che al caffè usavano per cuocere la minestra.

Davanti a una telecamera, Emma smontò la cella a combustibile. Il pubblico che osservava dalla sala riunioni della NUMA era composto da Rudi, Hiram, Priya e un esperto artificiere di nome Collin Kane, che guardando uno schermo ad alta definizione le diceva cosa fare.

«Colleghi quel cavo grigio alla gamba metallica del tavolo» disse Kane. «Si assicuri che l'unità sia a terra. Meglio evitare le scariche di energia statica.»

Paul e Gamay erano all'esterno, a un centinaio di metri, collegati attraverso una connessione video. Se Emma fosse saltata in aria, loro avrebbero fatto tesoro di quanto avevano visto per smontare l'altra bomba, sperando di aver imparato dai suoi errori.

«Da dove devo cominciare?»

«Deve infilare dentro una mano e vedere se riesce a rimuovere l'esplosivo dal contenitore o se è attaccato.»

Emma mise una mano sulla gamba del tavolo per scaricare eventuali cariche statiche e poi posò la mano dentro, sul Semtex. Lo tirò lentamente verso l'esterno e poi si bloccò. «È collegato a un paio di cavi.»

« Non li scolleghi » l'ammonì Kane. « È facile che si comportino come detonatori a strappo, messi lì proprio per impedire quello che sta facendo lei. »

Emma scoprì che i cavi erano abbastanza lunghi da permetterle di tirar fuori l'esplosivo e posarlo sul tavolo senza staccarli.

« E adesso? »

« Con un coltello affilato, tagli via tutto il Semtex che le riesce, senza toccare i cavi. Prenda ogni pezzo che ha eliminato e lo separi dal resto. Quando ha tolto tutto il possibile, ci dedicheremo al detonatore. »

Emma prese un coltello affilato e seguì le istruzioni. Le pareva di tagliare una mela.

Portò i vari pezzi sul lato opposto della stanza.

« Ora occupiamoci del detonatore » disse Kane.

« Cosa devo fare? »

« Sembra avere un touch screen. Provi a batterci sopra. »

Emma batté sul dispositivo e lo schermo si illuminò. La schermata di avvio sparì e comparve una casella in cui inserire una password.

Kane suggerì alcuni modi per aggirare la richiesta di password, ma tutti si rivelarono inutili. Al terzo tentativo lo schermo si spense. Comparvero due numeri: un 15.000 in verde e un 8.000 che continuava a lampeggiare.

All'improvviso il primo numero cominciò a decrescere come il conto alla rovescia di un cronometro.

« Cosa sta succedendo? »

« Un'ulteriore precauzione da parte loro » spiegò Kane. « Un sistema *fail deadly.* »

Emma lo fissò, vi batté sopra cercando di interrompere qualunque cosa avesse dato inizio a quel countdown.

« Lo fermi » ordinò Kane.

Emma provò di nuovo.

« Deve assolutamente fermarlo. »

« Ma è ancora collegato al contenitore. »

« Usi la carabina. »

Emma prese la carabina, la puntò al detonatore con i suoi numeri impazziti e premette il grilletto.

Il colpo della .12 distrusse il delicato dispositivo e disseminò i residui di Semtex e quanto restava della cella a combustibile per tutta la stanza. Non vi fu alcuna esplosione, ma il locale fu invaso da un fumo acre.

Emma abbassò la carabina con un sospiro.

« È pronta a riprovarci? » chiese Kane.

Emma annuì. « Portiamo dentro la seconda cella. »

60

Seduto nel posto del copilota, Constantin Davidov osservava il pilota e l'ingegnere di volo, impegnati a svolgere i loro compiti. Il *Blackjack 2* si stava comportando egregiamente. « Come sta il nostro carico? »

L'ingegnere di volo alzò lo sguardo sugli schermi della console ed esaminò in sequenza le immagini delle varie telecamere puntate sul *Nighthawk*. « Carico stabile. Nessun segno di vibrazioni. »

Erano tutti preoccupati che si ripetesse quanto accaduto al *Blackjack 1*.

« Cambio rotta su tre-cinque-zero » ordinò Davidov.

Il maggiore Timonovski si voltò verso di lui. « Tre-cinque-zero? Ci porterà a Cuba. Credevo avremmo fatto rifornimento sopra il Venezuela e poi puntato verso casa. »

« Quello era il piano di volo originario, ma da allora questo aereo ne ha passate parecchie. È troppo rischioso. Atterreremo a Manzanillo, dove ci aspetta un Antonov AN-124. È abbastanza grande da poter trasportare il *Nighthawk* dentro la stiva. Sarà più sicuro e ci permetterà di muoverci senza essere visti dagli americani. »

Il pilota annuì e impostò la nuova rotta.

« Siete mai stati a Cuba? » chiese Davidov.

« Io no » rispose Timonovski.

L'ingegnere di volo scosse la testa. « Neppure io. E tu, compagno? »

« Molte volte » rispose Davidov. « La prima quando ero giovane. Mille anni fa. »

Sorrisero a quella battuta. Davidov era felice di vedere che il loro morale si era risollevato. Quando erano arrivati al campo d'aviazione avevano un aspetto così emaciato che lui si era chiesto se fossero in grado di volare. Il Falconiere li aveva brutalmente maltrattati. Una volta tornato a Mosca, avrebbe dovuto decidere come comportarsi al riguardo. Nel frattempo li avrebbe premiati per il lavoro ben svolto.

« Resterete a L'Avana per due settimane, per riprendervi. Poi riporterete a casa il *Blackjack 2* e lo metteremo in un museo. Spero che troverete le donne e il clima piacevoli come li ho trovati io ai miei tempi. »

« Tu non resterai con noi? » chiese il pilota.

« No » rispose Davidov. « Salirò sull'Antonov per accompagnare a casa sana e salva la nostra preda. È ora che ci lasciamo questa operazione... »

Davidov non terminò la frase. Forse era dovuto al fatto che aveva cambiato posizione, ma gli era parso di sentire un rumore sordo riverberare dal pavimento di metallo. Mentre aspettava, la vibrazione si ripeté una, due volte.

Ora che li aveva notati, Davidov li sentì distintamente: dei colpi sordi, ripetuti a intervalli regolari di qualche secondo.

Si tolse la cuffia antirumore. Il fischio dell'aria sulla superficie del bombardiere divenne immediatamente più forte, e così pure i colpi sordi e ripetuti. « Il *Nighthawk* è fissato bene? »

L'ingegnere di volo ripeté tutti i controlli. « Nessun segno di tensione sui bulloni di fissaggio. Nessuna vibrazione. È ben saldo e si comporta alla perfezione. »

Davidov, però, continuava a sentire quella vibrazione. « Tu la senti? »

« Cosa? »

« Dev'essersi sganciato qualcosa » disse Davidov. Allungò la mano e tolse la cuffia dalla testa dell'ingegnere. « Ascolta. »

L'ingegnere di volo, esausto, piegò la testa di lato per sforzarsi di sentire il rumore. Dopo una vita passata sui jet non ci sentiva più molto bene, ma quel rumore lo sentì, eccome. Posò una mano sul pannello di controllo e la fece scivolare verso il basso fino al pavimento. « Viene da dentro. »

Lo pensava anche Davidov. « Non possiamo permetterci un'avaria proprio adesso. »

L'ingegnere di volo controllò la console. « Funziona tutto alla perfezione. Dev'essere qualcosa che non è monitorato da un sensore. Vado a dare un'occhiata. »

L'ingegnere si liberò dagli spallacci delle cinture, prese una torcia e andò verso il portello della cabina di pilotaggio. Lo aprì ed entrò nella sezione di poppa dell'aereo.

Davidov lo seguì, armato di torcia pure lui.

L'aereo era enorme, più grande del B-1 americano cui si ispirava. Aveva un vano bombe gigantesco e altri vani di servizio vuoti.

Davidov vide l'ingegnere di volo controllare un pannello di ispezione dopo l'altro e indugiare vicino a una piccola gru utilizzata per caricare il materiale attraverso i portelloni della stiva. « Trovato qualcosa? »

L'ingegnere era quasi arrivato in fondo. Si voltò e scosse la testa.

Adesso i colpi erano più vicini: Davidov li sentiva sotto i piedi. « E se fosse il carrello di atterraggio? »

Si voltò in cerca di uno sportello di ispezione e sentì un altro colpo, questa volta più forte dei precedenti. Si girò appena in tempo per vedere il portello d'accesso spalancarsi.

Puntò la torcia e vide saltar fuori un uomo con una folta chioma argentea. Impugnava una grossa pistola. Una HK45 di fabbricazione tedesca.

« In nome di san Pietro! » esclamò Davidov.

« A dire il vero il mio nome è Austin » disse l'uomo, arrampicandosi sul ponte. Un altro uomo sbucò dal portello dopo di lui. « E questo è Zavala. »

Davidov conosceva i loro nomi. « La NUMA! »

Austin annuì e si mise in piedi mentre Zavala gettava fuori la barra di metallo che aveva usato per sfondare il portello e usciva a sua volta.

« Dovreste mettere una maniglia anche dall'altra parte » disse Austin cercando di fare lo spiritoso. « O per lo meno un campanello. »

« Cosa ci fate sul mio aereo? » sbottò Davidov.

« Siamo qui per impedirvi di commettere un terribile errore » rispose Austin.

Davidov sentì montare dentro di sé un'ondata di rabbia, ma si rese conto dell'opportunità. Gli americani erano concentrati su di lui e non avevano visto l'ingegnere di volo avvicinarsi furtivo alle loro spalle.

« Siete voi che avete commesso un errore! » gridò Davidov.

L'ingegnere di volo si scagliò contro di loro, brandendo la torcia. Zavala lo vide all'ultimo momento e scansò il colpo. Reagì con un rapido gancio e lo mandò al tappeto.

La distrazione durò giusto il tempo necessario. Davidov si lanciò in avanti, corse nella cabina di pilotaggio e si richiuse il portello alle spalle.

« Cosa succede? » gridò Timonovski.

Davidov rimase premuto contro il portello, guardando attraverso lo spioncino rotondo al centro. « Abbiamo clandestini a bordo. »

61

Kurt si precipitò in avanti e si mise a battere sul portello della cabina di pilotaggio mentre Joe impediva all'ingegnere di volo di interferire. « Ascoltatemi! » gridò. « Non siamo qui per ostacolarvi. Siamo tutti in pericolo. »

Dallo spessore e dalle dimensioni ridotte dello spioncino al centro, Kurt capì che si trattava di un portellone pressurizzato. Sperava che gli uomini dall'altra parte riuscissero a sentirlo al di sopra del rumore dei motori.

« *Voi* lo siete di sicuro in pericolo » urlò una voce di rimando.

« So cosa pensate. Avete vinto » ribatté Kurt. « Avete preso il *Nighthawk* e la materia allo stato misto ma, credetemi, avete più di quanto pensate. È il premio dei perdenti. Un cavallo di Troia. Il Falconiere vi ha mentito. Ha mentito a tutti noi. »

La risposta successiva giunse attraverso l'interfono. « *Cosa ne sapete voi, del Falconiere?* »

Kurt si voltò, trovò l'interfono e premette il pulsante bianco accanto all'apparecchio. « Che è un bugiardo, e un abile manipolatore. Che ha preso in giro voi, noi e i cinesi, mettendoci gli uni contro gli altri. »

« *Normale che lo sia* » rispose la voce con indifferenza. « *È così che funziona. Ma alla fine ci ha dato quello che volevamo.* »

« No, vi ha dato quello che voleva *lui* » rispose Kurt. « Abbastanza corda da impiccarvi, voi e un altro miliardo di persone. Ora il *Nighthawk* è una gigantesca bomba di materia allo stato misto. Una bomba abbastanza potente da cancellare mezza Europa e riportare l'altra metà all'età della pietra. È progettata per esplodere una volta che avrete superato una certa quota e poi scenderete al di sotto. »

« *E lei come fa a saperlo?* »

« Me lo ha detto lui prima di morire. »

« *Una confessione sul letto di morte? Davvero si aspetta che io le creda?* »

« No, non una confessione » disse Kurt. « Una vanteria. Ha detto che non avremmo potuto fermarla. E che ciò che era salito non sarebbe mai sceso. »

Silenzio. Kurt si voltò a guardare Joe e l'ingegnere di volo.

Joe scosse la testa lentamente. « Non stiamo vincendo. »

Kurt tornò a rivolgersi all'interfono. « Con chi sto parlando? »

« *Constantin Davidov* » rispose la voce. « *Sono a capo della Direzione per l'acquisizione risorse tecniche.* »

Una spia, pensò Kurt. *Un ladro.* « Mi ascolti, compagno Davidov. Se il Falconiere avesse voluto consegnarvi il *Nighthawk*, perché non vi ha chiamato dopo avere scoperto dove era caduto? Lui ha sempre saputo dove si trovava, fin dal primo giorno. »

« *Perché aveva bisogno che voi lo recuperaste* » rispose Davidov.

« E perché mai? Non mi dirà che tirar su un piccolo aereo da un lago poco profondo va oltre le capacità della flotta di recupero russa? »

« *La difficoltà stava nell'ubicazione* » rispose Davidov. « *Le nostre navi non sono attrezzate per scalare le montagne.* »

« Noi ci siamo riusciti con quattro persone e un elicottero. »

« *Congratulazioni* » disse Davidov. « *Ma questo non prova nulla.* »

« Ha tenuto prigionieri il vostro pilota e l'ingegnere di volo. Che bisogno c'era? »

Silenzio.

Kurt si voltò verso Joe. Era riuscito a ridurre alla ragione l'ingegnere di volo che ora non lottava più. Anzi, se possibile sembrava passato dalla loro parte.

« Glielo dica lei » lo esortò Kurt.

« È vero » gridò l'ingegnere di volo. « Il Falconiere ha mentito su tutto. Dall'inizio alla fine. »

« *Non accetto consigli da un ostaggio* » disse Davidov.

« Se non altro smettete di salire di quota fintanto che parliamo » lo esortò Kurt.

« *Mi dispiace* » disse Davidov, « *ma lei ha fama di essere un uo-*

mo perseverante e infido. Si risparmi il fiato. Non c'è niente che lei possa dire che mi convincerà a consegnarvi il Nighthawk. »

« Pare proprio che l'opera di convincimento sia fallita » disse Joe.

Kurt era d'accordo. Si infilò una mano in tasca e tirò fuori il panetto di Semtex che aveva preso dalla caverna. Lo mise davanti allo spioncino in modo che Davidov lo vedesse.

« Lei sa cos'è questo » disse. « O apre questo portello o lo faccio saltare. »

« *Farà esplodere l'aereo.* »

« Succederà comunque. »

All'interno della cabina di pilotaggio, Davidov fissava l'esplosivo. L'effetto grandangolo lo faceva sembrare più grande di quanto fosse in realtà, ma sarebbe stato comunque più che sufficiente. C'era un'unica alternativa.

« Preparati a una decompressione rapida » ordinò a Timonovski. « E poi apri i portelloni della stiva. »

« Verranno risucchiati fuori » disse il maggiore. « Compreso l'ingegnere di volo. »

« Sì » ribatté Davidov. « L'idea è quella. »

« E se l'americano avesse ragione? » obiettò il pilota. « Il Falconiere ha assassinato il mio copilota, e non ha fatto nulla quando il *Nighthawk* stava spezzando la fusoliera del *Blackjak 1*. Nulla. »

« Fa' come ti ordino! » urlò Davidov.

Timonovski lo fissò e scosse la testa.

« Allora lo farò io. » Si allontanò dal portello pressurizzato e si diresse ai comandi del vano bombe.

62

Quartier generale della NUMA, Washington

Rudi Gunn sedeva nella sala comunicazioni della NUMA insieme a Hiram Jaeger, Priya Kashmir e Collin Kane. Erano collegati a una rete satellitare che ormai copriva tutto il globo.

Uno schermo rimandava le immagini dalla Situation Room della Casa Bianca, dove il presidente aveva convocato il Consiglio per la sicurezza nazionale. Su un secondo schermo si vedevano Paul, Gamay ed Emma nell'Internet café di Cajamarca. Sul terzo c'era la sala di controllo di Vandenberg, con il colonnello Hansen e Steve Gowdy. Il quarto collegamento era con la Cina, dov'era inquadrato un generale Zhang dall'aria decisamente accigliata.

Mentre la discussione si perdeva in mille argomentazioni, smentite e distinguo, Rudi aveva la sensazione di essere su un treno fuori controllo con cinque diversi macchinisti in cabina, nessuno dei quali teneva la mano sui comandi.

Finalmente, il gruppo riuscì a concentrarsi sulle questioni serie. Zhang ammise che i cinesi avevano due delle unità di contenimento del *Nighthawk* a bordo del loro aereo da trasporto a lungo raggio e rivelò il codice transponder.

La posizione dell'aereo fu immediatamente rilevata. Era molto più avanzata di quanto si sarebbero mai aspettati.

« *È sicuro che sia l'aereo giusto?* » chiese qualcuno.

« *L'HL-190 ha ottime prestazioni in termini di velocità di crociera* » spiegò Zhang. « *Può percorrere lunghi tratti a velocità supersoniche.* »

L'aereo si trovava novecento chilometri a nordovest delle Hawaii, a una quota di oltre quindicimila metri. La sua velocità superava i milleottocento chilometri orari.

«*Sappiamo tutto dell'HL-190 fin da quando voi avete rubato i progetti dei nostri motori*» ribatté Gowdy.

«*E li abbiamo migliorati*» disse Zhang.

Il capo dello staff del presidente si intromise con tono conciliante. «*Signori, dobbiamo collaborare altrimenti non resterà nulla su cui litigare. Signora Townsend, per favore ci illustri cosa ha scoperto.*»

«*Abbiamo smontato entrambi gli ordigni*» disse Emma. Appariva calma davanti alla telecamera, ma si capiva che era esausta. «*In seguito a un nostro errore, il primo ha iniziato una procedura di autodistruzione. Nel secondo siamo riusciti a neutralizzare il detonatore. Una volta scollegato dagli esplosivi, abbiamo scoperto una porta USB utilizzata per programmarlo. A quel punto sono intervenuti Hiram e Priya.*»

Hiram si schiarì la gola. «Il dispositivo unisce le caratteristiche di un GPS e di un altimetro. Si attiva quando l'aereo supera una certa velocità e sale oltre una certa quota. Farà esplodere l'ordigno quando l'aereo scenderà di nuovo sotto quella determinata quota o arriverà a destinazione.»

«*Quale velocità?*» chiese il generale Zhang. «*Quale quota?*»

«Duecentoventi chilometri orari e ottomila metri di quota» rispose Hiram.

«Purtroppo» aggiunse Priya, «il vostro aereo ha già superato entrambi i limiti.»

Sullo schermo, Zhang annuì. «*Questo lo capisco. Come possiamo fermarlo?*»

«I suoi dovranno disattivare gli ordigni prima di iniziare la discesa.»

«*Perché non lanciarli giù dall'aereo e finirla lì?*» suggerì Zhang.

«*Perché il sistema criogenico e i contenitori magnetici che racchiudono la materia allo stato misto richiedono un flusso di energia estremamente stabile*» rispose Emma. «*Piccoli sovraccarichi o fluttuazioni potrebbero avere effetti disastrosi. Non è che si possa alimentare il sistema collegandolo alla presa dell'accendino di un'auto.*»

«*Non faccia la saccente con me*» scattò Zhang. «*Non sono stati i miei a far scendere questa maledizione su di noi.*»

« *Ma se non avessero cercato di rubarlo* » ribatté Emma, « *ora il materiale si troverebbe al sicuro in una struttura sotterranea.* »

« *Sì, una struttura tutta vostra* » disse Zhang.

Ancora una volta il capo dello staff del presidente si intromise. « *Vi prego! A questo punto niente di tutto questo ha più importanza. Siamo stati molto fortunati che le unità di contenimento non siano esplose in Perù. E siamo fortunati, generale Zhang, che il vostro aereo si trovi ancora sopra il Pacifico e non sia prossimo all'atterraggio. Questo ci concede un po' di tempo. Potremo discutere più avanti su chi sia il proprietario della materia allo stato misto. Prima è necessario disattivare gli ordigni senza danneggiare le celle a combustibile.* »

« *E come si fa?* »

« *È un procedimento abbastanza semplice. Siamo pronti a trasmettervi lo schema della cella a combustibile, insieme a tutto quello che sappiamo sul detonatore, sul fabbisogno di energia del sistema criogenico e lo schema delle trappole di Penning. In cambio chiediamo che il vostro aereo cambi rotta e si sposti più a nord.* »

« *Perché?* »

« *Se il vostro agente dovesse fallire, è importante che l'esplosione avvenga il più lontano possibile dalle aree abitate.* »

« *Potrei ordinare al pilota di virare verso la California o le Hawaii* » rispose Zhang, stizzito.

« *Le garantisco che se quell'aereo devia verso un qualunque continente* » disse il colonnello Hansen, intromettendosi nella conversazione, « *sia esso americano o meno, verrà abbattuto.* »

Zhang scosse la testa. « *Lei abbocca troppo facilmente alle provocazioni, colonnello. Non ho alcuna intenzione di fare una cosa del genere. Ci trasmetta le informazioni. Non desidero discutere più di questo.* »

« *Prima faccia cambiar rotta all'aereo* » disse il capo dello staff del presidente.

I due restarono a fissarsi, aspettando che fosse l'altro ad abbassare per primo lo sguardo.

« *Molto bene.* »

Con quelle parole, lo schermo di Zhang si spense. Tutti gli altri partecipanti alla videoconferenza rimasero in silenzio.

Fu Emma a infrangerlo. «*E i russi?*» chiese dallo schermo. «*E Kurt e Joe? Abbiamo loro notizie?*»

«*Sappiamo solo che il* Blackjack 2 *e il* Nighthawk *sono in volo*» rispose il colonnello Hansen. «*Le immagini raccolte da un satellite che ha sorvolato la zona quaranta minuti fa mostrano che la pista è deserta. Abbiamo fatto alzare in volo degli AWACS da Pensacola e Corpus Christi perché localizzino il bombardiere. Diverse squadriglie di F-22 sono pronte a intercettarlo.*»

«*Intercettarlo?*» disse Emma. «*Perché mai?*»

«*Per proteggerci*» rispose Hansen. «*Se il governo russo non dovesse credere a quanto affermiamo o se loro o il loro pilota dovessero agire in maniera sconsiderata, come ha minacciato di fare Zhang un minuto fa... be', abbiamo a che fare con un aereo ipersonico, rivestito di materiale radar-assorbente, capace di andare dal Sud America ad Atlanta in venti minuti. Non possiamo permetterlo. Dobbiamo prima trovarlo ed essere pronti ad agire quando parliamo con Mosca.*»

«*Ma perché dovrebbero agire in maniera sconsiderata?*» chiese lei.

Rudi conosceva la risposta. Tutti i presenti in quella stanza, alla Casa Bianca e alla base di Vandenberg sapevano il perché. E anche Emma avrebbe facilmente immaginato la ragione, se non fosse stata così stanca.

Rudi si intromise per spiegargliela. «Perché hanno quasi certamente superato la velocità e la quota che attivano i detonatori. E, al contrario dell'aereo cinese, gli occupanti del bombardiere non hanno modo di arrivare al *Nighthawk* per disinnescarli.»

Sullo schermo, il volto di Emma registrò la terribile realtà. «*Non c'è modo di fermarlo*» sussurrò tra sé. «*I piloti sono uomini morti. E se Kurt e Joe sono a bordo, anche loro sono condannati.*»

63

L'aereo da trasporto HL-190 rappresentava il meglio dell'industria aerospaziale cinese. Concepito per trasportare i dignitari del governo in giro per il mondo, aveva un allestimento interno molto elegante. Il controllo attivo del rumore assicurava una cabina passeggeri estremamente silenziosa. L'aria era mantenuta alla temperatura ideale di ventidue gradi e al cinquantuno per cento di umidità da un avanzatissimo sistema di condizionamento con venti sensori distribuiti in tutto l'aereo. I sedili in morbida pelle e la folta moquette erano pensati per coccolare i corpi e i piedi di persone abituate a stare sedute e impartire ordini.

Daiyu non sapeva che farsene di tutto questo. Se non fosse stato per l'incredibile velocità a cui quell'aereo era in grado di volare, lei avrebbe preferito tornarsene a Shanghai a bordo di uno spartano aereo militare da trasporto.

Stranamente, anche l'uomo corpulento che l'accompagnava sembrava condividere il suo pensiero. Urco lo aveva chiamato Vargas. Era rozzo come tutti gli altri suoi compagni. Se fosse stato cinese, avrebbe vissuto in un villaggio sperduto, spingendo l'aratro e trasportando carichi pesanti verso i carri trainati da buoi, afferrandoli e lanciandoli come se non pesassero nulla.

Era rimasto sveglio per tutto il volo, e Daiyu si domandò se quella fosse la prima volta che volava. Aveva gli occhi innaturalmente spalancati e leggermente iniettati di sangue, come se avesse assunto un potente stimolante. In cinque ore di volo aveva detto sì e no una decina di parole.

Parlò solo quando l'aereo si inclinò sulla destra. « Perché cambiamo rotta? »

« Probabilmente per evitare una perturbazione » disse lei. Ma non era plausibile. A quindicimilacinquecento metri di quota, l'aereo volava al di sopra di tutte le perturbazioni atmosferiche. « Vuoi qualcosa da bere? » gli chiese. « Potrebbe aiutarti a rilassarti un po'. »

Daiyu si alzò e andò al bar. « Vino di riso? O magari preferisci del *gouqi jiu*? È fatto con le bacche di goji. »

Lui scosse la testa. « Acqua. »

Daiyu gli porse una bottiglia di Voss.

« Urco deve davvero fidarsi di te per mandarti da solo a ritirare milioni di dollari in diamanti. Cosa ne farete? O meglio, cosa ne farà lui visto che, ovviamente, tu gli consegnerai il pacchetto senza tenerne neppure uno per te? »

Le domande nascevano da un misto di noia e deformazione professionale. Le veniva istintivo separare gli schiavi dai loro padroni.

Lui si alzò e la guardò male.

Lei ricambiò lo sguardo, senza abbassarlo, e allora lui decise di fare due passi lungo il corridoio. Si fermò a guardare fuori da un finestrino, poi si spostò sull'altro lato dell'aereo e guardò fuori.

Daiyu non aveva bisogno di guardare. Lui non avrebbe visto nulla perché fuori era buio.

« Quanta strada abbiamo fatto? » chiese Vargas.

« Più della metà. Faresti meglio a dormire. Il tempo passerà più in fretta. »

« No » rispose lui con un grugnito.

« Come preferisci. »

L'interfono emise un ronzio. « *Daiyu, vieni nella cabina di pilotaggio, per favore. Il generale Zhang desidera parlare con te.* »

Daiyu si avviò, passando davanti a Vargas e ignorando il suo sguardo.

Entrò nella cabina e si accorse che continuavano a virare, seguendo una rotta ancora più a nord. Prese la cuffia che le porgeva il tenente Wu.

« *Daiyu* » disse il generale Zhang. « *Devo congratularmi per come procede la missione. Sono fiero di te.* »

Aveva un tono molto cupo per essere uno che si stava congratulando. « Grazie, generale, ma come sa non è necessario » rispose. « Io faccio quello che mi viene ordinato per la nazione. È mia madre e mio padre, come lei mi ha insegnato. »

« *Sì* » disse Zhang. « *E non per colpa tua ora si trova in pericolo.* »

Proseguì spiegandole quanto aveva appreso dagli americani. Per due volte lei gli chiese se ne fosse sicuro. Per due volte lui ammise che non poteva essere sicuro che gli americani stessero dicendo la verità, ma che non vedeva il motivo per cui dovessero mentire.

« *I nostri tecnici hanno analizzato il problema* » aggiunse. « *Non hanno trovato alcun modo per utilizzare l'impianto elettrico dell'aereo per alimentare in tutta sicurezza le unità di contenimento. Tensione e potenza non sono compatibili. Dovrai rimuovere gli esplosivi dalla cella a combustibile senza danneggiarla.* »

« E poi? »

« *Buttarli giù dall'aereo.* »

Più facile a dirsi che a farsi, ma se avessero depressurizzato la cabina, ci si poteva anche riuscire.

« Potrebbe esserci un problema » ammise lei. « Il corriere di Urco. È possibile che sia a conoscenza del piano. Sembra molto tetro. Forse sta pensando a cosa lo aspetta. »

« *I martiri di solito lo sono* » disse Zhang. « *Sbarazzati di lui per prima cosa. Non possiamo rischiare che intervenga.* »

« Sarà fatto » disse lei.

Zhang chiuse la trasmissione. Il tenente Wu riprese la cuffia e le porse la sua pistola.

Lei scosse la testa. « Mi dia il coltello. »

Con il coltello nascosto dentro la manica, Daiyu aprì il portello della cabina. Vargas era lì, in piedi.

Attaccò per primo, afferrandola con tutte e due le mani, sollevandola da terra e scaraventandola nel corridoio.

Lei si rimise subito in piedi e tornò di corsa alla cabina di pilotaggio.

Vargas si era infilato nello spazio angusto. Stava mollando pugni e sbattendo teste contro le pareti. Colpì il tenente Wu assestandogli una randellata con l'enorme braccio e lo fece stramazzare a terra, poi gli spezzò la schiena dandogli un pestone col piede.

Afferrò il collo del copilota e lo spezzò con una torsione letale.

Daiyu si lanciò contro di lui, puntando il coltello alla colonna vertebrale. Per quanto fosse grande e grosso, una lesione alla colonna lo avrebbe messo fuori combattimento. Mancò il bersaglio e colpì a destra, sull'enorme schiena muscolosa, affondando la lama finché questa non si fermò. La girò in fretta e la estrasse.

Dalla ferita sgorgò un fiotto di sangue caldo, ma la montagna d'uomo quasi non reagì.

Si voltò, le mollò un manrovescio sulla faccia e cercò di afferrarla con una stretta alla gola. Lei alzò un braccio accanto al collo per fermarlo. Riuscì a impedirgli di schiacciarle la trachea o di strangolarla, ma ora lui aveva il controllo della situazione.

Con la forza di una pressa idraulica lui le strinse collo e braccio finché Daiyu sentì il gomito spezzarsi e separarsi. Il suo corpo fu trafitto da un dolore atroce. Lo ignorò e gli mollò un calcio all'inguine. Era come prendere a calci un muro di pietra.

Lui quasi non se ne accorse, continuò a tenerla stretta e cercò di afferrare il coltello caduto. Daiyu si girò in un disperato tentativo di liberarsi, si ritrovò faccia a faccia con gli occhi privi di vita del tenente Wu e si ricordò della sua pistola. Infilò la mano libera nella tasca della sua giacca, strinse le dita intorno all'impugnatura in fibra di carbonio e...

Il coltello le affondò nella schiena.

Daiyu si immobilizzò per l'impatto, sentì la lama che veniva estratta e poi conficcata di nuovo, ma la seconda volta fu molto meno dolorosa della prima. La terza non la sentì quasi, mentre con un fremito crollava a terra.

Vargas stava in una posizione strana. Sanguinava copiosamente da una ferita su cui non riusciva a mettere la mano. Ma non aveva importanza. Sapeva che la fine era vicina... lo sapeva fin dal momento in cui aveva lasciato il lago. *Era ben accetta*, pensò. Se non altro sarebbe morto tra le nuvole che i suoi antenati avevano sempre desiderato raggiungere.

Estrasse il coltello dalla schiena di Daiyu, si avvicinò al pilota ferito e gli premette la lama insanguinata contro la faccia.

« Chiamali » gli ordinò. « Digli che lei ha fatto come le era stato ordinato e poi riprendi la rotta verso Shanghai. »

« Ma...? »

« Fa' come ti dico! »

Con Vargas che gli teneva il coltello puntato contro l'occhio, il pilota si mise in contatto radio e fece la chiamata. Disse tutto quello che Vargas gli aveva ordinato di dire. Il generale cinese rispose con parole spicce e prive di qualsiasi emozione.

Vargas osservò il pilota virare. Urco gli aveva mostrato sul computer cosa guardare sugli schermi dell'aereo.

Quando l'aereo tornò in assetto orizzontale, Vargas sorrise e poi tagliò la gola al pilota.

A terra in una pozza di sangue, Daiyu capì perfettamente cosa stava succedendo. Vargas era in missione suicida. E ora aveva superato gli unici due ostacoli che si frapponevano tra lui e il successo della missione: lei e Zhang. Lei era come morta, e Zhang era convinto che esplosivi e detonatori fossero stati rimossi, per cui le autorità cinesi avrebbero accolto l'aereo a braccia aperte all'aeroporto di Shanghai.

L'ordigno sarebbe esploso durante la discesa finale e materia e antimateria si sarebbero mescolate all'istante.

Opposti mortali, pensò. Lo yin e lo yang che si distruggono a vicenda, come lei aveva sempre saputo che sarebbe successo.

Lei era la barriera, l'unico ostacolo che poteva impedire la miscela esplosiva. Ma sarebbe morta dissanguata da lì a pochi minuti. Anche se fosse riuscita in qualche modo a uccidere Vargas, non poteva trascinarsi per tre metri e tanto meno smontare le celle a combustibile e disattivare gli ordigni.

La vista cominciava a offuscarsi ma per il momento gli altri sensi resistevano ancora. Daiyu si rese conto di avere qualcosa in mano. *Era la pistola di Wu.*

Capì cosa doveva fare. Non poteva impedire l'esplosione, ma poteva scegliere dove sarebbe avvenuta. In mezzo all'oceano era preferibile alla distruzione che sarebbe avvenuta sopra la sua madrepatria.

Vargas era in piedi, con le mani sullo schienale del sedile del pilota. Daiyu puntò alla sua testa e premette il grilletto.

Il proiettile colpì nel segno, schizzando di sangue il parabrezza.

Ucciso all'istante, Vargas cadde in avanti. Il suo corpo atterrò sulla cloche. L'impatto disinserì il pilota automatico: il computer erroneamente dava per scontato che il comandante avesse ripreso il controllo.

L'HL-190 si inclinò in avanti e cominciò a scendere in picchiata.

Daiyu riusciva a malapena a vedere l'altimetro. Presto scesero sotto i quindicimila metri. I numeri correvano veloci. Quattordicimilacinquecento... quattordicimila... tredicimilacinquecento...

64

Attraverso lo spioncino Kurt vide Davidov avventarsi sul pannello di controllo. Aveva sentito ogni parola e sapeva cosa Davidov aveva in mente di fare.

Non c'era tempo per lanciare un avvertimento, non c'era tempo per fare nulla se non agire. In un attimo Kurt alzò la HK45, la puntò contro Davidov al di là della porta e premette il grilletto due volte.

La HK45 tuonò, i proiettili penetranti attraversarono due strati di acciaio e colpirono Davidov alle costole e alla coscia. Il burocrate cadde a terra piegato dal dolore.

« La prego » gridò Kurt al pilota. « Riporti l'aereo in assetto orizzontale e apra il portello. »

Il pilota si allungò dal sedile e, spingendo Davidov da parte, sbloccò il portello. « A che altitudine siamo? »

« Diecimilaseicento metri » rispose il pilota.

« Troppo in alto » disse Kurt. « Quasi certamente troppo in alto. »

Quasi a conferma delle sue parole, un bagliore improvviso rischiarò il cielo nero come la pece oltre i finestrini della cabina di pilotaggio. Arrivò come una serie di lampi intervallati, bianchi e viola e poi bianchi e blu. Abbagliante come un fulmine caduto a poca distanza, ma lontano e silenzioso, così lontano che tutta la porzione occidentale del cielo si illuminò lentamente.

Salendo e allontanandosi, il bagliore lasciò spazio a una sfumatura di blu più scura seguita da un colore verdastro che ricordava l'aurora boreale. Assunse consistenza, torcendosi in lunghi filamenti, avvolgendosi su se stesso in uno spettacolo affascinante e ipnotico.

Non vi fu alcun rumore né onda d'urto, ma dalle radio uscirono dei suoni striduli e le immagini sugli schermi dei computer scomparvero tutte sulla destra. Sul pannello sopra le loro teste intere file di interruttori scattarono, uno dopo l'altro.

A quel punto, Joe e l'ingegnere di volo avevano raggiunto Kurt nella cabina di pilotaggio. Mentre l'ingegnere di volo riattivava gli interruttori, Joe guardò fuori dal finestrino.

« Cos'è quello? » chiese Davidov sdraiato a terra. Era ferito, ma non in modo grave. Il doppio strato di acciaio del portello aveva assorbito buona parte dell'energia dei proiettili.

« È l'aereo cinese » rispose Kurt calmo.

« L'aereo... » grugnì Davidov da terra.

« Gliel'ho detto » disse Kurt. « Urco ha consegnato un dono letale a ognuno di noi. »

Oltre l'orizzonte, sopra il Pacifico, una palla di fuoco come nessun uomo aveva mai visto si gonfiò dilatandosi fino a raggiungere un diametro di cento, duecento e poi trecento chilometri prima di dissolversi.

Da quell'inferno scoccavano lampi in ogni direzione, accompagnati da una tempesta elettromagnetica di raggi X, raggi gamma e altre forme di radiazioni ad altissima frequenza. Gli strati superiori dell'atmosfera furono ionizzati all'istante, mentre più in basso una massa d'acqua sufficiente a riempire il lago Eire evaporò all'istante. La palla di fuoco e l'onda d'urto provocarono sulla superficie del Pacifico una depressione circolare profonda quasi cento metri.

Come l'onda d'urto si placò e l'oceano cercò di livellarsi, onde enormi si riversarono da ogni direzione dentro l'avvallamento, si scontrarono e vennero nuovamente respinte verso l'esterno.

Lontani parecchie migliaia di chilometri, Kurt, Joe e i russi videro soltanto un riflesso di quanto stava accadendo, un fenomeno conosciuto come « eco luminosa », filtrato da migliaia di chilometri di atmosfera e distorto dalla curvatura terrestre. Ma nessuno dei cinque uomini a bordo del bombardiere russo riusciva a distogliere lo sguardo da quello spettacolo.

« Dev'essere andato storto qualcosa » osservò Joe. « Non possono essere già arrivati in Cina. »

Kurt aiutò Davidov ad alzarsi e a sedersi su uno strapuntino.

La ferita alle costole era estesa ma non profonda, quella alla gamba non aveva colpito arterie.

« Quanto... quanto era lontano? » chiese Davidov.

« Ottomila chilometri, più o meno » valutò Kurt.

« Per arrivare fino a noi da una distanza di ottomila chilometri... » disse Davidov senza concludere il ragionamento.

« I cinesi avevano due unità a bordo » disse Kurt. « Venticinque chili di materia allo stato misto. Noi ne trasportiamo due volte tanto. »

Davidov annuì e si aggrappò al bordo del sedile. « Perché? Perché mai una persona dovrebbe volere una cosa del genere? Cosa gli ha fatto la Russia? »

« Non esploderà sopra la Russia » disse Kurt, « ma mentre attraversate l'Europa. »

Kurt spiegò tutto quello che aveva scoperto. A ogni rivelazione, Davidov sembrava sempre più scioccato.

« Dobbiamo usare il vostro sistema di comunicazione » disse Kurt. « Dobbiamo metterci in contatto con i nostri e scoprire se c'è un modo per evitare che si ripeta quello che è appena accaduto. »

65

Mettersi in contatto con qualcuno si rivelò impresa difficile. Tutti i satelliti sopra il Pacifico erano stati messi fuori uso e, sebbene loro si trovassero sopra i Caraibi, ne subivano gli effetti di ricaduta. Le reti di comunicazione erano in blocco e quasi tutte le risorse ancora attive in Occidente erano impegnate a verificare l'entità del danno.

Alla fine, dopo essersi connessi a un satellite russo sopra l'Atlantico ed essere stati instradati attraverso una centrale telefonica polacca, vennero collegati alla sala comunicazioni della NUMA.

«*A che quota vi trovate?*» chiese subito Rudi Gunn.

«Diecimilaseicento» rispose Kurt.

Il segnale era debole a causa della ionizzazione dell'atmosfera e della differenza di standard tra l'attrezzatura russa e quella della NUMA, ma Kurt percepì chiaramente il silenzio dall'altra parte. «Siamo troppo alti» disse, senza aspettare che fosse Rudi a dirglielo. «Lo sappiamo. Quali sono le opzioni?»

«*Non ce ne sono*» rispose Rudi.

Kurt se lo aspettava. Scambiò un'occhiata con gli altri. «Lo avevamo capito anche noi. Punteremo verso il mare aperto» disse. «C'è una rotta in particolare che ci consigliate?»

«*Sì*» rispose Rudi. «*Abbiamo identificato un punto in mezzo all'Atlantico lontano da ogni massa continentale. Tutti gli aerei hanno ricevuto l'ordine di allontanarsi da quella zona e atterrare appena possibile. Anche a tutte le navi è stato ordinato di allontanarsi dall'area alla massima velocità possibile, anche se per molte di loro non farà alcuna differenza.*»

«Non ce la faremo ad arrivare in mezzo all'Atlantico» disse il maggiore Timonovski. «Non abbiamo carburante sufficiente.»

«Ma questo è un bombardiere intercontinentale» disse Joe.

« Abbiamo dovuto ridurre il peso per poter decollare. Abbiamo scaricato quarantamila litri di carburante. »

« Quanto possiamo ancora percorrere con il carburante che ci resta? » chiese Kurt.

« Novecento chilometri » calcolò Timonovski. « Non molto di più. »

« E se facessimo rifornimento in volo? » chiese Joe. « Dalle registrazioni della scatola nera del *Blackjack 1* abbiamo saputo che avevate in programma un rifornimento vicino a Caracas. »

« Sì » disse Davidov. « Quello era il piano originale. Ma quando l'intercettamento è fallito, l'aereo cisterna è stato richiamato in Russia. Pensavamo di atterrare a Cuba. Dovremmo iniziare la discesa tra una ventina di minuti. »

« Sarebbe possibile utilizzare un aereo cisterna americano? »

« Usiamo un tipo di combustibile diverso » rispose il maggiore Timonovski, « modificato per alimentare gli scramjet. »

Kurt studiò la cartina. Si trovavano a metà strada tra la Colombia e Cuba. Novecento chilometri non sarebbero stati sufficienti, né in una direzione né nell'altra.

« Non riusciremo ad allontanarci abbastanza dalla civiltà » disse. « Dobbiamo inventarci qualcos'altro. »

Joe se ne uscì con una proposta disperata. « Davanti al *Nighthawk* c'è uno schermo frangivento. Se riuscissimo a rallentare fino alla minima velocità possibile... »

Il maggiore Timonovski scosse il capo. « Non ci sono portelli per arrivare sopra la fusoliera. »

« E se depressurizzassimo l'aereo e praticassimo un foro? »

« La fusoliera è in titanio » rispose Davidov. « Doppio strato. E anche se ci riuscissimo, il suo piano è senza speranza. Una volta fuori, non c'è modo di assicurarla perché non venga spazzato via dal flusso d'aria. Non riuscirebbe mai a introdursi nel compartimento di carico del *Nighthawk*. »

« Se non possiamo arrivarci da fuori, forse potremmo arrivarci da sotto » disse Joe. « Aprendoci una strada attraverso il fondo. »

Gli uomini sul bombardiere non lo sapevano, ma le comunicazioni venivano inoltrate alla Casa Bianca, a Vandenberg e all'Internet café Cajamarca. Lo capirono quando Emma si intromise nella discussione.

« *Non riuscirete mai a fare un foro nel* Nighthawk » disse. « *La struttura è progettata per resistere al calore e alle sollecitazioni del rientro in atmosfera. Anche se aveste una torcia ossiacetilenica molto potente non ce la fareste mai.* »

Kurt si soprese a sorridere. *Strano, vista la situazione*, pensò. Ma era contento di sapere che almeno Emma e i Trout erano al sicuro. « E se usassimo gli scramjet? » suggerì. « Invece di risparmiare carburante, spingiamo il bombardiere alla massima velocità e altezza. A che quota può arrivare? »

« Trentaseimila metri » rispose Timonovski.

« *Il problema è il lampo gamma* » disse Rudi. « *Più si va in alto, più il suo raggio d'azione si allarga. A quell'altezza, si produrrà una minore distruzione materiale, ma le radiazioni, l'onda d'urto e l'impulso elettromagnetico investiranno un'area sedici volte maggiore. Secondo la simulazione che abbiamo effettuato, la soluzione migliore è che vi lanciate in picchiata alla massima velocità. In quel modo il danno si concentrerà in un'unica area, ma sarà comunque una brutta faccenda.* »

« Quanto brutta? »

« *L'altra esplosione è avvenuta a milletrecento chilometri dalle Hawaii. Ha fatto impazzire i sismografi di tutto il mondo. Le Hawaii sono isolate. Le Aleutine sono isolate, come pure tutta la cintura di fuoco del Pacifico. È probabile che si verifichino degli tsunami e un'onda d'urto di pressione e calore. Se avessimo dei satelliti ancora operativi sopra quelle aree, ci aspetteremmo di vedere incendi e distruzione su gran parte delle coste, effetti paragonabili a quelli di un grosso terremoto, ma siamo stati fortunati che sia avvenuto così lontano. La maggior parte delle radiazioni e della forza distruttiva si è dispersa prima di raggiungere terre abitate.* »

Kurt guardò i volti delle persone attorno a lui. Calmi e rassegnati, tutti quanti. « Sapete fin dove possiamo arrivare » disse. « Dateci una posizione quando avete deciso. Fino ad allora, cercheremo di risparmiare più carburante possibile. »

Mentre Kurt parlava, il maggiore Timonovski regolò la configurazione di volo sulla modalità di massima efficienza. Le ali del bombardiere si aprirono in avanti e i motori diminuirono la potenza. Il *Blackjack 2* sollevò il muso e rallentò come una nave che si prepara ad affrontare un grosso frangente.

È tutto così tranquillo, così calmo, pensò Kurt. Davvero la quiete prima della tempesta.

66

Nell'Internet café deserto, Emma sentì cedere le ginocchia. Non solo Kurt e Joe sarebbero morti, ma l'esplosione avrebbe inferto danni letali a gran parte delle Americhe e dei Caraibi.

« Non è possibile » sussurrò.

Si sedette sul pavimento, si sforzò di respirare e scoprì che i suoi polmoni si rifiutavano di tirare dentro aria. « Non è possibile » ripeté.

Gamay le andò vicino. « Respira lentamente » le disse. « Stai iperventilando. »

« Li ho uccisi tutti » disse Emma, con le lacrime che le colavano sulle guance. « Kurt, Joe e altri cento milioni di persone. »

« Non è colpa tua. »

« Io ho contribuito! » disse lei con violenza, passando in un attimo dalla disperazione alla rabbia.

Sapeva cosa stava cercando di fare Gamay, ma lei non voleva sentirsi dire che sarebbe andato tutto bene. Perché *non* sarebbe andato tutto bene.

« Trasportano il doppio della materia allo stato misto che era sull'aereo cinese. Anche se si trovano al centro del mar dei Caraibi, l'onda d'urto investirà metà del Sud degli Stati Uniti. Ogni essere vivente tra Houston e Tampa verrà incenerito, irraggiato o sommerso da un'onda alta trenta metri. Insieme a metà Messico, America Centrale e tutte le isole dei Caraibi. »

Gamay si limitò a fissarla. Non c'era niente da dire.

Emma si alzò e si voltò. Nel momento più buio, quando avrebbe preferito morire piuttosto che assistere a quanto stava per accadere, l'uragano Emma si scatenò con tutta la sua violenza. « Non lo accetto » gridò. « Io non lo accetto! »

Si liberò dalla stretta affettuosa di Gamay e si costrinse a pensare razionalmente, nonostante la sua mente fosse esausta. Doveva esserci un modo. Non poteva non esserci.

Passò in rassegna le proprietà della materia allo stato misto, le caratteristiche delle unità di contenimento, cercò di valutare le infinitesimali probabilità che resistessero all'esplosione del Semtex. Ma non c'era modo di fermare la reazione: niente, a parte il gelo dello zero assoluto, avrebbe potuto impedire a materia e antimateria di distruggersi a vicenda.

Prese a camminare avanti e indietro per la stanza cercando una risposta. La sua frustrazione esplose quando urtò un piccolo tavolo. In un impeto di rabbia lo spinse via. Il tavolo scivolò con sorprendente facilità, si rovesciò e incise una riga nel pavimento di cemento pitturato.

Emma si fermò di colpo, fissando la lunga scalfittura. Era bianca sul blu, come una scia di vapore nel cielo scuro.

Paul mosse un passo verso di lei.

« Fermo » disse Emma senza voltarsi. Le era venuto in mente qualcosa.

Scia di vapore... scia di condensazione... Il pensiero era ancora lì, nel suo subconscio. *Scie di minuscoli cristalli emesse dagli aerei, in alto, nel cielo gelido.*

Il pensiero prese forma con una violenza tale da farle quasi perdere l'equilibrio. « C'è un modo » sussurrò. « C'è un modo! »

Si voltò di scatto. « Richiama Rudi. Devo parlare con Kurt. Devo parlargli subito, finché siamo ancora in tempo. »

67

Nella sala comunicazioni della NUMA regnava il caos. Con il disastro imminente e ormai praticamente certo, tutte le risorse del governo erano concentrate nello sforzo congiunto di ridurre i danni al minimo.

Venivano diramati ordini, mobilitate le truppe, i civili spediti nei rifugi sotterranei. Qualunque misura si potesse escogitare e realizzare nel giro di due ore veniva presa.

Le autostrade furono chiuse al traffico diretto a sud. Agli aerei fu ordinato di procedere il più possibile verso nord e atterrare entro la finestra temporale delle due ore. L'informazione fu trasmessa ai paesi del Centro e del Sud America, anche se non era possibile fornire alcuna assistenza e la mattina seguente ogni uomo, ogni nazione avrebbe dovuto pensare per sé.

In quel marasma, il tentativo di Emma di mettersi in comunicazione fallì. Non c'era una sola linea libera, un solo satellite disponibile. Nessuno disposto ad ascoltarla. Erano tutti troppo impegnati a impartire ordini e a formulare richieste.

Tutti tranne Priya, che zitta zitta si era spostata in fondo alla sala. Era convinta di essere al sicuro ma immaginava che la mattina dopo non avrebbe avuto modo di contattare la famiglia a Londra. Decise di inviare loro un messaggio di posta elettronica prima che accadesse il peggio.

Mentre si metteva al computer un'icona lampeggiante la avvertì che era arrivato un messaggio urgente. Era di Paul Trout.

Emma pensa che possa esserci un'altra possibilità per evitare il disastro. Dobbiamo parlare con Rudi e con il Flight Dynamics Center della NASA ma NON RIUSCIAMO a contattarli.

« Rudi » disse Priya, facendogli segno di avvicinarsi.

Rudi stava facendo cinque cose diverse contemporaneamente e aveva altri due membri dello staff che lo assillavano, cercando di parlare con lui.

« Rudi! » urlò lei.

Lui si voltò.

« Emma ha bisogno di parlare con lei. Dice che potrebbe esserci un modo per evitare il disastro! »

Nella cabina di pilotaggio buia e fredda Kurt si sforzava di comprendere ogni singola parola distorta dalle scariche statiche.

« *Il progetto Daedalus* » disse Emma. « *Ricordi che te ne ho parlato? L'idea era quella di usare piccole esplosioni nucleari come sistema di propulsione per l'esplorazione dello spazio profondo. Pensavamo di poter spingere un'astronave fin quasi a un decimo della velocità della luce. Le esplosioni sarebbero avvenute dietro il veicolo, l'onda d'urto avrebbe colpito la piastra inerziale e spinto il veicolo in avanti senza distruggerlo. Credo che potremmo fare qualcosa di simile con il* Nighthawk *utilizzando la materia allo stato misto. Non un'unica grande esplosione ma una catena di piccole esplosioni. Se scarichiamo la giusta quantità di materia attraverso l'originario condotto di recupero, provocheremo una serie di scariche di energia. L'onda d'urto pulsante proietterà il* Nighthawk *di nuovo nello spazio prima dell'esplosione finale.* »

« Ma la materia allo stato misto non esploderà appena entra in contatto con l'aria? » chiese Kurt.

« *Fintanto che resta a temperatura sufficientemente bassa non succede nulla. Nel suo stato attuale uscirà dal condotto di recupero alla temperatura di due virgola sette gradi Kelvin. La temperatura dell'aria a trentaseimila metri di quota sta intorno ai meno sessantadue gradi centigradi. Parliamo comunque di duecentoundici gradi Kelvin, e la materia allo stato misto reagirà in meno di mezzo secondo, ma dal momento che il* Nighthawk *si starà muovendo a quasi settemilacinquecento chilometri orari, questo mezzo secondo sarà sufficiente perché l'esplosione crei un'onda d'urto anziché distruggere tutto.* »

Kurt ascoltava attentamente, cercando di immaginare ogni singolo passaggio. « Un'onda d'urto? »

« *Un'onda d'urto veloce e potente* » rispose Emma.

« Max e il Flight Dynamics Center della NASA hanno fatto i calcoli » disse Hiram. « Potrebbe funzionare. »

Kurt fece un gran sorriso. Il maggiore Timonovski annuì.

« Non siamo ancora morti » disse Joe. « Non potete immaginare quanto questo mi renda felice. »

Persino Davidov sorrideva, nonostante il dolore causato dalle ferite. « Se ne usciamo vivi, c'è una bottiglia di scotch invecchiato vent'anni per ognuno di voi. »

« Cosa dobbiamo fare? » chiese Kurt alla radio.

« *Dovete portare il bombardiere all'altezza massima e alla massima velocità e poi lasciar andare il* Nighthawk » disse Emma. « *Dovete riavviare il sistema di controllo con il codice alfa e scaricare una serie di comandi che vi trasmetteremo tra poco.* »

« Non sembra poi così difficile » osservò Kurt. « Dove sta l'inghippo? »

« *Le antenne del* Nighthawk *si trovano sulla parte superiore della fusoliera. Dev'essere così altrimenti brucerebbero durante il rientro. Questo significa che voi dovrete trovarvi davanti e sopra il* Nighthawk. »

« Il che vuol dire che anche noi verremo colpiti dall'onda d'urto. »

« Potremmo provare a utilizzare un satellite dell'aeronautica » disse lei, « ma l'atmosfera è così ionizzata che... »

« No » disse Kurt, ponendo fine alla discussione. « Abbiamo a disposizione un solo tentativo. Vediamo di sfruttarlo come si deve. »

Joe approvò facendo un gesto con il pollice alzato. Anche Davidov annuì con convinzione. « *Da* » disse il maggiore Timonovski.

Anche l'ingegnere di volo annuì e accese l'antenna che avevano usato per prendere il controllo del *Nighthawk* sette giorni prima. Effettuato qualche controllo, si voltò verso Kurt. « Gli dica che siamo pronti. »

Ci vollero parecchi minuti prima che il bombardiere raggiungesse la velocità supersonica e salisse sopra i ventiquattromila metri. A quel punto entrarono in funzione gli scramjet.

L'esplosione di potenza spinse Kurt contro il sedile. Sentì Timonovski annunciare i valori crescenti del numero di Mach e di altitudine. Dal momento che Joe era pratico di volo, gli era stato assegnato il sedile del copilota. Kurt e Davidov sedevano dietro di loro sugli strapuntini, mentre l'ingegnere di volo occupava la postazione di controllo dove giorni prima era seduto il Falconiere.

« Trentaseimila metri » annunciò il maggiore Timonovski. « Velocità e quota massima tra cinque... quattro... tre... »

« Rilascio il *Nighthawk* » annunciò l'ingegnere di volo.

Per evitare di fare la fine del *Blackjack 1*, seguivano una rotta parabolica. Il *Nighthawk* sarebbe stato sganciato quando avessero superato il vertice.

« *Nighthawk* libero » disse l'ingegnere di volo. « Stabilizzatore intatto. »

Quando il *Nighthawk* fu abbastanza lontano dietro di loro, Timonovski portò il bombardiere più in alto e davanti al veicolo spaziale.

« Distacco, quattro chilometri » disse l'ingegnere di volo. « Lancio il codice alfa. »

Premette un pulsante e le istruzioni furono trasmesse. Restarono in attesa. Finalmente arrivò una risposta.

« *Nighthawk* in volo e operativo » disse l'ingegnere di volo. « Trasmetto le nuove istruzioni. »

Mentre osservava gli altri svolgere le loro mansioni, Kurt controllò ancora una volta l'imbragatura e si aggrappò alla maniglia posta accanto allo strapuntino. Non poteva fare altro.

« Il *Nighthawk* risponde. Istruzioni ricevute e confermate » disse l'ingegnere di volo tutto eccitato. « Inizio procedure tra trenta secondi. Tutti i sistemi sono a posto. » Si voltò verso Timonovski. « Allontaniamoci. »

Timonovski iniziò una virata, allontanandosi dalla rotta del *Nighthawk*. La virata doveva essere graduale perché volavano a una velocità incredibile, ma più le due rotte divergevano, maggiori erano le possibilità di sopravvivere all'onda d'urto che stava per investirli.

Il *Blackjack* era spinto al massimo. Kurt sentiva l'accelerazione schiacciarlo contro il sedile. Con uno sforzo guardò l'orologio. La lancetta dei secondi si spostava lenta sul quadrante arancione. Ogni secondo sembrava durare una vita. E poi i secondi finirono.

Un lampo di luce blu riempì il cielo. Kurt chiuse gli occhi ma continuò a vedere il bagliore.

« Tenetevi forte! » urlò Joe.

Il fronte dell'onda d'urto li colpì come un'onda che si frange. Nonostante la velocità e la rotta in allontanamento dal *Nighthawk*, l'impatto fu fortissimo quando l'onda afferrò il bombardiere e lo proiettò in avanti.

« Non cerchi di contrastarla » grugnì Kurt.

Timonovski fece come Kurt aveva suggerito, cavalcando l'onda di pressione anziché opporsi. Ma la cavalcata fu comunque violenta: tutti i sistemi di controllo all'interno della cabina di pilotaggio saltarono nel giro di pochi secondi, la fusoliera cedette e, dopo dieci secondi di scossoni, l'ala sinistra si piegò, l'aereo si rovesciò e cominciò a scendere in picchiata.

Invisibile agli occupanti del bombardiere, il *Nighthawk* aveva fatto esattamente ciò che gli era stato ordinato, espellendo un sottile flusso di materia allo stato misto. La reazione fu pressoché istantanea, ma invece di un unico gigantesco bagliore si lasciò dietro una scia di centinaia e poi di migliaia di lampi, in una sequenza che illuminò il cielo della notte. In testa a questa luminosità sempre più intensa, il piccolo veicolo nero fu sospinto verso lo spazio con un'accelerazione che avrebbe ucciso qualunque persona si fosse trovata a bordo.

Vista da terra, l'esplosione di luce dava l'idea di una sequenza di increspature luminose in uno stagno, in cui ogni cerchio di luce si espandeva sovrapponendosi agli altri fino a formare un folle caleidoscopio luminoso che si allungava verso l'alto e verso est.

Era difficile capire la prospettiva, da laggiù, e guardando a occhio nudo non si riusciva realmente a seguire il nastro di luce vorticosa che si allungava e si distendeva prima di esaurirsi in un lampo accecante in alto sopra il pianeta.

Il tentativo era riuscito. In tre minuti il *Nighthawk* aveva coperto poco meno di diecimila chilometri, toccando una velocità massima di trecentoquindicimila chilometri orari, la più elevata mai raggiunta da un veicolo costruito dall'uomo.

Stava ancora accelerando quando il calore e le vibrazioni provocarono la disastrosa rottura di una delle unità di contenimento, ma a quel punto era già così lontano dalla superficie della Terra da risultare niente più che uno spettacolare fuoco d'artificio nel cielo notturno.

Gli uomini a bordo del bombardiere che stava precipitando non lo videro: stavano viaggiando nella direzione opposta, sballottati senza pietà.

All'interno della cabina di pilotaggio, Kurt si sentiva scosso di qua e di là. Era sicuro che l'aereo avrebbe ceduto e invece aveva miracolosamente retto nonostante avesse perso un'ala e gran parte della coda.

Non ci volle molto per capire che stavano precipitando in picchiata. La luce del sole artificiale aveva illuminato per un attimo la Terra e il suo mare.

Ora stavano scendendo a vite come il *Blackjack 1*, piombando giù dal cielo come un gabbiano con un'ala spezzata.

Il movimento rotatorio faceva perdere l'orientamento, la perdita di pressione rischiava di farlo svenire. Ripensò alla lunga caduta dell'altro equipaggio con solo il computer che continuava a parlare.

«Dobbiamo lanciarci!» gridò al maggiore Timonovski.

Il pilota non rispose. Era ancora legato al suo seggiolino, ma a ogni scossone dell'aereo veniva sballottato di qua e di là come una bambola di pezza.

«Joe, dobbiamo lanciarci!»

Joe non pareva in condizioni migliori di Timonovski. Davidov, invece, sembrava sveglio ma era troppo debole per muoversi, mentre l'ingegnere di volo era privo di sensi, con un profondo taglio sulla fronte, e trattenuto sul suo seggiolino dall'imbragatura.

Kurt non aveva idea della loro quota, né di cosa sarebbe successo se si fossero eiettati, ma aveva visto i rottami dell'altro bombardiere in fondo al mare. Sapeva che non sarebbero sopravvissuti all'impatto.

Si guardò attorno cercando la maniglia di espulsione. Tutte le scritte erano in cirillico. Alla fine vide una barra rossa con due strisce arancioni.

Si allungò per impugnarla.

La strinse.

Con un violento strattone la tirò verso l'alto e all'indietro.

Un'esplosione scosse l'aereo, una fiammata circondò la cabina di pilotaggio e tutto diventò nero.

68

Emma arrivò a Washington cinque giorni dopo quello che chiamavano « il fatto ». Aveva impiegato tutto quel tempo perché in buona parte del mondo regnava il caos. La metà dei satelliti era fuori uso, così come la maggior parte dei sistemi di comunicazione. Gli aerei venivano instradati senza l'ausilio di sistemi automatizzati e comunque la maggior parte era impegnata a trasportare generi di soccorso nelle aree del Pacifico.

Quando finalmente atterrò a Washington, scoprì che erano tornate di moda le linee telefoniche di terra. Davanti agli unici tre telefoni pubblici in funzione c'era una coda di duecento persone.

Decise di evitare la coda. Trovò un taxi e si fece portare in centro. Dopo aver fatto un lungo rapporto alla NSA, attraversò a piedi la città fino al quartier generale della NUMA. E lì trovò Rudi, Hiram e Priya.

Stavano lavorando su delle obsolete mappe di carta, con varie aree evidenziate in verde, giallo e rosso.

« Com'è la situazione? » chiese.

« Avrebbe potuto andare peggio » rispose Rudi. « Le Hawaii e le Aleutine sono state colpite in pieno, ma i danni materiali sono stati minimi. Waikiki è stata investita da uno tsunami di cinque metri, ma le onde più alte sono andate a ovest. Per ironia della sorte, il Giappone ha fatto da scudo alla costa cinese, ma dopo lo tsunami di Tohoku di qualche anno fa, avevano preso tutte le precauzioni, per cui erano preparati. »

Erano giorni che seguiva le cronache, ed era felice per queste notizie positive.

« Mi sorprende che la NSA ti abbia lasciato un po' di respiro » disse Hiram. « Immaginavo che ti mettessero a lavorare ventiquattro ore su ventiquattro alla materia allo stato misto che avete riportato a terra. »

« C'è un grande dibattito in corso » rispose lei. « Credo abbiano intenzione di rispedirla nello spazio. »

« Ma tu pensa » disse Rudi.

« E comunque non possono più disporre del mio tempo » aggiunse Emma. « Ho dato le dimissioni. Da un'ora sono ufficialmente disoccupata. »

« Davvero? » disse Rudi. « Ti va di darci una mano? »

Indicò uno spazio vuoto alla scrivania.

« Cosa state facendo? »

« Stiamo cercando Kurt, Joe e i russi » rispose Priya.

Emma guardò la mappa: era dei Caraibi orientali.

« La Marina e la guardia costiera sono impegnate a consegnare aiuti nelle aree della cintura di fuoco del Pacifico. E così abbiamo pensato di cominciare le ricerche da soli » spiegò Rudi. « Abbiamo le risorse della NUMA, aerei privati e imbarcazioni a noleggio impegnati nelle ricerche. Queste sono le aree che abbiamo controllato. E queste sono le altre possibili zone di ricerca. »

« Ma non avete trovato ancora niente » disse lei.

Rudi scosse la testa.

Emma si sedette. « Vi darò tutto il mio aiuto » disse. « Non riesco a pensarli là... a soffrire, a lottare contro gli squali, a morire di sete. »

« Sono tenaci e ben addestrati » disse Rudi. « Sono sicuro che niente di tutto ciò costituirà un problema. »

69

Kurt strinse gli occhi per difendersi dal bagliore accecante del sole di mezzogiorno. « Squali » disse, con aria torva. « Siete tutti quanti degli squali. »

Disgustato, calò le carte che teneva in mano gettandole su un pezzo di legno piatto che fungeva da tavolo da poker improvvisato.

Davanti a lui, Davidov radunò con un ghigno soddisfatto il tesoro al centro del tavolo tirandolo verso di sé. « Ti assicuro che ho giocato onestamente » disse.

« Il capo di un'organizzazione spionistica che gioca correttamente » disse Joe dall'altro lato del tavolo. « Ho qualche dubbio. »

« Scrupolosamente » insistette Davidov. « È colpa mia se avete dilapidato tutte le vostre fiches? »

Kurt si appoggiò all'indietro. Si trovavano su una spiaggia di sabbia bianchissima, con le acque turchesi dei Caraibi che lambivano la riva alle loro spalle. Tra le loro poche cose figuravano una zattera di salvataggio, un mazzo di carte, una bottiglia di scotch invecchiato vent'anni – ormai quasi vuota – e un milione di dollari in monete d'oro russe che Davidov aveva portato con sé nel caso il Falconiere avesse ulteriormente alzato il prezzo.

Erano sopravvissuti all'eiezione dal bombardiere perché, a differenza di altri aerei da combattimento, il *Blackjack* espelleva l'intera cabina di pilotaggio racchiusa in una capsula. Erano caduti in mare, scendendo sorretti da tre grandi paracadute, e poi si erano trasferiti sulla zattera di salvataggio. Dopo un giorno passato a remare erano approdati su quell'isola, dove avevano allestito un piccolo accampamento.

Erano accesi due fuochi. Il primo per segnalare la loro posizione, il secondo per scaldare l'acqua di un sistema di desalinizzazione improvvisato ideato da Joe. Forniva parecchie tazze di acqua ogni ora. Più che d'avanzo per tenerli in vita, anche se nessuno di loro avrebbe bevuto un goccio d'acqua fintanto che c'era ancora dello scotch.

Usando un lungo bastone appuntito come fiocina, Kurt aveva catturato parecchi pesci che avevano spinato, cotto e mangiato con gusto.

Da allora, non avevano avuto nient'altro da fare che bere e giocare a carte e aspettare che arrivasse qualcuno a salvarli. Usavano le monete d'oro come fiches. Per iniziare le avevano divise in parti uguali, ma ora a Kurt ne restavano soltanto dieci.

« Fai di nuovo le carte, ma questa volta da sopra il mazzo » disse Kurt.

Davidov rise e cominciò a mescolare.

Mentre aspettava che Davidov desse le carte, Kurt prese la bottiglia di scotch, se la portò verso la bocca ma subito la posò senza bere. « Mi pare di aver sentito una barca » disse.

« Sciocchezze » disse Timonovski. « Stai solo cercando di tirarti fuori dal gioco. »

A dispetto dello scetticismo del russo, il rumore crebbe finché da dietro il promontorio spuntò un motoscafo in fibra di vetro. L'imbarcazione attraversò la baia deserta e venne dritta verso di loro e il fuoco di segnalazione, toccando terra a pochi metri dal tavolo da poker.

Al timone c'era un giovane in polo rossa e calzoncini bianchi. Saltò giù sulla spiaggia. « Cosa ci fate qui? » Il tono autoritario contrastava con l'abbigliamento casual e il cantilenante accento caraibico.

« Sto perdendo a poker » rispose Kurt.

Gli altri risero. Il giovane parve sconcertato.

« Non potete stare qui » disse. « Questa è una proprietà privata. »

« Non avevamo molta scelta » ribatté Joe. « Il nostro aereo è precipitato. Ci siamo lanciati e siamo finiti qui. »

« E come mai siete rimasti su questo lato dell'isola? » chiese il giovane.

Kurt, Joe e i russi si scambiarono un'occhiata, confusi da quella strana domanda.

« Perché? L'altro lato dell'isola è più ospitale? » chiese Davidov.

« Vorrei ben vedere » rispose il giovane. « C'è un Ritz Carlton. »

Kurt si voltò verso Joe e scoppiò in una risata. L'isola era larga parecchi chilometri, con la parte centrale occupata da colline e dune di sabbia, e a loro era parsa totalmente disabitata. Di notte c'era un buio pesto, senza il minimo segno di civiltà.

« Non ci sono luci al Ritz Carlton? » chiese Kurt.

« Tutte le luci sono fuori uso dal giorno del grande lampo. »

« Ahhh » fece Kurt. « È un po' colpa nostra. »

Joe e i russi risero per la battuta, ma il giovane non parve affatto divertito.

Kurt gli porse le ultime monete d'oro che gli restavano. « Ti offro diecimila dollari se ci porti al Ritz. »

Joe alzò la mano come se stesse partecipando a un'asta. « E altri diecimila se dirai a tutti che ci hai trovati in mare. »

« Ottima idea » disse Kurt. « Li vale tutti. »

Il giovane li guardava come se fossero pazzi. I volti ustionati dal sole, i vestiti sporchi e laceri, e quella bottiglia di scotch quasi vuota confermavano i suoi sospetti, ma non poteva certo lasciarli lì.

Ignorò quello che dovette sembrargli oro falso e tornò alla sua barca. « Venite » disse. « Io vi ci porto, ma le stanze costano un occhio della testa. È possibile che vi chiedano di pagare in anticipo. »

Mentre salivano sulla barca, Kurt gli rivolse un grande sorriso. Lui portava la bottiglia; Joe, Davidov, Timonovski e l'ingegnere di volo l'oro. « Sono sicuro che troveremo un accordo. »

Clive Cussler e Robin Burcell
La vendetta di Poseidone

È vissuto oltre duemilacinquecento anni fa, ma la sua ricchezza era tale da divenire leggendaria e sopravvivere al tempo: re Creso, sovrano della Lidia, regione della Grecia, era noto a tutti per la quantità di oro che possedeva. Un oro che forse gli venne rubato, ma che di sicuro sparì. Senza però essere mai dimenticato. Sam e Remi Fargo, i più grandi cacciatori di tesori del nostro tempo, sono sulle tracce di quell'oro da oltre dieci anni. La prima volta dovettero rinunciare alla spedizione perché le loro ricerche si scontrarono con quelle di una vasta operazione criminale che contribuirono a sventare. La missione, l'unica che non sono riusciti a portare a termine, è rimasta in sospeso fino a ora: Sam e Remi, infatti, hanno deciso di riprovarci e di tornare in Grecia per trovare l'antico e inafferrabile tesoro. Ma non sono i soli a cercare la fortuna di Creso. Un vecchio nemico ha scontato la sua pena in prigione e al momento del rilascio ha solo due obiettivi in mente: trovare l'oro e uccidere i Fargo.

NOVITÀ
Da ottobre 2024 in libreria

LONGANESI

Questo libro è stampato col sole

Azienda carbon-free

Finito di stampare nel mese di agosto 2024
per conto della TEA S.r.l.
da Grafica Veneta S.p.A. di Trebaseleghe (PD)
Printed in Italy

Certificato PEFC
Questo prodotto è realizzato con materia prima da foreste gestite in maniera sostenibile e da fonti controllate
PEFC/18-31-226
www.pefc.it